다시
시작해도
될까요

다시 시작해도 될까요 1

초판 인쇄 | 2016년 6월 14일
초판 발행 | 2016년 6월 17일

지 은 이 | 최고운
펴 낸 이 | 이춘이
펴 낸 곳 | 도서출판 로담

등록번호 | 제 396-2011-000014호
등록일자 | 2011년 1월 19일
주   소 | 경기도 파주시 문발로 115, 세종출판벤처타운 201-A호
전   화 | (031) 8071-5201
팩   스 | (031) 8071-5204
E - mail | bear6370@hanmail.net

ISBN 979-11-5641-062-1 [04810]
     979-11-5641-061-4 [Set]

값 9,800원

ⓒ 최고운, 2016

다시
시작해도
될까요

○ 최고운 장편소설

RODAM PREMIUM ROMANCE STORY

프롤로그 - 그해 여름

땀이 삐질 흐를 정도의 여름밤. 은아는 선풍기 하나 없는 단칸방에서 더위를 이겨 내고 있었다. 유일하게 하나 있는 선풍기는 아쉽게도 그녀의 몫이 아니었다. 땀방울 하나가 주르륵 흘러내렸지만 그녀는 담담하게 닦아 내기만 할 뿐, 그 흔한 손부채질도 하지 않았다. 온몸에 울긋불긋한 열꽃을 피운 채 죽어라고 책만 보고 있었다.

그나마 다행인 건 책상 앞 열린 창문 틈으로 가끔씩 바람이 불어 들어온다는 것이다.

"독한 년."

특혜라도 되는 양 선풍기 바람을 맞으며 바닥에 누워 있던 은성이 낮게 읊조렸다. 하지만 은아는 그의 말이 애초에 들리지 않는다는 듯 책만 보고 있었다. 그의 욕설에는 이골이 난 그녀였다.

"씨발, 이젠 내 말이 말 같지도 않냐?"

은성이 거친 말과 함께 베고 있던 베개를 집어 던졌다.

"왜 또 시비야."

뒷머리를 정통으로 맞은 은아가 한숨을 쉬며 돌아보았다. 더위 때문에 심통이 나서 짜증 내는 줄만 알았는데 아무래도 할 말이 있는 모양이다. 이런 때에는 빨리 상대를 해 주는 것이 피차 덜 피곤한 법이었다.

"오늘 가게 좀 나가라. 새끼 마담 년이 튀어서 장사가 안 돼."

은성은 강남에 위치한 어느 룸살롱에서 부장을 맡고 있었다. 배운 것 하나 없이 주먹만 조금 쓸 줄 아는 그가 할 수 있는 일은 그리 많지 않았다. 얼마 되지 않는 가짓수 중에서 선택한 것이 지금의 직업이었다.

"내가 왜."

"애들 관리 좀 하라고."

오빠의 직업이 직업인지라 은아는 종종 가게의 일을 돕곤 했다. 물론 손님을 직접 상대한 적은 없었다. 다만, 머리 좋은 년이 이런 거라도 해야지, 라는 은성의 엄명 때문에 아가씨들 관리를 한 적은 있었다.

하지만 지금은 곧 시험이 있어서 중요한 시기였다. 아르바이트와 공부를 병행하고 있었기에 일분일초가 아까운 상황이었던 것이다.

"그러니까 내가 왜?"

이어지는 은아의 반항에 은성이 피식하고 웃었다.

"매를 벌지?"

하지만 곧 언제 웃었냐는 듯이 싸늘한 얼굴로 그녀를 쳐다보고 있었다. 은아도 지지 않고 맞서려다가 그가 몸을 일으키려하자 자리에서 벌떡 일어났다.

"가면 될 거 아냐."

은성은 아무리 여동생이라 해도 인정을 갖고 봐주는 법이 없었다. 그에게 맞서서 몇 날 며칠을 앓은 적도 있었다.

"대신 오늘만이야. 나 이번 주 주말에 시험 있다고 했잖아."

"알겠으니까 쫑알대지 말고 빨리 가기나 해."

은아는 얇은 카디건 하나를 챙겨 들고 집을 나서려 했다.

"야, 고은아."

열린 문틈으로 은성의 목소리가 들려왔다.

"왜."

여전히 지금의 상황이 탐탁지 않았던 은아가 불퉁한 어투로 대답했다.

"너, 룸에 들어가면 죽는다."

이제 와서 챙겨 주는 척은. 은아가 입술을 살짝 비죽이고는 문을 쾅 닫았다. 문을 그따위로 닫았다고 은성이 쫓아오지 않을까 잠시 걱정도 했지만, 그런 일은 일어나지 않을 터였다. 다른 때라면 몰라도 지금은 술병 때문에 고생 중이었으니까. 이정도 일로 몸을 움직이진 않을 것이다.

"달 참 좋다."

까만 밤하늘에 덩그러니 떠 있는 초승달을 보며 손을 뻗어 보았다. 웬 청승이냐 싶겠지만 달구경은 은아에게 많은 위안이 되는 일이었다. 책상에 앉아 공부를 하면서도 힘들 때면 틈틈이 하늘을 보며 마음을 달래곤 했다.

그녀는 혼자 떠 있는 달처럼, 거리에 있는 많은 사람들 중 어느 누구와도 섞이지 못하고 홀로 걷고 있었다.

"은아, 너 왜 안 오나 했다. 그런데 고 부장은?"

"좀 쉬다가 나오려나 봐."

"하긴. 어제 장난 아니긴 했지."

룸살롱 '난초'의 마담, 미령이 웨이터에게 지시를 하다가 은아를 반겼다. 은아는 대충 손을 흔들고 대기실 안으로 들어갔다. 몇몇 여자들이 화장을 고치거나, 수다를 떨고 있었다.

"어? 언니, 오랜만."

"그새 더 삐쩍 말랐네."

개중에는 은아를 알은척하는 여자들도 있었다. 은아는 또 대충 손을 흔들며 안쪽 방으로 들어갔다. 낡은 소파에 앉은 그녀가 낮은 목소리로 투덜거렸다.

"요즘 룸살롱 망해 간다던데. 여긴 왜 망하지도 않아."

"내가 능력이 좀 되잖아."

따라 들어온 미령이 옆쪽 소파에 앉으며 한숨을 쉬었다.

"아, 죽겠다."

등받이에 몸을 기대는 미령도 상태가 그리 좋아 보이진 않았다.

"그렇게 바빴어?"

"응. 내가 진짜 수지 그년, 만나면 가만 안 둬. 이번 주 예약 풀로 잡혀 있는 거 알면서 저번 주에 튄 거 있지."

"저번 주에 튀었어? 어제 튄 게 아니라?"

은아가 의외라는 듯 물었다.

"말도 마. 일은 많은데 사람은 적고. 너 좀 부르라고 하는데도 고은성은 죽어라 말 안 듣지. 뭐, 그래도 오늘이라도 왔으니까 됐고. 아니, 어제는 또 애들이 말을 더럽게 못 알아 처먹는 거야."

미령의 하소연이 이어졌다. 말인즉, 손님의 취향에 맞게 아가씨를 룸에 배치하긴 했는데 말을 전달하는 과정에서 오류가 많았던 것이다. 접대부들이 겹쳐서 룸에 들어가기도 하고, 룸이 비는 일도 있었다.

"인사 들어갔는데 손님만 멀뚱히 있어서 얼마나 놀랐는지 알아?"

미령이 떠올리기도 싫다는 듯 몸서리를 쳤다.

"됐고. 오늘 예약 명단이나 줘 봐."

"어우, 야. 내 얘기 좀 들어 봐."

아직 쌓인 게 많은 듯 미령이 상체를 벌떡 세우며 칭얼거렸다. 미령은 은아보다 꽤나 연상이었는데도 지금처럼 그녀에게 투정을 부리곤 했다.

"누님, 한성 사장님 비서분 전화요."

그때 문이 열리고 웨이터 하나가 미령을 불렀다. 그녀는 언제 울상을 지었냐는 듯 표정 관리를 하고 지금 갈게, 하고 말해 두었다. 웨이터가 문을 닫는 것을 확인한 미령이 기지개를 한 번 켜고 장부를 던져 주었다.

"혹시나 몰래 2차 가려는 애들 있으면 꼭 잡아 둬. 아니다, 다른 사람은 괜찮은데 삼정에 김 부장이랑 나가는 신입 있으면 꼭 잡아."

"왜?"

"저번에 김 부장이 우리 신입 중에 하나 데리고 가서 엄청 더 티하게 놀았거든."

토악질하는 흉내까지 내며 말하는 미령을 보고 은아가 심드렁하게 고개를 끄덕였다.

"아아, 알았어. 수고해."

미령은 정 없는 년, 하고 낮게 중얼거리며 방을 나섰다. 은아는 혼자 남아 장부의 내용을 숙지한 뒤, 캐비닛 쪽으로 걸어갔다. 그 안에는 웨이트리스 복장이 준비되어 있었다. 이곳에서 일을 도와줄 때마다 그녀가 입었던 옷이었다.

은아는 옷을 전부 갈아입고, 사무실 문 옆에 달린 거울 앞에 섰다. 치렁거리는 긴 머리도 단정하게 그러모아 머리 망으로 고정했다. 영락없는 술집 웨이트리스가 눈앞에 서 있었다. 그나마 다행인 것은 치마가 아니라 바지라는 것 정도였다.

언제쯤 이 생활을 벗어날 수 있을까. 그녀는 쓰게 한 번 웃고는 밖으로 나섰다.

"꺅, 언니 꼴이 그게 뭐야."

은아가 접대부 대기실로 나가자, 제일 안면이 익은 지선이 다가와 호들갑을 떨었다. 은아 나름 옷도 갈아입고 머리도 정돈했는데, 지선의 성에는 차지 않는 모양이었다.

"아무리 그래도 화장은 해야지."

지선이 은아를 막무가내로 끌고 가 화장대 앞에 앉혔다. 은아는 지선에 의해 강제로 꾸며지면서 눈으로는 여자들을 둘러보았다. 안 와 본 사이에 신입이 많이 들어온 것 같았다. 반 정도는 모르는 얼굴이었다.

신입들은 은아가 누군지 모르는 탓에 경계 어린 눈으로 그녀를 바라보고 있었다. 아니, 거의 노려보고 있었다. 이쪽에서는 특히 뉴 페이스가 생기면 기선 제압부터 하려는 여자들이 많았다.

"오늘 괜찮은 방에 넣어 줘야 해. 난 남자 얼굴 보는 거 알지?"

지선이 은아의 얼굴에 파운데이션을 찍어 바르다가 눈을 찡긋했다. 은아가 알 만하다는 듯 속으로 웃었다. 슬쩍 보기에도 엄청 비싼 것 같은 화장품을 그녀에게 발라 주는 이유가 다 있었던 것이다.

"어째 봐 둔 사람이 있는 것 같은데?"

"눈치도 빠르셔라. 요즘 들어 자주 보이는 남잔데, 한성 사장님이랑 일행으로 오더라고."

"음, 생각해 볼게."

은아는 곁눈으로 접대부들을 전부 살펴본 뒤에 지선의 손을 만류했다. 그녀는 자연스럽게 여자들을 관찰하기 위해 지선이 하는 대로 있었던 거지, 화장하는 것을 좋아하진 않았다.

"이제 그만해."

"아웅, 그럼 입술만."

재빠르게 아이라인을 그린 후 마스카라를 집던 지선이 아쉬운 듯 입맛을 다셨다. 지선은 원래부터 메이크업에 관심이 많았다. 일이 잘 안 풀려서 이곳에 몸을 담긴 했지만.

"알았어."

선심 쓰듯 입술까지만 허락한 은아가 고마워, 인사하고 거울을 확인했다. 거울 속 여자의 모습에 그녀의 입이 떡 하고 벌어졌다.

"어때? 예쁘지?"

안 그래도 살짝 올라간 눈꼬리가 끝도 없이 올라가 있었다.

지선의 손길에 은아의 인상은 한층 더 진해져 있었다. 거기다 새빨간 립스틱까지 더해져 얼굴만으로는 접대부와 다를 게 없어 보였다.

"……그 남자 볼 생각은 안 하는 게 좋을 거야."

은아는 최후통첩을 툭 던지고 대기실을 나섰다. 안에서 지선의 구슬픈 비명이 이어졌지만 그녀는 신경 쓰지 않기로 했다.

"어? 고은아?"

접대할 방으로 이동하던 미령이 대기실에서 나오는 은아를 보고 의아한 듯 고개를 갸웃하다가 풋, 하고 웃어 버린다. 그러다 언제 그랬냐는 듯 정색을 하고 걸음을 옮겼다. 미령의 비웃음에 기분이 상한 은아는 지선이 원하는 대로 해 주지 말아야겠다고 다시 한 번 마음먹었다.

늦은 출근을 한 은성은 2차 가는 여자들을 관리하느라 정신이 없었고, 마담인 미령은 여기저기 인사 다니느라 바빴다. 은아도 인선 배치를 하고, 남은 시간에는 서빙 하는 척하면서 룸 안 분위기를 살피고 있었다.

은성이 룸에 들어가지 말라고 엄포를 놓긴 했지만 그럴 수는 없는 노릇이었다. 원래 새끼 마담의 일이 마담을 돕는 것인데, 은아는 접대까진 못하니 최대한 문제가 생기지 않도록 지켜보긴 해야 했다.

"누나, 한성 사장님 룸에서 고 부장님 찾는데요."

아니나 다를까. 이처럼 가게에 없는 사람을 찾을 때면 골머리가 썩는 기분이었다. 그런데 이 사람들은 왜 마담을 찾는 것도 아니고 은성을 찾는 것일까. 은아가 고개를 절레절레 저으며 양주 한 병을 들고 룸으로 들어갔다.

"죄송합니다. 부장이 잠시 자리를 비워서 조금 늦을지도 모르겠습니다."

룸 안에는 중년 남자 두 명과 젊은 남자 한 명이 각각 여자를 옆에 두고 있었다. 정중하게 양해를 구한 은아가 테이블 위에 양주 한 병을 올려 두었다. 선물도 드렸으니 조용히 술이나 마시며 기다리라는 무언의 압박이었다.

은아는 다시 한 번 고개를 숙인 후 룸을 나서려 했다. 그런 그녀의 시선 안에 살짝 손을 흔들고 있는 지선이 들어왔다. 원하던 남자의 옆자리에 앉은 그녀는 함박웃음을 짓고 있었다.

"그럼, 좋은 시간 되세요."

담담하게 인사를 하고 룸을 나온 은아가 어깨를 으쓱했다.

"뭐, 잘생기긴 했네."

지선이 그 남자를 맡게 해 달라고 조르고 조르던 이유를 알 것만 같았다. 하지만 방금 본 남자를 떠올리다가 나지막이 한숨을 쉬었다. 잘생긴 게 무슨 소용일까, 이런 곳을 자주 방문하는 사람인데.

"누나, 삼정 김 부장님 지금 가신다는데요."

그렇게 한숨 돌리기가 무섭게 웨이터가 또 달려오고 있었다.

"마담 언니는?"

"화장실에서……."

웨이터가 토하는 시늉을 했다. 아무래도 미령에게도 한계가 온 것 같았다.

은아는 미령 대신 밖으로 나가 김 부장 일행을 배웅했다. 요주의 인물이 별 탈 없이 사라져 주시니 영업용 미소가 절로 나오는 것 같았다. 그런데 가게 안으로 들어서자, 신입인 듯한 접대부 한 명이 그녀의 앞을 가로막았다. 워낙 키가 큰 데다 높은 굽까지 신어서 신입과 눈을 마주하려면 고개를 꽤 들어야 했다.

"무슨 일이죠?"

신입이 은아를 내려다보며 대답했다.

"오늘 몸이 안 좋아서 퇴근하고 싶어서요."

은아가 신입을 위아래로 훑었다. 아무리 봐도 딱히 아파 보이진 않았다. 그리고 그녀는 김 부장의 룸을 맡았던 접대부였다.

"2차 갈 생각이에요?"

신입이 뜨끔한 듯 시선을 돌렸다.

"몸이 안 좋다니까요."

신입이 이러는 것도 이해가 안 가는 건 아니었다. 대놓고 2차를 간다고 하면 마담에게 얼마를 떼어 줘야 하기 때문에 이렇게 몰래 가는 여자들이 있었던 것이다. 은아는 그런 여자들을 모른 척해 주곤 했다. 아마 다른 손님을 맡은 여자가 가겠다고 했으면 별말 없이 보내 주었을 터였다.

하지만 지금은 사정이 달랐다.

"김 부장이 몰래 나오래요? 마담한테 중개비 얼마 떼어 주는 게 그렇게 아깝대요?"

"이년이 뭐래?"

신입은 안 그래도 은아가 눈에 거슬리던 참이었다. 갑자기 나타나서는 새끼 마담이 할 법한 행동을 하고 다니는 것이, 영 마음에 들지 않았던 것이다.

"나 퇴근하니까 마담 언니한테 애기 잘 해라."

그녀는 은아의 이마를 검지로 꾹꾹 누르며 강조하듯 말했다. 그녀의 음성에는 시키는 대로 안 하면 가만 안 둘 줄 알라는 경고도 내포되어 있었다.

"잠시만요."

하지만 은아는 그 경고를 무시하고 신입의 팔을 잡았다. 그에 신입은 오냐 너 잘 걸렸다, 하는 표정으로 은아의 머리끄덩이를 움켜쥐었다.

"야, 너 처음부터 맘에 안 들었어. 네가 뭔데 이래라저래라야? 아프다잖아. 아파서 퇴근한다잖아."

신입이 은아의 머리를 잡고 찍어 누른 탓에 그녀의 몸이 어정쩡하게 굽어졌다. 은아는 두피가 당겨지는 아픔에 눈물이 찔끔 날 것 같았지만 일단 심호흡을 했다.

"저기요. 우선 이것부터 놓고 대기실로 가서 애기 좀 해요."

"뭐래니? 내가 너랑 왜 애기를 하는데? 애기는 네가 마담한테 가서 하면 되는 거고. 난 집에 가겠다고."

두 사람의 실랑이에 서서히 구경꾼이 생기기 시작했다.

"아, 누나 여기서 왜 이래."

웨이터가 와서 신입을 말리려고 했지만 손아귀 힘이 어찌나 센지 물러나는 법이 없었다.

"저년, 많이 놀아 봤네. 머리채 잡는 스냅이 장난이 아냐. 우리 언니 어떡해."

모여든 사람들 중에는 지선도 있었다. 가게 직원들뿐만 아니라 손님들도 나와서 그들을 구경했다. 딱히 크게 소란을 일으킨 것도 아니었는데, 어찌 다들 알고는 여자들의 기 싸움을 지켜보고 있었다.

"너, 똑바로 말해. 알았어?"

사람들의 시선에 살짝 기가 죽은 신입이 은아에게 다시 한 번 경고 조로 말하고 손에 힘을 풀려고 하던 때였다. 은아가 신입의 힐 굽을 툭 차서, 신입이 균형을 잃고 미끄러졌다.

"아악!"

이제 상황은 역전되었다. 은아는 굽어 있던 허리를 펴며 고개를 좌우로 돌리다가 신입의 머리채를 잡았다. 지금은 보는 눈이 많으니 안으로 들어가서 이 여자와 대화를 나누어야 할 것 같았다. 은아는 말 그대로 그녀를 질질 끌고 대기실로 향했다. 아니, 향하려 했다.

"무슨 일이시죠, 손님?"

그런 그녀의 앞을 가로막는 남자가 있었다. 지선이 찜해 두었다던 그 남자였다. 은아는 전혀 점잖지 않은 상황에서도 최대한 공손한 미소를 지으려 노력하며 물었다.

"이쯤에서 그만두는 게 어떨까 해서요. 직원을 그렇게 대하는 게 보기 안 좋기도 하고요."

친절하지만 단호한 그의 음성에 은아가 허공에 한숨을 뱉어 냈다. 이 남자는 방금 전까지 그녀가 머리채를 잡혔던 것을 못 본 것일까. 그리고 잘 알지도 못하면서 왜 참견을 하고 있는 걸까.

"저, 손님. 고래 싸움에 새우 등이 왜 터진 줄 아세요?"

딱히 대답을 바라고 한 질문이 아니었다. 머리채가 잡힌 신입은 은아의 손을 할퀴며 몸부림을 치고 있었고, 다른 사람들도 동네 불구경하듯 이 참극을 지켜보고 있었다. 뒤엉켜 버린 상황에 머리가 지끈거렸다.

"등 터지기 싫으시면 관심 꺼 주세요. 재승아, 뒷정리 좀 해라."

은아는 그 말을 마지막으로 신입을 끌고 대기실로 들어갔다. 웨이터들은 죄송하다고 인사하며 모여든 사람들을 룸으로 들여보내기 시작했다.

1화. 누구나 비밀은 있다

"기, 기우겠지."

은아는 화장실 거울을 보며 얼굴을 쓸어내렸다. 아르바이트를 병행해 가며 수험 생활을 한 지도 어언 2년. 그녀는 드디어 고대하고 고대하던 검찰직 공무원이 되었다. 필기에 합격했다는 소식을 들었을 때 그녀가 얼마나 기뻐했던가. 면접 때 화장을 해 주겠다는 지선을 물리치고 멀쩡한 모습으로 면접을 보기까지 얼마나 힘들었던가.

모든 고난을 제치고 나서야 비로소 '공무원'이라는 철 밥통을 얻을 수 있었다. 바야흐로 고은아의 인생에도 봄이 온 것이다.

다만 문제가 있다면, 그녀가 일반 행정 부서가 아닌 검사실에 배정받았다는 것이고, 그녀가 모셔야 할 검사님이 낯이 익다는 것이었다. 처음에는 단순히 지나가다가 본 적이 있나 보다 하고 흘려 넘겼다. 하지만 그가 누구인지 기억해 내고 나서는 하루하루를 살얼음판 걷듯이 지내야 했다.

서울서부지방검찰청 훈남 검사, 김준현. 여직원들이라면 모두가 그의 사무실에서 일하기를 바랐지만, 정작 그 행운을 거머쥔 은아는 죽을 맛이었다. 하필이면 그가 룸살롱에서 마주했던 새우, 그자였던 것이다. 통탄할 노릇이다.

"기, 기우일 거야."

은아는 방금 검사실에서 준현이 보인 의미심장한 미소를 떠올리다가 고개를 저었다.

"그래, 지금까지 아무 말도 없었잖아. 그리고 내 화장은 완벽해. 지금 나는 강아지 눈 메이크업으로 완전히 달라졌다고."

처음 준현이 누구인지 기억해 낸 그날. 은아는 바로 미용실로 달려가서 정든 긴 머리를 싹둑 잘라 버렸다. 부드러운 갈색으로 염색까지 했다. 인터넷 검색으로 눈꼬리를 처지게 하는, 일명 강아지 눈 메이크업도 배웠다.

부디 그가 룸살롱에서의 은아를 떠올리지 않기를 바라며, 봄 햇살과도 같은 미소를 온천지에 흘리고 다녔다. 눈웃음을 치고 다닌다고 여직원들이 뒷말을 하는 것도 들었지만 어쩔 수 없는 일이었다.

그렇게 일주일가량을 전쟁터에 홀로 서 있는 기분으로 버텼다.

"정신 차려, 고은아!"

은아는 스스로 볼을 두어 번 두드리고는 화장실을 나섰다. 그리고 검사실 문 앞에서 멈춰 서서 심호흡을 하며 마음을 다잡았다.

"뭐 해, 은아 씨?"

애써 마음을 진정시켰는데 불쑥 나타난 중년 남성 때문에 심장이 다시 벌렁벌렁거렸다. 그는 같은 사무실에서 근무하는 윤광태 계장이었다. 서글서글한 인상에 궁금증 많고 장난치기 좋아하는 아저씨였다.

"좋은 아침이에요, 계장님."

은아가 갑옷과도 같은 눈웃음을 장착하며 웃었다. 문 앞에서 머뭇거리는 은아 대신 윤 계장이 벌컥 문을 열고 들어갔다.

"음, 이게 무슨 냄새야? 엄청 좋은 냄새 난다."

"방향제 뿌려 놨어요. 상쾌한 기분으로 일하시라고요."

월요일 아침 일찍 출근했을 때, 사무실에서는 정말 구린내가 진동을 하고 있었다. 은아가 창문도 열어 두고 곳곳에 방향제를 뿌리고 나서야 그나마 편하게 숨을 쉴 수 있게 되었다.

'겨우 숨 쉴 만하다 했는데 새우가 들어왔지.'

당시 준현은 그의 등장에 잔뜩 움츠러든 은아를 보고 웃더니 방으로 들어갔다.

'그러니까 그 구린 미소는 도대체 뭐냐고!'

직장 동료에게 건네는 가벼운 미소였건만, 지금의 은아에게는 온통 의심스러워 보이고 미심쩍어 보일 뿐이었다.

　"에고고."

　윤 계장이 앓는 소리를 내며 의자에 앉았다.

　"저, 은아 씨. 미안한데 이거 칼부림 사건 관련 서류거든. 검사님한테 좀."

　윤 계장이 허리 디스크로 고생 중이라는 명목하에 은아는 이것저것 잔심부름을 도맡아 해야 했다. 그녀는 준현의 미소에 대해 고민하던 것을 멈추고, 윤 계장에게서 서류를 받아 들었다.

　"고마워."

　"뭘요."

　그의 의례적인 감사 표시에 은아도 거짓 미소로 화답하고는 준현의 방 앞에 섰다. 노크를 하자, 들어오라는 응답이 이어졌다.

　"저, 칼부림 사건 관련 서류요."

　은아는 그녀가 낼 수 있는 가장 부드럽고 나긋한 목소리를 내며 안으로 들어갔다. 필살 눈웃음은 자동적으로 장착되어 있었다. 준현에게 서류를 전달하고 나서 수줍은 듯 고개 숙이는 것도 잊지 않았다.

　"그럼, 수고하세요."

　"저, 은아 씨."

　준현의 부름에, 용건만 간단히 하고 바로 돌아서려던 은아가 다시 45도쯤 몸을 틀었다.

"고마워요."

문을 닫고 나온 그녀가 깊은 한숨을 쉬었다. 그의 행동 하나하나에 하루에도 몇 번씩 심장이 곤두박질치는 기분이었다. 들었다, 놨다. 밀당의 고수도 이렇게까지 그녀의 마음을 가지고 놀진 못할 것이다. 언제까지 이렇게 살아야 하는 걸까.

'그래도 검찰 쪽은 인사이동이 잦다니까.'

은아는 마지막 희망을 부여잡고 일에 매진하기 시작했다. 준현이 속한 형사 3부는 마약, 강력, 여성, 아동을 주로 맡고 있었다. 그러다 보니 들어오는 서류마다 험악한 내용이 대부분이었다.

"그런데 은아 씨는 적응을 엄청 잘하네."

말없이 각자 일에만 몰두한 지 두 시간쯤. 윤 계장이 기지개를 켜며 은아에게 말했다.

"네? 무슨 적응이요?"

은아가 보고 있던 서류에서 시선을 돌리지 않고 물었다. 윤 계장이 으쌰, 하고 자리에서 일어나 그녀의 자리로 다가왔다.

"이런 서류들 말이야. 사건 당시 사진도 첨부되어 있고 하니까. 신입 여직원이 보기에는 좀 무섭지 않아? 초창기에는 우는 소리 하는 게 대부분이었거든."

은아가 눈동자를 이리저리 굴렸다. 그러고 보니 지금 보고 있는 서류도 강간 사건과 관련된 것이었다. 그녀는 그제야 몸서리나는 척을 했다.

"안 그래도 보기 힘들어 죽는 줄 알았어요. 아하하. 세상에 참, 끔찍한 일들이 많아요."

"그렇지? 역시 좀 힘들지? 쉬엄쉬엄하면서 해. 힘들면 혼자 끙끙 앓지 말고 나한테 말하고."

윤 계장은 너그러운 직장 상사 코스프레가 하고 싶은 모양이었다. 그는 사람 좋은 웃음을 지으며 은아의 어깨를 다독였다. 그녀도 그에 맞춰 어린 여직원 흉내를 내 주었다.

"정말요? 다행이다. 앞으로 많이 기대도 돼요?"

"그럼, 그럼. 우리 서로서로 힘이 돼 주자고. 그래서 말인데, 저기 서류들 공판과에 좀 갖다 주지 않을래?"

'이 양반이······.'

"사실 조금 졸리던 참인데, 운동 겸 다녀올게요."

마포구 공덕동에 위치한 서울서부지방검찰청 407호 검사실은 이처럼 끈끈한 동료애가 넘쳐나고 있었다.

점심시간. 준현은 선약이 있다고 하며 먼저 나갔고, 은아는 윤 계장과 자장면을 시켜 먹기로 했다. 허리 디스크가 있는 그를 배려하는 차원에서였다. 한 검사실에 두 명의 수사관이 배정된 것도 윤 계장의 몸 상태가 별로 좋지 않기 때문이었다.

두 사람은 준현의 방 안 접대용 소파에 마주 앉아서 자장면을 비비고 있었다.

"그런데 병원에는 가 보셨어요? 수술 같은 건 안 한대요?"

은아가 정말 걱정돼서 죽겠다는 얼굴을 하고 물었다.

"허리 디스크는 수술해도 별 소용이 없대. 꾸준히 운동하고 물리 치료 받고 그래야지."

그러고 보니 일과 중에 윤 계장이 자리에서 일어나 허리를 구부정하게 구부리며 이상한 몸짓을 하는 것을 본 적이 있었다. 아무래도 그게 나름 운동하는 거였나 보다.

"그러셨구나."

은아는 윤 계장이 나오면 인사이동이 되지 않을까 막연한 상상을 해 보았다. 그러다 문득 떠오르는 생각이 있었다.

'그런데 검사가 기업 임원이랑 룸살롱에서 노닥거려도 되는 거야?'

과거가 탄로 날까 봐 전전긍긍하느라 제 역할을 하지 못하던 머리가 드디어 한 건 해내는 순간이었다. 검사가 룸살롱 출입이라니. 게다가 한성 기업이라면 저번부터 수천억 원대의 비자금 문제로 시끄럽게 떠들어 대던 회사가 아니던가.

설사 준현이 그녀를 떠올린다 해도 입에 올릴 수가 없지 않을까. 아니, 이미 그녀를 알아봤는데도 자기 허물이 있어서 모른 척하고 있는 것이 아닐까. 거기까지 생각이 미치자 은아의 입꼬리가 묘하게 올라갔다.

"저, 계장님. 한성 기업 말인데요."

한성 기업 비자금 건은 공판이 진행되고 있는 중이었다. 그녀가 궁금해하는 것도 그리 이상한 일은 아닐 것이다.

"거기에 연루된 공무원들이 꽤 있다면서요?"

자장면을 흡입하고 있던 윤 계장의 눈빛이 사뭇 달라졌다. 그는 들고 있던 그릇을 앞에 내려놓고 티슈로 입 주변을 닦아냈다. 역시, 뭔가 있는 걸까. 달라진 그의 분위기에 은아도 덩달아 긴장했다.

"한성 기업 건이라면 내가 아직도 속에서 천불이 난다니까."

"왜요?"

"그거 말이야. 담당 검사가 이명한 검사로 되어 있잖아. 그런데 그 사건, 처음부터 판 건 우리 검사님이었단 말이지!"

윤 계장이 화를 참지 못하고 탁자를 주먹으로 내리쳤다.

"우리 검사님이 이리 뛰고 저리 뛰며 증거 모으고, 심지어는 룸살롱에까지 가셨다니까! 허, 참. 거기 대화 내용, 다 녹음해서 녹취록도 증거로 제출하시고. 그때 나도 임원들 뒤 밟느라고 디스크 재발한 거 아냐."

노, 녹취록이라니…….

"그랬는데, 이명한 검사가 선배랍시고 단물만 쏙 빼 가고. 지금 사람들이 국민 영웅으로 떠받들고 있다며? 하이고, 국민 영웅은 무슨, 개똥이라 그래!"

녹취록이라니. 은아의 시선이 불안하게 흔들렸다.

"저, 정말 어처구니가 없네요. 너무했다. 그런데 계장님, 그때 사건 관련 서류 아직 있어요?"

"다른 건 다 가져갔고, 룸살롱 녹취록은 하나 복사해 뒀지.

검사님, 길이 남을 업적 중에 하나인 것 같아서. 보여 줄까?"

"아니요. 아, 아니, 네."

"음? 보여 달란 거야, 말란 거야."

"보여 주세요. 저도 검사님 업적 한번 보고 싶네요."

"좀 이따 보여 줄게. 하, 흥분했더니 또 배고프네."

윤 계장은 정말 배가 고팠는지 자장면을 게 눈 감추듯 먹어 버렸다. 그와 달리 은아는 '녹취록' 언급 이후 음식에 손도 못 대고 있었다.

"은아 씨도 팍팍 좀 먹어. 음식이 줄지를 않네."

"속이 좀 안 좋아서요."

"그래? 그럼 이리 줘. 밥 남기고 그럼 못써."

입맛을 싹 가시게 한 장본인이 본인이라는 생각은 못 하고, 윤 계장이 훈계를 두었다. 그는 마지막 자장 한 방울까지 전부 마시고 나서야 식사를 끝냈다.

"아으, 잘 먹었다."

윤 계장이 허리를 짚으며 준현의 방을 나서자 은아는 뒷정리를 하기 시작했다. 환기를 위해 창문을 열고 탁자를 정리했다. 혹시나 싶어 방향제까지 뿌려 두고 나오던 참이었다.

"자, 여기 녹취록. 다 보고 꼭 돌려줘야 해."

문제의 그 녹취록을 받아 들었다. 윤 계장은 산책 좀 하고 오겠다며 검사실을 나갔다. 은아는 책상에 가서 앉은 후 심호흡을 하고 서류를 한 장 한 장 넘겨 보았다.

[등 터지기 싫으시면 관심 꺼 주세요. 재승아, 뒷정리 좀 해라.]

작년 여름, 그녀가 그에게 쏴붙인 말이 고스란히 타이핑되어 있었다. '직원 5'라는 명칭도 붙어 있었다. 참혹한 광경에 눈을 질끈 감았다. 이 무슨 악연이란 말인가.

은아가 벌렁거리는 심장을 부여잡고 있을 무렵, 검사실 문이 열리며 누군가 들어왔다.

"은아 씨, 점심 맛있게 먹었어요?"

그의 약점을 잡아 전세를 역전시킬 수 있지 않을까, 했던 부질없는 희망이 사라졌다. 은아는 재빨리 눈꼬리를 내리고 미소를 지었다.

"저야 맛있게 먹었죠. 검사님은 선약 있으시다더니 일찍 오셨네요."

"요 앞에 친구 보고 온 거였거든요. 그 녀석한테는 30분도 아깝죠."

"아하하. 그러셨구나."

은아는 애써 다른 말을 하지 않으며, 준현이 방으로 들어가길 기다렸다. 제발 좀 사라져 줬으면 좋겠는데 그는 그럴 생각이 없는 모양이다.

"그런데 뭐 보고 있었어요?"

은아가 자신의 손에 들린 서류를 내려다보았다. 눈이 휘둥그레진 그녀가 서류를 가슴에 그러안았다.

"그냥, 예전 기록들이요. 아직 업무가 익숙하질 않아서 도움이 될까 하고요."

"우와. 은아 씨 정말 열심이네요. 걱정 마요. 충분히 잘하고 있으니까."

"그렇게 말씀해 주시니까 좀 부끄럽네요."

그녀는 수줍은 듯 얼굴을 가리고 죽을상을 짓고 있었다. 그런 그녀를 아는지 모르는지 준현은 수고해요, 한마디 하고 방으로 들어갔다.

"흐아아."

소리 죽인 한숨이 그녀의 입을 타고 흘러나왔다. 이대로라면 정말 제명대로 못 살 것 같았다. 하늘은 복과 화를 동시에 주신다지만, 이건 해도 해도 너무했다.

하루를 따뜻하게 감싸 주던 해가 뉘엿뉘엿 저물었다. 그에 따라 은아가 시계를 힐끗 보는 횟수도 늘어났다. 아직 먼저 퇴근하는 스킬을 배우지 못한 그녀는 누군가가 퇴근하기를 기다리고 있었다.

그때 윤 계장이 무거운 몸을 일으켜 준현의 방문을 두드렸다.

"검사님, 퇴근 안 하십니까?"

나이스, 계장님. 윤 계장은 은아가 하고 싶었던 말을 대신 해 주고 있었다.

"아, 벌써 시간이……. 먼저 퇴근하지 그러셨어요."

준현이 쓰고 있던 안경을 벗고 콧잔등을 문질렀다. 그러고는 얼추 주변 정리를 한 뒤, 보던 문서를 서류 가방에 넣고 자리에서 일어났다.

"은아 씨는 퇴근 안 해요?"

준현과 윤 계장이 검사실을 나서려 하는 동안에도 은아가 책상에 앉아 있자 준현이 물었다.

"먼저 퇴근하세요. 전 조금 이따가 갈게요."

빨리 집에 가고 싶은 마음은 굴뚝같았지만, 조금 더 기다렸다가 혼자서 마음 편하게 갈 생각이었다.

"이야, 자진해서 야근이라니. 우리 사무실에 인재가 들어왔네요. 안 그래요, 검사님?"

"그러게요."

"에이, 인재는요. 제가 일하는 속도가 느려서 그런 건데요."

은아가 두 사람을 배웅할 겸 앉은 자리에서 일어났다. 빨리 나가라는 무언의 압박도 조금은 담겨 있는 행동이었다.

"그럼, 수고."

윤 계장이 인사를 하고 먼저 사무실을 나서려 했다. 그와 달리 준현은 우두커니 서 있다가 청천벽력과도 같은 말을 내뱉는다.

"그러고 보니, 은아 씨 환영회도 아직이죠? 오늘 하는 건 어때요?"

미소를 두른 그녀의 얼굴에 살짝 경련이 일 뻔했다.

"그거 좋네요. 은아 씨, 얼른 나갈 준비해."

이 사람들이 무슨 말을 하고 있는 걸까. 아닌 밤중에 홍두깨라더니. 지금까지 아무 말도 없다가 갑자기 회식이라니. 그것도 월요일 저녁에!

"오랜만에 족발에 소주 어떻습니까?"

"그거 좋네요. 역시 계장님 센스가."

미리 정해 둔 건 아닌지 의심스러울 정도로 빠르게 메뉴까지 정해져 버렸다. 준현은 그 메뉴가 매우 마음에 드는지 윤 계장을 향해 엄지까지 척, 하고 세웠다.

회식 생각에 들뜬 두 사람과 달리 은아는 지옥 밑 구덩이로 떨어지는 기분이었다. 준현과 같이 있는 게 불편하기도 했고, 다른 걸 다 떠나서 그녀는 일주일이 시작되는 날을 술로 보내고 싶진 않았다.

"오늘 월요일인데요?"

좀 상식적으로 생각해 보라는 의미에서 운을 띄웠다. 하지만 은아를 바라보는 두 사람의 눈빛은 '그게 왜?'라고 말하고 있었다. 아무래도 이 두 사람에게 상식을 바라는 건 무리인 듯하다.

결국 그녀는 검찰청 근처 족발 골목, 한 식당에 안착해야 했다.

어쩐지 정겨운 느낌이 물씬 풍기는 가게 안. 테이블 사이의 간격도 좁았고, 왁자지껄한 소음이 사라지지 않는 곳이었다. 고소한 기름내가 코를 간질거리고, 종종 매운 고추 향이 코를 찌르기도 했다.

"크하. 참말 오늘도 국물이 끝내주네."

윤 계장이 순댓국을 그릇째 들이켜며 감탄사를 연발했다. 가게에 도착한 지 그리 오랜 시간이 흐른 것도 아니건만 테이블에는 벌써 빈 병이 두 개 놓여 있었고, 준현이 들고 있는 것까지 세 병째 마시고 있는 중이었다.

준현은 반대편에 있는 윤 계장의 잔을 채워 주었다. 어쩌다 자리 배치가 이렇게 된 건지. 은아의 옆에 준현이 앉아 있었고, 맞은편에 윤 계장이 자리 잡고 있었다. 아니, 어찌 보면 다행한 일이다. 준현과 얼굴 마주하고 있는 것보다는 지금의 상황이 훨씬 나을 테니까.

"계장님, 같이 마시자니까 왜 계속 혼자 마셔요."

"아유, 은아 씨 생각도 해 줘야죠. 아저씨 속도를 어찌 따라오겠습니까."

사실 은아는 술도 꽤 마시는 편이었다. 룸살롱 마담인 미령과도 얼추 비슷하게 마실 정도였으니까. 하지만 지금은 안주만 축내는 밉살맞은 여직원 코스프레를 하기로 마음먹었다.

"여기 족발 엄청 맛있네요."

안주가 사라지면 술자리도 점점 시들해지는 법이다. 그 점을 노리고 산처럼 쌓여 있던 족발을 해치웠다. 그러나 그녀가 미처 알지 못한 사실이 하나 있었으니.

"은아 씨, 족발 좋아하나 봐요. 잘됐다. 이모, 여기 족발 중 자추가요."

"소주도 한 병 더 주이소!"

이 두 사람은 그런 것에 전혀 개의치 않는다는 것이었다.

"소 자면 될 것 같아요. 배가 좀 불러서요."

안주 제거 작전은 실패다. 그녀는 바로 다음 작전으로 넘어가기로 했다.

"이모, 여기 족발 소 자랑 소주 두 병 주세요."

은아는 술에 거의 입도 안 댄 상태에서 둘이서만 세 병을 마셨으니, 이 두 사람을 술로 보내 버리는 건 그리 어려운 일이 아닐 것이다.

"아, 기름진 걸 계속 먹었더니 술이 조금 당기네요."

이후의 상황은 그녀의 계획대로 흘러가기 시작했다. 어느 순간 윤 계장의 자세는 눈에 띄게 구부정해져 있었고, 준현도 탁자에 팔을 기대고 있었다. 곁눈으로 두 사람의 상태를 살펴본 은아가 회심의 미소를 지었다.

"우와. 우리 은아 씨, 술을 그렇게 마셨는데도 얼굴색 하나 안 변하네."

얼굴이 벌겋게 달아오른 윤 계장이 신기하다는 듯 말을 걸었다. 그에 은아가 손을 내저었다.

"얼굴만 멀쩡한 거예요. 티만 안 났다 뿐이지, 지금 엄청 어지러워요."

"아니, 우리랑 이렇게까지 마신 여직원은 은아 씨가 처음이야. 그렇죠, 검사님?"

"그러게요. 은아 씨, 술이 엄청 센가 보네요."

준현까지 동의하며 나서자 은아가 몸을 살짝 들썩였다.

"에이, 왜들 그러세요. 두 분이 거의 다 드셨잖아요."

은아가 화제를 다른 쪽으로 돌리려는 때, 마침 옆에서 술을 마시던 한 남자가 양해를 구하고 들어왔다.

"죄송합니다. 옆으로 조금만……."

옆 테이블에 일행이 늘어서 준현이 있는 공간까지 의자가 침범해 들어왔다. 어쩔 수 없이 준현이 의자를 당겨 은아 쪽으로 붙었다.

"어유, 감사합니다."

두 사람 사이의 간격은 준현의 팔이 그녀의 팔에 닿을 듯 말 듯할 정도로 가까워졌다. 은아는 살짝 굽었던 등이 저절로 펴지는 느낌이었다. 준현도 어색한지 헛기침을 몇 번 내뱉었다.

"우리가 너무 오래 자리 차지하고 있었던 것 같은데, 이만 일어날까요?"

준현의 제안에 은아가 바로 고개를 끄덕였다.

"그러게요. 내일 출근도 해야 하는데, 이만 가요."

세 사람 중 두 사람이 그렇게 말하니, 윤 계장도 어쩔 수 없었다. 그는 아쉬운 듯 입맛을 다시며 먼저 자리에서 일어났다. 준현도 바로 뒤를 따랐다.

"흐아아."

오늘 하루 한숨만 몇 번째인지. 은아는 기가 빨리는 느낌에 축 처졌다가 마지막 힘을 쥐어짜 내서 몸을 일으켰다. 밖으로 나가니 준현과 윤 계장이 담배를 피우고 있는 것이 보였다. 은아는 일정 거리를 유지한 채 두 사람을 기다렸다.

낮은 목소리로 말하고 있었기에 잘 들리진 않았지만, 뭔가 심각한 얘기를 하고 있는 것 같았다. 그녀가 눈을 가늘게 뜨고 두 사람을 지켜보았다.

"아, 오래 기다렸죠?"

준현이 은아를 발견하고 담배를 껐다. 윤 계장도 연기를 날려 버리려 팔을 크게 휘저었다.

"은아 씨는 집이 어디야?"

"전 걸어가면 돼요."

"쳇. 나만 대리 불러야 되는군."

윤 계장의 말에 은아가 고개 들어 준현을 바라보았다.

"나도 집이 근처거든요. 계장님, 그래도 대리 올 때까지 같이 기다려 드리겠습니다."

"역시, 검사님. 크하."

왠지 모르게 훈훈한 분위기가 연출돼서, 은아는 먼저 가겠다는 말을 하기가 힘들어졌다. 결국 세 사람은 윤 계장의 차가 있는 검찰청까지 함께 걸어가게 되었다.

"하아. 집에 가 봤자 기다리는 가족도 없고……."

윤 계장이 하늘을 올려다보며 한탄을 했다. 가족이 없다는 그의 말에 은아의 가슴이 살짝 뭉클해졌다.

"우리 계장님 또 시작이시네."

준현이 말하는 내용과 달리 정감 어린 어투로 타박했다. 윤 계장은 검찰청에 도착하는 그 순간까지 외롭다, 인생 혼자 사는 거지 등등의 말을 이어 갔다.

"조심히 들어가세요."

"도착하면 전화하세요."

그렇게 윤 계장의 차가 출발하고 난 뒤, 두 사람 사이에 어색한 기류가 흘렀다.

"검사님도 조심히 들어가세요."

은아가 먼저 말을 꺼냈다. 조금이라도 빨리 집으로 가서 쉬고 싶었다. 그녀는 고개를 꾸벅하고 돌아서려 했다.

"데려다줄게요."

"아니요. 안 그러셔도 돼요. 집도 바로 근처고요. 지금……."

준현의 호의 아닌 호의에 은아가 재빨리 거절의 말을 했다. 지금 당신이 나한테 해 줄 수 있는 최고의 호의는 그냥 각자 집으로 가는 거라고. 속의 말이 불쑥 튀어나올 것 같아 입을 틀어막았다.

"정말 괜찮아요. 검사님도 피곤하실 테고. 저도 너무 죄송스럽고요."

"이대로 가면 제 마음이 안 편할 것 같아서 그래요."

하지만 이어지는 그녀의 말에도 그는 요지부동이었다. 결국 두 사람은 또, 함께 길을 걷게 되었다. 몇 번 더 거절을 했지만 소용이 없어서 은아가 포기한 것이다.

딱히 할 말이 있는 것도 아니었기에 두 사람은 침묵으로 밤 거리를 거닐고 있었다.

"따라오길 잘했네요. 길이 엄청 으슥하잖아요. 계속 이 길로 다녔던 거예요?"

"밤이라 그렇지, 평소에는 지나다니는 사람도 있고 괜찮아요."

다시 침묵인 채로 횡단보도를 건너고, 길가를 걸었다. 15분 정도의 거리. 평소에는 엄청 짧게 느껴졌는데 지금은 왜 이렇게 길게만 느껴지는지 모르겠다. 둘 사이의 고요함이 너무 무거워, 은아가 다시 말을 꺼냈다.

"그런데 계장님이 가족이 없다는 말은 조금 충격이었어요."

"다들 각자 사정이라는 게 있는 거니까요."

"그렇죠……."

"사연 없는 사람이 어디 있고, 비밀 없는 사람이 어디 있겠어요. 그렇게 하나둘 가지고 사는 거지."

준현의 말에 은아가 가만히 고개를 끄덕였다. 그래, 누구나 다 그렇게 사는 거지. 누군가는 가족이 없을 수도 있고, 누군가는 가족이 미울 수도 있고. 그리고 또 누군가는 가족을……. 가족을 버리고 싶어 할 수도 있는 거겠지.

"은아 씨도 그렇죠?"

앞을 보고 걷던 준현이 은아를 쳐다보며 물었다. 두 사람의 시선이 묘하게 맞물렸다. 그녀는 그의 시선을 피하지 않았다. 방금 전의 질문을 지금이 아닌 다른 때에 들었다면 은아는 소스라치게 놀랐을지도 모른다. 하지만 지금은 담담하게 그를 마주하며 진짜 미소를 지을 수 있었다.

"……그렇죠, 저도."

어두운 밤. 가끔 차가 지나가는 것 외엔 아무도 없는 거리. 봄을 알리는 하얀 매화가 핀 나무 아래에 두 사람이 서 있었다. 그날 마주 본 두 사람이 각자 어떤 생각을 가지고 있는지는 아무도, 준현과 은아 서로도 모를 것이다.

2화. 하늘이 알고 땅이 알고

금요일, 이른 아침. 공덕동의 어느 주택 옥탑방. 알람 소리가 연신 울린다. 창문 너머 전깃줄에 앉아 있던 새들도 날아가 버릴 정도로 시끄러운 소리였다. 하지만 위용을 자랑하던 알람도 정작 깨워야 할 주인은 깨우지 못하고 있었다.

"으음."

그로부터 30분 후. 죽은 듯 자고 있던 은아가 얕은 신음 소리를 흘렸다. 세상모르게 자고 있던 그녀도 뭔가 이상하다는 것을 느낀 것이다. 벌써 알람이 울렸어야 할 것 같은데 왜 이렇게 안 울릴까. 엄습하는 불안감에 한쪽 눈을 가늘게 뜨고 휴대폰

시계를 확인했다.

"으악!"

공덕동의 어느 주택 옥탑방의 아침은 그렇게 집주인의 비명 소리와 함께 시작되었다.

은아의 보금자리인 단 한 칸의 방. 그 방은 지난여름, 그녀가 불볕더위와 싸웠던 그 방과는 사뭇 달라 보인다. 온통 여자 짐 뿐이고 남자가 같이 살고 있는 흔적은 어디에도 없었다.

그렇다. 그녀는 합격 발표를 듣자마자 은성과 함께 살던 단 칸방에서 떠나왔다. 검찰청 근처에 옥탑방 원룸을 구해 놓고도 오빠에게 연락 한번 하지 않았다. 처음부터 모르는 사이였던 것처럼, 하나뿐인 가족을 버리기로 한 것이다.

"내가 미쳐. 왜 안 하던 늦잠이래."

평소보다 30분 늦은 기상이었지만 평소에 너무 일찍 일어나는 편이었기에 지각할 걱정은 없었다. 다만 지금까지 지켜 온 항시 출근 1등 기록은 깨질지도 모르겠다.

재빨리 씻고 화장까지 마친 은아가 정장 치마를 입고 단추를 잠갔다. 아니, 잠그려 했다.

"어?"

팔을 뒤로 해서 잠그려니 자꾸 잠금쇠가 안 걸려서 치마를 돌렸다. 그녀는 치마를 앞으로 돌리고 나서야 왜 옷이 안 잠겼는지 이유를 알 수 있었다. 새로운 직장에 출근하기 시작한 지 2주일째. 급속도로 살이 쪄서 옷이 맞지 않았던 것이다.

은아는 윤 계장의 한탄을 듣고 나서 안타까운 마음에 퇴근 후의 시간을 그에게 헌납하기에 이르렀다. 대부분이 족발집에서 소주와 족발을 먹는 거였다. 거의 매일, 늦은 밤에 고기와 술을 먹었던 것이 문제가 된 듯하다.

"어우, 이 살 좀 봐. 당분간은 도망 다녀야겠다."

아무리 안타까운 사연이라도 계속 똑같은 레퍼토리만 들으면 무뎌지는 법이었다. 윤 계장을 안쓰러워하던 그녀의 감정도 처음 느꼈던 때와는 그 감흥이 사뭇 달라져 있었다. 그녀는 고개를 절레절레 저으며 약간 컸던 정장 바지를 집어 들었다.

1층으로 내려가자 골목을 따라 붉은 벽돌 주택이 줄지어 있는 것이 보였다. 중간중간 불법 주차되어 있는 차를 비켜 가며, 속도를 올려 달리기 시작했다. 조심조심 내리막길도 내려갔고, 꽃이 떨어져 가는 매화나무도 빠르게 지나쳤다.

하지만 그녀의 발걸음을 멈춰 세우는 것이 있었으니, 동네 빵집에서 풍겨 오는 막 구운 빵 냄새였다. 은아의 발이 서서히 속도를 잃어 가다가 급기야 방향을 틀어 빵집으로 들어가 버린다.

"사장님, 항상 먹던 걸로 빨리요."

"오늘은 좀 늦었네요."

푸근한 느낌의 아주머니가 은아를 반겼다. 은아는 첫 출근 때부터 이 가게의 빵에 매료되어 2주 내내 출근 도장을 찍었더랬다.

"늦잠을 좀 자서요."

벌써부터 빵 한 봉지를 뜯은 그녀가 입을 오물거리며 말했다.

"자, 여기요."

"고맙습니다. 수고하세요."

주인아주머니가 주는 비닐봉지를 받아 들고 가게를 나서던 참이었다. 다시금 속도를 내려던 은아가 눈앞에 있는 남자 때문에 입을 뻐끔거렸다.

"검사님이 여긴 왜……."

"우리 집이 저기 아파트거든요."

빵집이 있는 사거리. 준현이 그녀가 왔던 방향과는 다른 쪽을 가리키며 말했다. 그의 손끝이 향한 곳, 저 멀리 고층 아파트가 서 있는 것이 보였다.

"아, 그러셨구나."

은아가 어색하게 웃으며 준현의 옆으로 다가갔다. 월요일에 환영회가 있던 그날 이후, 그녀는 그가 조금은 덜 불편하게 느껴졌다. 그때 그가 한 말로 추정해 보건대, 준현은 이미 그녀를 기억하고 있을지도 모른다는 생각이 들었다. 그리고 설사 그녀를 알고 있다 해도 다른 사람에게 말할 것 같지 않았다.

"왜 한 번도 못 봤을까요."

"은아 씨가 워낙 일찍 출근했으니까요. 오늘은 평소보다 조금 늦었네요."

"늦잠을 좀 자서요."

"아아."

그녀는 방금 전 빵집 아주머니에게 한 말을 또 반복하고는 다시 입을 꾹 다물었다. 준현도 살짝 호응만 할 뿐 별다른 말이 없었다.

'다신 늦잠 자지 말아야겠다.'

비밀을 들킬까 봐 전전긍긍하진 않았지만, 여전히 그녀는 준현과 마주하는 상황이 유쾌하지만은 않았다. 특히 지금처럼 예상치 못한 상황에 이렇게 마주치면 여전히 깜짝깜짝 놀라곤 했다.

"빵을 엄청 좋아하나 봐요."

골목을 빠져나와 도로가를 걸을 무렵, 준현이 물었다. 그에 은아가 빵이 든 봉지를 뒤적였다.

"하나, 드실래요?"

"아뇨. 전 빵은 좀……."

빵을 굉장히 싫어하는 모양인지 그는 정말 곤란하다는 얼굴을 하고 있었다. 안 먹는다면 나야 좋지. 은아는 어깨를 으쓱하고는 봉지에서 손을 빼냈다.

"은아 씨도 앞으로 이 시간에 나와요. 이렇게 같이 출근하면 좋잖아요."

"네?"

은아가 저도 모르게 얼굴을 잔뜩 찌푸리고 되물었다. 아차, 싶은 마음에 표정 관리를 하며 입술을 앙다물었지만, 이미 늦은 처사였다.

"내가 그렇게 싫어요?"

"아니, 그런 게 아니라요."

준현이 웃음 머금은 눈으로 은아를 빤히 쳐다보았다. 그의 시선을 견디지 못한 은아가 눈동자를 데구루루 굴려 옆으로 돌렸다.

"솔직히, 상사니까. 아무래도 편하진 않죠."

"아아. 단순히 내가 직장 상사라서? 회사에서 날 그렇게 피해 다니는 것도 그래서란 말이죠?"

"검사님이랑 같이 있는 모습 보이면 여직원들 사이에서 왕따 돼요."

다행이다. 준현이 검찰청 인기남이어서. 은아는 자신이 생각해도 적절한 변명이었기에 속으로 뿌듯해하고 있었다.

"솔직히 말해서 날 이렇게까지 대놓고 피하는 사람은 은아 씨가 처음이에요."

"아……."

"방금 나 되게 재수 없었죠?"

은아가 자기도 모르게 고개를 끄덕였다.

"……조금요. 아, 아니, 그게 아니라."

넋 놓고 고개를 끄덕이던 은아가 손사래까지 쳐 가며 부인하자 준현의 웃음보가 터져 버린다.

"하하하."

"웃지 마세요!"

은아의 불퉁한 목소리에도 호탕하게 웃던 준현이 차츰 웃음을 그치고 말했다.

"아직 은아 씨를 어떻게 해야 할지 모르겠어요."

"네?"

어떻게 하다니. 뭘 어떻게 한단 말인가. 은아가 곁눈으로 그를 흘끗 보았다. 준현도 그런 그녀를 살펴보다가 말을 이었다.

"다른 분들은 굳이 제가 말 안 해도 먼저 말 건네주시니까 대답만 하면 됐었거든요. 제가 워낙 말하는 게 서툴러서요."

"아아. 사실 저도 그래요."

"은아 씨는 말 엄청 잘할 것 같은데요?"

"그러는 검사님이야말로, 대한민국 검사님이 말을 못하면 누가 말을 잘할까요."

"그런가요."

준현은 긍정도 부정도 아닌 말을 하며 고개를 주억거렸다. 그렇게 대화를 나누는 사이에 두 사람은 검찰청 입구까지 도착했고, 검사실에 도착할 때까지 더 이상의 대화는 이어지지 않았다.

금요일 오후는 참으로 나른했다. 금방 점심을 먹은 데다 햇살도 따뜻해서 잠들기에 딱 좋을 것만 같았다. 역시나 옆 책상의 윤 계장은 꾸벅 졸고 있기까지 했다. 하지만 은아는 졸고 있을 수가 없었다. 오늘 아침, 준현이 했던 말이 신경 쓰였기 때문이다.

'어떻게 해야 할지 모르겠다라…….'

정말 은아와 대화하는 것이 힘들었다면, 보통은 어떻게 '대해야 할지 모르겠다, 라고 말하지 않을까.

'분위기를 봐선 확실히 기억하고 있는 것 같긴 한데……. 어떻게 해야 할지 모르겠다는 말은 무슨 의미야? 아니지, 내가 너무 깊게 생각하는 걸까.'

이런저런 생각 때문에 좀처럼 일에 집중하지 못하고 있을 무렵이었다.

쾅. 준현의 방문이 큰 소리를 내며 열렸다. 졸고 있던 윤 계장을 벌떡 깨울 정도로 큰 소리였다. 열린 문으로 준현이 저승사자라도 되는 것처럼 차가운 기운을 풍기며 나왔다. 평화롭던 사무실의 분위기가 순식간에 얼어붙는 순간이었다.

"윤 계장님. 박영순 씨 자택에 압수 수색 영장 발부했습니까?"

은아와 윤 계장, 두 사람 모두 자리에서 벌떡 일어났다. 평소에 친절하던 사람이 분위기가 확 변하니 그 괴리감에 더욱 긴장이 되었다.

"아, 저, 그게…….."

'은아 씨, 안 했어?' 하는 표정으로 윤 계장이 그녀를 바라보았다. 그에 은아의 얼굴이 흙빛이 되었다. 어제저녁 윤 계장에게 다음 날 아침에 영장 발부하라고 지시를 받았었는데 깜박한 것이었다.

"검사님, 그게 사실은 제가······."

은아가 기어들어 가는 목소리로 준현에게 말을 건네었다.

"윤 계장님!"

하지만 준현은 그녀 쪽은 쳐다보지도 않고, 윤 계장에게만 불벼락을 내리고 있었다.

"죄송합니다, 검사님. 제가 깜박하고······. 지금 바로 하겠습니다."

"검사님, 지금 건 제가 실수······."

윤 계장에게 미안한 마음이 들어서 은아가 다시 한 번 준현에게 말을 걸었다. 하지만 얼음장 같은 그의 눈빛에 말을 채 이을 수가 없었다.

"빨리 처리해 주세요."

준현은 그 말을 마지막으로 다시 방 안으로 들어갔다. 윤 계장이 뒷머리를 긁적이며 나갈 채비를 하기 시작했다.

"죄송해요, 계장님."

은아가 입술을 질끈 깨물며 윤 계장에게 다가갔다.

"아니야. 은아 씨는 이제 일 배우는 단곈데. 내가 소홀했지."

"그런데 어디 가세요?"

"박영순 씨 사건, 내 딴에는 별로 안 급한 것 같아서 은아 씨한테 맡겼는데 꽤 중요한 일인가 봐. 검사님이 저렇게 나오시는 거 보면. 그럼 내가 직접 가야지."

같이 한솥밥을 먹은 지 오래되다 보니 척하면 착이었다.

"나 밖에서 일 보고 퇴근할 테니까, 은아 씨도 시간 되면 알아서 퇴근해."

"죄송해요."

"그럴 필요 없대도."

윤 계장은 허허 웃으며 사무실을 나섰다. 은아는 그가 괜찮다고 하긴 했지만 미안한 마음을 감출 수가 없었다. 그래서 괜히 일하는 내내 준현의 방문을 노려보기도 했다.

"그 태도는 뭐야, 도대체."

기분이 좋아야 할 금요일 퇴근 시간. 은아는 준현에게 무뚝뚝하게 먼저 퇴근하겠습니다, 라는 말을 남기고 사무실을 나섰다. 엘리베이터를 타고 1층으로 내려오는 그 순간까지도 여전히 굳은 표정이 풀리지 않은 채였다.

차라리 그녀가 혼이 났다면 이 정도로 마음이 불편하진 않았을 것이다. 은아도 자신이 잘못했다는 사실은 인정하고 있었다. 하지만 왜 불똥이 윤 계장에게 튀어야 하는가. 그에 대해서는 준현을 이해할 수도, 이해하고 싶지도 않았다.

'윤 계장님한테 더 붙들려 다녀야 할까.'

살이 찐 관계로 족발 동맹을 해체하려던 은아가 진지하게 다시 고민하고 있을 즈음이었다. 고개를 숙이고 경찰청 밖으로 나서던 그녀는 아무 생각 없이 얼굴을 들었다.

"아……."

봄인데도 불구하고 칙칙한 옷을 입고 껄렁하게 서 있는 한 남자. 고은성이 가로수 옆에 덩그러니 서 있는 것을 보고야 말았다.

'왜 저 인간이 여길……'

은아는 그녀가 어디에 배속받았는지, 어디에서 살고 있는지를 그에게 알려 준 적이 없었다. 그런데 어떻게 그가 이곳에 있을 수 있단 말인가. 놀란 그녀가 주위를 둘러보다가 재빨리 은성에게 다가갔다.

"조용히 따라와."

혹시나 누가 볼세라 어중간하게 그에게 다가가 잇새로 속삭였다. 그녀가 여기서 일한다는 것을 어떻게 알게 됐는지는 몰라도, 그가 볼일 있는 사람은 아마도 그녀일 것이다. 하지만 아무리 볼일이 있어도 검찰청 앞에서는 아니었다.

"빨리!"

일행이 아닌 척 먼저 가려던 은아가, 은성이 따라오지 않자 뒤를 돌아보았다.

"네가 왜 여기 있어?"

은성은 의외라는 듯 그녀를 쳐다보며 멀뚱히 서 있었다.

'저 인간이 무슨 소릴 하는 거야.'

은아는 왔던 길로 돌아가 장승처럼 서 있는 은성을 잡아끌려고 했다.

"일단 다른 데 가서 얘기하자니까."

여동생이 잡은 팔을 툭 쳐 낸 은성이 팔을 휘휘 저었다.

"됐고. 너 만나러 온 거 아니니까, 꺼져."

"뭐래."

은아가 다시 은성의 팔을 잡으려고 할 때였다.

"아, 고은성 씨."

옆에서 익숙한 남자의 음성이 들려왔다. 그와 동시에 은아의 혼도 저 멀리 날아가 버리는 것만 같았다. 은성과 함께 있는 지금. 가장 만나서는 안 될 남자가 그들에게 다가오고 있었다.

"은아 씨, 은성 씨 알아요?"

이, 저승사자 같은 남자. 타이밍 하나는 끝내주게 맞춰 주신다. 거기다 그녀를 가장 패닉으로 이끌 적절한 질문까지. 은아는 차마 고개를 돌리지 못하고 눈을 들어 그녀의 오빠를 올려다보았다. 설마 이 양아치가 정말로 그녀가 아닌 다른 사람을 만나러 검찰청에 왔을 줄이야.

"아니요!"

은아는 본능적으로 대답부터 먼저 뱉어 냈다. 이후 이 상황을 어떻게 설명할지 머리를 굴려 보았다.

"길을 물으시더라고요. 그래서 가르쳐 드리려고 했죠."

지금의 거짓말은 은성이 도와주지 않으면 말짱 헛일이 되는 일이었다. 평소 은성이었다면 그녀에게 미쳤냐고 한마디 했을 것이다. 은아가 간절한 눈빛으로 그를 바라보았다. 은성은 그런 그녀를 심드렁하게 보더니 준현에게 말했다.

"네, 근처에 편의점이 어디 있는지 물어봤습니다. 담배가 떨어졌거든요."

그리고 이 말도 안 되는 촌극은 준현의 끄덕임과 함께 마무리되었다.

"아아. 그랬군요. 은아 씨는 퇴근하세요. 편의점은 제가 알려 드리겠습니다."

"뭐, 됐습니다. 할 얘기나 하시죠."

"그럼, 적당한 데로 갈까요?"

멀뚱히 서 있는 은아를 두고 준현과 은성이 다른 쪽으로 향했다. 준현이 은아를 돌아보며 가볍게 인사를 했고, 그녀도 고개를 숙였다. 그렇게 두 사람은 은아에게서 멀어져 갔다.

"이상한데……."

준현이 보는 앞에서 은성과 함께 있는 모습을 보인 것 자체가 기함할 일인데, 너무 아무 일 없이 상황이 정리된 것 같아 오히려 뒤가 구린 느낌이 들었다. 게다가 저 두 사람은 왜 따로 만나는 걸까. 알 수 없는 것투성이였다.

결국 그녀는 두 사람이 사라진 방향을 따라 걷기 시작했다. 이대로는 집에 간다 해도 편히 쉬지 못할 것 같았다.

두 사람은 검찰청 근처 카페 안으로 들어갔다. 은아는 가게 위치만 확인해 두고, 우선 멀찍이 밖에 서서 미령에게 전화를 걸었다. 미령에게 앞으로 연락하지 말라고 엄포를 놓은 상황이었기에 이렇게 먼저 연락하는 것이 민망하기도 했지만 어쩔 수 없는 노릇이었다.

─어머, 잘나신 공무원님이 미천한 술집 마담한테 웬 전화래.

아니나 다를까. 미령은 비아냥거리며 은아의 전화를 받았다.
그래도 받아 준 게 어딘가.

"요즘 가게에 무슨 일 있어? 아니. 고은성, 오늘 어디 간다는
말 없었어?"

─그걸 제가 왜 말씀드려야 하죠? 생판 남한테 집안일 말하
는 사람도 있나요.

"고은성이 내가 일하는 검찰청에 왔단 말이야. 우리 사무실
검사도 만나고 있고. 정말 뭐 아는 거 없어?"

─뭐? 너 김준현 검사랑 같이 일해?

그제야 미령도 놀란 기색이 역력해졌다.

"그렇다니까. 그런데 언니도 김준현 씨, 알아?"

은아는 일단 질문을 해 놓고, 자신이 쓸데없는 질문을 했다
는 것을 깨달았다. 준현이 '난초'에 얼마간 다녔으니 미령이 그
를 아는 것은 당연한 것이 아닌가.

"아니, 고은성이 왜 김준현 씨랑 만나는 건데."

수화기 너머로 잠시 고민하는 듯하더니, 미령이 말을 꺼내기
시작했다.

─딱히 일이 있는 건 아니고, 아니 큰일은 큰일인가. 보통 룸살
롱 손님 중에 큰 건으로 붙들리면 우리도 같이 걸려들어 가는
경우가 많잖아. 높으신 분들이야 겸사겸사 같이 처리하는 거고.

그러고 보니 룸살롱에서의 녹취록도 증거로 제출되었다고 했다. 그럼 '난초'도 같이 엮여서 세금 폭탄을 맞는 것도 이상할 게 없는 상황이었다.

―근데 그 검사가 우릴 봐준 거지. 오늘 만나러 간 건, 감사 인사 겸 간 거고.

"정말 그것뿐이야?"

―내가 아는 건 이게 다야. 고 부장 속을 내가 어찌 알겠어. 그건 그렇고, 너 진짜 성공했구나? 검사랑 같이 일도 하고. 야, 이 정 없는 기지배야. 그렇다고 정말로 연락을⋯⋯.

"끊어. 나중에 다시 전화할게."

조금은 이 상황이 정리가 되기 시작했다. 그런 거라면 굳이 마음 졸일 필요까진 없을 것이다. 정체가 들통 나는 건 둘째 치고, 은성이 무슨 사고라도 치지 않을까 걱정이었는데 감사 인사를 하러 온 사람이 사고를 칠 리가⋯⋯.

"너, 뭐 하는 새끼야?"

갑자기 들려온 큰 소리에 은아가 벽 옆으로 몸을 숨겼다. 은성이 거친 모습으로 카페에서 먼저 나왔고, 준현이 그런 은성을 붙잡았다. 그러자 은성이 준현의 멱살을 쥐며 소리친 것이다.

"너, 이 새끼. 누구냐고!"

은성은 언제 주먹을 날려도 이상하지 않을 정도로 흥분해 있었다. 그런 오빠를 바라보는 은아의 속은 타들어 갔다. 저 인간을 믿은 내가 등신이지!

"고은성 씨, 일단 진정하시고."

멀리서 불안해하며 지켜보는 은아와 달리, 정작 멱살을 잡힌 준현은 침착해 보였다. 어슴푸레한 저녁 무렵, 거리에서 벌어진 때아닌 실랑이에 지나가던 사람들이 힐끗힐끗 쳐다보기 시작했다. 그럼에도 두 사람은 두 사람만의 긴장감을 유지한 채 서로를 대하고 있었다.

"딱히 그 일에 대해서 책임을 물으려는 건 아닙니다. 다만."

"난 아무 상관없어. 아무것도 모른다고."

"상관있는지 아닌지는 제가 들어 보고 결정하겠습니다."

"아무것도 모른다니까!"

"자꾸 이러시면 저도 공식 절차를 밟는 수밖에 없습니다."

"멋대로 해 봐. 난 할 말 없으니까."

은성이 준현을 탁, 밀치며 놓고는 택시를 잡으러 길가로 향했다. 준현은 철옹성 같은 은성의 모습에 일보 후퇴하기로 하고, 그가 가는 모습을 지켜보다가 발걸음을 돌렸다. 은아는 우두커니 서서 두 사람의 모습을 전부 지켜보았다.

'뭔가 있다.'

아마도 은성이 어떤 일에 관련되어 있는 것이 아닐까. 솔직히 그의 전적을 보면 지금까지 무사한 게 신기할 정도니까. 하지만 은아는 무슨 일일지 감도 잡을 수 없었다. 그녀가 알고 있는 것은 과거에 오빠가 어떤 일을 하면서 다친 적이 아주 많았다는 것뿐이었다.

"아, 뭐가 이리 복잡해!"

답답함에 발까지 구르던 은아가 마음을 다잡고 걸음을 옮기기 시작했다. 이미 준현은 손바닥 크기만큼 작아져 있었다. 일단 집에 가자. 무슨 일인지는 몰라도 지금의 그녀가 할 수 있는 일은 아무것도 없었다. 그녀는 점점 더 작아져 가는 준현을 눈에 담으며 그와 같은 방향으로 걸어갔다.

'고은성, 무슨 일을 하고 다닌 거야.'

어느 순간 준현은 골목으로 들어가서 보이지 않았고, 은아는 허공을 응시한 채 혼자만의 생각에 잠겨 있었다. 후미진 골목을 걸으며 길모퉁이를 돌아설 무렵이었다.

"고은아 씨."

준현이 골목 귀퉁이, 벽에 기대어 서서 은아를 불렀다. 그녀의 눈이 커졌다가 곧 원래 크기로 돌아왔다. 요즘 계속 놀람의 연속이다 보니 이 정도는 놀라는 축에도 끼지 못했다.

"우리 얘기 좀 할까요?"

은아의 눈이 그의 심중을 가늠하려고 한껏 가늘어졌다.

"제가 따라간 거, 언제부터 알고 있었어요?"

"그냥, 지금까지 지켜본 은아 씨라면 이런 때에 따라오지 않을까 했어요."

"이런 때가 어떤 때인데요?"

은아는 이제 예의 그 미소도 짓지 않고 있었다. 그에 준현은 아무 대답 없이 웃기만 하다가 다시 제안했다.

"족발은 이제 많이 물리겠죠? 편의점 앞에서 맥주 한잔 어때요."

"그렇게 해요."

은아가 먼저 앞장섰다. 오냐, 차라리 툭 까놓고 얘기하는 게 속이 더 편하겠다. 그녀의 눈동자에는 왠지 모를 비장함마저 담겨 있었다. 준현도 벽에 기대고 있던 자세를 바로 세우고 그녀를 따라 걸었다.

빵집 사거리에 위치한 편의점 앞. 테이블 하나에 자리 잡은 두 사람은 미리 사 둔 맥주와 과자에는 입도 대지 않은 채 서로를 응시하고 있었다. 먼저 말을 꺼내면 죽기라도 하는지 입을 꾹 다물고 긴장감을 유지했다. 칼날 같은 시선이 한참을 오고 가다가 준현이 맥주를 한 모금 마시고, 열리지 않을 것 같던 입을 열었다.

"궁금한 게 하나 있는데요."

은아가 말해 볼 테면 해 보라는 식으로 고개를 끄덕였다.

"새우 등이 왜 터진 겁니까?"

난 네가 지난여름에 한 짓을 알고 있다는, 일종의 기선 제압이었다. 은아는 준현이 기억하고 있을지도 모른다고 어렴풋이 생각하긴 했지만, 이렇게 대놓고 물어 오니 조금 당황해서 가쁜 숨을 삼켰다.

"글쎄요. 왜 그런 걸 저한테 묻는지 모르겠지만, 아마도 새우가 남의 일에 쓸데없이 참견해서 그렇지 않을까요."

은아가 일부러 '쓸데없이'에 힘을 주어 가며 말했다. 애써 담담함을 가장한 그녀의 대답에 준현은 뭔가 큰 깨달음이라도 얻었다는 듯 감탄한 표정을 내보였다. 과한 설정에 은아의 입매가 살짝 실룩거렸지만 그뿐이었다.

"솔직히 말하자면, 두 사람이 남매라는 건 작년 여름에도 알고 있었어요."

"그때부터 알고도 모른 척, 속였다?"

"은아 씨도 내가 모른 척해 주길 바란 것 같아서요."

엄밀히 말하면 모르길 바란 것이었다. 지금까지 자신이 행한 미소 천사 콘셉트가 전부 헛일이었다고 생각하니 쓴 신음이 절로 흘렀다. 혼자 버둥거리는 그녀를 보며 그는 무슨 생각을 했을까.

"계속 모른 척해 주지 그러셨어요."

"그러기엔 여러 가지 걸리는 게 많아서요."

"……오빠 문제예요?"

"아마도."

"무슨 일인데요?"

은아의 질문에 이번에는 준현이 그녀를 관찰하듯 빤히 쳐다보았다. 어떠한 거짓도 형용치 않겠다는 표정이었다.

"글쎄요."

은아는 애매한 준현의 대답과 그녀를 관찰하는 시선에서 한

가지 의문이 들었다.

"설마 지금 날 의심하는 건 아니죠?"

"2주라는 시간이 한 사람을 신용하기에는 참 짧은 시간이죠."

"말도 안 돼."

"고은성 씨는 제가 조사하고 있는 어떤 사건에 꽤 연루되어 있어요. 그런데 어느 날 갑자기 그 남자의 여동생이 내 사무실에 배정받았고요. 은아 씨라면 무슨 생각이 들겠어요?"

믿기 힘들 것이다.

"그래도, 전 아니에요. 오빠가 무슨 일을 하고 다니는지도 모른다고요."

그녀가 그의 입장이었어도 그녀를 믿기 힘들 것 같았다. 하지만 은아도 지금의 상황이 억울하기는 매한가지였다.

"그 말이 사실이었으면 좋겠네요."

슬프게도 그녀의 억울한 호소가 그에게는 그다지 먹히지 않는 모양이다. 준현의 눈동자는 한 점 흔들림 없이 그녀를 꿰뚫어 보려 하고 있었다.

"아, 정 의심되면 날 다른 곳에 배정해 주세요. 검사님이나 저나 그러는 편이 서로……."

"친구는 가까이, 적은 더 가까이 두라는 말이 있죠."

속이 답답해져 왔다. 은아는 이미 식어 버린 맥주를 벌컥벌컥 들이켰다. 연한 비린 맛이 입 안을 감돌았지만, 지금은 그게 중요한 게 아니었다.

"난 평범하게 살고 싶어요. 이제 겨우 다시 시작할 수 있을 줄 알았는데, 상사한테 의심받고, 감시당하면서 일하긴 싫다고요."

이제야 그곳에서 벗어날 수 있게 될 줄 알았다. 웃음을 팔고, 몸을 파는 음지의 생활에서 벗어나 당당하게 보통 사람들처럼 살 수 있을 줄 알았다. 그러기 위해서 하나뿐인 가족과 연락도 끊었고, 독한 년이라는 소리를 들어도 버텼다.

하지만 그녀의 과거는 예상치 못한 곳에서 불쑥 나타나 그녀를 그 구렁텅이로 다시 밀어 넣으려 하고 있었다. 빛 하나 들지 않는 음지 속으로 가라앉히려 하고 있었다.

"그 말이 사실이라면, 은아 씨한테는 미안한 일입니다만……."

냉정하기만 하던 그의 음성에 아주 조금의 감정이 묻어 나오는 듯했다. 그에 은아가 눈을 들어 그를 마주 보았다. 하지만 그건 그녀의 착각이었을까. 준현은 처음과 다를 것 없이, 그녀를 관찰하는 시선을 거두지 않고 있었다. 그의 눈이 말하고 있었다. 어쩔 수 없는 일이라고.

'감정으로 호소하는 건 그만두자.'

은아가 벅차오르는 마음을 다잡고 깊게 숨을 뱉어 냈다.

"그 조사 중인 사건 말인데요. 그 사건만 해결되면 검사님 의심도 사라질까요?"

"아무래도 그렇겠죠."

그렇지만 말이 쉽지, 쉽게 해결될 만한 사건이 아닌 건 확실했다. 준현은 그녀가 그의 사무실에 배정된 것이 상대방의 음

모일지 모른다고 생각하는 중이었다. 그렇다는 건, 그가 조사 중인 상대는 검찰청에서 인선 배치를 마음대로 할 수 있는 정도의 힘이 있다는 것이다.

그리고 이젠 그녀도 의심이 되기 시작했다. 과연 그녀가 준현의 사무실에 배정된 것이 단순한 우연이었을까.

"일단 지금 제가 알 수 있는 건, 잡아야 할 대상이 검찰청 안에, 그것도 꽤 높으신 분들께 영향을 끼칠 수 있다는 것 정도네요. 그런 사람들이랑 우리 오빠가 무슨 일을 했을 것 같진 않은데…… 오빠가 관련됐다는 건 확실해요?"

은아의 말에 준현은 속으로 꽤 놀라고 있었다. 짧은 시간에 이 정도 얘기만 듣고 대상의 범위를 좁힌다는 게 쉬운 일은 아니었다. 물론 처음부터 모든 걸 알고 있는 그녀가 연기를 하는 중일지도 모른다. 그건 그거대로 또 놀라운 일이다.

'재밌는 여자.'

둘 중 어느 것이 사실이든 은아는 준현의 시선을 확 끄는 존재였다. 작년 여름, 그에게 일침을 놓았던 그때부터.

"거의 확실해요. 그리고 은아 씨 말대로 검찰청 내에까지 영향력이 있어서 대놓고 조사하진 못하고 있죠."

"후우. 믿을지 모르겠지만 저도 나름 알아볼게요. 그러려면 어느 정도 정보는 주세요."

"믿을게요."

능청스러운 준현의 말에 은아가 눈을 가늘게 떴다.

"거짓말. 전혀 안 믿고 있잖아요."

그렇게 두 사람은 한 사람은 자신의 결백을 증명하기 위해, 나머지 한 사람은 범죄자를 소탕하기 위해 동맹을 맺기로 했다. 그 밤, 별 특별할 것 없는 흔해 빠진 편의점 테이블에 앉은 은아와 준현은 밤하늘을 안주 삼아 이미 미지근해진 맥주를 함께 마셨다.

3화. 적재적소

　사람을 판단하는 것은 쉽지가 않은 일이다. 물론 한 사람이 다른 사람을 판단한다는 것 자체가 말도 안 되는 일이지만, 준현은 '사람을 판단해야 하는' 위치에 서 있는 사람이었다. 다수의 행복과 전체의 질서를 위해 개인의 죄를 단죄해야 했던 것이다.

　'저 사람이 죄를 지었을까.' 하는 의심으로 타인을 대하는 것은 생각보다 고역이었다.

　'나는 과연 다른 사람을 판단할 자격이 있는가.'

　검사가 되고 나서 하루에도 수십 번씩 들었던 생각이다. 그가 수사하는 사람들 앞에서 그는 얼마나 떳떳한가. 그는 정말 한 점 부끄러움이 없을까. 여러 가지 드는 상념에 갈피를 잡지 못하던 적도 있었다.

그렇게 어느 정도 시간이 지나면서 이에 대한 고민도 서서히 무뎌지기 시작했다. 사람을 판단하는 것이 일상이 되고, 일이 많다는 것을 핑계로 상념들을 비워 갈 무렵이었다.

그때 은아가 그의 눈앞에 나타났다. 모두가 순응하며 살아가고 있는 음지에서 고통스러운 비명을 지르고 있는 그녀를 발견했다. 룸살롱에 있는 다른 사람들과 섞일 듯 섞이지 않는 여자. 그게 바로 준현이 본 은아였다.

준현이 미리 내려 둔 헤이즐넛을 한 모금 마셨다. 부드러우면서도 입 안에 오래도록 남는 깊이 있는 향. 이런 특성 때문에 그는 헤이즐넛을 즐겨 마시는 편이었다.

주말 오전. 달콤한 휴일임에도 평소 기상 시간대로 일어난 그가 전경이 확 트인 창가로 향했다. 발아래로 이 일대가 한눈에 들어왔다. 세상을 아래에 두고 나니 마치 전능한 신이라도 된 것 같은 기분이었다.

그렇게 얼마간 바깥 풍경을 바라보고 있었을까. 어느 순간 그의 눈동자가 오래도록 머무는 곳이 있었으니, 붉은 벽돌 주택으로 줄지어 있는 골목이었다. 아마 그 어딘가에 은아가 있을 것이다.

그의 입가에 살포시 미소가 자리 잡았다. 그러다 곧 입매가 다시 단단해졌다.

은아를 떠올리면 항상 이런 반복이었다. 기를 쓰는 그녀의 모습에 설핏 미소가 맺히다가도, 그 모습이 거짓일 수도 있다는 생각에 마음이 차갑게 가라앉곤 했다.

그녀를 어찌하면 좋을까.

배 속 깊은 곳에서부터 시작된 한숨이 입으로 뱉어져 공중에 흩어졌다. 어젯밤, 은아에게 이것저것을 밝힌 것에는 여러 가지 이유가 있었다. 우선은 혹시나 그녀가 정말 이중 스파이였을 때를 대비해 움직임에 제한을 두기 위해서였다. 그가 그녀를 의심하고 있다는 것을 알게 되면 쉽게 움직일 수가 없을 것이다.

그럼 만약 그녀가 결백하다면 어떨까. 물론 고은성과 가족인 이상, 수사망을 피하기는 힘들 것이다. 은아를 의심하고 지켜보는 것은 그의 직업이 검사이기에 어쩔 수 없는 일이다. 다만, 준현은 은아의 혐의가 풀리면 그녀에게 백배사죄하고, 능력이 되는 한 최대로 그녀를 도와줄 생각이었다.

"난 평범하게 살고 싶어요. 이제 겨우 다시 시작할 수 있을 줄 알았는데, 상사한테 의심받고, 감시당하면서 일하긴 싫다고요."

어쩐지 서글픈, 그녀의 진심 어린 울분이 떠올랐다. 전혀 안 믿는 것 아니냐고 타박할 때의 처연한 웃음도 머릿속을 사로잡았다.

오늘따라 커피 향이 더욱 쓰게 느껴진 탓에 준현이 머그잔을 내려놓았다.

그녀가 정말 이 일에 아무런 관련이 없는 거라면, 지금 준현은 은아에게 아주 지독한 일을 하고 있는 거겠지. 뒤이어 어떤 보상을 해도 그녀가 받은 고통에 비하면 한없이 부족할 것이다.

"하아……."

그럼에도 불구하고 그는 그녀를 향한 의심을 거둘 수 없었다. 그 나름의 신념대로 지금의 길을 나아가야 했다.

주말 오전. 은아의 얼굴에 먹구름이 잔뜩 드리워졌다. 휴일에는 늘어지게 잠만 자고 싶었는데, 이른 아침부터 고매하신 검사님의 호출이 있었던 것이다. 하아. 애초에 전화를 받질 말았어야 했는데.

준현은 추가적으로 수사할 것이 있어서 함께 동행을 부탁한다고 했다. 그런데 말만 부탁이지 이게 권력 남용이 아니고 뭐란 말인가.

은아가 신경질적으로 한 발 한 발 내딛었다. 모퉁이를 돌자 내리막길이 보였고, 그 길이 끝나는 지점에 중형차 한 대가 서 있었다. 고급스럽진 않았지만 중후한 느낌이 드는 검은색 차였다.

'저 차인가.' 하고 생각할 무렵, 누군가가 운전석에서 내리는 것이 보였다. 역시나 준현이었다. 그는 평소의 슈트 차림이 아니라 단정한 니트에 면바지를 입은 채였다. 깔끔하게 올리던 머리도 자연스럽게 이마 위로 흩어져 있었다.

"평상복 입고 와도 되는 거였어요?"

편하게 입고 있는 준현과 달리 은아는 정장으로 한껏 힘주어 입고 있었다.

"일이라고 해서 정장 입고 왔는데……."

"뭘 입든 무슨 상관이겠어요. 수사만 하면 되지."

'그걸 좀 더 일찍 알려 달란 말입니다.' 하고 쏘아붙이고 싶었지만 은아는 하고 싶은 말을 전부 삼키고 조수석으로 향했다.

"그런데 칼부림 사건이라면 계장님이 직접 가서 수사하셨잖아요."

은아가 차에 올라타며 물었다.

"신경 쓰이는 게 있어서요."

준현이 진술 조서를 그녀에게 건네고 나서 차에 시동을 걸었다. 서류에 집중하려는데 그의 시선이 느껴지는 것 같아서 고개를 들었다.

"왜요?"

그녀의 물음에 준현이 손을 앞으로 내밀었다. 그에 은아가 흠칫 놀라 버린다.

"안전벨트 하라고요."

하지만 놀란 것이 민망할 정도로 그는 덤덤하게 안전벨트를 가리키고 있었다. 은아가 어색하게 웃으며 벨트를 장착했다. 그와 동시에 차가 매끄럽게 도로 위를 달리기 시작했다. 그가 운

전에 집중하고 있는 동안 그녀는 재빨리 서류를 살펴보았다. 준현이 전해 준 조서는 목격자의 진술을 바탕으로 쓰인 거였는데, 은아가 보기에는 별다른 문제점이 보이지 않았다.

"여기서 뭐가 신경 쓰이는데요?"

준현이 여전히 시선을 정면에 둔 채 대답했다.

"슈퍼 주인이 피의자가 술에 취했다고 진술했잖아요. 거기에 얼마나 확신을 갖고 있는지 궁금해져서요."

"경찰서까지 가서 진술한 건데, 확실하니까 이렇게 말했겠죠."

"글쎄요. 그건 두고 봐야 알겠죠."

'그냥 적혀진 대로 보고 수사하면 될 것을. 참 의심도 많은 성격이야.'

은아는 준현이 그녀를 황금 같은 주말에 불러냈다는 것 자체만으로 이미 삐딱해져 있었다.

"아, 그런데 칼부림 사건은 계장님이 맡고 있기도 했고, 계장님이랑 같이 가는 게 더 도움 되지 않을까요."

"오랜만에 가족이랑 보내는 중이신데, 그 시간을 뺏을 수야 없죠."

"가족이요?"

"아직 몰랐어요? 계장님, 주말부부이시잖아요."

'이, 무슨……. 가족이 없다더니. 주말부부?'

은아의 얼굴이 배신감에 한껏 물들었다.

"뭐, 평일에는 집에 가족이 없는 건 맞는 말이니까요. 딱히 속인 건 아니죠."

준현이 그녀가 무슨 생각을 하고 있을지 알겠다는 듯이 보충 설명을 해 주었다.

그래, 혼자 오해하고, 혼자 시나리오 쓴 것은 그녀였다. 그런데 그런 말을 들으면 오해할 수밖에 없지 않은가. 그런 줄도 모르고 윤 계장과 족발 동맹을 맺어서 치마가 안 맞을 정도로 살이 쪄 버렸으니.

은아는 보고 있던 서류를 집어넣고 창밖을 보며 갈 곳 없는 화를 억눌렀다.

후암동 어느 주택가, 슈퍼 앞에 준현의 차가 멈춰 섰다. 바로 이곳에서 얼마 전 끔찍한 사건이 벌어졌었다. 50대 남성인 박영순 씨가 길을 지나던 20대 여성을 칼로 찔렀던 것이다.

표면적으로 두 사람은 아무 관계도 없는 사이였다. 하지만 그렇다 단정할 수도 없는 노릇이었다. 박영순 씨가 범행을 저지른 후 집으로 돌아가 자살 기도를 해서, 피해자와 가해자 모두 의식 불명 상태였기 때문이다.

"저분이 목격자란 말이죠?"

"그렇죠."

은아와 준현은 차 안에서 슈퍼 주인이 평상에 팔자 좋게 앉아 있는 것을 보고 있었다. 그는 더위를 많이 타는지 아직 여름이 되지도 않았는데 선풍기를 틀어 놓고 있었다. 그냥 보기에도 무뚝뚝하고 거칠 것 같은 50대의 아저씨였다. 준현이 먼저 차에서 내렸다. 은아도 곧 그를 따라갔다.

"안녕하세요."

준현의 살가운 인사에도 슈퍼 주인은 별 대답 없이 위아래로 한 번 훑어보다가 고개를 까닥할 뿐이었다. 준현은 그에겐 볼 일이 없다는 듯, 슈퍼 안으로 들어갔다. 은아는 이유를 알 수 없는 준현의 행동에 바깥에 서서 기다리고 있었다. 이윽고 준현은 손에 아이스크림 두 개를 들고 나오더니 계산까지 마쳤다.

"이거 먹어요."

"조사는요?"

은아가 낮게 속삭였다.

"천천히 해요. 천천히."

준현이 아이스크림을 입에 물고 슬며시 평상에 앉았다.

"벌써 날씨가 좀 덥네요."

슈퍼 주인이 자신의 평상에 자리 잡은 준현을 마뜩잖은 듯 보다가 툭 던지듯 물었다.

"칼부림 사건 때문에 오셨소?"

준현이 잠시 머뭇거리다가 대답했다.

"그렇긴 한데, 어떻게 아셨어요?"

"칼부림 사건으로 뉴스 한번 나니까 궁금하다고 찾아오는 이들이 몇 있더이다. 요즘 사람들 참, 뭐 좋은 일이라고 구경까지 하러 오나 몰라."

"그러게요."

슈퍼 주인이 넌 좀 다를 줄 아냐는 눈빛으로 준현을 바라보았다. 준현은 그 눈빛을 짐짓 모른 척하며 물었다.

"사장님은 그 사건 직접 보셨다면서요?"

이 질문도 수도 없이 받아 온 질문이었다. 목격자랍시고 인터뷰 한번 했더니 그리들 신기한가 보다. 슈퍼 주인은 몇 번은 반복했을 이야기를 또 시작했다.

"그러니까 그때 그치가 술에 취해서 비틀비틀거리면서 나오더니 지나가는 웬 여자를 식칼로 푹 찌르는 거여. 칼이 아주 시퍼랬지. 그 아가씨는 몸에 칼이 꽂혀서는 피를 막 분수처럼 쏟아 내는데……."

했던 말을 또 하다 보니 거기에 양념도 붙고, 조금은 과장도 되었다. 옆에서 듣고만 있던 은아가 눈살을 찌푸렸다. 저런 거짓부렁이라니. 보통 피는 칼이 뽑히면서 쏟아지는 건데, 어떻게 꽂힌 채로 분수처럼 쏟아 내겠는가.

"그런데 그 아저씨가 술에 취한 건 확실해요?"

"고럼, 그치가 평소에도 우리 슈퍼에서 술을 그렇게 사 갔다고. 그리고 비틀비틀거린 것 보면, 안 봐도 비디오지. 틀림없어."

"아아, 그렇군요."

확신에 차 있는 슈퍼 주인의 말에 준현이 고개를 끄덕였다. 그런데 은아의 표정은 눈에 띄게 굳기 시작했다. 기억하고 싶지 않던 일이 기억난 탓이다.

"내가 고은아가 어젯밤에 어떤 남자랑 이상한 가게에 들어가는 거 봤다니깐."

"이상한 가게?"

"그거 있잖아. 여자들이 몸 팔고 그러는 술집."

"헐, 대박."

"쟤도 막 몸 팔고 그러는 거 아냐?"

"어. 그러고 보니까 나 고은아가 모텔에서 나오는 거 본 것 같아."

"헐. 백퍼네. 완전 더러워."

고등학교 시절, 은아에게는 항상 '걸레'라는 이름표가 따라붙었다. 처음에는 몇몇 애들 사이의 수군거림일 뿐이었는데 점점 퍼져 나가더니, 나중에는 그녀와 관련 없는 이야기까지 더해져 기정사실화되기에 이르렀다.

악의가 가득 담긴 무성한 소문들에 얼마나 치였던가. 아직 성인도 되지 않은 그 어린 여자아이들이 얼마나 잔혹했던가. 은아는 수많은 화살이 빗발치는 곳에서 방패 하나 없이 홀로 서 있는 것 같은 기분을, 학창 시절 내내 느껴야 했다.

그때의 안 좋은 감정이 목을 타고 올라와 숨이 턱 하고 막히는 것만 같았다.

"술이 원수지. 아무렴 멀쩡한 인간이 미쳤다고 다른 사람을 찔렀....."

갑자기 몰려든 어지럼증에 은아가 살짝 몸을 비틀거렸다. 언제 보고 있었던 건지, 준현이 다가와 그녀를 잡아 주었다. 커다 랗고 단단한 손이 여린 어깨를 감싸 안았다. 온기가 서려 있는 강한 힘이 느껴지자 은아는 다시 현실로 돌아올 수 있었다.

"괜찮아요."

은아가 준현의 손을 살짝 걷어 내고 슈퍼 주인 앞에 섰다.

"그 아저씨가 술 먹은 거 직접 봤어요? 아니면 그 아저씨한테 서 술 냄새 나는 거 맡아 봤어요?"

은아의 기세에 눌린 슈퍼 주인이 잠시 망설였다.

"그런 건 아니지만……."

"그럼 뭘 보고 그렇게 확신해요?"

"딱 보면 알지! 뻔한 거 아냐."

"대단하시네요. 사람이 비틀거린 것만 보고 술 마셨는지 아닌 지도 알고. 방금 전에 저도 살짝 비틀거렸는데, 그럼 저도 술 마신 거겠네요."

"아니, 이 아가씨가 갑자기 왜 이래?"

슈퍼 주인이 중재를 바라며 준현을 바라보았다. 하지만 그는 아무 반응 없이 은아 뒤에 서 있기만 했다.

"내가 봤다잖아. 봤다는데 왜 계속……."

"안 봐도 비디오라면서요. 그럼 직접 본 게 아니란 거잖아요."

은아의 공격에 말문이 막힌 슈퍼 주인이 입가를 씰룩거리기 시작했다. 뭔가 화는 나는데, 말로는 당해 낼 재간이 없으니 울 화가 계속 치밀었다.

"그럼 내가 거짓말이라도 했다는 거야, 뭐야!"

평상에 앉아 있던 슈퍼 주인이 그녀에게 달려들 듯 벌떡 일어났다. 그와 동시에 슈퍼 주인을 주시하고 있던 준현이 은아의 팔을 잡아당겨 자신의 뒤에 서게 했다. 은아는 어, 하는 순간에 그의 뒤에 서게 되어 잠시 어리둥절해졌다. 넓디넓은 그의 어깨가 그녀의 시야를 한가득 채우고 있었다.

'아, 내가 핀트가 좀 나갔었구나.'

순간 슈퍼 주인이 그때 그 아이들과 겹쳐 보여서, 그를 너무 몰아세웠다. 과거의 안 좋은 감정을 그에게 쏟아 낸 것이다. 은아가 자신의 실수를 인정하고, 상황을 보려고 고개를 빼꼼 내밀었다. 여전히 손목은 준현에게 잡혀 있는 채였다.

"그렇다는 게 아니라, 더 진지하게 생각해 보셨으면 좋겠다는 말이었습니다. 늦게 말씀드려 죄송합니다. 서부지검 형사 3부 검사, 김준현입니다."

"거, 검사……."

잔뜩 뿔이 나 있던 슈퍼 주인이 검사라는 말에 다시 얌전해졌다. 은아는 한마디로 상황을 정리시키는 준현을 보며 속으로 조금 감탄하는 중이었다.

'역시 사람은 잘나고 봐야 해. 검사라니까 바로 게임 끝이잖아.'

그 감탄이라는 것이 준현의 '검사'라는 직위에 대한 감탄이긴 했지만. 어쨌든 은아는 다시 몸을 바로 세우고 눈앞의 건장한 어깨를 보았다. 아마 준현은 은아가 멋대로 구는 것을 막으려고 그녀를 뒤로 물러서게 한 것이겠지만, 누군가의 뒤에 선다는 것이 어쩐지 보호받는 것 같은 느낌이 들어서 조금 묘한 기분이 들었다.

'누군가에게 보호받는다라……'

그녀에게는 일어나기 힘든 일이었다. 그렇게 다른 생각에 빠졌던 것도 잠시, 준현이 은아를 다시 옆으로 끌고 왔다.

"이분은 저와 같이 일하는 고은아 수사관이고요."

"수, 수사관……."

수사관이라는 말에 슈퍼 주인이 은아를 보는 시선이 달라져 있었다.

"아, 흠. 진작 말씀들 하시지……."

"죄송합니다. 좀 더 편한 분위기에서 말씀을 들어 보고 싶어서 그랬습니다."

"아, 예. 뭐, 검사님이 그런 거라면……."

"그래서 말인데, 그때 기억을 더 자세히 떠올려 주실 수 있을까요. 피의자가 술에 취한 거냐 취한 것처럼 보인 거냐에 따라 수사 방향이 완전히 달라질 수 있거든요."

"그게 그렇게 다릅니까?"

"네, 많이 다릅니다."

준현의 말에 슈퍼 주인이 조금 더 신중히 기억을 더듬어 보기 시작했다.

"음, 저 수사관님 말씀대로 술 먹는 걸 직접 보거나 술 냄새

를 맡은 건 아닙니다. 그런데 진짜 술 취한 것처럼 비틀거린 건
맞아요."

"좋은 말씀 감사드립니다."

준현이 예의상 꾸벅 인사를 하자, 슈퍼 주인도 같이 꾸벅 인
사를 했다. 옆에 있던 은아는 가만히 있다가 슈퍼 주인에게 다
가갔다.

"아까 전에 너무 몰아세워서 죄송했습니다."

"아닙니다. 저도 잘한 건 없죠."

그렇게 은아와 준현은 목격자의 진술을 확인하고 돌아가는
중이었다. 은아의 손에는 만류하는데도 슈퍼 주인이 끝내 건네
주었던 비타민 음료 두 개가 쥐어 있었다.

"그런데 피의자가 취한 거랑 취한 것처럼 보인 거랑 뭐가 그
렇게 달라요?"

사실 은아는 도대체 황금 같은 휴일에 왜 여기까지 온 것인
지가 묻고 싶었다. 대놓고 물을 수는 없으니 조금 돌려서 물은
것이다. 준현은 그것을 확인하러 갔던 거니까.

"피의자가 이상한 행동을 보였던 게 술에 취해서 그런 게 아
니라 다른 이유 때문이었다면, 문제가 더 복잡해지니까요."

"다른 이유요?"

"예를 들면 마약이라든가."

"에이, 설마요."

"참고로, 고은성 씨가 관련된 사건이 마약 관련 사건이에요."

은아가 입을 앙다물고 애꿎은 비타민 음료만 만지작거렸다. 두 사람 사이에 잠시 침묵이 감돌았다. 차가 바람을 가르는 소리만 휭하니 울리고 있었다.

"……두 사건이 관계가 있다는 거예요?"

"그건 아직, 더 조사를 해 봐야 알겠죠. 그런데 박영순 씨 평소 행적을 보면 관련이 있을 것 같기도 해요."

아무렇지 않게 정보를 주는 준현의 모습에, 은아가 잠시 그를 빤히 쳐다보다가 창밖으로 고개를 돌렸다.

"그런 걸 나한테 말해도 되는 거예요? 의심하고 있는 거 아니었어요?"

오늘 아침. 은아는 준현에게서 전화가 온 것을 보고 한참을 망설였다. 하지만 전화를 받지 않으면 의심을 받을 것 같아서 울며 겨자 먹기로 받은 거였다. 그와 함께 있는 동안에도 이렇게 하면 그가 의심할까, 방금 내 행동이 의심스럽진 않을까 굉장히 신경을 쓰고 있었다. 물론 슈퍼 주인과 대화 중에 잠깐 평상심을 잃긴 했지만, 그 일 외에는 나름 주의를 하며 행동한 것이다.

"물론 의심하고 있습니다. 하지만 은아 씨가 결백할 수도 있으니까, 공정하게 지켜볼 생각이에요."

"그런 게 가능해요?"

"당연히 불가능하죠. 그래도 최대한 노력은 하겠다는 말이에요."

"완전히 범죄자 취급당하는 것보단 조금 낫네요."

"그러니까 어깨에 힘 좀 빼요. 너무 긴장하고 있는 것 보니까 내가 꼭 나쁜 놈 된 것 같잖아요."

"제 입장에선 나쁜 놈 맞아요. 휴일에까지 일 시켜 먹고."

말은 그렇게 했지만 잔뜩 힘이 들어가 있던 은아의 어깨가 조금은 풀리고 있었다.

"하하하. 그런가요. 그래도 오늘 같이 가길 잘한 것 같아요. 은아 씨가 욱해 준 덕분에 목격자분한테 이런저런 얘기를 들을 수 있었던 거니까."

"지금 저 놀리는 거죠? 아까 제가 너무 멋대로 굴어서 뒤에 세우기도 했으면서."

"네? 그게 무슨 말이에요?"

"아까 전에 검사님이 제 앞에 섰던 거요. 제가 너무 막 나가서 말리려고 그랬던 거잖아요."

준현이 잠시 생각에 잠기더니, 뭔가 떠오른 듯 말을 이었다.

"그거라면 목격자분이 너무 흥분하신 것 같아서 은아 씨가 다칠까 봐 그런 건데요?"

"네?"

대수롭지 않게 말하는 준현과 달리, 은아는 놀라서 눈이 휘둥그레졌다.

"겉보기로 사람을 판단하면 안 되긴 하지만, 그분 인상이 워낙 강렬해서 흥분하면 주먹이 바로 나올 것 같았거든요."

정말로 보호받은 거였다.

"휴일에 불러낸 것도 미안한데, 다치기라도 하면 어떡해요."

준현이 생각하기도 싫다는 듯 고개를 저었다. 은아는 그런 준현을 가만히 바라보았다. 정말로 보호받은 거였다니. 그녀의 마음 한구석이 조금씩 따뜻해지고 있었다. 하필 보호해 준 것이 그녀를 의심하고 있는 남자이긴 했지만, 그래도 누군가에게 지켜진다는 건 기분 나쁜 것만은 아니었다. 아니, 입가에 미소가 살짝 걸릴 정도로 기분 좋은 일이었다.

"아, 그래서 말인데. 혹시 원하는 부서 있어요? 은아 씨 결백만 밝혀지면 내가 갈 수 있도록 도와줄게요. 감찰이나 경제 쪽도 괜찮고, 아니면 공안에 관심 있어요?"

"전혀요. 왜 죄다 형사 부서예요. 전 일반 행정 부서에 가고 싶은데요."

"아……."

준현이 매우 안타깝다는 듯 신음을 흘렸다.

"그건 좀……. 안 그래도 인력이 부족한데. 인재는 능력에 맞게 써야죠. 적재적소라는 말도 몰라요?"

"네?"

"형사 부서가 제격이에요. 감도 좋은 편이고. 은아 씨 서류 줄 때에도 중요해 보이는 것 순서로 정리해서 주는 거죠?"

"그렇긴 하지만……."

"형사 부서로 해요. 그래서 어디가 좋아요?"

준현이 눈이 초롱초롱해져서 물었다. 그녀를 어떻게든 형사 부서에서 일하게 하겠다는 의지가 보였다. 그와 달리 은아의 시선은 차디차게 식어 있었다. 아니, 이럴 거면 왜 물어본 것인가. 그에게 좋은 감정이 생길 뻔했던 것이 싹 사라지는 순간이었다.

"그건 혐의부터 벗고 얘기해요."

지금은 무슨 말을 해도 안 통하리라.

"그것도 그렇네요."

준현도 수긍하고 고개를 끄덕였다. 이후 두 사람 사이에는 다시 대화가 없어졌다. 목적지에 거의 도착했기에 그 침묵이 오래가진 않았다.

"그냥 여기서 내려 주세요."

그와 불편하게 차를 타고 갈 바에야 혼자서 걸어가길 선택하려 했다. 하지만 준현은 차를 세워 주지 않았다.

"배고프지 않아요? 뭐라도 먹고 가요. 내가 살게요."

"아뇨. 괜찮아요. 집에 밥도 있고."

밥은커녕 먹을 만한 게 아예 없긴 했지만 그와 겸상을 하기보단 굶는 게 나을 것 같았다.

"맛있는 거 사 준다니까요."

이어지는 준현의 재촉에 은아가 어디 한번 당해 보라는 식으로 메뉴를 읊었다.

"스테이크. 괜찮아요?"

부담되겠지. 스테이크라니. 그러니까 얼른 차 세워 달라고. 은아가 속으로 한껏 그를 비웃어 주었다. 준현이 살고 있다는 아파트. 검사 월급으로 그 정도 아파트에서 사는 것 보면 꽤나 무리하고 있는 중일 것이다.

하지만 곧 멈출 줄 알았던 차는 제 속도를 유지한 채 달려가고 있었다.

"음, 이 근처에 스테이크집이 있던가. 은아 씨, 아는 식당 있어요?"

"아뇨."

"그럼 내가 아는 데 가요. 기왕 사겠다고 한 거, 진짜 맛있는 걸로 사 줄게요. 대신 조금 먼데, 괜찮죠?"

이게 아닌데…….

"농담이었어요. 스테이크는 무슨. 그냥 족발이나 먹으러 가요."

"지겹잖아요. 윤 계장님이랑 매일 가서 물렸을 텐데 그냥 스테이크 먹으러 가요."

은아가 눈을 가늘게 떴다. 준현은 배려해 주는 것 같으면서도 은근 자기 마음대로 하는 경향이 있었다. 상대를 배려하긴 하는데 눈치가 없는 건지, 다 알면서 약 올리는 건지. 도무지 분간이 가질 않았다.

"엄청 맛있는 걸로 대접할게요."

싱긋 웃는 그의 미소에 그렇다 할 악의가 보이진 않아서 은아는 고개를 끄덕이고 말았다. 그가 대접한다는 스테이크가 조금은 기대되는 것도 사실이었다.

한눈에 보기에도 엄청 비쌀 것 같은 호텔 레스토랑. 두 사람은 잠시 대기석에서 기다리고 있는 중이었다. 은아가 고급스러운 인테리어와 분위기를 보고 준현에게 작게 속삭였다.

"이런 곳은 좀⋯⋯. 너무 불편하지 않아요?"

"왜요? 그냥 밥 먹는 곳일 뿐인데."

"자주 오시나 봐요."

"글쎄요. 여기 음식이 먹을 때는 맛있는데 딱히 또 생각나고 그렇진 않더라고요. 족발은 지겹게 먹어도 얼마간 안 먹다 보면 다시 생각나는데."

은아는 스테이크와 족발을 비교하는 준현을 보며 실소를 터트렸다.

"고객님, 자리로 모시겠습니다."

준현은 자연스럽게 직원의 안내를 받으며 테이블로 향했다. 은아도 어깨를 한 번 으쓱하고는 그들을 따라갔다. 별 의미 없이 주위를 둘러보던 그녀는 빈자리에 도착하려는 무렵, 걸음을 잠시 멈추었다. 옆 테이블의 어떤 여자와 눈이 딱 마주친 것이다.

"자리는 괜찮으십니까?"

직원이 좌석을 가리키며 두 사람에게 물었다. 준현도 은아를 바라보았다.

"혹시 여기 말고 다른 자리⋯⋯."

은아는 다른 자리를 달라고 하려다가 그만두었다. 그녀가 피할 이유가 없었다.

"네, 괜찮아요."

두 사람이 자리에 착석했다. 은아는 애써 옆 테이블에 신경을 쓰지 않으려 애쓰며 메뉴판을 보았다. 하지만 메뉴가 눈에 들어오지 않았다.

"은아 씨는 뭐로 할래요?"

"그냥. 검사님이랑 같은 걸로 해 주세요."

"이거 괜찮겠어요?"

그가 가리킨 메뉴를 대충 본 은아가 고개를 끄덕였다. 그에 준현이 직원을 불러 주문을 하기 시작했다.

"은아 씨, 스테이크 굽기 정도는 어떻게 할까요?"

준현은 물음에도 은아는 아무 반응이 없었다. 준현이 그녀의 테이블 앞쪽을 톡톡 두드리며 다시 불렀다.

"은아 씨?"

"네?"

"무슨 일 있어요?"

"아뇨. 무슨 말 했어요?"

"고기 굽기는 어느 정도로 하는 게 좋겠느냐고요."

"아, 미디엄으로 해 주세요."

주문을 끝내고 직원이 돌아간 후에도 은아는 여전히 다른 생각에 잠겨 있는 것 같았다. 아무리 생각해도 그녀의 상태가 이상해 보여서 준현이 다시 말을 걸려고 했다.

"어머, 안녕. 오랜만이네."

화려한 원피스 차림의 여자가 두 사람의 테이블 옆에 섰다. 준현이 잠시 그 여자를 올려다보다가 은아에게 고개를 돌렸다. 그는 모르는 사람이었으니, 은아가 아는 사람일 터였다.

"어, 그래."

"이게 얼마 만이야, 정말."

정인은 두 사람에게 양해도 구하지 않고 은아의 옆자리에 앉았다. 그녀는 은아의 동창으로 안 좋은 소문을 퍼트린 장본인 중 한 명이었다.

"너 옷 뭔가 멋있다. 어디, 회사 같은 데라도 다녀?"

그녀는 은아에게 말을 걸면서도 시선은 준현을 향하고 있었다. 정인은 처음 은아와 눈이 마주쳤을 때, 피식 웃고는 무시하려고 했다. 그런데 은아의 옆에 있는 준현을 보고는 마음이 바뀐 것이다.

"그냥, 검찰 수사관."

은아는 자기가 대답해 놓고도 속으로 웃었다. 그녀를 깔보던 동창에게 자랑이라도 하고 싶었던 걸까. 기다렸다는 듯 대답하는 꼴이라니.

"대박. 그럼 여기 잘생긴 오빠, 아니 남자분도 수사관?"

"아니, 이분은 내가 모시는 검사님이시고."

검사라는 말에 정인의 눈빛이 더욱 끈적이기 시작했다. 처음 봤을 때부터 귀티가 나게 생겼다 했는데, 검사일 줄이야.

"나, 인사 좀 시켜 줘."

이 상황을 가만히 지켜만 보고 있던 준현이 먼저 손을 내밀었다. 그에 정인이 기다렸다는 듯 그의 손을 맞잡았다.

"김준현입니다."

"홍정인이예요. 은아랑은 동창이고요."

"오랜만에 만나서 많이 반가우실 텐데 잠시 비켜 드릴까요?"

"아뇨! 그럼 제가 너무 죄송하고요."

준현 때문에 은아에게 알은척한 건데 그가 없어지면 무슨 소용일까. 정인은 혹여 그가 가 버릴까 봐 재빨리 손을 내저었다.

"그런데 너 진짜 성공했다. 룸살롱에서 일하더니 수사관이라니. 아, 이런 거 말해도 되나?"

정인이 손으로 입을 가리며 당황한 척을 했다. 엄청난 실수를 해서 미안해 죽겠다는 표정이 가히 여우 주연상감이었다.

"괜찮아. 검사님은 알고 있으니까."

"그래? 다행이다. 난 또 실수한 줄 알고."

은아가 담담하게 말하자, 정인의 얼굴에 약간 실망한 기색이 떠올랐다. 준현은 정인의 모습에 웃음이 터질 것만 같았다. 유치해도 너무 유치하지 않은가. 하지만 그것도 잠시, 불편해하는 기색이 역력한 은아를 보니 기분이 살짝 나빠지려 하고 있었다.

"주문하신 음식 나왔습니다."

애피타이저부터 하나둘씩 음식이 나오기 시작했다. 하지만 그러는 동안에도 정인은 자리를 지켰다. 뻔뻔함도 이 정도면 국보급이었다. 준현이 여전히 아무 말도 않고 있는 은아를 한 번 보고는 정인에게 말을 건넸다.

"일행이 기다리는 것 같은데 그만 가 보는 게 어때요?"

옆 테이블에는 중년 남자 혼자 자리를 지키고 있었다.

"괜찮아요. 오랜만에 만난 동창인데, 언제 또 이렇게 만나겠어요."

"제가 안 괜찮아서 그래요. 은아 씨랑 둘만 있고 싶거든요."

"네?"

"일이 바빠서 같이 데이트도 잘 못 했는데, 오랜만에 시간 낸 거거든요. 그러니까 동창 모임은 다음에 하시고 자리 좀 비켜 주실래요?"

공손하긴 하지만 거부할 수 없는 말이었다.

"아, 네······."

정인이 떨떠름한 얼굴을 하고 자리로 돌아갔다. 얼마 뒤, 정인과 일행이 레스토랑을 나가는 것을 확인한 준현이 은아에게 물었다.

"아까 전에 자리 바꿔 달라고 하지 그랬어요."

은아가 답지 않게 피곤한 기색을 보이며 대답했다.

"지는 것 같잖아요. 잘못한 것도 없는데."

은아의 지기 싫어하는 성격은 삶을 살아갈 때에도 고스란히 발휘가 되곤 했다. 힘든 현실에서 그녀가 완전히 삐뚤어지지 않았던 것도 이러한 성격이 한몫을 한 것이다. 포기하고 싶을 때마다 그녀는 '아무리 힘들게 해 봐라, 내가 포기하나.' 하는 오기로 버텨 왔다.

"이상한 쪽으로 오기가 있네요."

"좀 그런 편이죠. 죽어라 공부한 것도 지기 싫어서 그런 거예요. 할 테면 해 봐라, 내가 끄덕이나 하나. 그렇게요."

순간, 준현은 그렇게 말하는 은아가 반짝반짝 빛이 나는 것처럼 보였다. 황야의 거친 모래바람 속에서도 꿋꿋이 꽃을 피우는 아네모네가 떠오르기도 했다. 주변 환경이 아무리 어려워도 곧게 서는 모습이 아주 닮아 있었다.

"그런데 아까는 조금 의외였어요. 은아 씨가 그 동창이라는 분, 한 방 먹일 줄 알았는데."

은아가 설핏 씁쓸한 표정을 지었다.

"그냥, 그래서 뭐하나 하는 생각이 들어서요."

처음 은아가 정인을 보았을 때 그녀를 불편하게 한 것은 정인이라는 존재 자체였다. 하지만 시간이 지날수록 은아를 더욱 불편하게 만든 것은 자신의 속마음이었다.

화려하지만 조금은 천박해 보이는 옷차림의 정인. 그리고 그녀의 일행이 배 나온 40대 남성인 것을 보고 내심 우월감이 들었던 것이다. 그렇게 나를 무시하더니 너야말로 엉망이라고, 비웃어 주고 싶은 마음도 들었다.

정인의 태도가 유치하면 유치할수록 은아의 우월감은 높아만

갔다. 준현을 마음에 들어 하는 게 훤히 보이는 그녀를, 그가 보는 앞에서 짓밟아 주고 싶기도 했다.

'지금 네가 홍정인이랑 다를 게 뭔데.'

거기까지 생각이 들자 불편한 감정은 더욱 몰려들었다. 그렇게 싫어했던 그들과 같은 사람이 되는 게 싫었다. 보란 듯이 준현의 앞에서 그녀를 짓밟는다면 통쾌하기는커녕 오히려 기분이 안 좋을 것 같았다. 그래서 아무 말도 않고 있었다.

"그러는 검사님이야말로, 혼삿길 막히겠어요. 데이트라니, 왜 그런 말을 한 거예요?"

"상대를 가장 배알 꼴리게 하는 방법인 것 같아서요."

제대로 보았다. 준현에게 호감을 갖고 있었고, 은아를 싫어하는 정인이었으니. 지금쯤 그녀의 속이 말이 아닐 것이다.

"그리고 당분간은 연애할 생각 없으니까 괜찮아요. 일이랑 결혼할 생각이거든요."

그에 은아가 싫은 표정을 지었다.

"엑. 제발 연애 좀 해요. 연애라도 해야 일에 신경을 덜 쓰지. 왜 직장인들이 상사한테 소개팅시켜 주는지 알 것 같다니까요."

"시켜 주기나 하고 그런 말하시죠. 아, 홍정인 씨 같은 분은 말고요."

"풋."

내내 표정이 어두웠던 은아가 웃음을 터트린다. 그에 준현도 부드럽게 미소 지었다. 그냥 족발집에 갈 것을, 괜히 데리고 와서 싫은 사람과 만나게 한 것 같아 마음이 무겁던 중이었다. 그나마 은아가 웃는 걸 보니 다행이라는 생각이 들었다.

"메인 요리입니다."

드디어 메인 요리가 등장했다. 스테이크 한번 먹으려 했다가 무슨 고생인가 싶었다. 하지만 음식을 먹는 은아와 준현의 표정은 점점 밝아지고 있었다.

4화. 누군가 특별해진다는 건

"하여간, 요즘 사람들은 안 된다니까."

점심시간. 인터넷 뉴스를 뒤적이던 윤 계장이 중얼거렸다. 오늘도 메뉴는 자장면이었고, 뒷정리는 은아가 하고 있었다. 준현은 친구가 불러서 잠시 다녀오겠다고 했다.

"점심들 맛있게 드셨어요? 음, 오늘도 자장면이었나 보네요. 지겹지도 않으세요?"

마침 들어온 준현이 아직 채 가시지 않은 자장 냄새를 맡으며 물었다.

"그러는 검사님이야말로, 또 빵입니까?"

준현은 빵이 가득 담긴 봉투 두 개를 들고 있었는데, 윤 계장과 은아에게 각각 하나씩 건네주었다. 은아는 주기에 일단 받긴 했는데 의아함이 들었다. 분명 준현은 빵을 싫어한다고 했던 것 같은데, 이 많은 빵은 또 뭘까.

"친구가 빵집 사장이다 보니, 입에 단내 나게 먹네요."

아아. 그제야 의문이 풀렸다. 저번 날, 그가 왜 빵을 보고 질색을 했는지.

"고맙습니다. 잘 먹을게요."

준현의 사정이야 어찌 됐든, 빵을 좋아하는 은아로선 주면 땡큐였다. 그녀는 빵을 책상 위에 올려 두고 다시 뒷정리를 시작했다. 윤 계장은 벌써부터 빵 하나를 입에 물고 준현에게 물었다.

"아무리 빵집 사장이라도 이 많은 빵을 공짜로 줘도 됩니까?"

"아, 그 녀석, 어제 예전 여자 친구가 앙심 품어서 쇠 파이프로 뒤통수 제대로 맞았거든요. 하필 알바생도 없는 날이어서 빵이 이만큼 남았다네요."

"어라?"

준현의 설명에 윤 계장이 고개를 갸웃했다.

"그거 방금 제가 기사로 본 내용이랑 비슷한데요."

준현이 설마 하는 마음으로 윤 계장이 보고 있던 뉴스를 보았다. 은아도 청소하던 것을 멈추고 같이 보았다.

"삐뚤어진 애정이 부른 참사……. 맞는 것 같네요. 나, 참. 뉴스까지 나다니."

"하이고. 세상 좁다더니."

뉴스 기사를 전부 읽은 은아가 고개를 절레절레 저었다.

"와…… . 도대체 얼마나 앙심을 품었으면 그런 짓을 해요?"

"그만큼 좋아했나 보지. 젊은 사람이 그것도 몰라? 아, 은아 씨 연애 같은 거 잘 안 해 봤구나?"

정답이었다. 그녀는 하루하루 살기 바빴기에 그녀에게 있어 연애는 다른 세상 얘기나 다름없었다. 하지만 그러한 사실이 준현과 윤 계장이 있는 앞에서 까발려질 수는 없는 노릇이었다. 갑자기 튄 불똥에 움찔한 은아가 일부러 준현에게 화살을 돌렸다.

"검사님은 이 상황이 이해가 가세요?"

"글쎄요. 저도 연애는 잘 안 해 봐서."

저도라니…… . 준현은 은근슬쩍 '연애를 잘 안 해 본 사람' 부류에 은아도 같이 끼워 넣고 있었다.

"아, 검사님은 저랑 다르게 연애를 잘 안 해 보셨구나."

그 부류에 들어갈 수 없다는 마음으로 반박하긴 했지만, 어쩐지 이 말도 썩 좋은 대응은 아니었던 모양이다.

"풋."

준현과 윤 계장이 좋다고 웃는 걸 보면. 은아는 애써 덤덤한 척하며 다시 정리를 하러 갔다.

"검사님, 은아 씨도 연애 제대로 못 해 본 게 확실한 것 같습니다. 이 윤 계장의 눈을 피해 갈 순 없죠."

"제 생각에도 그렇습니다. 제 검사 인생을 걸죠."

"그만하고 일들 하세요!"

은아는 이제 미소 천사인 척을 그만두고, 이렇게 짜증 내는 일이 다반사가 되었다. 윤 계장이 이상하게 생각하지 않을까 했지만, 그는 그녀의 이런 모습을 더욱 좋아라 했다. 사람 냄새가 난다면서.

"검사님, 우리가 정곡을 찔렀나 봅니다."

"그러게요."

은아는 그녀를 놀리기에 바쁜 두 사람을 무시하고 수화기를 집어 들었다.

"병원에 전화해서 박영순 씨 상태 알아볼 거니까 이제 조용들 하세요."

일이라도 하면 그만둘까 해서 전화를 한 것이었다. 지금까지 가해자인 박영순과 피해자인 김선희 모두 상태가 변하지를 않았으니, 별다른 기대를 한 것은 아니었다. 하지만 간호사에게서 들려온 말은 은아를 얼어붙게 만들었다. 심상치 않아 보이는 분위기에 준현과 윤 계장도 장난을 멈추었다.

"……김선희 씨, 사망하셨답니다."

방금 전까지 웃음이 가득하던 사무실 분위기가 찬물이라도 끼얹은 듯 가라앉고 있었다. 그들은 아무 말 없이 나갈 채비를 하기 시작했다.

고인을 기리는 장례식장. 사람이 죽었으니 분위기가 좋은 곳이 어디 있겠냐마는, 특히나 이곳은 죽은 이가 한창 젊은 나이에 어이없는 사고로 목숨을 잃은 터라 더욱 참혹한 상태였다. 영혼마저 울리는 찢어질 듯한 울음소리가 그치질 않고 있었다.

곧 결혼을 앞둔 예비 신부, 김선희. 사랑하는 사람과 행복한 미래를 약속했던 그녀는 이제 더 이상 이 세상 사람이 아니었다. 퇴근하던 중에 연고도 없는 한 남자의 칼에 찔려 생을 마감하게 된 것이다.

세 사람은 고인에게 예를 갖추고 선희의 오빠와 마주 앉았다. 일상적인 대화가 오고 갔지만 은아의 귀에는 들리지 않았다. 사람의 죽음이라는 것이 사건 기록으로 볼 때와 이렇게 직접 마주할 때와는 느낌이 완전히 다르구나, 하는 생각이 들었다. 지금까지 김선희의 사건 기록과 현장 사진을 봐 왔지만, 이렇게까지 마음이 무겁진 않았었다.

"저, 선생님. 선생님."

딸의 영정을 앞에 두고 한참을 울던 어머니가 은아에게 다가왔다. 핏기가 하나 없는 얼굴로 은아를 부르고 있었다.

"우리 딸, 왜 이렇게 된 거예요? 왜 그랬대요? 왜 그런 거래요? 왜, 왜!"

어머니가 은아의 팔을 붙잡으며 물었다. 그녀의 물음은 거의 비명에 가까웠다. 은아를 잡은 손에도 얼마나 힘을 주었는지, 아플 지경이었다. 하지만 은아는 그 손을 뿌리칠 수도, 그녀의 물음에 답을 해 줄 수도 없었다.

"어머님, 저희도 열심히 수사하고 있습니다만……."

윤 계장이 상황을 중재하려 했지만 어머니는 은아의 팔을 놓지 않았다.

"말 좀 해 줘요. 내 딸이 왜 저기 저렇게 있는지. 그 예쁜 애가, 왜 저기 저렇게 누워 있는지 좀 알려 줘요. 아니면, 그 사람 좀 만나게…… 내 딸 저렇게 만든 그 새끼, 내 눈앞에 데리고 와!"

고함을 지르던 어머니는 결국 힘이 빠져 주저앉고 말았다. 은아와 다른 가족들이 부축하려 했지만, 그녀는 바닥에 누워 고래고래 악을 쓰고 있었다.

"그 새끼 어디 있어!"

이제는 구석에 멍하니 앉아 있던 김선희의 약혼자도 벌떡 일어나 준현의 멱살을 잡았다.

"왜 안 보여 주는 건데. 그 새끼 지금 멀쩡히 살아 있는 거 아냐? 자살 기도했다는 것도 다 거짓말인 거 아니냐고!"

은아는 어머니에게 붙잡혀 있고, 준현은 김선희의 약혼자인 정호에게 붙잡혀 있는 상황에서 윤 계장은 이도 저도 하지 못하고 쩔쩔매야 했다.

"……죄송합니다."

박영순이 의식이 없는 지금, 그들이 할 수 있는 말은 아무것도 없었다. 그저 피해자의 가족들에게 죄송하다고 말하는 수밖에.

"하이고, 참……."

한참의 실랑이가 벌어진 후에야 세 사람은 장례식장 문을 나서게 되었다. 윤 계장이 주머니에 있는 담배를 찾으며 중얼거렸다.

"특별한 사람이 있다는 게, 참 무서운 거지. 그 사람 잃을까 봐 무서워해야 하고, 그 사람 잃고 나면 저렇게 무섭게 변하니, 원."

윤 계장이 은아를 의식해서 멀리까지 가서 담배에 불을 피웠다. 은아는 다리에 힘이 풀릴 것 같아 근처에 있던 벤치에 앉았다.

"괜찮아요?"

준현과 윤 계장은 그나마 이런 경험이 몇 번 더 있었지만, 은아에게는 처음인 일이었다. 조금 신경이 쓰인 준현이 옆에 앉으며 물었다.

"아, 네. 제가 뭐 안 괜찮을 게 있나요."

그렇게 말은 했지만 은아는 동공이 풀려 있었다. 죄인이 된 것만 같아 마음이 무거워졌다. 딸이 죽은 이유만이라도 알자고, 절규를 하는 어머니를 보니 더욱 그랬다.

"은아 씨 잘못이라고 생각하지 말아요. 우린 수사하는 사람이지, 잘못을 저지른 사람이 아니에요."

은아가 준현의 말을 듣고 고개를 끄덕였다. 윤 계장도 담배한 대를 피우고는 옷을 탁탁 털며 다가오고 있었다.

"자, 이제 다시 일들 하러 갑시다."

그들에게 허락된 고인을 애도할 수 있는 시간은 담배 한 대를 피우는 정도의 시간뿐이었다. 하루에 평균 예닐곱의 사건을 배정받다 보니 어쩔 수 없는 일이었다. 세 사람은 씁쓸함을 마음 한구석에 밀어 넣고 재빨리 계단을 내려가기 시작했다.

남은 일과를 모두 마치고, 은아는 술 한잔하자는 윤 계장의 제안까지 거절해 가며 어딘가로 향하고 있었다. 버스 차창 밖을 바라보는 그녀의 표정은 뭔가 단단히 결심이라도 한 것처럼 진지해 보였다.

준현이 말하길, 박영순 사건이 은성과 관련이 있을지도 모른다고 했다. 만약 정말로 은성과 관련이 있다면, 그걸 알아낼 가능성이 가장 높은 사람은 은아였다.

"우리 딸, 왜 이렇게 된 거예요? 왜 그랬대요? 왜 그런 거래요? 왜, 왜!"

그 어머니에게 이유라도 알려 드리고 싶었다. 그래야 마음이 조금은 가벼워질 수 있을 것 같았다. 가방 위에 놓여 있던 손이 살짝 떨렸다. 은아에게 있어 은성은 꽤나 무서운 존재였다. 그가 이번 사건과 관련이 있을지도 모른다는 것을 알고 나서도, 간단한 질문 하나 하지 못할 정도였다.

"오늘 고은성, 가게에 나왔어?"

오늘도 은아는 미령에게 먼저 전화를 걸었다.

–그럼 안 나왔겠어? 야, 넌 꼭 너 필요할 때만 전화하지?

"오늘 가게 들를 거야."

―그래? 그럼 나 선물 사 줘. 취직도 했는데 선물 정도는 돌려야지.

"아직 월급도 안 나왔거든!"

―마이낑 해. 네가 언제 또 올 줄 알고. 집도 안 가르쳐 주면서.

"마이낑은 무슨. 첫 월급부터 선물 받으라고? 나, 참. 그래서 필요한 건 뭔데."

―향수. 요즘 똑 떨어져서 내 몸에서 이상한 냄새 나는 거 같아.

"알겠으니까 고은성이나 좀 잡고 있어 줘."

―네, 네.

미령과의 통화를 끊고 나서야 은아는 조금 안도의 한숨을 쉬었다. 대부분의 사람들이 은성을 무서워하고 불편해하곤 했는데, 미령은 그런 법이 없었다. 심지어 은성에게 맞고 나서도, 기가 죽기보다는 손톱을 세우고 달려들기에 바빴다. 그런 상황이 반복되다 보니 은성도 미령에게는 조금 관대했다. 아니, 미령을 포기했다고 하는 게 더 맞을 것이다.

은아는 버스에서 내리고 나서 미령에게 줄 향수와 지선에게 줄 립스틱을 골랐다. 두 사람이 어떤 것을 쓰는지 잘 알고 있었기에 쇼핑을 하는 데 그리 오랜 시간이 걸리진 않았다.

"나, 왔어."

"왔어?"

가게에 들어서자, 아직 한가했는지 카운터를 지키고 있던 미령이 달려왔다. 은아는 심드렁하게 선물을 내밀었다.

"이건 언니 거고, 이건 립스틱인데 지선이한테 줘."

미령은 정신없이 포장을 뜯자마자 향수를 톡톡 뿌려 보았다.

"음, 역시 여자한텐 이런 냄새가 나야지."

"고은성은?"

"골목 계단에 있을걸. 담배 피운다고 나갔으니까. 그리고 넌 오빠한테 고은성이 뭐……."

은아는 미령의 말이 채 끝나기도 전에 가게 밖으로 나갔다. 골목 안쪽으로 조금 더 들어가면 계단이 있었는데, 은성은 그곳에서 종종 담배를 피우곤 했다. 그녀는 숨을 잠시 고르고, 은성이 있는 곳으로 발걸음을 뗐다.

그런데 몇 걸음 채 떼지 않았을 때, 휴대폰이 울리기 시작했다. 발신자는 준현이었다.

"네, 검사님."

―집에 잘 들어갔을까 해서 연락했어요. 오늘 여러 가지 일도 있었고요. 그런데 밖이에요?

피곤하다는 핑계로 윤 계장을 뿌리쳤던 그녀였다.

"잠깐 볼일이 있어서요. 검사님은 계장님이랑 같이 있으세요?"

―네, 오랜만에 둘이서 한잔하려고요.

준현의 목소리에 은아가 실소를 터트렸다. 오랜만이라니. 항상 술이면서.

"술 너무 많이 드시지 마시고, 내일 봬요."

—어? 지금 걱정하는 거예요?

"네, 한 사무실에서 근무하는데 두 분이 술 냄새 잔뜩 풍기시면 저만 괴롭잖아요."

—난 또, 진짜 걱정하는 줄 알았잖아요. 은아 씨도 오늘 푹 쉬어요.

준현 나름 은아가 걱정이 돼서 연락을 한 모양이다. 은아는 그에게 오늘 은성과 얘기해 볼 생각이라고 말을 해 둘까 잠시 고민했다.

—……은아 씨?

통화 중에 은아가 아무 말이 없자, 준현이 다시금 은아를 불렀다.

"아, 아뇨. 잠깐 통화 소리가 잘 안 들려서요. 검사님도 몸조심하세요."

하지만 일이 어떻게 될지 확실하지가 않으니 그에게 알리는 건 다음으로 미루기로 했다. 은아는 준현과의 통화를 끝낸 후, 다시 은성이 있는 쪽으로 걸어갔다. 계단 꼭대기에서 빨간 담뱃불을 반짝이며 앉아 있는 은성의 뒷모습이 보였다. 은아도 그의 옆에 살포시 앉았다.

"뭐야?"

은성은 옆에 앉은 사람이 은아인 것을 확인하고 인상을 찌푸렸다.

"뭐긴 뭐야. 동생이지."

"하, 누가? 네가?"

은성이 담배를 비벼 끄며 자리에서 일어나려고 했다. 그에 은아가 그의 팔을 붙잡았다.

"잠깐만 앉아 봐. 할 말 있어."

두 사람은 남매라곤 해도 딱히 대화를 하는 사이는 아니었다. 더군다나 서로 갈 길이 확연히 달라진 시점에서 할 말이 있을 턱이 없었다.

"뭔데, 빨리 말해."

은성이 은아의 팔을 툭 쳐 내고 선 자세로 물었다.

"저번에 검찰청에 왜 왔어?"

은아의 물음에 은성이 피식 한 번 웃고는 돌아서려 했다.

"검사님이랑은 무슨 얘기했는데?"

"너한테 피해 주는 일 없을 테니까. 그냥 꺼져라."

역시나 그와는 대화가 안 되는 걸까. 돌아서 가는 은성의 모습에 마음이 급해진 은아가 가장 묻고 싶었던 질문을 던졌다.

"혹시 박영순 씨라고 알아?"

박영순이라는 이름에 은성의 걸음이 멈추었다. 그가 잔뜩 굳은 얼굴을 하고 은아에게 돌아가 되물었다.

"누구?"

"박영순 씨. 마약 쪽으로 뭔가 있는 것 같던데."

예상치 못한 그의 반응에 은아가 준현에게 들어 둔 정보를

슬쩍 던지며 은성의 표정을 살폈다. 아니나 다를까. 그의 눈동자가 심하게 흔들리고 있었다.

"알지? 뭔가 알고 있는 거지?"

아무리 봐도 은성이 뭔가 알고 있는 것 같은 느낌이었다. 그래서 은아는 혹시나 그가 또 가 버릴까 봐 그의 소매를 꽉 붙잡았다.

"놔라. 난 모르니까."

"알고 있잖아. 너, 마약도 한 거야?"

"놓으라고 했다."

"고은성, 진짜…… 어쩌려고……."

"씨발! 놓으란 말 안 들려?"

"어, 어?"

은성이 당황한 기색을 전부 드러내더니 은아를 거칠게 뿌리쳤다. 그에 균형을 잃고 몸이 기우는 것 같더니 은아가 계단 아래로 굴러떨어졌다. 순식간에 벌어진 일이었다.

"고은아!"

은아는 미동도 없이 계단 아래쪽에 쓰러져 있었다. 놀란 은성이 재빨리 뛰어가 그녀를 흔들어 보았지만 아무 반응도 없었다. 은성이 낮게 욕을 읊조리며 은아를 안아 들고 도로가로 달려갔다.

준현은 통화를 끊고 나서도 계속 은아가 신경이 쓰였다. 장례식장을 다녀오고서부터 그녀의 표정이 안 좋아 보이기도 했고, 특히 퇴근길에는 어쩐지 처절하기까지 한 얼굴이었기에 더욱 걱정이 되었다.

결국 윤 계장과 족발 골목에서 술 한잔하던 도중, 잠시 나와 전화를 걸어 보게 되었다. 전화 속 그녀의 목소리는 딱히 이상할 건 없었는데도 괜히 신경이 쓰여 끊긴 휴대폰을 한 번 더 쳐다보았다.

"담배 피우실 거면 같이 가지 그러셨어요."

윤 계장이 터벅터벅 걸어 들어오는 준현을 보며 말했다.

"잠시 통화 좀 하고 왔어요. 지금이라도 담배 피우러 가실래요?"

"아니요. 지금은 족발이 더 고픕니다."

오늘따라 허기가 진다며 평소보다 족발을 더 많이 시킨 터였다.

"그런데 검사님, 박영순 씨 병원 그대로 둬도 되겠습니까? 피해자랑 같은 병원에 있었다는 거 알게 되면 유가족들이 무슨 일이라도 낼 것 같은데요."

아이러니하게도 가해자인 영순과 피해자인 선희는 같은 병원에 입원해 있었다.

"저도 옮겼으면 좋겠는데, 박영순 씨 상태가 워낙 위태해서 그러기도 어렵다네요."

윤 계장이 고개를 끄덕이며 고기를 질겅질겅 씹었다.

"하, 참. 살인자가 잘못될까 봐 걱정하는 꼴이라니. 이 직업도 할 게 못 됩니다."

"그러게요. 피해자 가족들은 가해자 얼굴이라도 보여 달라는데, 그럴 수도 없고. 우리가 할 수 있는 게 없네요. 여기 콜라 좀 주세요."

"아, 소주 안 드시고요?"

"이미 꽤 마신 것 같아서요."

"콜라, 여기 있습니다."

준현이 주기적으로 휴대폰을 힐끔거리며 콜라를 잔에 부었다. 윤 계장은 내내 정신이 다른 곳에 있는 듯한 준현을 보고 미심쩍은 듯 눈을 가늘게 떴다.

"검사님, 혹시 연애하십니까?"

"네? 아니, 그게 무슨······."

"그냥, 제 감입니다. 아까 전화하러 굳이 나가신 것도 그렇고. 지금도 여자 친구 연락 기다리는 것처럼 휴대폰만 계속 뚫어져라 보고 계시지 않습니까."

윤 계장의 확신 어린 물음에 준현이 말도 안 된다는 듯 손을 내저었다. 그는 그저 오늘 같은 일을 처음 겪은 신입이 아주 조금 신경 쓰일 뿐이다.

"계장님도 참. 그냥 은아 씨 분위기가 심상치 않아 보여서 조금 신경 쓰인 것뿐입니다."

"아, 은아 씨랑 통화하셨습니까?"

"네, 아직 일 시작한 지 한 달도 안 됐는데 힘들 것 같아서요."

"흐음, 우리 검사님이 그렇게 세심한 분이 아니셨는데……."

준현은 대부분의 사람들에게 친절하긴 했지만, 개개인에게 뭔가를 특별히 챙겨 준 적은 거의 없었다. 항상 웃는 얼굴이긴 한데 어딘지 모르게 거리를 두는 느낌이 들곤 했던 것이다.

"저, 세심한 사람 맞습니다. 계장님이 모르셔서 그렇지."

그건 스스로를 한참 모르는 소리다. 윤 계장이 고개를 저으며 아니라고 반박하려고 했다. 그런데 그때 준현의 휴대폰이 울렸다. 준현은 발신자가 은아인 것을 확인하고 윤 계장에게 잠시 양해를 구했다.

"잠시만요. 네, 은아 씨."

ㅡ이 휴대폰 주인이랑 아는 사이세요?

은아의 목소리가 아니었다. 준현이 자세를 바로잡으며 다시 통화에 임했다.

"그런데요. 누구십니까?"

ㅡ여기 강남 세인 병원 응급실인데요. 보호자분이 안 계셔서 최근 기록으로 전화드렸어요.

"병원…… 응급실이요?"

준현의 시선이 불안하게 흔들렸다. 호흡도 조금 가빠지고 있었다. 그는 숨을 한 번 몰아쉬며 손바닥으로 얼굴을 문질렀다. 은아가 응급실에 있다는 사실은 준현에게 꽤나 큰 충격을 주고 있었다.

"은아 씨가 많이 다쳤습니까? 도대체 무슨 일로…….."

―단순 찰과상이요. 그런데 의식이 없으셔서…….

"의식이 없다뇨? 네, 제가 그쪽으로 가겠습니다. 계장님, 저 먼저 가 볼게요."

준현이 발등에 불이라도 떨어진 것처럼 재빠르게 가게를 나섰다. 윤 계장도 같이 가려고 짐을 챙기고 있었건만 준현은 이미 사라진 후였다.

"하, 이거 참."

혼자 남은 윤 계장이 하릴없이 준현의 빈자리를 멀거니 보았다. 얼마나 급하게 나갔던지 외투와 가방도 남겨 둔 채였다.

"젠장……."

골목을 나선 준현은 택시를 잡기 위해 손을 이리저리 흔들어 보았지만 잘 잡히지 않았다. 그럴수록 입은 더욱 바짝 타들어 갔고, 얼굴을 문지르는 횟수가 늘어 가고 있었다. 술을 마신 터라 운전을 하면 안 됐지만, 그럼에도 불구하고 직접 차를 몰까 하는 생각까지 들었다. 지금 그는 그 정도로 마음이 급했다.

"강남 세인 병원으로 가 주세요."

다행히도 준현이 불법을 저지르기 전에 택시가 도착해 주었다. 준현은 택시 문을 열기가 무섭게 목적지부터 말했다.

"빨리 부탁드립니다."

이제 막 차 문을 닫았건만 뭘 그렇게 재촉하는지. 택시 기사는 마음 급한 손님에게 한마디 하려다가, 그 손님이 너무 안절부절못하는 것이 훤히 보여서 말없이 차를 출발시켰다.

"차가 밀릴까요?"

"글쎄요. 아직 잘 모르겠는데, 많이 급한 일인가 봐요?"

"네, 좀……."

이런 시간대에 다급하게 병원으로 가는 사람이라. 굳이 설명을 듣지 않아도 무슨 일 때문인지 대충은 알 수 있었다.

"걱정 마요. 최고 속도로 가는 중이니까."

이후 말없이 도로 위를 빠르게 주행한 결과, 준현은 정말 단시간에 세인 병원 앞에 도착하게 되었다. 그는 미터기에 나온 요금보다 더 많은 돈을 택시 기사에게 전해 주고, 바로 병원 안으로 달려갔다.

단순 찰과상이라는 말을 듣긴 했지만, 은아가 멀쩡한 것을 직접 눈으로 확인해야 마음이 진정될 수 있을 것 같았다.

"고은아 씨, 어디 있습니까?"

준현의 다급한 물음에 접수대에 있던 간호사가 어색하게 웃으며 뒷목을 쓰다듬었다.

"아까 전화받으신 분이세요? 그런데 고은아 씨가 벌써 의식을 찾으셨어요."

"그래서 어디 있습니까?"

"제가 데려다드릴게요. 지금쯤 수액도 다 맞으셨을 테고."

준현은 간호사가 이끄는 대로 따라 걸었다. 이윽고 응급실한 귀퉁이에 누워 있는 은아를 발견할 수 있었다. 그녀는 군데 군데 반창고를 붙이고 있긴 했지만, 심각하게 다친 것 같진 않 았다.

"고은아 씨, 수액 빼 드릴게요."

간호사의 목소리에 침대에 누워 눈을 감고 있던 은아가 눈을 떴다. 안 그래도 너무 더디게 흐르는 수액 방울 때문에 지겨워 지던 참이었다.

"거, 검사님?"

하지만 간호사 옆에 떡하니 자리 잡고 있는 준현은 은아의 지겨움을 단번에 사라지게 만들어 버렸다. 은아가 눈을 동그랗 게 뜨고 그를 바라보았다. 도대체 그가 왜 여기에 있는 것일까. 아니, 그 이전에 이렇게 누워 있을 때가 아니다.

"그냥 누워 있어요. 병원에서 연락받고 왔어요. 최근 통화 목 록 보고 연락 주셨다고."

준현이 몸을 일으키려는 은아를 만류했다. 그리고 그녀의 얼 굴 가득 담긴 의문에 대한 답을 해 주고는 은아의 이곳저곳을 살펴보았다.

"어떻게 된 거예요? 몸은 괜찮아요?"

"계단에서 구르셨다고 하시더라고요. 발목 삔 것 말고는 가벼 운 타박상뿐이고요. 여기 꾹 눌러 주세요."

너무 놀라 입만 뻐끔거리고 있는 은아 대신, 간호사가 수액 바늘을 뽑으며 준현의 물음에 대답해 주었다.

"피 멈추면 수납하고 가시면 돼요."

간호사는 제 할 일을 마치고 총총걸음으로 사라졌다. 은아는 시키는 대로 팔을 누르고 있다가 천천히 몸을 일으켰다.

"귀찮게 해 드려서 어떡해요."

"전혀 안 귀찮아요. 조금 놀라서 그렇지."

준현은 별다른 이상 없는 은아를 눈으로 확인하고 나서야 덤덤한 척 말할 수 있었다. 아마 윤 계장과 택시 기사가 지금 그의 모습을 보았다면 피식하고 비웃었을 것이다.

"그런데 도대체 어쩌다 계단에서 구른 거예요?"

"그냥 어쩌다 보니……. 아, 그것보다 중요한 거 알아냈어요!"

은아가 눈을 초롱초롱 빛내며 몸을 들썩였다. 일어나려고 몸을 돌려 다리도 침대 아래로 내렸다. 그에 시트에 가려져서 보이지 않았던 붕대 감은 발목이 고스란히 드러났다.

"아무래도 오빠가 박영순 씨를 아는 눈치예요. 박영순 씨를 아냐고 물으니까 반응이 조금 남달랐거든요."

그녀는 마치 칭찬을 바라는 강아지처럼 생글생글 웃으며 준현을 올려다보고 있었다. 하지만 정작 그의 시선은 다른 곳을 향해 있었다.

"발목, 괜찮아요?"

은아가 자신의 발목을 살짝 보고는 심드렁하게 대답했다.

"괜찮아요. 그게 중요한 게 아니라, 오빠가 박영순 씨랑 관련 있는 것 같다니까요. 앞으로 수사 방향을……."

"이게 더 중요해요."

준현이 은아의 말을 단호하게 막고 나서 바닥에 무릎 한쪽을 굽히고 앉았다. 그러고는 소중한 것을 만지는 것처럼 조심스럽게 그녀의 발목을 이리저리 돌려 보았다. 의사가 검진이라도 하듯 눈을 가늘게 뜨고 세세히 살피고 있었다.

"정말 괜찮은 거 맞아요?"

발목을 주시하던 준현이 앉은 자세 그대로 은아를 올려다보며 물었다. 은아는 발목을 잡힌 것도 민망한데, 그가 빤히 쳐다보기까지 하자 시선을 어디에 두어야 할지 난감해졌다.

"왜 이렇게 사람 말을 못 믿으실까. 정말 괜찮다니까요."

은아가 준현의 손에서 자신의 발목을 겨우 빼내고 자리에서 일어났다. 괜히 오버스럽게 걷는 시늉도 해 보았다.

"봐요. 정말이죠? 그러니까 이제 일 얘기해요."

은아가 그것 보라는 듯 허리에 손까지 얹고 자신 있게 미소 지었다.

"영광의 상처까지 얻어 가며 가져온 정보라고요. 최대한 잘 써먹어 주세요."

엉망으로 망가졌으면서도 실마리를 잡았다는 사실에 배시시 웃는 모습이라니. 준현은 천진해 보이기까지 하는 은아의 모습을 보자 허탈함에 웃음이 터졌다.

"지금 은아 씨, 운동회 달리기 경주에서 1등 하고 나서 넘어진 초등학생 같은 거 알아요?"

"예? 그게 무슨……."

딱 그랬다. 반창고를 덕지덕지 붙여서 웃는 모양이 딱 초등학생의 모습이었다.

그런데 준현은 그 초등학생을 보며 심장이 조금 간질거렸다. 손으로 가슴 부근을 문질러 보기도 했지만, 간질간질거리는 기분은 사라지질 않았다.

'어떡하지. 공정성을 잃을 것 같다.'

아직까지 은아는 의심해야 할 대상이었다. 확실하게 밝혀진 것이 없는 이상 그녀를 온전히 믿어서는 안 되는 거였다. 그런데 준현의 마음 한구석에 은아를 믿고 싶다는 감정이 스멀스멀 올라오고 있었다.

"괜찮아요?"

오늘 하루 동안 준현에게서 괜찮으냐는 말을 몇 번이나 들었는지 모르겠다. 은아의 집 근처 골목 안. 불법 주차된 차가 많아서 택시가 집 앞까지는 올 수 없었다. 그래서 은아는 한 발 한 발 스스로의 힘으로 걸음을 내딛어야 했다.

"네, 괜찮아요. 정말 안 데려다주셔도 되는데 그러세요."

하지만 괜찮다고 말하는 그녀의 호흡은 꽤나 흐트러져 있었다. 한쪽 발에 최대한 무리가 가지 않게 하며 걷는 것은 생각보다 어려운 일이었다.

"힘들면 말해요. 업어 줄게요."

준현이 아무렇지 않게 하는 말에 은아는 속으로 경악을 했다. 그에게 업히다니. 절대 있어서는 안 될 일이다.

"지금도 충분히 죄송해요. 병원비도 내 주시고."

병원에 오는 길에 가방을 잃어버린 모양이었다. 겉옷 주머니에 넣어 둔 휴대폰을 잃어버리지 않은 것만으로도 천만다행이긴 했지만, 그 결과 준현에게 또 신세를 져야 했다.

도대체 여동생을 이렇게 만든 장본인은 수납도 하지 않고 뭘 한 건지.

간호사 말에 의하면, 은성은 의사에게서 큰 이상이 없다는 말을 들은 후 바로 사라졌다고 했다. 애초에 그녀가 의식을 차릴 때까지 기다려 줄 거라는 기대는 하지도 않았다. 그래도 최소한 수납 정도는 해 주고 가야 할 것 아닌가.

"꼭 갚을게요."

"너무 신경 쓰지 마요. 정보 구하려다 얻은 영광의 상천데 저도 이 정도는 해야죠."

왠지 모르게 놀리는 어투 같아서 그를 흘겨보려던 은아가 반색하며 웃었다. 드디어 집 앞에 도착한 것이다. 그녀가 대문을 등지고 서서 준현을 바라보았다.

"오늘 정말 감사드려요. 검사님도 조심히 가세요."

"계단은 더 힘들 텐데. 집이 몇 층이에요?"

준현이 빌라 건물을 올려다보며 물었다. 그에 은아도 뒤를 돌아 건물을 보았다. 그러고 보니 평지를 걷는 것도 힘에 부쳤는데, 계단은 무리일 것 같았다. 게다가 은아의 집은 옥탑방이었고, 옥상으로 연결되는 계단이 유독 가파르기도 했다.

"음…… 저기 옥탑방이요."

은아의 말에 준현이 가장 꼭대기를 쳐다보았다. 가파른 계단에 낮은 난간까지. 평소에도 꽤 신경을 쓰고 다녀야 할 것 같은 곳이었다. 그의 미간이 살짝 좁아졌다.

"혼자 저기까지 올라갈 생각은 아니죠?"

아무래도 혼자 올라가는 것은 힘들겠지. 은아가 속 깊은 곳에서부터 올라온 한숨을 내쉬었다.

"저 좀 도와주실래요?"

"이번에도 도움 안 청했으면 오히려 서운할 뻔했어요. 자, 업혀요."

준현이 흔쾌히 수락하며 그녀의 앞에서 자세를 낮추었다. 은아는 잠시 망설이다가 조심스럽게 그의 어깨를 잡았다. 손바닥 아래로 단단한 근육이 고스란히 느껴져, 괜히 이상한 기분이 들었다.

은아가 다시 머뭇거리자 준현이 자신의 어깨를 잡고 있던 손을 잡아당겼다. 그의 힘에 이끌려 두 사람의 몸이 착 포개어졌다.

"아……."

그와 동시에 은아의 심장이 쿵 하고 내려앉았다. 너무 놀란 탓에 박동도 빨라져 갔다. 심장 뛰는 게 느껴지지 않을까, 하는 걱정이 들어 몸을 떼려고 했다.

"움직이지 마요. 잘못해서 떨어지면 어쩌려고 그래요."

하지만 준현의 엄포에 이러지도 저러지도 못한 채 그에게 딱 달라붙어 있어야 했다. 준현은 은아에게 최대한 무리가 가지 않도록 조심조심 계단을 올랐다. 얼마나 신경을 썼던지 옥탑방에 도착할 무렵에는 그의 이마에 땀방울이 송골송골 맺혀 있었다.

"정말, 고맙습니다."

무사히 땅에 착지한 은아가 기어들어 가는 목소리로 감사 인사를 했다. 고마움과 미안함, 그리고 민망함이 뒤섞여 제대로 목소리가 나오지 않았다.

"조심히 가세요."

은아는 예의고 뭐고, 한시라도 빨리 지금의 상황에서 벗어나고 싶었던 탓에 인사를 하고 바로 돌아서려고 했다.

"저기, 은아 씨."

하지만 준현이 그녀를 다시 멈춰 세웠다. 또 무슨 할 말이 있는 걸까. 은아가 피곤함이 가득 담긴 얼굴로 그를 바라보았다.

"수사에 도움 되는 건 좋은데, 앞으로 위험한 일은 하지 마요."

장난기 하나 없는 진지한 눈동자가 은아의 눈에 오롯이 박혀 왔다. 더 이상 다치는 것은 용납할 수 없다는 태도였다.

"……네, 그럴게요."

은아는 왜 그에게 이런 소리를 들어야 할까, 하는 의문이 들었지만, 오늘 하루 준현을 귀찮게 한 전적이 있어서 얌전히 대답만 했다.

"그럼 푹 쉬어요."

만족스러운 대답에 준현이 입가에 미소를 띠우며 계단을 내려갔다. 은아는 그의 뒷모습을 잠시 바라보다가 어깨를 으쓱하고는 그녀의 보금자리 안으로 들어갔다. 오늘 하루는 너무도 고되고 긴 하루였다.

5화. 사람을 변하게 만든다

확실히 그날 하루는 굉장히 그답지 않았다. 단순히 직장 동료를 챙긴 거라 포장하긴 했지만, 그의 행동이 평소와 달랐다는 것은 인정하는 수밖에 없었다. 지금껏 그는 누군가를 이 정도로 발 벗고 나서서 도와준 적이 없었으니까 말이다.

준현은 검사라는 직업을 가지고 나서, 이 일을 힘들어하는 동료들을 많이 봐 왔다. 개중에는 피만 보면 현기증이 난다는 검사 동기도 있었고, 억울한 사건이 있을 때마다 눈물을 그렁그렁 달고 사는 수사관도 있었다. 그는 그들에게 따뜻한 말 한마디 정도를 건넨 적은 있었지만, 퇴근 시간 후 전화를 하거나 직접 찾아가서 도움의 손길을 내민 적은 없었다.

그가 이렇게 대한 사람은 은아가 유일했다.

물론 준현에게 있어 그녀는 여러 의미로 특별한 동료이긴 했다. 실제로 그녀는 의심해야 할 대상이었다. 그래서 더욱 신경을 썼던 적도 있었다. 하지만 이것만으로는 과할 정도로 은아를 걱정했던 그의 마음을 설명할 수가 없었다.

"나랑 닮아서 그런가……."

사실 지금 은아의 상황은 준현의 그것과 많이 닮아 있었다. 가족이 범죄에 연루되었을지도 모른다는 것도 그렇고, 그런 가족들로부터 벗어나고 싶어 한다는 것까지 아주 비슷했다. 만약 그가 은아에게 동질감을 느끼고 있는 거라면…… 그렇다면 그녀를 향한 여러 감정들과 지금까지 그가 했던 일련의 행동들이 어느 정도는 이해가 되었다.

"야, 뭘 그렇게 혼자 중얼거리냐?"

대학 병원 1인실. 침대에 누워 있던 재민이 준현에게 물었다. 그에 준현은 상념을 멈추고 그의 친구에게 통명스럽게 대답했다.

"내가 언제."

"누가 너랑 닮았다며. 그게 누군데?"

"무슨 헛소리야. 심심하면 사골 국물이나 더 마셔. 너희 어머님이 고생해서 끓이셨는데."

주말 오후. 준현은 친구 어머님의 부탁으로 병원까지 사골 국물을 배달해 온 터였다. 그에게는 맞아도 싼 녀석이었지만, 어머님에게는 마른하늘에 날벼락을 맞은 금쪽같은 아들일 테니. 어머님의 심정을 백번 헤아려 이 귀찮은 일을 거절하지 않은 것이다.

"그거 아냐? 사골이 뼈에 좋다는 말, 검증되지 않은 말이라는 거."

"검증이고 뭐고 그냥 주는 대로 처먹어."

재민은 준현과 아주 막역한 사이로, 준현의 사정을 아는 몇 안 되는 사람 중에 하나였다. 타인과 일정 거리를 두며 지내는 준현도 재민과 함께 있으면 영락없는 고등학생이 되어 버리곤 했다.

"사골이라면 이제 지겹다, 지겨워. 몇 날 며칠을 사골만 먹었더니…… 우리 엄마, 날 위해서라고 해 놓고 어쩌면 고문하는 중일지도 모른다고."

"말이 되는 소릴 해라."

그렇게 말해 놓고도 병실 냉장고에 그득히 쌓인 사골을 보니 어쩌면 정말 어머님이 재민을 괴롭히는 걸지도 모른다는 생각이 들었다.

"됐고. 너희 사무실 그 여자 얘기나 해 봐. 네가 보기엔 아직도 첩자 같냐?"

"아직 모르지."

준현은 은아를 믿고 싶어졌다는 말은 굳이 꺼내지 않았다.

종종 그녀가 예뻐 보일 때가 있다는 사실도 말하지 않을 생각
이었다.

"이상하네. 빵 좋아하는 사람치고 나쁜 사람은 없는데."

재민이 구석에 있던 빵을 집어 들며 지나가는 투로 말했다.

"네가 고은아 씨 빵 좋아하는 건 어떻게 아는데?"

그에 준현이 조금은 날이 선 반응으로 되물었다. 두 사람은
서로 전혀 모르는 사이일 텐데, 언제 말이라도 섞은 걸까 신경
이 쓰인 탓이다.

"그냥. 그 여자 보니까, 출근할 때마다 빵 이만큼씩 들고 가
던데. 어지간히 좋아하나 보다 했지."

재민은 검찰청 옆 유명 메이커 빵집의 사장이었다. 그 가게
는 은아가 출근하는 길에 매일 지나치는 곳이었다. 물론 그녀
는 유명 메이커 빵집보다 동네 빵집을 선호했기에, 골목 안에
있는 빵집에서 빵을 한 아름씩 사곤 했다.

"이상한데……."

준현이 수상하다는 듯 눈을 가늘게 떴다. 그에 재민은 지레
찔려서 움찔하고 말았다.

"왜, 뭐가. 뭐가 이상한데."

"은아 씨, 엄청 일찍 출근하거든. 그런데 네가 그 시간에 가
게에 있다고? 그리고 나도 매일 그 길 지나다니는데 너 그 시
간에 나랑 마주친 적은 없었잖아."

"네가 지나갈 땐 안에서 빵 굽고 있나 보지. 야, 나도 한 가게

사장인데 부지런히 일해야지. 언제까지 엄마, 아빠 등골 빼먹고 살겠냐."

이어지는 재민의 구구절절한 설명에도 준현의 의심의 기색은 사그라들지 않고 있었다. 재민은 끝까지 버텨 보려 했지만, 서슬 퍼런 그의 시선에 항복을 하고 말았다.

"그래그래, 첩자일지도 모른다고 하기에 궁금해서 몰래 몇 번 봤다. 됐냐?"

게으르기로 정평이 난 재민을 부지런하게 만드는 것이 있다면, 그건 바로 호기심이었다. 어지간히 은아가 궁금했던 모양이다. 새벽같이 일어나 그녀를 지켜본 것을 보면.

"박재민, 앞으로 은아 씨한테 괜한 관심 갖지 마라."

"왜? 첩자한테 당할까 봐 걱정되냐? 너, 이 자식. 아닌 척하면서 내 생각 엄청 하는구나? 걱정 마라, 자연스럽게 접근해 볼 테니까."

아니나 다를까. 그는 은아에게 다가갈 계획까지 짜 놓고 있었다.

"빵 좋아하는 것 같으니까, 한번 맛보라고 하면서 말 거는 거지. 그렇게 이런저런 얘기하면서 접근하는 거야. 야, 이거 뭔가 스릴 있는데."

새로운 장난감을 발견한 듯 눈을 초롱초롱 빛내는 친구의 모습에 준현은 가만히 고개를 저었다.

"넌, 여자한테 쇠 파이프로 뒤통수 맞고 입원해 있는 녀석이,

또 그러고 싶냐? 경험에서 뭔가 배운 게 없어?"

"그러게. 앞으로는 헬멧이라도 쓰고 다녀야 할까 봐."

"됐다. 말을 말자."

준현이 말 섞기도 지친다는 듯 자리에서 일어났다.

"벌써 가게?"

"여기까지 온 김에 박영순 씨 병실 한번 보고 오려고."

"오냐, 다녀와라."

공교롭게도 박영순과 재민은 같은 병원에 입원해 있었다. 준현은 재민을 피해 생각 정리도 할 겸, 검사로서 일도 할 겸, 영순의 상태를 확인하려고 했다. 그런데 무덤덤하게 병실을 나서던 준현이 다시 뒤를 돌아보았다.

"야."

준현의 부름에 잠시 잠을 청하려던 재민이 눈을 떴다.

"왜."

준현은 병실 문을 앞에 두고 떨떠름한 표정을 지으며 말을 해야 할까 말아야 할까 망설이고 있었다. 그에 답답해진 재민이 상체를 일으켰다.

"뭔데 그래?"

친구의 물음에도 여전히 입술만 달싹이던 준현이 힘겹게 말을 꺼냈다.

"너, 고은아 씨한테 접근하지 마라."

하지만 목소리가 너무 작았던 탓일까. 제대로 알아듣지 못한 재민이 되물었다.

"뭐?"

"고은아 씨한테 접근하지 말라고. 너한테 또 이런 일 생기면 내가 너희 어머니, 무슨 낯으로 뵙냐?"

준현은 은아에 대한 의심을 조금씩 풀고 있는 중이었다. 아니, 심지어 그녀를 믿고 싶다고 생각하는 중이었다. 게다가 김준현이 박재민을 걱정한다고? 말도 안 되는 일이다. 또한 재민의 어머님에 대한 언급도 단순한 핑계에 불과했다.

즉, 준현이 재민에게 이런 말을 하고 있는 것에는 다른 이유가 있다, 이 말이었다.

"나, 참. 일이나 잘하고 오셔."

재민이 관심 없다는 듯 손을 몇 번 휘젓고는 다시 침대 깊숙이 몸을 묻었다. 준현은 그런 재민을 한 번 보고는 병실을 나섰다. 확답을 못 얻어서 찜찜하긴 했지만, 그래도 생각이 제대로 박힌 녀석이면 더 이상 엉뚱한 짓을 하진 않겠지 싶었다.

"흐음……."

영순의 병실로 향하던 준현이 골치 아프다는 듯 미간을 좁혔다. 그가 생각하기로 박재민은 생각이 제대로 박힌 녀석이 아니었다. 그러자 다시 걱정이 밀려들기 시작했다. 참 신기한 것은, 저런 말도 못 할 바람둥이가 여자들에게 인기가 많다는 점이다.

실제로 처음에는 준현에게 관심 있던 여자들이 점점 재민을 좋아하게 된 경우도 있었다. 만약 은아가 재민에게 관심을 갖게 된다면? 여기까지 생각이 미친 준현이 거세게 고개를 흔들었다. 절대 그런 일이 있어선 안 된다.

"등 터지기 싫으시면 관심 꺼 주세요."

하지만 준현은 은아의 만만치 않은 철벽을 떠올리며 슬며시 미소를 지었다. 아래층으로 내려가는 내내 그 미소가 사라지지지를 않았다. 그는 만족감에 도취되어 자신이 말도 안 되는 걱정을 하고, 또 안심을 하고 있다는 사실을 깨닫지 못하고 있었다.

"박영순 씨, 상태는 어떤가요?"

준현이 영순의 병실이 있는 층으로 내려와 접수대 간호사에게 물었다. 그러자 마침 그곳에 있던 여의사가 그를 알아보고 완연한 미소를 지으며 다가왔다.

"어머, 검사님. 잠시만 기다려 주세요. 이 간호사님, 제가 할게요. 다른 일 보세요."

의사는 간호사를 물리고 자신이 직접 영순의 차트를 확인했다.

"음, 특별히 달라진 점은 없네요. 병실에 가서 확인해 보실래요?"

"그래도 될까요?"

"그럼요."

준현과 의사가 나란히 복도를 걸었다.

"검사님은 주말에도 이렇게 일하시나 봐요."

준현은 웃음기 가득한 의사의 말에 대충 대응하며 걸음을 좀 더 빨리했다. 덕분에 영순의 병실에 금방 도착할 수 있었다.

"그런데, 여기 이렇게 지키는 사람이 아무도 없습니까?"

"환자분 상태가 워낙 진전이 없으니까요. 종종 자리를 비우시던걸요."

준현의 눈빛이 날카로워졌다. 아무리 의식이 없어도 영순은 엄연히 살인 용의자였다. 재판을 안 해서 그렇지 살인자나 다름없는 사람이었다. 그런데 병실을 지키는 사람이 아무도 없다니. 용납할 수 없는 일이다.

"그렇…… 군요."

그의 목소리도 한층 냉랭해져 있었다. 그럼에도 불구하고 바뀐 분위기를 감지하지 못한 의사가 활짝 웃으며 말을 건넸다.

"사실 검사님이 보셔도 별다른 건 못 찾으실 거예요. 그런데 저분이 정말 사람을 죽인 거예요? 인상은 엄청 좋아 보이시……."

"잠시만요."

준현이 의사의 말을 멈추고, 병실 복도 끝 코너 쪽으로 빠르게 다가갔다. 누군가의 시선이 느껴진 탓이었다. 하지만 그곳에는 아무도 없었다.

"무슨 일이에요?"

"아뇨, 뭘 잘못 봤나 봐요."

"전 또, 갑자기 달려가셔서 무슨 일 있는 줄 알았잖아요."

"죄송합니다."

두 사람은 예정대로 병실 안으로 들어갔다. 준현은 들어가다가 잠시 나와 다시 그곳을 바라보았지만, 역시나 아무것도 없었다.

은아는 오전 내내 침대에서 뒹굴거리고 있었다. 찰과상도 전부 나았고, 발목에 감았던 붕대도 풀었지만 아직은 환자라는 핑계를 대며 아무것도 하지 않고 있었다.

"고은성은 연락도 안 되고……."

그날 이후, 은아는 틈틈이 은성에게 연락을 해 보았지만 아무리 전화를 걸어도 그는 받지 않았다. 미령의 말로는 은성이 가게에도 나오지 않는다고 했다.

"집에 가 봐야 하나……."

하지만 직접 찾아가기에는 은성의 반응이 조금 무서웠다. 그렇게 은아는 이러지도 저러지도 못하고 시간만 보내다가 뭐라도 먹어야겠다는 생각에 동네 빵집을 찾았다. 빵 냄새만으로도 행복해지는 것 같아서 일부러 숨을 더 크게 들이마셨다.

"음, 맛있는 냄새."

"오늘도 또 빵이에요? 빵 장수가 할 말은 아니지만 아가씨는 밥 좀 먹어야 할 것 같은데."

"전 빵이면 돼요. 오늘은 천천히 둘러볼게요. 편히 있으세요."

빵집 아주머니는 믹스 커피를 마시려던 참이었다. 아주머니는 은아의 말에 자리에 앉아 커피를 한 모금 마셨다. 은아는 카운터 위에 있는 커피 믹스 봉지를 쳐다보다가 잠시 생각에 잠겼다.

'역시 그건 피한 걸까.'

준현에게 도움을 받은 다음 날. 은아는 탕비실에서 윤 계장과 그녀 몫의 믹스 커피를 타고 있었다. 그때 문이 열리고 준현이 들어왔다.

"어, 검사님. 어제는 정말 감사했어요."

은아는 예의상 다시 한 번 감사 인사를 했다. 그런데 준현이 눈에 띌 정도로 흠칫 놀라더니 뒷걸음질을 치는 것이 아닌가.

"아, 뭘요……. 그럼 수고하세요."

"검사님, 볼일 있어서 탕비실에 들어오신 거 아니에요?"

"아뇨. 그냥. 저, 가 보겠습니다."

가 보겠다고 하며 엄지로 옆쪽을 가리키는 몸짓도 뭔가 굉장히 어색했다. 준현의 이상한 행동은 거기서 그치질 않았다. 단순히 은아 혼자 착각하는 것일 수도 있지만, 그는 은아와 둘만 있는 상황을 계속 피하고 있었다.

'도대체 왜?'

영문을 알 수 없으니 더욱 답답하기만 했다. 은성도 연락이 안 되고, 준현도 이상하고. 이건 도대체 하루라도 마음이 편할 날이 없었다.

"아가씨?"

혼자 생각에 잠겨 있던 은아가 아주머니의 부름에 정신을 차렸다.

"아, 여기 이것들 계산해 주세요."

은아는 미리 담아 두었던 빵만 카운터에 올렸다.

"수고하세요."

계산을 마친 후, 단팥빵 하나를 입에 물고 빵집을 나섰다. 봉지 손잡이를 손목에 걸고 주머니에 손을 꽂은 채 휘적휘적 집으로 향했다. 그렇게 몇 발자국을 걸었을까. 그녀의 눈에 편의점 앞 테이블이 들어왔다.

은아는 무엇에 홀리기라도 한 듯 편의점으로 들어가 맥주 한 캔과 과자 한 봉지를 샀다. 그러고는 저번에 준현과 앉았던 그곳에 자리를 잡고 맥주를 쭉 들이켰다.

"크하. 역시 맥주가 진리지."

입가를 손등으로 쓱 닦고는 기분 좋은 탄성을 질렀다. 목부터 따끔따끔해져 가는 느낌에 정신이 번쩍 드는 것 같았다.

"네가 날 살리는구나."

딱히 위로받을 곳이 없어 술에 기대던 은아는 맥주 캔이 하나둘씩 늘어 갈 때마다 점점 더 자세가 흐트러지기 시작했다. 30분 후. 그리 긴 시간이 지난 것도 아닌데, 테이블 위에는 빈

캔이 수북이 쌓여 있었다.

"내가 뭘 그렇게 잘못했냐고."

은아가 팔꿈치를 테이블 위에 기대고 손바닥으로 얼굴을 감 쌌다. 그 모양새가 얼핏 보면 우는 것 같기도 했다.

"내가 뭘 그렇게 잘못했냔 말이야."

손바닥에 가로막혀 웅얼웅얼 말이 제대로 나오지 않았지만, 억울함을 토로하는 것을 멈추지 않았다.

"저, 사장님. 저 여자, 저대로 놔둬도 될까요?"

편의점 안에서 은아의 상태를 지켜보던 아르바이트생이 사장 에게 물었다. 그에 사장이 마음속 깊은 곳에서 우러나오는 한 숨을 내쉬며 대답했다.

"하. 나도 모르겠다."

"경찰에 신고해야 되는 거 아니에요?"

"일단 좀 더 놔둬 보자."

토요일 오후. 아직 해도 지기 전의 시간. 은아는 다른 사람들 이 자신을 어떻게 보고 있는 줄도 모르고 혼자 테이블을 지키 고 있었다.

준현은 재민에게 붙잡혀 시간만 허비하다가 집으로 가는 중 이었다. 박영순의 상태도 나아진 게 없었고, 재민과 함께 있느 라 피로감은 더욱 쌓였다. 한 가지 얻은 게 있다면, 영순의 병 실을 지키는 경찰관들에게 경고를 주었다는 것이다.

"지친다, 정말."

무거운 눈꺼풀을 겨우 떠 가며 정면을 응시하던 준현이 빵집 네거리를 지나는 중에 무언가를 발견했다. 그와 동시에 브레이크를 급히 밟았다.

"은아 씨?"

뒷모습만 보이긴 했지만, 그의 눈이 잘못된 것이 아니라면 편의점 앞에서 실랑이를 벌이고 있는 사람은 은아가 맞을 것이다. 준현은 갓길에 차를 멈추고 은아인 것처럼 보이는 여자에게 다가가 보았다.

"손님, 여기서 이러시면 안 된다니까요."

"저 안 취했어요. 하나도 안 취했단 말이에요."

은아와 아르바이트생은 준현이 다가오는 줄도 모르고 입씨름을 하고 있었다.

"고은아 씨?"

준현이 조심스럽게 은아의 이름을 불러 보았다. 그에 등을 보이고 있던 여자가 흠칫하고 놀라더니 슬며시 뒤를 돌아보았다.

역시나 은아였다. 이번에는 준현이 살짝 뒷걸음질을 쳤다. 아르바이트생과 대화하는 모습이 심상치 않아 보여서 다가오긴 했는데, 그는 아직 은아와 일대일로 대면할 준비가 되지 않았던 것이다.

"저, 무슨 일입니까?"

준현이 아르바이트생에게 물었다.

"아는 분이세요?"

"그렇긴 한데……."

"하…… 다행이다. 아니, 엄청 취하신 것 같은데 계속 맥주를 가져다 달라고 하시더라고요. 여기가 무슨 술집도 아니고."

설마 은아가 취한 걸까. 테이블 위에 맥주 캔 더미만 얼핏 봐도 그녀가 술을 꽤 많이 마셨다는 걸 알 수 있었다. 준현이 은아의 상태를 살펴보았다.

……초점이 풀려 있다.

"죄송합니다. 제가 데려가겠습니다."

"네, 부탁드립니다. 그럼 전 이만."

준현의 정중한 인사에 아르바이트생이 머리를 긁적이며 편의점 안으로 들어갔다.

"어, 검사님이시네."

은아가 취기가 도는 와중에도 자리에서 일어나 준현에게 꾸벅 인사를 하고 다시 앉았다.

"은아 씨, 이제 그만 가요."

준현이 은아의 팔을 잡고 그녀를 일으켜 세우려 했다.

"어딜 가요?"

하지만 은아가 버티고 앉아 있는 힘도 장난이 아니었다. 은아가 일어날 생각을 하질 않자, 준현이 팔을 놓고 상황을 설명하기 시작했다.

"집에 가야죠. 아직 날도 밝고, 여긴 편의점이고. 지나가는 사람들이 은아 씨 다 쳐다보고 있어요."

"집이요? 아, 검사님 또 도망가려고 그러는구나."

도망이라니. 준현은 생각했던 것보다 은아의 상태가 더 엉망이라는 것을 알 수 있었다. 초점이 풀린 와중에도 토끼 눈을 떠서는 말투도 조금 어눌하고. 평소의 은아와는 많이 다른 모습이었다.

"오늘은 저 안 피하시네요? 요즘 계속 피하시더니……."

"에이, 제가 언제 또 피했다고 그래요."

역시 티가 많이 난 걸까. 준현이 속으로 뜨끔했다.

"피한 거 아니에요? 그러면 얼른 여기 앉아 봐요."

은아가 자신의 옆 의자를 손으로 탁탁 두드렸다. 그에 준현이 잠시 망설였다. 그녀를 빨리 집에 데려다주어야 하는데 지금 이렇게 앉아도 되는 걸까.

"거봐요. 피하는 거 맞잖아. 옆에 앉지도 않고."

아무래도 일보 후퇴를 해야 할 것 같다. 준현은 피한 게 아니란 것을 입증하기 위해 그녀의 옆에 앉을 수밖에 없었다.

"자, 봐요. 앉았잖아요. 피한 거 아니에요."

"음, 그랬구나. 아니었구나."

은아가 큰 깨달음을 얻었다는 듯 고개를 끄덕였다. 그러다 갑자기 준현이 있는 쪽으로 얼굴을 쑥 내밀었다. 거기에 그치지 않고 테이블에 팔꿈치를 대고 턱 밑에 손바닥으로 꽃받침까지 만들고 있었다.

"그런데요, 검사님. 궁금한 게 있는데요."

준현이 고개 돌려 헛기침을 몇 번 하다가 물었다. 기침 때문인지 다른 이유 때문인지 그의 얼굴이 살짝 상기되어 있었다.

"뭐가 궁금한데요?"

"요즘 왜 계속 저 피하세요? 아직도 제가 스파이 같아요? 막 정보 빼돌리고 그럴 것 같냐고요."

그가 자신을 피했다는 것이 꽤나 충격이었던 모양이다. 은아는 그에게 득달같이 서운함을 토로하기 시작했다. 얼굴을 쑥 내민 것만으로는 성에 차지 않는지, 의자까지 당겨 앉으며 가까이 다가가 되물었다.

"네?"

"아니, 그게 아니라……."

준현은 억울함이 가득 담긴 은아의 얼굴을 보다가 시선을 조금 아래로 내렸다.

'미친놈!'

그는 속으로 욕지기를 하며 자기도 모르게 내려간 눈동자를 손으로 가렸다. 사실 그날 이후, 준현은 큰 문제에 봉착하고 말았다.

'왜 자꾸 잊히질 않냐고.'

준현이 은아를 피했던 이유는 따로 있었다. 그날 밤, 은아를 도와주겠답시고 그녀를 등에 업었을 때. 그때 등에서 느껴진 보드랍고 따뜻한 감촉이 시간과 장소를 가리지 않고 그를 괴롭혔던 것이다.

그는 음란 마귀가 가득 들어찬 것 같은 자신의 머릿속을 전부 리셋 해 버리고 싶을 지경이었다. 은아를 볼 때마다 그때의 감촉이 되살아났고, 시선도 그의 지배를 벗어나 향하면 안 되는 곳으로 향하고 있었다.

'이유를 말할 수도 없고.'

은아도 이유를 모른 채 배척당하니 답답하고 속상하겠지만, 그건 준현도 마찬가지였다. 원인을 대놓고 말할 수도 없고, 사태는 점점 심각해져 가니, 그도 딱 죽고 싶은 심정이었다.

"저, 은아 씨. 제가 피한 것 같아 보이겠지만 피한 건 아니었어요. 아니, 피한 게 맞긴 한데 의심해서 일부러 그런 건 아니에요."

횡설수설하는 준현의 말에 은아가 고개를 갸웃했다.

"그러니까 피했다는 거예요, 안 피했다는 거예요?"

"피한 게 맞긴 한데……."

"거봐요! 피했네, 피했어."

은아가 그럴 줄 알았다는 듯 큰소리를 치며 울분을 토했다.

"왜 자꾸 피해요. 안 그래도 우리 오빠도 나 피하고 있는데. 세상 사람들이 전부 다 나만 피하고……. 내가 그렇게 싫어요?"

갑작스러운 질문에 준현이 잠시 멈칫했다. 은아는 울상을 지으며 그를 올려다보고 있었다. 준현은 대답을 기다리고 있는 은아를 가만히 쳐다보다가 재빨리 얼굴을 가리고 고개를 돌렸다. 이 와중에 이런 생각이 들어도 될까 싶지만, 은아가 너무 귀여워 보였다.

"내가 그렇게 싫어요?"

서울서부지방검찰청 타칭 훈남 검사, 김준현. 서른셋, 그의 인생에 다시없을 위기가 도래하고 말았다.

"네?"

방금 전까지만 해도 초점 없던 그녀의 눈동자가 반듯하게 준현을 향하고 있었다. 진실을 바라는 눈. 준현은 솔직 담백한 그녀의 눈을 차마 바로 보지 못하고 시선을 피해 버린다.

은아가 싫으냐는 질문에는 그렇지 않다고 당당히 대답할 수 있었다. 하지만 그렇게 되면 그녀를 왜 피하냐는 질문이 응당 따라오게 될 것이다. 어느 순간부터 당신을 보기만 해도 심장 박동이 빨라지고 머릿속이 뒤죽박죽이 된다, 라고 솔직하게 말할 수 있을까?

'절대 말 못 하지.'

준현이 고개를 절레절레 저었다. 그러다 문득 깨달았다.

'나 지금, 은아 씨만 보면 심장이 두근거리고 정신을 못 차리고 있는 건가?'

남녀 사이의 연애 문제에 대해서는 거북이보다 더 답답한 감이 있는 이 남자. 준현은 자신이 단순히 음란 마귀가 씌어서 은아를 불편해한다고 생각했는데, 그게 아닐지도 모른다는 생각을 지금에서야 하고 있었다.

'김준현, 너 설마……'

이제야 그를 괴롭히던 상념들이 하나둘 정리되기 시작했다.

레스토랑에서 지기 싫어서 공부했다고 말하던 은아에게 시선을 빼앗겼던 것, 은아가 응급실에 있다는 소식에 말도 못 하게 당황했던 것, 다친 와중에도 실마리를 잡았다고 배시시 웃는 모습에 심장이 간질거렸던 것.

그리고 그녀를 업었을 때 전해져 오는 온기가 참으로 기분 좋았던 것까지.

'……아니겠지.'

준현은 이 모든 정황들을 단번에 정리해 주는 단 하나의 결론을 외면했다.

'무슨, 말도 안 되는……'

연애 거북이, 김준현 씨는 손사래까지 쳐 가며 자신의 마음을 부정하고 있었다. 그럴 리가 없다고 고개를 돌리려 했다.

"검사님……"

혼자만의 생각에 잠겨 있던 준현이 은아의 부름에 퍼뜩 정신을 차렸다. 그녀는 그의 대답을 기다리다 지쳤는지 플라스틱 의자에 몸을 깊숙이 묻고 고개를 푹 숙이고 있었다.

"네, 은아 씨."

준현은 그의 마음을 뒤흔드는 장본인을 눈앞에 두고 이런저런 생각에 빠졌던 것이 무안해져서 괜히 얼굴을 쓸어내렸다. 하지만 정작 은아는 그가 무슨 생각을 하고 있는지 전혀 관심이 없는 듯했다.

"……고은성이 정말 나쁜 짓을 했으면 어쩌죠."

"아……."

무겁게 가라앉은 그녀의 한마디가 방금 전까지 했던 고민들을 단숨에 날려 버렸다. 왜 미처 생각을 하지 못했을까. 은아가 이런 걱정을 하게 될 거란 걸 누구보다 잘 알 수 있었을 텐데.

"우리 오빠가 정말로 마약이나 사람 죽인 일에 관련이 돼 있는 거면 어떡하죠."

처음 은아는 은성이 박영순의 이름에 반응하는 것을 보고 단서를 얻었다고 기뻐했었다. 하지만 곧 기쁨보다는 걱정이 앞서기 시작했다. 그가 정말로 범죄에 연관된 사람이라면. 그녀에게 마지막 남은 가족이 범죄자라면. 그때 그녀는 어떻게 해야 하는 걸까.

"만약에 검사님이 저 같은 상황이라면 어떻게 하시겠어요?"

은아가 고개를 들고 그를 바라보았다. 이번에는 준현도 그녀의 시선을 피하지 않았다. 지금 그의 눈앞에 있는 사람은 고은아였지만, 어쩐지 그는 과거 자신의 모습을 보고 있는 것 같았다.

'가족이 범죄를 저지른다면 그걸 감싸 줘야 하는 걸까, 제대로 바로잡아야 하는 걸까.'

냉정하게 생각하면 당연히 잘못된 것을 바로잡아야 했다. 가족이라는 이유만으로 나쁜 것을 그대로 두어서는 안 되는 거니까. 하지만 가족을 저버리는 일은 쉬운 일이 아니다. 만약 은아가 은성을 바로잡는 쪽을 선택한다면, 그녀는 아주 외롭고 고독한 싸움을 시작하게 될 것이다.

그가 그랬던 것처럼.

"저라면 그냥 모른 척할 겁니다."

준현은 은아가 그와 같은 길을 걷게 하고 싶지 않았다.

"법에서도 가족이 범죄를 저지른 걸 감싸 주는 건 어느 정도 정상 참작해 주잖아요."

두 사람의 시선이 허공에서 마주했다. 은아는 그의 따뜻한 시선을 보고 그가 진심이라는 것을 알 수 있었다. 그가 진심으로 그녀를 생각해 주고 있다는 걸 느낄 수 있었다.

"이 사건에서 손 떼요. 지금까지 내가 너무 배려를 못 했어요."

달콤한 유혹이었다. 골치 아픈 일에서 손을 떼고 모른 척하고 있으라니. 그의 말대로 그렇게 하는 것이 더 마음이 편할 것 같았다. 게다가 상사의 명령이었다. 그녀는 생각을 멈추고 그가 시키는 대로 하면 되는 것이다.

은아가 깊은 숨을 내뱉으며 고개를 끄덕이려 했다.

'그런데 정말 마음이 더 편할까?'

마음속에서 작은 의문의 싹이 움텄다.

"그렇지만……."

"'그렇지만'이란 건 없어요. 상명하복 몰라요?"

"검사님은 자기 일 아니라고 너무 쉽게 말하는 거 아니에요?"

은아가 투정 부리듯 준현에게 일침을 놓았다. 그러자 준현이 보기만 해도 굉장히 아픈 미소를 지었다. 그 미소에 은아는 말문이 덜컥 막혔다.

"그러게요. 원래 남 일은 뭐가 됐든 쉬워 보이는 겁니다. 내 일은 콩 쓰는 것 하나도 어렵게 느껴지는 법이고."

준현도 그 말을 마치고는 입을 다물었다. 두 사람 사이에 침묵이 흘렀다.

어느새 날도 저물어 가기 시작했다. 저 멀리 노을이 붉게 타오르며 가라앉고 있었다. 거리를 지나가는 사람들, 처음 모습 그대로 서 있는 건물들, 바람에 나부끼는 나뭇잎들 사이사이에 붉은 기운이 스며들었다. 반짝반짝 빛나며 잔물결을 이루는 것 같은 그 풍경이 제법 아름다웠다.

은아가 눈앞에 펼쳐진 노을빛 전경을 보며 크게 심호흡을 했다. 몽롱하던 정신이 조금씩 맑아지는 기분이 들었다.

"은아 씨."

준현이 그런 은아를 쳐다보다가 조심스럽게 불렀다.

"네."

은아가 여전히 먼 곳에 시선을 두고 대답했다.

"술 깼으면 이제 그만 집에 갈까요."

그의 한마디에 은아가 정신이 드는지 놀란 토끼 눈을 했다. 정신이 몽롱한 와중에 자신이 했던 행동들도 떠올려 보았다. 그녀의 얼굴이 삽시간에 달아올랐다. 노을빛이 옮기라도 했는지 얼굴 가득 붉은 기운이 역력했다. 은아가 눈을 질끈 감았다.

"괜찮아요. 살다 보면 그럴 수도 있죠."

눈을 감은 상태에서 들리는 웃음기 가득한 준현의 음성에 은아는 쥐구멍에라도 숨고 싶은 심정이었다.

6화. 눈 감고, 귀 막고

먼저 자리에서 일어난 건 은아였다. 밀려드는 수치심에 더 이상 그 자리에 앉아 있을 수가 없었다. 놀리는 기색이 다분한 준현의 웃음소리를 버티기도 힘들었다.

"죄송합니다. 저 먼저 가 볼게요."

은아가 주섬주섬 짐을 챙겨 들고 가려고 했다. 준현은 허둥 지둥하는 그녀를 멀거니 보다가 여유롭게 한마디 했다.

"은아 씨가 먹고 놔둔 캔은 제가 치울까요?"

그제야 그녀가 걸음을 멈추고 천천히 뒤를 돌았다.

"제가, 치워야겠죠?"

조심스러운 은아의 물음에 준현은 말없이 눈웃음으로 화답했다. 어쩐지 무언의 그 웃음이 당장 치우라고 말하고 있는 것만 같았다. 은아는 다시 돌아와 테이블을 정리하기 시작했다. 그녀가 거의 치웠을 무렵, 준현도 자리에서 일어났다.

　"그럼 조심히 가세요."

　은아는 그가 집에 가려는 거라 생각하고 꾸벅 인사를 했다. 하지만 그는 그의 차가 있는 쪽으로 가지 않았다. 은아의 눈썹 사이가 살짝 좁아졌다. 원래라면 그가 어디로 향하는지는 별로 중요하지 않았다. 주말에 직장 상사가 어디로 향하는지 알 게 뭔가. 다만 문제는 그가 걷고 있는 방향이 은아의 집으로 가는 방향이라는 것이다.

　"안 와요?"

　앞서가던 준현이 은아를 불렀다. 그에 그녀도 그의 뒤에 따라붙었다. 차마 옆자리는 차지하지 못하고 한 발 뒤에서 그와 함께 걸었다.

　"검사님, 이쪽에 무슨 볼일 있으세요?"

　몇 걸음 가던 중 은아가 조심스럽게 물었다.

　"네."

　빠르게 이어지는 대답에 은아가 고개를 끄덕이다 몰래 인상을 구겼다. 하필 이쪽에 볼일이 있을 건 또 뭐란 말인가. 속으로 구시렁거리며 부지런하게 길을 걸었다. 그렇게 얼마를 갔을까. 준현이 살짝 뒤를 돌아보았다.

"고은아 씨!"

눈앞에 펼쳐진 광경에 놀란 준현이 은아의 양팔을 그러잡고 옆으로 당겼다. 아직 취기가 남아 있었던 건지 은아가 제 몸을 가누지 못하고 조금씩 차도 쪽으로 가고 있었던 것이다.

"그쪽으로 가면 어떡합니까!"

준현이 버럭 소리를 질렀다. 그에 은아가 살짝 움츠러들었다.

"생각이 있어요, 없어요? 방향을 못 잡겠으면 나한테 말을 해야 할 것 아니에요."

"……죄송합니다."

준현이 화를 내니 자신이 뭔가 잘못한 것 같아서 일단 사과를 했다. 어쩐지 그가 점점 멀어져 보인다 했더니, 걸음이 뒤처져서 그런 줄 알았는데 차도로 가고 있었던 모양이다. 그들이 걷고 있던 길은 차도와 인도의 구분이 없는 길이라 자칫 잘못하면 사고가 날지도 모르는 일이었다.

"이쪽으로 와요. 그러게 왜 뒤에서 따라오고 그래요."

은아가 주눅 든 것을 보고 준현이 심호흡을 하며 들끓는 감정을 가라앉혔다. 하여간 사람 걱정시키는 데는 도가 튼 여자다. 그는 은아가 도로 안쪽으로 가도록 이끌어 주었다. 그렇게 다시 두 사람은 아무 말 없이 길을 걷기 시작했다.

은아는 몰래 한숨을 쉬며 준현의 고함에 놀랐던 심장을 가라앉혔다. 마음이 차분해지자 기분이 조금 나빠졌다. 그녀가 방향을 못 잡은 건 잘못이지만 그게 이렇게까지 큰소리 낼 일인가.

은아는 그에게 따져 물을 생각에 천천히 입을 열었다.

그런데 준현이 그녀보다 빨랐다.

"소리 지른 건 미안해요. 너무 놀라서 그랬어요."

"놀라셨어요?"

은아가 의외라는 듯 되묻다가 고개를 끄덕였다. 하긴, 그녀도 그녀 앞에서 사고가 날 뻔했으면 놀라긴 할 것 같다. 준현처럼 소리를 지를지도 모르겠다.

"그런데 검사님은 어디 가는 길이세요? 볼일 있다고 하셨잖아요."

"볼일 보고 있는 중인데요."

"네? 무슨……"

은아가 의문을 가득 담고 준현을 올려다보았다. 준현은 그녀의 시선이 느껴지지도 않는지 여전히 앞만 보며 대답했다.

"못 봤으면 몰라도 뻔히 동료가 취한 걸 봤는데 그냥 갈 수야 없죠."

"그럼 지금 저 데려다주시는 거예요?"

준현이 고개를 끄덕였다. 그에 은아는 고마움보다는 미안함과 부담스러움이 먼저 느껴졌다.

"안 그러셔도 되는데."

"꼭 그랬어야 됐다는 건 방금 입증됐을 텐데요."

할 말이 없어진 은아가 입술을 꾹 다물고 정면을 응시했다.

"은아 씨는 똑 부러진 것 같다가도 은근 허점이 많아요."

그의 말에 은아가 반대로 고개를 돌려 입술을 살짝 비죽였다.

"본의 아니게 검사님한테는 그런 모습 보여 드렸네요. 앞으로는 더 조심…… 아."

말이 끝나기도 전에 살짝 균형을 잃은 은아가 준현의 어깨에 살짝 부딪혔다.

"죄송합니다."

"괜찮아요. 그래도 지금 이 정도라도 정신을 차리게 돼서 다행이에요."

은아를 위로하려 말을 꺼낸 준현이 문득 떠오른 생각에 눈썹을 꿈틀했다. 만약 그가 취한 그녀를 발견하지 못했으면 어떻게 됐을까.

"예의상 그렇게 말하고 싶긴 한데. 아무래도 문제가 있긴 하네요. 밖에서 그렇게 취할 정도로 술을 마시면 어떡해요? 그것도 혼자서."

"그러게요. 그렇게까지 마시려던 건 아니었는데 이런저런 고민 때문에 마시다 보니 저도 모르게 그만……."

이런저런 고민 때문이란 말에 준현이 잠시 움찔하다가 다시 말을 이었다.

"그래도 그러면 안 되죠. 다음부턴 조심, 또 조심하세요."

"네, 그럴게요."

준현은 집에 도착할 때까지 은아에게 다신 그런 일이 없도록 하겠다는 확답을 몇 번이고 하게 했다. 어쩐지 준현에게 엄청 잔소리를 듣고 있는 상황이 되어 버렸지만, 은아는 그 상황이 그렇게 싫지만은 않았다.

"데려다주셔서 감사해요."

집 앞에 선 은아가 준현에게 감사 인사를 했다.

"혼자서 올라갈 수 있겠어요?"

준현이 의심을 가득 품고 물었다. 그에 은아가 손사래를 쳐 가며 대답했다.

"갈 수 있어요. 그러니까 걱정 말고 이만 가 보세요."

은아는 준현이 돌아가기를 기다리며 멀뚱히 서 있었다. 준현은 그런 은아를 쳐다보다가 그녀의 이름을 불렀다.

"은아 씨."

은아가 그의 눈을 마주했다. 어느새 어두워진 골목. 노란 가로등 불빛이 두 사람을 비추고 있었다.

"그냥 눈 감고, 귀 막고 살아 봐요."

"……."

"골치 아픈 건 모른 척하고, 그렇게 살아 봐요."

악마의 유혹이라고 생각될 정도로 달콤한 제안에 은아가 멀거니 그를 바라보기만 했다. 어쩐지 아파 보이는 미소. 아까 전에도 봤던 그 미소가 준현의 입가에 걸려 있었다. 왜 저런 표정을 짓는 걸까. 의문이 든 것도 잠시, 그의 얼굴에는 평소의 친절한 미소가 자리 잡고 있었다.

"그럼 검사님도 모른 척해 주실 거예요?"

솔직히 말하면 준현의 말대로 모른 척하고 살고 싶었다. 한 번 가족을 버리려 했던 은아였으니 그리 어려운 일도 아닐 것이다. 신경 쓰이는 것들이 여럿 있긴 했지만, 지금의 골치 아픈 상황에서 벗어날 수만 있다면 감수할 수 있을 것 같았다.

"지금 제 상황이 저만 모른 척한다고 되는 상황도 아니잖아요."

은아의 말에 준현이 가만히 있다가 고개를 끄덕였다.

"모른 척할게요."

"저, 의심하고 있는 거 아니었어요?"

"의심하는 건 제가 검사인 이상 어쩔 수 없어요. 대신 최대한 은아 씨한테 피해 가지 않게 할게요. 저번처럼 일과 외 시간에 따로 불러내는 일도 없을 거예요."

은아의 의심 가득한 눈동자가 준현을 향했다.

"정말…… 이에요?"

"네, 정말이에요."

"정말, 고은성이랑 상관없이 제 인생 새로 시작해도 되는 거예요?"

"다시 시작해요. 내가 먼저 말했잖아요. 눈 감고, 귀 막고 살라고. 고은성 씨 일에 관해선 더 이상 신경 쓰지 마요."

은아가 크게 심호흡을 했다. 다시 시작한다니. 다시 시작해도 된다니. 준현의 확답이 떨어지자 가슴이 벅차올랐다. 조금씩 새어 나오는 웃음을 막을 길이 없었다. 지금 이 순간에는 은성이 잘못된 길로 갔으면 어쩌나 하는 걱정도 사라져 있었다. 이제 그녀는 그녀만의 인생을 살면 되는 것이다.

다시금 찾아온 월요일. 은아는 정신없이 오전 근무 시간을 보낸 뒤, 정오 무렵이 되어서야 기지개를 켰다. 서류 더미와 폭주하는 전화에 시달려 멀미가 날 지경이었다. 하지만 일이 고되면 어떠랴, 드디어 새로운 인생을 시작할 수 있게 됐는데.

"계장님, 오늘도 자장면으로 할까요?"

은아가 밝은 목소리로 윤 계장에게 물었다. 그래, 매일 자장면을 먹으면 어떠랴. 지금은 자장면을 먹어도 지금까지와는 다른 맛을 느낄 수 있을 것 같았다.

"글쎄. 은아 씨, 괜찮겠어? 나야 워낙에 좋아한다지만, 물리지 않아?"

"오늘은 뭘 먹어도 좋은 날입니다."

그렇게 기분 좋게 점심 메뉴를 고민하고 있는데, 안쪽 사무실 문이 열리며 준현이 나왔다.

"저랑 같이 잠깐 좀 나갔다 와야 할 것 같은데요."

그의 말에 은아가 자리에서 일어났다. 지금까지 허리가 안 좋은 윤 계장 대신 그녀가 외근을 따라가곤 했던 것이다.

"윤 계장님, 저랑 잠시 다녀오실까요."

준현은 은아가 일어난 것이 보이지도 않는지 윤 계장을 지목했다. 그에 은아와 윤 계장의 시선이 잠시 마주쳤다.

"검사님, 제가 따라가는 게 더 좋지 않을까요? 윤 계장님은 허리도 안 좋으시고."

은아가 다시 한 번 준현에게 말을 걸었다. 하지만 그의 시선은 여전히 윤 계장을 향해 있었다.

"여전히 많이 안 좋으세요?"

"아, 아니요. 물리 치료 받고, 운동 계속했더니 제법 살 만합니다."

윤 계장이 겉옷과 가방을 챙겨 들었다.

"그럼, 은아 씨. 오늘은 혼자 밥 먹어야겠어."

"네, 다녀오세요."

준현과 윤 계장이 은아의 배웅을 받으며 검사실에서 나섰다. 은아는 두 사람이 사라진 후에야 의자에 털썩 주저앉았다.

"흐음……."

은아가 고개를 갸웃했다. 딱히 이상한 점은 없는데, 왠지 모르게 평소와 다른 느낌이 들었다. 도대체 뭘까.

"나도 모르겠다."

잠시 생각해 보던 은아는 끝내 그 답을 찾지 못하고 밖으로 나갔다. 윤 계장도 없으니 구내식당에서 한 끼를 해결할 생각이었다. 그녀는 엘리베이터를 타고 지하 1층 버튼을 눌렀다. 단순히 엘리베이터가 하강하는 것뿐인데 어쩐지 생소한 기분이 들었다.

점심시간에 구내식당이라니. 검찰청에 출근한 지 한 달이 넘어가건만 구내식당에 밥 먹으러 가는 건 처음이었다. 지나가는 길에 이런 곳에 식당이 있구나, 본 적은 있어도 식사를 해 본 적은 없었다. 그녀는 항상 윤 계장과 배달 음식을 먹었으니까.

"밥은 조금만 주세요."

배식을 받은 은아가 대충 빈자리를 찾아 앉았다. 혼자만의 시간을 가지며, 이 김에 바깥 산책도 해 볼까, 하고 고민하던 중이었다.

"어? 은아 씨?"

식판을 들고 지나가던 두 사람이 은아의 이름을 부르며 멈춰 섰다. 은아가 살짝 고개를 들었다.

"우와, 은아 씨도 여기서 밥 먹을 때가 있어요?"

두 사람 중 남자가 신기해하며 은아의 앞자리에 앉았다. 옆에 있던 여자도 새침한 표정을 지으며 남자의 옆에 자리 잡았다.

"그러게요. 맨날 따로 먹는 것 같더니."

맞은편에 앉은 동수와 수정은 은아와 같이 서부지검에 배정을 받은 동기였다. 하지만 이름만 동기일 뿐, 은아는 그들과 어울린 적이 없었다.

"이렇게 보니까 또 반갑네요."

동수가 은아에게 손을 내밀었다. 그는 키도 크고 덩치도 제법 있었지만 인상이 워낙 구수하게 생긴 탓에, 얼굴이 몸을 따라가지 못하는 타입이었다.

"오동수 씨, 이수정 씨 맞죠? 저도 반가워요."

일단 맞장구쳐 주는 게 앞으로의 생활에 도움이 되겠지, 라는 생각에 은아도 예의상 미소를 지으며 악수했다.

"나름 동기인데, 밥 한 번을 먹은 적이 없네요. 검사실에 배정받으면 그렇게 바빠요?"

조금 날이 선 음성이었다. 수정은 새침한 여동생 같은 인상이었는데, 뾰로통한 얼굴을 하고 묻고 있었다. 알 만했다. 은아는 검사실, 그것도 준현의 검사실에 배정받았다는 이유로 서부지점의 많은 여직원들에게 부러움과 동시에 시샘을 한꺼번에 받았으니까.

"아마 다른 분들이랑 비슷할 거예요. 그런데 두 분은 어디에 배정받으셨어요?"

"사실 저도 검사실에 배정받고 싶었는데. 저희 둘은 행정 부서예요. 그리고 여자분 한 분 더 있는데 곧 오실 거예요."

그도 검사실을 노린 것일까. 동수의 대답에 은아가 속으로 신음을 삼켰다. 정작 가고 싶었던 부서는 그곳이었건만. 그녀도 원치 않은 곳에 배정된 건데, 상사 눈치는 눈치대로 보고 동기들에게 미운털까지 박히다니. 억울하기 그지없었다.

"아, 그래요. 흠, 흠."

은아가 대충 대답하며 헛기침을 했다. 어쩐지 부러움을 가득 담은 두 사람의 시선을 마주하고 있자니 밥이 입으로 넘어가는지 코로 넘어가는지 모를 지경이었다. 여기에 한 사람까지 더해진다면……. 하아. 최대한 빨리 이 장소를 벗어나고 싶어졌다.

은아의 그런 감정이 전해지지 않은 걸까. 동수가 수더분하게 웃으며 물었다.

"검사실에서 일하면 어떤 분위기예요? 아니, 우리 동기들은 유독 검사실에 배정받은 사람이 없는 것 같아요."

"그냥 기록물 관리하고, 전화받고 그래요."

"그런 건 저희 쪽이랑 비슷하네요. 용의자나 참고인이 조사받으러 온 적은 없어요?"

동수가 눈을 반짝이며 물었다. 어지간히 검사실 일이 궁금한 모양이다. 수정도 관심 없는 듯 눈을 내리깔긴 했지만 몸이 은아 쪽으로 점점 기우는 것이 마찬가지인 것 같았다.

"있긴 한데, 아직 잘 모르겠어요. 일한 지 그렇게 오래되지도 않았고요."

"아, 정말 부럽습니다. 역시 수사관이라면 검사실에서 근무를 해야……."

"또, 또, 또. 헛소리한다."

그때 누군가 동수의 말을 막으며 은아의 옆자리에 식판을 내려놓았다.

"형사부 검사실에서 일하는 것보단 행정 부서에서 일하는 게 훨씬 편하다니깐 그러네. 우리 대신 골치 아픈 데 가 준 은아 씨한테 고마워해야 한다고. 안 그래요, 은아 씨?"

마지막으로 온 지영은 다른 동기들보다 나이가 꽤 많아 보이는 여자였다. 전체적으로 털털한 분위기에 왕 언니 같은 느낌이었다.

"은아 씨를 구내식당에서 다 보네요. 맨날 검사실 분들이랑 맛있는 거 먹으러 가는 줄 알았는데. 솔직히 그거 하난 부럽더라고요."

이 사람들, 말도 안 되는 오해를 하고 있다. 은아는 다른 건 몰라도 이것 하나는 제대로 해명해야 할 것 같았다.

"절대 그런 거 아니에요. 윤 계장님이 허리가 안 좋으셔서 맨날 검사실에서 자장면 시켜 먹은 게 다예요."

"네?"

세 사람이 눈이 휘둥그레져서 은아를 쳐다보았다. 아마도 점심시간에 은아가 보이질 않으니 상사들과 맛있는 걸 먹으러 가는 거라고 자기들끼리 생각했던 모양이다.

"그럼 지금까지 계속 자장면만 먹었어요?"

동수가 안쓰러워 죽겠다는 얼굴을 하고 은아에게 물었다.

"아뇨. 가끔 짬뽕이랑 볶음밥도 시켜 먹었어요."

이어지는 말에 세 사람의 표정은 더욱 가관이었다. 지영이 조심스럽게 은아의 어깨에 손을 얹었다.

"오해해서 미안해요. 우린 동기들끼리 밥을 먹다 보니, 상사들이랑 먹으면 메뉴가 확 바뀌는 줄 알았거든요."

"그래도 회식 같은 건 좋은 데 가지 않아요? 점심땐 시간이 부족해서 그런 걸 수도 있잖아요."

수정은 아직 미련을 못 버렸는지 한마디 토를 달았다. 그에 은아가 가소롭다는 표정으로 그녀를 바라보았다.

"근처에 족발 골목 있죠. 거기를 참 좋아하시더라고요."

"풋."

어딘지 모르게 해탈한 것 같은 은아의 말에 지영이 웃음을 터트렸다.

"그냥 아버지랑 놀아 드린 것 같은데요."

"뭐, 생각했던 거랑 많이 다르긴 하네요."

이번엔 수정도 인정하고 고개를 끄덕였다. 동수도 짠한 얼굴로 쳐다보다가 살며시 물었다.

"아, 오늘 저희들끼리 간단하게 맥주 한잔하기로 했는데 은아씨도 같이 할래요?"

"그래, 명색이 동긴데 같이 한잔해요."

은아가 잠시 고민을 했다. 그녀를 부러워하고 시샘하는 분위기였다면 가지 않았겠지만, 지금 같은 분위기라면 동기들과 어울리는 것도 괜찮을 것 같았다.

지금 이런 게 그녀가 원해 왔던 직장 생활이 아니던가. 처음에는 동기들과 친해지려고 그들의 이름을 하나하나 외우려 노력하기도 했었다. 다른 문제들 때문에 어느 순간 그들과 동떨어져 버렸지만 말이다.

"그럼, 그럴까요?"

가슴속이 설렘으로 잔뜩 부풀어 올랐다. 어쩐지 시작부터 꽤 순조로운 것 같다. 그렇게 은아는 그녀가 꿈꿔 왔던 직장 생활로 첫발을 들여놓고 있었다.

은아는 동기들이 퇴근했다는 연락을 받고, 먼저들 가 있으라고 단체 채팅방에 문자를 넣어 두던 참이었다. 평소 퇴근 시간보다 조금 이른 시간. 준현이 방에서 모습을 드러냈다.

"오늘은 좀 일찍 퇴근할까요."

"그럴까요."

윤 계장도 기지개를 켜며 일어나더니 주섬주섬 짐을 챙겼다. 그에 준현은 평소처럼 그들을 기다려 주지 않고 먼저 검사실을 나서려 했다.

"어? 검사님. 오늘 술 한잔하자고 하셨잖아요. 벌써 나가십니까?"

"네. 계장님은 지금 바로 나오시면 되잖아요."

"아니, 은아 씨가 아직 나갈 준비가 안 된 것 같은데……."

"원래 저희 둘이서 잘 마셨잖아요."

"아니, 그래도……."

윤 계장이 미안한 얼굴로 은아를 바라보았다. 그에 은아가 손을 내저었다.

"사실 저도 오늘 약속 있어요. 먼저들 가세요."

"아, 그래? 그럼 은아 씨 내일 봐."

"수고하셨습니다."

서로에게 간단한 인사만 하고 준현과 윤 계장이 사무실을 나섰다. 두 사람은 별다른 말없이 검찰청을 벗어나고 있었다. 굳이 말하진 않았지만 그들의 목적지는 족발 골목이었다. 그런데 가만히 걷기만 하던 윤 계장이 눈을 가늘게 뜨고 준현을 바라보았다.

"아까 전에 외근 나간 것도 딱히 별일 아니었고, 지금도 술 한잔하자고 하시고서 은아 씨만 쏙 빼시고. 검사님, 설마……."

"아무것도 아닙니다."

준현이 쓸데없는 추리를 시작하려는 윤 계장의 말을 들어 보지도 않고 아니라고 부인했다.

"아니긴요. 우리 검사님은 그런 분이 아닐 거라 생각했는데……."

"계장님, 무슨 생각을 하시는지 모르겠는데, 아니에요."

"이런 게 직장 내 따돌림 같은 거 아닙니까? 은아 씨가 검사님한테 무슨 잘못인가 한 거죠? 그래서 일부러 따돌리시는 거죠?"

확신에 차 있는 윤 계장의 모습에 준현이 한숨을 쉬었다.

"일부러 따돌리는 게 아니라……."

"따돌리는 건 맞는 거네요! 아니, 검사님. 아무리 은아 씨가 잘못했어도 대놓고 말씀을 해 주시지, 이런 식으로 괴롭히는 건 아니지 않습니까."

윤 계장이 직장 내 따돌림에 대해 열변을 토하기 시작했다. 준현은 지금은 어떤 말도 통하지 않을 것 같아서 그의 말을 들기만 했다.

"그러니까 차라리 말씀을 하세요. 그런데, 은아 씨가 무슨 잘못을 한 겁니까?"

윤 계장의 강론은 족발집에 도착할 때까지 이어졌다. 음식을 주문하고 나서야 준현에게 말할 수 있는 발언권을 준 것이다.

"무슨 잘못을 한 게 아니라, 그냥 은아 씨도 다른 동료들이랑 어울릴 수 있는 기회가 있어야 될 것 같아서 그랬습니다."

준현의 말에 윤 계장이 술을 따르다가 눈을 껌벅껌벅거렸다.

"무슨 기회요?"

"은아 씨도 동기가 있을 텐데, 너무 우리랑 다니다 보면 그 사람들이랑 어울릴 수가 없잖아요."

윤 계장이 지금까지 자신이 행한 행동을 되돌아보았다. 처음 회식한 날, 은아가 술을 꽤 잘 마시는 것을 눈여겨보고 족발 동맹을 맺어서 그녀를 끌고 다녔던 것, 점심시간에는 검사실에서 자장면을 함께 먹었던 것 등등. 은아가 군말 없이 따라온 것이 신기할 정도였다.

"그럼 오늘 점심시간에 우리 둘만 나갔던 것도 일부러 그러신 겁니까?"

"그렇죠."

"아…… 아니, 그런 거면 진작 말씀을 하시지 그랬습니까. 저만 눈치 없는 늙은이가 된 기분이잖습니까."

"사실 저도 이제야 그런 생각이 들어서요. 은아 씨가 워낙에 티를 안 내다 보니."

"그러게 말입니다. 젊은 사람이 한창 자기 동기들이랑 어울리고 싶었을 텐데."

"뭐, 앞으로 배려해 주면 되겠죠."

준현과 윤 계장은 사무실 막내인 은아에게 마음을 써 주자고 다짐하고 있었다. 그러나 정작 배려받고 있는 당사자는 지금의 상황을 전혀 모를 것이다.

"아, 그런데 박영순 사건이요. 요즘 윗선에서 말들이 많아요."

윤 계장이 술을 마저 따라 주며 말했다.

"용의자가 죽기 직전인데 아직 그 사건 붙들고 있다고요."

박영순 사건에 대해서는 준현에게도 어느 정도 압박이 오고 있었다. 기소를 해 봤자 피고인이 언제 죽을지 모르는 상황인데 재판이 되겠냐는 말이었다.

"사실 제가 생각해도 그 사건은 좀……."

윤 계장이 머뭇거리며 말하자 준현이 잔에 담긴 술을 단숨에 마시고 쓰게 웃었다.

"계장님도 제가 이해가 안 되시죠?"

"그렇긴 한데……. 저야 뭐, 검사님을 믿으니까요. 제가 안 믿으면 우리 검사님 누가 믿겠습니까."

"고맙습니다. 계장님 덕분에 제가 삽니다."

"그 사건, 계속 잡고 있겠다는 말씀이시죠?"

준현이 말 대신 웃음으로 답변했다.

"에잇, 저도 더 버텨 보겠습니다."

윤 계장도 잔에 담긴 술을 쭉 들이켰다. 준현이 빈 잔을 채워 갔다. 쪼르르, 하고 채워지는 맑은 액체가 두 사람의 두터운 정 처럼 흘러넘치고 있었다.

준현과 윤 계장이 떠나고 난 뒤의 검사실. 은아는 두 사람을 보낼 때 자세 그대로 굳어 있었다. 어쩐지 혼이라도 나간 것처 럼 멍해 보였다.

뭔가 이상하다. 뭐가 이상한지는 모르겠는데, 뭔가 많이 이상 하다.

은아의 미간에 우물이 곱게 패었다. 왜인지는 모르겠는데 기 분이 아주 나빴다. 속상한 것 같기도 하고, 서운한 것 같기도 하고. 어쩐지 혼자가 된 느낌이었다.

[은아 씨, 아직 퇴근 전이에요?]

동수가 단체 채팅방으로 연락을 보내 왔다. 은아는 그제야 정신을 차리고 답문을 했다.

[이제 마쳤어요. 곧 갈게요.]

지영이 보내 준 가게 위치를 확인하며 사무실을 나섰다. 여 전히 찝찝한 기분이 가시지 않았지만 지금은 동기들과의 만남 의 장이 우선이었다.

혼자 찾아와야 할 은아를 배려한 것인지, 그들이 있다는 가 게는 검찰청에서 그리 먼 곳이 아니었다. 전체적으로 화려하고 세련된 느낌이었다. 가게 안으로 들어선 그녀는 내부를 잠시 둘러보다가 일행을 찾을 수 있었다.

"늦었죠."

세 사람은 이미 500cc 맥주 한 잔씩을 비운 후였다.

"검사실에서 일하면 퇴근 시간 더 늦다더니. 정말이었나 보네요."

"그래도 우린 당직이란 게 있잖아요."

안쓰러움이 가득 담긴 동수의 말에 수정이 일침을 가했다. 은아는 지영의 옆자리에 앉으며 맥주 네 잔을 주문했다.

"당직은 많이 힘들어요?"

은아의 질문에 세 사람이 동시에 득달같이 고개를 끄덕였다. 애처로울 정도로 강하게 고개를 끄덕이는 통에 웃음이 터질 것만 같았다. 은아는 애써 웃음을 참으며 안주 하나를 입에 집어넣었다. 목살 스테이크 샐러드. 준현과 윤 계장과 함께였다면 상상도 못 할 메뉴였다.

"굳이 말 안 해도 알 것 같네요."

은아가 스테이크를 오물거리며 고개를 주억거렸다. 그에 동수가 해사한 미소를 지으며 말도 안 되는 제안을 했다.

"그러지 말고 은아 씨도 한번 경험해 보는 게 어때요? 이번 주 금요일에 수정 씨 차롄데 저도 도와주기로 했거든요."

제가 왜요, 라는 말이 목구멍까지 차올랐지만 고개를 절레절레 젓는 것으로 대답을 대신했다. 동수가 해사한 미소를 짓지만 않았어도 그 말을 했을 텐데, 딱히 악의가 보이진 않았기에 참은 것이다.

"에이, 은아 씨도 한번 해 봐요. 혹시 알아요? 나중에 행정 부서로 배정받을지."

지영이 새로 나온 맥주를 한 모금 마시며 심드렁하게 말했다. 그 말도 어느 정도 일리가 있었다. 행정 부서의 일을 경험해 보는 것도 괜찮을 것 같았다.

"그럼 조금만 해 볼까요."

"이왕 이렇게 된 거 언니도 도와주는 건 어때?"

은아의 대답이 떨어지기가 무섭게 수정이 지영을 향해 물었다. 두 사람은 사석에서 호칭을 편하게 하는 모양이었다.

"됐거든. 셋이서 잘해 봐. 그리고 은아 씨, 자기가 무슨 서류 맡았는지는 확실히 기억해 둬요. 혹시나 문제 생기면 괜히 불똥 튈 수 있으니까."

"불똥이요?"

"아무래도 최소한의 인원으로 일하다 보니까 실수도 종종 있거든요. 구속 영장 서류가 누락되기라도 하면, 어휴. 그리고 저 기지배는 자기가 실수해 놓고도 남한테 떠넘길 위인이기도 하고요."

"언니!"

"하긴, 그렇긴 해요."

"오빠까지!"

서로들 친근해 보이는 모습에 은아도 절로 웃음이 나왔다. 동기들과 함께하는 시간도 제법 유쾌한 시간이었다. 그렇게 시간이 점점 무르익어 가자, 하나둘씩 그동안 하지 못했던 이야기가 나오기 시작했다.

"나, 처음엔 은아 씨가 말도 못 할 여우과인 줄 알았잖아요."

지영의 말에 수정이 토를 달았다.

"여우과일 것 같은데, 뭐⋯⋯."

"네가 할 소린 아니지. 아무튼 볼 때마다 눈웃음이길래 엄청난 여우다 싶었죠."

눈웃음이라⋯⋯. 은아가 씁쓸했던 과거의 기억을 떠올려 보았다. 그랬던 적도 있었다. 준현에게 들키지 않으려고 눈꼬리를 내려가며 내내 눈웃음치던 때가 있었다.

"지금은 아닌 것 같아요?"

은아가 얼굴 가득 웃음기를 머금고 지영에게 물었다.

"진짜 여우였으면 여우 짓 한다고 검찰청 내에 벌써 소문이 났겠죠. 무려 김준현 검사님이랑 같은 사무실에 있는데. 여직원들이 지켜보고 있다고요. 아, 그런데 은아 씨 부러워는 해도 욕은 잘 안 해요. 까고 싶어도 깔 게 있어야 까지."

"잘 안 한다는 건 하긴 한다는 거 아니에요?"

"뭐, 아니 땐 굴뚝에도 연기는 나더라고요."

"우와, 은아 씨가 욕을 먹어요? 아니, 욕먹을 데가 어디 있다고?"

동수의 말에 지영이 혀를 찼다.

"너 같은 남자들이 있어서 욕을 먹는 거다, 왜."

유쾌했다. 세 사람과 더욱 친해지고 싶을 정도로 유쾌했다. 평범하게 동기들 사이에 끼어서 두런두런 얘기를 하는 이 시간이 꿈만 같았다.

현실에서 눈 감고, 귀 막으면 앞으로도 지금처럼 지낼 수 있을 것이다. 준현의 말대로 모른 척하고 살면 이 순간이 일상이 되는 날이 올 것이다. 퇴근 후 동기들과 만나서 일이 힘들다고 푸념도 하고, 가끔 상사 욕도 하면서. 그렇게 살아갈 수 있을 것이다.

욕심이 났다. 이 시간들이 너무도 욕심이 났다. 그래서 은아는 다시 한 번 더 은성을 보지 않기로 마음먹었다. 장례식장에서 왜 자신의 딸이 그렇게 죽어야 했냐고 소리치던 어머니의 절규를 듣지 않기로 마음먹었다.

7화. 키다리 아저씨의 진심

하면 안 된다고 생각하면 할수록, 하고 싶어서 더욱 안달 나는 게 사람 심리라 했던가. 지금 준현의 심정이 딱 그랬다. 은 아를 위해선 그녀와 거리를 두는 것이 좋겠다는 판단을 했고, 어느 정도 그 생각을 실천에 옮기고 있었다.

그러나 어느 순간부터 조급증이 일기 시작했다. 거리를 두어 야 한다는 생각과 반대로 그녀의 옆에 있고 싶다는 감정이 용 솟음치듯 올라온 것이다. 감정은 다가가고 싶어 하고 이성은 안 된다고 막고 있으니, 그야말로 하루하루가 좌불안석이었다.

그나마 직관 사건 재판이 많은 시기라 다행이었다. 검사실에 붙어 있을 시간이 상대적으로 줄어든 셈이니까. 문 하나를 사이에 두고 그녀와 한 공간에 있었다면 이성이고 뭐고 은아에게 달려갔을지도 모를 일이다.

"중증이다, 김준현."

생각했던 것보다 은아를 생각하는 마음이 컸던 모양이다. 아니라고 부정해 봤지만, 한번 깨달은 감정은 그가 제어할 수 없을 정도로 그 크기를 키워 가고 있었다.

"크흠."

오늘도 공판이 있는 날이었다. 준현이 검사복을 챙겨 입고 밖으로 나갔다. 아니나 다를까. 문을 열자마자 그의 시야 안에 가장 먼저 들어온 것은 은아였다. 몸이 묶여 있으니 비교적 자유로운 눈동자만이 죽어라 그녀를 좇고 있었다.

은아는 준현이 재판 때 볼 서류를 정리하느라 분주해 보였다.

"벌써 가시려고요?"

윤 계장이 물었다.

"아, 그러고 보니 은아 씨도 법원에 찾을 서류 많다고 하지 않았어?"

"급한 건 아니니까 조금 이따가 가려고요."

두 사람의 대화에 준현이 잠시 머리를 굴렸다. 서류를 들어다 주는 정도는 괜찮지 않을까.

"재판 4시쯤 끝나니까 그때 와요. 같이 들어 줄게요."

"괜히 번거롭게 어떻게 그래요."

은아는 의외라는 듯 눈을 동그랗게 뜨고 준현을 보다가, 다시 고개를 저으며 말했다. 준현은 그런 그녀를 보며 속으로 한숨을 쉬었다.

저 여자는 알고 있을까. 그렇게 눈을 뜨고 올려다보면 자신이 엄청 귀여워 보인다는 걸.

"어차피 오는 길인데요, 뭘."

"음, 그럼 일단 보고요. 언제쯤 짬이 날지 몰라서."

준현도 고개를 끄덕였다. 일부러 4시에 맞춰 오는 것도 쉽지 않은 일이리라.

"서류는 이게 다예요?"

"네. 말씀하신 건 다 넣어 뒀어요."

은아가 마지막으로 한 번 더 확인을 하고 준현에게 서류철을 내밀었다. 준현은 기록들을 받아 들고 검사실을 나서려 했다.

"고마워요. 그럼 다녀오겠습니다."

"잠깐만요, 검사님!"

그런데 윤 계장의 목소리가 그를 멈춰 세웠다. 준현이 돌아서서 무슨 일이냐는 눈빛으로 그를 쳐다보았다.

"거기 옷깃 다시 정리해야 할 것 같은데요."

준현은 윤 계장의 말을 듣고 목 앞부분을 대충 만져 보았다. 하지만 딱히 잘못된 게 없는 것 같았다.

"거기 말고, 여기요."

옆에 서 있던 은아가 준현의 목 뒷부분에 손을 뻗었다. 그녀의 손은 아주 가벼운 손짓 하나로 옷깃을 정리하고 사라져 갔다.

"아, 그럼, 다녀오겠습니다."

준현이 두 번째로 인사를 하고 검사실을 나섰다. 문을 바로 닫고 복도를 저벅저벅 걸어갔다. 그런데 걸어가면 갈수록 그의 걸음걸이가 빨라졌다. 나중에는 거의 달리기하는 수준으로 급하게 남자 화장실에 들어갔다.

'이건 또 뭐야.'

화장실 거울에 비친 준현의 얼굴이 잔뜩 상기되어 있었다. 그는 자신의 얼굴을 바로 보지 못하고 손바닥으로 눈을 가렸다. 길게 한숨을 쉰 후, 손을 그대로 내려 목 언저리를 쓰다듬었다.

딱히 은아의 손이 닿은 것도 아니었다. 그런데 뭔가가 느껴졌다. 그럴 리 없겠지만 손이 다가올 때 공기의 진동이 느껴지는 기분이었다. 괜히 살갗이 오그라들고 찌릿찌릿한 것이, 그도 모르게 목을 계속 비벼 댈 수밖에 없었다.

"중증이라니까, 진짜."

준현이 얼굴에 떠오른 열기를 겨우 식히며 화장실을 나섰다. 혹시나 지금 그의 모습을 본 이가 있을까 봐 주변의 눈치를 보기도 했다.

재판은 생각보다 늦게 끝이 났다. 혹시나 은아가 왔을까 봐 준현이 급하게 서류를 정리하고 있는데, 상대 변호사인 중년 남성이 사람 좋은 웃음을 보이며 다가왔다.

"김 검사님, 오늘도 끝내주셨습니다. 어디, 제가 파고들 틈이 없네요."

"증거가 너무 확실한 사건이었으니까요. 그래도 변호사님 덕분에 피고인 형량이 많이 줄었을 것 같은데요."

"선고가 돼 봐야 알겠죠. 그리고 저치도 생각보단 불쌍한 사람이더라고요."

그렇게 말하며 허허, 웃는 모습에 준현이 속으로 피식 웃었다. 변호사가 말한 그 생각보다 불쌍한 사람은 재판 내내 거짓 증언을 했더랬다. 그 때문에 재판 시간이 길어진 것이다.

"그렇군요."

간단하게 인사를 하고 자리를 뜨려는데, 변호사의 한마디가 그를 멈추게 했다.

"그런데 회장님은 안녕하십니까?"

준현이 상대방이 눈치채지 못할 정도로 아주 잠깐 표정을 굳혔다가 풀었다.

"글쎄요. 집에서 독립하고 나서는 일이 바빠서 연락도 제대로 못 하고 있습니다."

"그렇게 안 봤는데, 우리 검사님도 불효자셨네요."

"그러게요. 아, 전 일이 있어서 먼저 가 보겠습니다."

준현의 정중하면서도 선을 긋는 인사에 변호사도 살짝 묵례하고는 그를 놓아주었다. 돌아서서 가는 그의 눈빛은 공기도 얼려 버릴 정도로 차갑게 식어 있었다. 그를 알아본 사람들이 알은체하려다가 말도 붙이지 못할 정도였다.

그런데 2층에서 계단으로 내려가려는 준현의 시야에 은아가 들어왔다. 그녀는 서류 탑을 쌓은 채로 이제 막 법원을 나서려 하고 있었다. 은아를 발견함과 동시에 준현의 서릿발 같던 눈동자에 빛이 한가득 들어찼다. 입가에 열은 미소도 함께였다.

눈산의 얼음도 따뜻한 햇빛이 비추면 사르르 녹아 버린다 했던가. 그렇다면 준현에게는 은아가 따뜻한 햇빛이었다.

"은아……."

준현이 반가운 마음에 은아를 부르려고 했다.

"은아 씨."

하지만 2층에 있던 준현보다 먼저 은아에게 다가간 사람이 있었다. 수사관 동기라고 했던 오동수였다. 동기들끼리 모임을 가졌다는 날 이후로 동수는 시간만 나면 검사실에 들르곤 했다. 올 때마다 커피나 간식거리를 가지고 왔었는데, 그 때문인지 윤 계장은 그의 방문을 반기기까지 했다.

동수는 은아의 손에 들린 짐을 가져가며 그녀의 옆에 섰다. 나란히 걸어가는 두 사람의 모습에 준현의 심기가 다시 불편해졌다. 마뜩잖은 신음이 그의 입술을 타고 흘러나왔다.

'박재민도 그렇고. 왜 이렇게 파리가 많이 꼬여.'

물론 그가 은아에게 거리를 둔 것에는 다른 동기들과 평범하게 지냈으면 하는 바람도 담겨 있었다. 그런데 오동수는 아니었다. 준현은 은아가 다른 여자 동기들과 친하게 지냈으면 했던 거지, 저런 날파리와 친해지길 바란 건 아니었다.

오동수라니, 가당치도 않다. 준현이 일부러 속도를 내서 계단을 내려갔다. 그가 한 발 한 발 내딛을 때마다 검사복이 펄럭거렸다.

"은아 씨, 시간 맞춰서 왔네요."

준현의 부름에 은아와 동수가 돌아섰다. 전력 질주를 했던 탓에 두 사람이 법원 바깥 계단을 전부 내려가기 전에 따라잡을 수 있었다. 그렇게 빨리 뛰었는데도 그는 숨찬 기색 하나 없었다.

"검사님?"

은아의 부름에도, 준현은 동수를 빤히 쳐다보며 말했다. 아니, 거의 노려보는 수준이었다.

"제가 같이 들어 주기로 약속했잖아요."

"약속이요?"

은아가 고개를 갸웃했다. 그러든가 말든가. 준현은 은아 옆에 붙어 있는 동수에게 눈치 주기 바빴다.

"아, 검사님도 법원에 있으셨군요."

동수의 수더분한 미소에도 준현은 서류철과 그의 얼굴을 번갈아 쏘아볼 뿐이었다. 얼른 그거 안 내놓고 뭐 하냐는 무언의 압박이었다.

그 기세에 눌린 탓일까. 동수가 은아에게 서류를 돌려주며 말했다.

"그러고 보니 법원에 빠트린 게 있는 것 같아요. 미안해요, 은아 씨. 들어 준다고 해 놓고."

"괜찮아요, 얼른 가 보세요."

"검사님도 다음에 또 봬요."

준현이 꾸벅 인사를 하자, 동수도 묵례를 하고 왔던 길을 되돌아갔다. 곁눈으로 동수가 사라져 가는 걸 본 그의 입가에 의기양양한 미소가 자리 잡았다. 그렇게 야멸차게 날파리를 내쫓은 준현이 은아에게 손을 내밀었다. 서류 뭉치를 건네받기 위함이었다.

그런데 은아는 아무런 미동이 없었다.

"은아 씨, 그거 이리 주세요."

그에 은아가 준현의 반대편 손에 들려 있는 서류들을 보았다. 몇 개는 증거로 제출하느라 아까보단 줄어 있었지만, 그가 들고 있는 서류도 꽤 많은 양이었다.

"이 정도는 혼자 들 수 있어요. 검사님도 빈손이 아니잖아요."

그렇게 말하며 계단을 내려가려고 했다. 그런데 준현은 은아를 멈춰 세우고 기어코 서류철을 가져오고야 만다. 그는 양손 가득 짐을 진 모양새가 되었다.

"저도 이 정도는 괜찮아요. 그래도 빈손이면 민망할 테니까 은아 씨는 그 정도만 들어요."

은아의 손에는 얼마 안 되는 서류가 들려 있었다. 준현은 그제야 만족스러운지 씩 웃으며 계단을 내려갔다. 은아도 그 뒤를 따랐다.

"이러고 검찰청 가면 저 욕먹어요. 상사 부려 먹는 여우라고."

"그럼 검찰청 도착하기 전에 돌려줄게요. 그럼 됐죠?"

"되긴 뭐가 돼요. 법원 들락거리는 직원들이 얼마나 많은데요."

은아가 낮게 한숨을 쉬었다. 아무래도 걱정이 많이 되는 모양이다.

"걱정 마요. 사람들, 우리 별로 신경 안 쓰니까."

나름 안심시키려 한 말이었는데, 은아에게는 통하지 않았다. 은아는 뭘 모르는 소리 하고 있다, 는 표정으로 준현의 얼굴을 한 번 보고, 다시 한숨 쉬며 정면을 바라보았다.

"다른 사람 일에는 눈치가 빠르시더니, 정작 자기 일은 잘 모르시나 봐요."

"네?"

"그냥 그렇다고요. 어느 분 덕분에 아니 땐 굴뚝에도 연기 났다던데…… . 뭐, 그나마 땐 굴뚝에 연기 나면 억울하진 않겠네요."

은아는 계속 준현이 알아듣지 못할 소리만 하고 있었다. 그가 보충 설명을 바라며 되물어도 그냥 가요, 하고 걸음을 서두를 뿐이었다.

키다리 아저씨의 마음. 준현은 은아에 대한 자신의 감정을 키다리 아저씨 같은 마음이라고 결론지으려 했다. 그것만으로는 설명 안 되는 부분이 많았지만, 애써 무시하고 키다리 아저씨의 순수한 마음으로 포장하기로 한 것이다.

"야, 이게 뭐야."

재민이 준현이 가져다준 만화책을 꺼내 보며 불평을 흘렸다. 재민이 만화책을 빌려 달라고 해서, 퇴근 후 대여점까지 가서 손수 빌려 온 참이었다.

"빌려도 뭐 이런 걸 빌렸냐."

"뭐가."

"됐다. 널 믿은 내가 잘못이지. 만화책 목록까지 보내 줬어야 했는데 깜박했다."

준현이 침대 옆에 있는 의자에 앉으며 타박했다.

"해 줘도 뭐라지."

"아니, 웬만해야 말을 안 하지. 순정물이 웬 말이냐고. 그리고 이건 또 뭐야. 키다리 아저씨의 진심? 웃기고 있네."

재민이 침대 아래쪽으로 만화책을 던졌다. 준현이 슬쩍 만화책을 집어 들고 괜히 먼지를 털었다.

"이게 뭐가 어때서."

대여점을 둘러보다가 우연히 발견한 만화책이었다. 제목부터가 준현의 마음에 딱 와 닿아서 그도 모르게 집어 들었더랬다.

"난 키다리 아저씨처럼 음흉한 남자들은 영, 별로야."

재민이 베개 깊숙이 몸을 묻으며 말했다. 그에 먼지를 털던 준현이 움직임을 멈추었다.

"음흉하다고?"

"그래. 얼마나 음흉하냐. 어린 여자애를 지켜 준다 어쩐다, 그러는데 그게 다 개수작 아냐. 순수? 순정? 웃기지 말라 그래. 순정을 가장한 욕정이겠지."

재민의 신랄한 비판에 준현은 적지 않은 충격을 받아야 했다. 순정을 가장한 욕정이라니.

"넌 또 뭘 그렇게 삐딱하게 보기만 하냐. 누군가를 지켜 주고 싶다는 감정, 얼마나 멋있어. 욕정? 하여간 세상 사람들이 다 너 같은 줄 알지."

"너야말로 모르는 소리 하는데, 키잡이라는 말도 못 들어 봤냐? 이런 말이 괜히 있는 게 아니에요."

"키잡이?"

"아니, 키잡. 키워서 잡아먹는다고."

준현은 아까보다 더욱 큰 충격에 숨도 못 쉬고 있었다. 기가 막혀서 말도 안 나왔다. 뭘 어떻게 해서 어쩐다고?

"그러고 보면 이것도 남자들 로망이겠네. 아무것도 모르는 순진한 애 하나 잡아서 내 취향대로 키우는 거지. 그리고 나중엔…… 오, 그거 다시 줘 봐. 볼 만하겠는데."

"미친놈!"

준현이 더러운 거라도 만진 사람처럼 만화책을 집어 던졌다.

"도대체 정신세계가 어떻게 돼 있으면 그런 생각을 하냐? 네 눈엔 세상이 다 더럽지?"

"그럼. 내 세상은 언제나 다크하지. 그 세상에 여자가 들어오면 빛나는 거고."

"하……. 말을 말자."

아무래도 은아에 대한 그의 감정에 다른 이름을 붙여야 할 것 같다. 아무리 말도 안 되는 얘기라도 저런 말까지 들었는데, 그런 식으로 포장하기는 힘들 듯하다.

"그래서 말인데. 내가 고은아 씨한테 어떻게 접근할지 멘트 좀 따 봤거든."

"박재민, 너!"

"걱정하지 마, 위험한 것 같으면 바로 손 뗄 테니까."

"내가 접근하지 말라고 했지."

"요즘 병원에만 갇혀 있어서 그런가, 고은아 씨만 생각하면 심장이 벌렁벌렁거린다니까? 계획만 짜는데도 긴장돼서 찌릿찌릿하는 게……. 무슨 첩보 영화 찍는 거 같잖아. 야, 그런데 진짜 첩자면 대박이……."

쾅. 준현이 사이드 테이블을 내리치는 소리에 재민이 하던 말을 멈추었다.

"……뭐야, 너 왜 그래?"

"마지막으로 경고하는 거니까 잘 들어."

"……."

"고은아 씨한테 접근하지 마라. 특히 그딴 생각 가지고 은아 씨한테 접근하면 너 진짜 내가 가만 안 둔다."

준현의 눈동자가 한기를 뿜어내며 재민을 응시했다. 재민은 등을 곧추세우고 고개를 끄덕였다. 온몸으로 느껴지는 서늘함에 몸을 잘게 떨었다. 10년을 넘게 봐 온 녀석이건만, 친구의 이런 모습은 익숙해지지가 않았다. 지금 그의 모습은 정말 화가 났을 때에 볼 수 있는 모습이었다.

"그런데 김준현, 너 설마?"

어쩌다 한 번. 정말 건드리면 안 되는 부분을 건드렸을 때야 볼 수 있는 눈빛을, 지금 보이고 있었다. 그것도 고은아라는 여자 때문에. 재민의 눈매가 가늘어졌다. 김준현이 여자 때문에 이런 표정을 한다고? 보통 때 같았으면 절대 있을 수 없는 일이다.

"너, 그 여자 좋아하냐? 아니지, 둘이 사귀는 거 아니야?"

뜬금없이 날아든 질문에 준현이 멈칫했다. 죽일 기세로 재민을 찔러 대던 눈동자가 한순간 사르르 녹아내렸다. 이후 힘이 풀린 눈동자는 재민을 피해 갈 곳 없이 허공을 떠돌았다. 준현의 그런 변화를 눈치 못 챌 재민이 아니었다.

"지금 꼬락서니를 보면 사귀는 건 아닐 테고. 좋아하는 건 맞네. 야, 넌 그냥 내가 좋아하는 사람이니까 껄떡대지 말라고 한마디만 하면 되지. 뭘 그렇게 날을 세워? 내가 아무리 막 나가도 친구가 좋아한다는 사람한테까지 그러겠냐?"

"그런 게 아니라……."

준현이 말끝을 흐렸다.

"아니긴 뭐가 아니야? 오호라. 빌려 온 만화책이 죄다 순정물인 이유가 있었네. 이제 김준현이 인생에도 봄이 온 거지."

"그런 거 아니라니까."

"제 여자한테 좀 껄떡대려고 하니까 눈이 시퍼래져서 달려들어 놓고는. 아, 실수. 아직 네 여자는 아니지."

건수 하나를 제대로 문 재민이 준현을 달달 볶으려 하고 있었다. 어떻게 요리해 주는 게 가장 재미있을까, 하고 머리 굴리는 소리가 여기까지 들리는 것 같았다.

"그만하자."

"그만하긴 뭘 그만해. 내가 아까 너 때문에 괜히 존 거 생각…… 물론 존 건 아니지만. 아무튼 넌 그게 문제야. 왜 혼자 골머리를 썩이냐고. 다른 사람한테 말을 하면 되잖아. 지금도 그래, 처음부터 은아 씨 좋아한다고 말했으면 이런 일 없었을 거 아냐."

"……."

"혼자 멋대로 생각하고, 판단하고. 그러니까 문제가 생기지. 그 버릇 좀 고쳐라."

항상 헛소리를 입에 달고 사는 재민이었지만, 가끔 대꾸할 말이 없을 정도로 입바른 소리를 하는 때가 있었다. 지금이 바로 그때였다.

"그런데 너, 설마 지금 다른 데서도 그러고 있는 건 아니지?"

"……내가 애냐? 아직 그러게."

대답하면서도 뭔가 석연찮은 구석이 있긴 했지만, 준현은 자신이 그럴 리 없다고 단정했다.

"너, 잘 생각해 봐라. 분명 다른 데서도 그러고 있을 거니까."

"박재민, 오늘 건수 하나 제대로 잡았지. 맨날 잔소리 듣기만 하다가 네가 잔소리하는 입장 되니까 아주 신나 죽겠지?"

준현이 자리에서 일어났다.

"뭐야, 벌써 가게?"

"그래. 버스 끊기기 전에 가야지."

"웬 버스. 차 가지고 온 거 아니었어?"

"견인당하셨다."

은아가 편의점 앞에서 취했던 날. 준현이 편의점 옆에 차를 세워 둔 것이 문제였다.

"웬 견인? 언제? 왜?"

"그때 너한테 사골 갖다 준 날. 내가 잘못했지. 길에 차를 그렇게 세워 놨으니."

"그때면 주말 아냐? 주말에도 단속 있나?"

"요즘은 주말에도 신고하면 견인하는 모양이더라고."

재민이 고개를 절레절레 저었다.

"그래, 뭐 그런 거면 빨리 가 봐라. 그리고 이것들도 다 가져가고. 난 에로물이면 몰라도 순정물은 취미 없으니까."

"그래, 간다. 몸조리 잘해라."

결국 준현은 가져왔던 것들을 전부 챙겨 들고 병실을 나서야 했다. 재민은 준현이 가 버린 후 지루한 듯 눈을 껌벅껌벅거리다가 문득 시계를 보았다.

"그런데 보통 9시에도 버스가 끊기나."

끊길 리가 없었다. 준현은 재민의 마수에서 벗어나기 위해 핑계를 댄 것뿐이었다.

"김준현, 이 나쁜 자식! 악, 아!"

그것을 깨달은 재민이 머리를 쥐어뜯으려다가 붕대를 건드려 신음을 흘렸다. 얼얼함에 눈물까지 찔끔 보이며 준현에게 복수할 것을 다짐했다.

준현이 볼일 있다고 먼저 사무실을 나서고, 은아와 윤 계장은 나갈 채비를 하고 있었다. 은아가 가방 문을 닫으며 윤 계장을 슬쩍 쳐다보았다. 이쯤 되면 족발 먹으러 가자고 할 때가 됐는데. 윤 계장은 묵묵히 책상 정리만 하고 있는 것이 아닌가.

며칠 내내 은아가 느낀 이상한 기색. 그것은 두 사람이 묘하게 은아를 피하는 것 같다는 것이었다. 그런데 오늘 법원에서 준현이 한 행동을 보면 꼭 그런 것만도 아닌 것 같고, 아니겠지 넘기려 하니 역시나 피하는 기색이 역력했다. 도대체 어느 장단에 맞추어야 하는 걸까.

"계장님."

"응?"

"오늘 족발 드시러 안 가실래요?"

은아의 제안에 윤 계장이 눈에 띄게 고민하는 것이 보였다. 그는 곤란하다는 듯 입을 꾹 다물고 있다가 넌지시 물었다.

"오늘은 아무 약속 없어?"

"없으니까 가자고 하는 거죠."

"콜. 나도 며칠 안 먹었더니 입이 근질근질하더라고."

그렇게 윤 계장을 꼬이는 데 성공했다. 은아가 윤 계장 몰래 두 주먹을 불끈 쥐었다. 두 사람이 그녀를 피하는 이유를 밝혀내고야 말리라.

"하이고. 버스에 사람이 많네. 우리 검사님 고생하시겠어."

족발 골목까지 걸어가는 길에 윤 계장이 지나가는 버스를 보며 말했다.

"버스에 사람이 많은 거랑 검사님이 무슨 상관이에요?"

"은아 씨, 몰랐구나? 검사님 차 견인됐잖아. 오늘도 버스 타고 어디 가신다던데."

어디서 뭘 하고 다녔기에 견인을 당한대. 은아가 속으로 비웃었다.

"지난주 주말에 편의점 옆에 차를 대서 견인당했다는데, 왜 거기에 주차하셨나 몰라."

하지만 이어지는 윤 계장의 설명에 웃을 수가 없었다.

"펴, 편의점이요?"

"그런데 편의점 옆에 잠깐 세워 두는 건데도 견인을 당하나?"

잠깐이 아니었으니 견인을 당했겠지. 은아의 얼굴이 경악으로 물들었다. 아무래도 준현의 차가 견인을 당한 이유는 그녀 때문인 듯하다.

"보통…… 차가 견인당하면 많이 불편하겠죠?"

"그럼. 말도 못 하지."

"만약에 다른 사람 때문에 차가 견인됐으면……."

"어지간한 상황 아니고서야 화나지. 나 같으면 멱살부터 잡았을걸."

은아가 자신의 멱살 위에 살포시 손을 올렸다. 그나마 윤 계장의 차를 견인시킨 게 아니라 다행이었다.

'그것 때문에 화나서 괴롭히고 있는 걸까.'

분명 그날 저녁에 준현이 집에 데려다줄 때만 해도 분위기가 나쁘진 않았다. 그런데 월요일부터 서먹서먹하게 굴기 시작하더니, 이유를 알 수 없는 행동들을 하지 않았던가.

'그거네.'

은아는 족발집에 도착하기도 전에 준현이 이상하게 행동했던 이유를 밝혀냈다, 고 생각했다. 원인을 알아냈으니 해결만 하면 그뿐이다. 차를 찾아 주면 괜찮아질 거다, 라고 생각했다. 해결책을 찾은 것에 만족해하며 안도의 한숨을 쉬었다.

그렇게 가벼워진 발걸음으로 족발 골목에 도착할 수 있었다. 두 사람은 항상 가던 가게 안으로 들어갔다. 은아와 윤 계장을 알아본 사장님이 완연한 미소로 반겼다.

"오랜만에 오셨네요."

거의 매일 출근 도장을 찍다 보니, 며칠 안 온 것뿐인데도 오랜만이라는 말을 듣는다.

"어쩌다 보니 그렇게 됐습니다."

윤 계장이 허허 웃으며 대답하자, 사장님이 빈자리로 안내하고 기본 상차림을 차려 주셨다.

"여기 족발 소 자에 소주 한 병 주세요."

평소와 다를 게 없는 메뉴였다. 은아가 고민할 것도 없이 바로 주문을 했다. 그에 사장님이 계산서에 체크를 하고 물러갔다.

"검사님이나 은아 씨 아니면 여기 같이 올 사람이 없어서 원. 다른 계장들은 족발보다는 갈비 좋아하거든."

"그럼 저 부르지 그러셨어요. 요즘 통 안 부르셨잖아요."

은아가 윤 계장의 물 잔을 채우며 물었다. 그러고 보니 준현이 피한 이유는 차 때문이라고 쳐도 윤 계장은 왜 그녀를 피했던 걸까.

"그거야, 검사님이 은아 씨 자꾸 데리고 다니지 말라고 했으니까 그러지."

"네? 왜요?"

윤 계장이 대수롭지 않게 말을 하자, 은아가 눈썹을 위로 치켜들며 물었다.

'이 사람이. 차 견인 좀 당하게 했다고 윤 계장님한테까지 피해 다니라고 한 거야?'

은아의 오해가 절정에 달하고 있었다. 준현에 대한 안 좋은 감정이 스멀스멀 올라오려 할 때였다.

"은아 씨가 동기들하고 어울릴 수 있는 시간 좀 주자고 하시더라고. 사실 은아 씨는 한창 동기들끼리 어울릴 때니까."

윤 계장의 말에 은아의 분노 수치가 급하락을 하기 시작했다.

"지금 생각하면 내가 생각이 없었지. 나도 그땐 동기들이랑 어울리기 바빴는데 말이야. 어이구, 고맙습니다. 그런데 저희 소주는 아직입니까?"

윤 계장이 말하는 중에 족발이 먼저 도착했다.

"아, 제가 깜박했나 봅니다. 금방 가져다드리겠습니다."

"뭐 그럴 수도 있죠."

윤 계장과 사장님이 대화를 나누는 동안 은아는 멍하게 허공을 바라보고 있었다. 망치로 뒷머리를 세게 맞은 기분이었다.

이제까지 두 사람이 했던 행동들이 그녀를 배려해서 한 행동들이었다니. 어처구니가 없었다. 물론 두 사람이 피해 다닌 덕에 동기들과 친해지긴 했지만, 그동안 그녀가 두 사람 때문에 걱정했던 것과 두 사람에게 서운했던 건 다 뭐란 말인가.

"아무튼 저번에 동기들끼리 모임 있다고 들으니까, 내가 다 기분이 좋더라고. 그 누구야, 동수 씨도 요즘 자주 들르는 것 같고."

기다리던 소주가 도착했다. 윤 계장은 사장님께 간단히 인사를 하고 병을 집어 들었다.

"전 검사님이랑 계장님이 저 따돌리시는 줄 알았어요."

"응? 우리가 왜? 아니, 왜 그런 생각을 했어. 우리가 그럴 사람들인가."

윤 계장은 자기도 처음 준현이 말도 없이 그랬을 때, 은아처럼 그녀를 따돌리는 거라고 생각했던 걸 잊은 모양이다. 그는 쓸데없는 생각을 했다고 은아를 타박하며 빈 잔을 채워 주었다. 은아는 술을 받으며 고개를 끄덕거렸다.

"그러게요……."

그러다가 다시 고개를 저었다.

"아니, 충분히 오해할 수 있는 상황이죠. 말도 없이 갑자기 피하시는데, 그게 배려인 줄 어떻게 알아요!"

"아, 음. 검사님이 말씀 안 하셨어? 난 또 하신 줄 알았지."

민망해진 윤 계장이 먼 산을 바라보며 머리를 긁적였다.

"요 며칠, 얼마나 서운했는지 아세요?"

그렇게 말하는 은아의 얼굴에 배시시 미소가 자리 잡았다. 전혀 예상치 못한 부분에서 배려를 받은 걸 알게 되니 내심 기분이 좋아졌다. 그녀를 생각한답시고 어설프게 행동한 두 사람을 떠올리니 저도 모르게 웃음이 나오기도 했다.

"서운했다는 사람 얼굴이 아닌데. 계속 웃고 있잖아."

"지금까지 혼자 맘고생 했던 게 어이가 없어서 웃는 거예요. 두 분 신경 쓰지 말고 동기들이랑 친해지라고 말씀해 주셨으면 이러진 않았을 거 아니에요."

"이제라도 알았으니 됐지. 자, 자. 얼른 잔이나 들자고."

윤 계장이 술잔을 들고 앞으로 내밀었다. 그의 능청스러움에 더 이상 툴툴거릴 수도 없었다. 은아는 마뜩잖은 표정으로 잔을 들고 부딪쳤다.

"다음부턴 배려하기 전에 얘기 한 번 정도는 해 주세요."

"오케이, 오케이."

윤 계장이 엄지와 검지로 원까지 그려 가며 그러겠노라 약속했다. 그제야 마지막 남아 있던 앙금이 풀린 은아가 헤실헤실 웃으며 술잔을 들이켰다.

"그래도 역시, 생각해 주셔서 고맙긴 해요."

"아무래도 우리 사무실이 정이 넘쳐나긴 하지."

잔이 비기가 무섭게 다시 투명한 액체로 채워져 갔다. 은아와 윤 계장은 또 한 번 건배를 외치며 서울서부지방검찰청 407호의 결속을 다졌다.

술자리가 제법 오래 이어진 후, 두 사람이 검찰청 쪽으로 걸어오고 있었다. 한번 마시기 시작하면 끝을 보는 성격인 윤 계장은 역시나 오늘도 얼큰하게 취한 상태였다.

"그러니까, 우리 검사님은 자기 얘기를 너무 안 하신다니까. 사람이 말이야, 친해지려면 비밀 얘기도 좀 하고 그래야 하는데 말이야."

그나마 혼자 걸을 정도는 돼서 다행이었다. 은아는 혹시나 윤 계장이 도로 쪽으로 갈까 봐, 온 신경을 그에게 집중했다.

"그리고 은아 씨도 자기 얘기 잘 안 하더라. 이게 뭐야. 두 사람 짜기라도 한 거야?"

"전 그냥 평범해요. 딱히 할 만한 얘기도 없고요."

"아니야, 아니야. 은아 씨도 보면 고생해서 여기까지 온 티가 풀풀 나."

"그럴 리가요. 저 완전 온실 속의 화춘데요?"

은아의 말에도 윤 계장은 계속 고개를 도리질하며 '아니야, 아니야.'를 반복했다. 아마 지금부터는 수사관의 촉이 어쩌고 하며 이것저것 질문을 하려고 할 것이다.

"여기요!"

다행히 질문 시간이 시작되기 전에 두 사람은 검찰청에 도착했다. 은아가 미리 와서 기다리고 있던 대리 기사를 불렀다.

"잘 부탁드립니다. 계장님, 조심히 가세요."

윤 계장이 손을 흔들어 보이며 먼저 떠났다. 멀어져 가는 차를 보며 휴대폰을 확인했다. 생각보다 늦은 시간은 아니었다.

"집에 가자."

말인지 한숨인지 모를 정도로 두 가지가 동시에 터져 나왔다. 한숨 쉰 김에 숨을 깊게 들이마셔 보았다. 촉촉한 공기가 코와 목을 지나 폐 속 깊이 스며들었다.

은아는 밤공기를 즐기며 천천히 길을 걷기 시작했다. 기분이 좋은지 콧노래까지 흥얼거렸다. 그런데 여유로워 보이는 얼굴과 달리 그녀의 손은 휴대폰을 계속 만지작만지작하고 있었다.

액정을 켰다가, 껐다가를 반복했다. 그러다 어느 순간 액정을 켜기만 했다. 켜고, 시간이 지나서 꺼지면 다시 켰다.

'아, 모르겠다.'

결국 은아는 아닌 척하던 것을 멈추고 휴대폰 통화 목록에 들어갔다. 그녀의 눈동자에 '김준현 검사님'이라는 글자가 또렷이 박혔다. 마지막으로 한 번 더 고민하던 그녀는 곧 결심한 듯 엄지로 초록색 버튼을 꾸욱 눌러 버렸다.

8화. 관계의 정의

'그가 나를 좋아하는 것은 아닐까.'

이 생각을 아예 안 해 봤던 건 아니다. 준현이 그녀를 보호해 주고, 병원까지 달려와 주고, 그녀를 위해 줄 때마다 건방지게 도 이런 생각이 불쑥 고개를 내밀곤 했다.

하지만 의식적으로 그 생각을 접으려 했다. 잘해 주는 건 그 의 성격이 원래 친절해서 그런 거다. 계속 같이 있게 되는 것도 그가 나를 의심하고 있으니까 그런 거다. 일부러 다른 이유를 찾으려 했다.

헛된 망상은 쓰라린 아픔을 남기기 마련이니까.

김준현이 고은아를 좋아하는 것일지도 모른다고 생각할 때마다 배시시 미소를 짓게 되는 스스로를 발견할 수 있었다. 그가 나를 좋아할지도 모른다는 생각은 그녀를 웃음 짓게 만들었다. 확정된 사실도 아니건만 그렇게 상상하는 것만으로도 기분이 좋아졌다.

어째서?

답은 찾을 수 없었다. 아니, 찾고 싶지 않았다. 누군가를 좋아하게 된 사람은 준현이 아니라 자신이라는 사실을 깨닫게 될까 봐 두려웠다.

그럼에도 불구하고 통화 버튼을 누른 것은 술에 취했기 때문일 것이다.

―여보세요.

수화기 저편 준현의 목소리에 어쩐지 긴장감이 서려 있었다.

―은아 씨?

은아는 잠시 아무 말도 하지 못하고 입만 뻐끔거렸다. 막상 그의 목소리를 듣고 나니 지금 당장 전화를 끊고 싶어졌다. 왜 전화를 했을까. 그것도 이 시간에.

"아, 저……."

―은아 씨 맞네요.

무슨 말을 해야 할지 몰라서 말끝을 늘이고 있는데 준현이 뜬금없는 말을 했다. 내가 맞다니. 이건 또 무슨 소리일까.

"당연히 제 휴대폰으로 전화를 걸었는데, 제가 맞겠죠."

―저번에 은아 씨 휴대폰으로 간호사분이 전화 거신 적이 있어서, 설마 또 그런 걸까 봐 걱정했거든요.

"아아. 네……."

다시 침묵이 감돌았다. 은아는 할 말을 떠올리려고 재빨리 머리를 굴리고 있었다. 그때 도로가에서 차 한 대가 은아의 옆을 스쳐 지나갔다.

―지금 밖이에요?

아무래도 차 소리가 들린 모양이다. 준현이 먼저 질문을 해 왔다.

"네. 계장님이랑 족발 먹으러 갔었거든요. 이제 막 보내 드리고 집에 가는 길이에요."

―설마 그 골목 쪽으로 가는 건 아니죠?

"그쪽으로 가고 있어요. 아무래도 거기가 지름길……."

골목 쪽으로 가고 있다고 말하기가 무섭게 수화기 너머로 부산스러운 소리가 들렸다.

―아직 골목 들어오기 전인 거죠?

"아, 네."

―거기 서서 잠시만 기다려요.

그 말을 마지막으로 준현은 한동안 아무런 말이 없었다. 여전히 부스럭거리는 소리가 들리는 걸 보면 전화가 끊긴 것은 아닐 텐데. 은아가 휴대폰 화면을 확인해 보고 다시 귀로 가져가던 참이었다.

"은아 씨!"

골목 모퉁이에서 사람 하나가 툭 튀어나오더니 그녀를 부르고 있었다. 방금 전까지 통화를 하고 있던 준현이었다. 그는 은아를 발견하고 다시 뜀박질을 시작했다. 아무래도 계속 뛰어온 모양이다. 은아의 앞에 도착한 준현이 답지 않게 거친 숨을 몰아쉬는 걸 보면.

"저도, 볼일 마치고, 집에 가는, 길이었거든요."

준현이 무릎에 손바닥을 대고 숨을 고르며 띄엄띄엄 말했다. 그때, 준현이 들고 있던 비닐봉지가 뜯어지며 만화책이 후드득 떨어졌다. 두 사람의 시선이 바닥에 떨어진 책에 잠시 닿았다가 서로에게 향했다.

"아……."

준현이 곤란한 표정을 짓다가 만화책을 수습하기 시작했다. 은아도 통화를 종료하고 그를 도왔다. 두 사람은 자세를 낮추고 만화책을 주웠다.

"그러게 왜 뛰어오셨어요. 그런데 이게 다 뭐예요?"

은아가 책을 줍다가 표지를 살펴보았다.

"키다리 아저씨의 진심?"

은아의 말에 준현이 흠칫했다. 그녀는 별생각 없이 책장을 넘겨 보다가 풋, 하고 웃음을 터트렸다.

"아, 그게…… 지금 입원해 있는 친구가 심심하다면서 이 책들을 좀 빌려 달라고 하더라고요."

은아는 아무 말도 하지 않고 있었는데, 지레 찔린 준현이 주절주절 변명을 늘어놓았다.

"친구분 취향이…… 의외로 섬세하신가 봐요."

전 여자 친구에게 테러를 당했다더니, 이제 와서 여심이 궁금해지기라도 한 걸까. 은아는 준현이 직접 이 책들을 골랐다고는 상상도 못 하고 있었다.

"그러게 말이에요."

에로물이 취향인 박재민 씨가 순정물을 보는 섬세한 남자가 되는 순간이었다.

"이리 주세요."

만화책을 전부 줍고 나서 준현이 은아가 든 책들을 가져오려고 했다.

"이 정도는 제가 들어 드릴게요. 무슨 내용인지 궁금하기도 하고요."

은아가 다섯 권 정도를 팔에 끼고 한 권을 펼쳐 보면서 앞으로 갔다. 준현도 은아를 따라 걸었다.

"으음……."

앞부분을 조금 읽어 보던 은아가 고개를 절레절레 저으며 책을 덮었다.

"역시 키다리 아저씨는 영……."

"……별로예요?"

"네. 너무 음흉하잖아요."

이번으로 두 번째다. 키다리 아저씨가 음흉하다는 말을 듣는 것은.

"순수하지 않아요? 뭔가 아낌없이 주는 나무 느낌도 나고."

"에이, 결국엔 둘이 결혼까지 하잖아요. 결혼했다는 시점에서 아낌없이 주는 나무랑은 완전히 다르죠. 순수…… 한지도 잘 모르겠고."

"결혼을 해요? 그냥 뒤에서 지켜보고 도와주기만 하는 게 아니었어요?"

은아가 잠시 기억을 더듬어 보았다.

"음…… 결혼하는 게 맞아요. 아이까지 낳았을걸요."

"아……."

전혀 몰랐다. 키다리 아저씨는 여자애를 지켜 주기만 했다고 생각했다. 그래서 그도 은아에게 그런 존재가 되어야겠다고 생각한 거였다. 그런데 결혼까지 했다니. 이건 배신이다. 역시나 키다리 아저씨 같은 존재가 되겠다는 생각은 접어야 할 듯하다.

"그런데 은아 씨는 이 시간에 혼자 저 골목으로 가면 어떡해요."

준현이 급히 화제를 바꾸었다. 더 이상 만화책 얘기를 하고 싶지 않기도 했지만, 사실 이곳에 오면서 가장 먼저 하고 싶었던 말이 이 말이었다. 아무리 지름길이라지만 늦은 밤에 혼자 인적 드문 골목을 지나다니. 은아가 골목으로 가고 있다는 말은 집에 거의 도착했던 준현을 돌아서게 만들었다.

"그거야 저기가 지름길이니까요."

"아무리 지름길이라도 그렇죠. 너무 위험하잖아요."

"에이. 그래도 검찰청 옆인데 무슨 일이 나겠어요?"

인상이 강한 슈퍼 주인을 몰아세울 때부터 알아봤어야 했는데. 아니, 처음 만난 날, 다른 여자와 머리카락을 잡으며 싸우는 모습을 봤을 때부터 알아봤어야 했던 건데. 은아는 생각보다더 거침이 없고, 더 위험 개념이 없는 것 같다. 이를 어쩌면 좋을까.

"무슨 생각을 그렇게 골똘히 해요?"

준현이 짐짓 심각한 표정을 짓는 걸 보고 은아가 일부러 밝은 목소리로 물었다.

"어떻게 하면 은아 씨가 혼자 저 골목에 가지 않을까 하는 생각이요."

"그걸 그렇게까지 심각하게 고민해야 해요?"

"심각하게 고민해야죠. 저한테는 엄청 중요한 일이에요."

방금 전 뛰어오느라 거친 숨을 몰아쉬던 준현이 떠올랐다. 비닐봉지까지 뜯어질 정도였으니, 그가 얼마나 급하게 달려왔는지 알 수 있었다. 또다시 괜한 기대감이 머릿속을 메우려 했다. 은아가 생각을 떨치려고 머리를 흔들었다.

"그렇게까지 걱정하실 필요 없어요. 지금까지 아무 일도 없었고."

"여기서 폭행 사건이 일어난 적이 있으니까 조심하라는 거예요."

"폭행…… 사건이요?"

준현의 말에 은아의 안색이 변했다. 지금껏 밤늦게 이곳을 지나다닌 적이 한두 번이 아니었다. 검찰청 옆에서 무슨 일이 일어나겠냐는 생각 때문이었다. 그런데 폭행 사건이 일어난 적이 있었다니.

은아는 그제야 눈동자를 굴려 이리저리 두리번거렸다.

"그러니까 앞으로 제가 없을 땐 여기로 다니지 마요."

은아가 여전히 주위를 둘러보며 고개를 끄덕였다. 긴장한 기색이 역력했다.

준현은 그런 은아를 보고 웃음이 터져 나올 것 같아서 입 안 여린 살을 지그시 깨물었다. 사실 그가 말한 사건이라는 게 재민의 사건을 두고 한 말이었던 것이다. 재민이 뒷머리를 가격당한 사건 외에는 이 부근에서 딱히 다른 사건은 일어나지 않았다.

"오늘은 저도 같이 있으니까 그렇게까지 걱정할 필요는 없어요."

그 말에 은아가 고개를 돌려 준현을 위아래로 쳐다보았다. 그녀의 시선이 그의 얼굴에 한동안 머물렀다. 아무리 봐도 강해 보이는 인상은 아니었다. 전체적으로 단정하고 공부만 했을 것 같은, 좋게 말하면 모범생, 안 좋게 말하면 샌님 같아 보이는 인상이었다.

은아가 한숨을 쉬고는 다시 경계를 늦추지 않았다. 그녀의 행동을 고스란히 지켜보던 준현이 허탈하게 웃었다.

"은아 씨가 보기엔 제가 별로 믿음직스럽진 않은가 봐요."

"솔직히 좀……."

별생각 없이 말하던 은아가 아차 싶은지 자신의 입을 가렸다. 그러다 이미 늦은 걸 깨닫고 다시 손을 내렸다.

"검사라고 다들 운동 신경이 뛰어난 건 아니더라고요. 하긴, 공부해야 할 게 얼만데 운동할 시간이 어디 있었겠어요."

준현이 또 속으로 웃었다. 은아가 모르는 사실이 하나 있었는데 그는 태권도 3단에 합기도 2단의 유단자였다. 질 나쁜 피의자가 조사받는 중에 난동을 부려도 제압할 수 있는 사람이었던 것이다.

"그러고 보니 그러네요. 이러다 은아 씨가 저 지켜 주는 거 아닌가 모르겠어요."

준현이 시침을 뚝 떼고 너스레를 떨었다.

"작년에 은아 씨 처음 봤을 때 엄청났었죠, 아마."

갑자기 튀어나온 작년 여름의 언급에 은아가 윽, 하고 신음을 삼켰다.

"그때 일은……. 저 원래 누구랑 막 싸우고 그런 사람 아니에요."

은아가 어색하게 웃으며 자신의 결백을 입증하려 했다.

"뭐, 그렇다고 해 두죠."

사실 준현도 그날 은아가 왜 그랬었는지 나중에 듣게 되었더 랬다. 신입이 변태 취향을 가진 손님을 따라가려는 걸 막으려 고 그랬던 거라고. 이유를 듣고 조금 감탄했었다. 의외로 오지 랖이 넓은 여자구나, 하고.

"안 믿으시는 것 같은데……. 아무튼 그래도 검사님 지킬 정 신이 어디 있어요. 무슨 문제 생기면 바로 도망갈 생각인데."

"어, 직장 동료끼리 너무한 거 아니에요?"

"원래 다 그런 거예요. 아무리 친해도 결국은 내 안위가 우선 이라고요."

친해도……. 준현이 그 말을 다시 되새겨 보았다. 그도 모르 게 입가에 잔웃음이 걸렸다.

두 사람이 시답잖은 농담을 하는 사이에 어느새 빵집 네거리 에 도착했다. 준현과 은아의 방향이 갈라지는 곳이었다. 은아가 술주정을 부렸던 편의점도 그 사거리에 있었다.

"그럼 조심히 가세요."

은아가 한 손으로 얼굴을 살짝 가리며 말했다. 편의점 사건 이후 그녀는 이곳을 지날 때마다 얼굴을 숨기곤 했다. 준현은 그런 은아를 멀뚱히 보고만 있더니 한마디 했다.

"만화책을 주셔야 가죠."

그제야 자신이 그의 짐을 들고 있었다는 걸 깨달은 은아가 어색해하며 책을 돌려주려고 했다. 그런데 이미 그의 손이 가득 차 있던 터라 어떻게 전해 줘야 할지 알 수 없었다.

"잠시만 기다려 봐요."

준현이 짐을 바닥에 내려놓고 편의점으로 달려갔다. 은아는 혹시나 사장이 알아볼까 봐 몸을 반대편으로 돌렸다.

"여기 담으면 될 것 같아요."

그가 들고 온 것은 쓰레기봉투였다.

"그냥 비닐봉지 하나 얻어 오지. 왜 이런 걸 샀어요."

"작은 거밖에 없다고 해서요. 그리고 공짜로 뭘 얻는 것보다는 사는 게 마음 편하잖아요."

준현이 만화책을 전부 담고 나서 자연스럽게 은아의 집 방향으로 발걸음을 떼었다. 작별 인사를 하려던 은아가 당황해서 그에게 따라붙었다.

"왜 또 이쪽으로 가는 거예요. 오늘은 정말 안 데려다주셔도 돼요."

"늦었잖아요. 술도 마셨다고 했고. 그냥 데려다줄게요."

"아뇨. 오늘은 정말 괜찮아요."

자꾸 이러면 또 기대하게 된단 말이에요. 차마 하지 못한 말이 은아의 입 안에 맴돌았다. 기대하고 싶지 않았다. 좋아하고 싶지 않았다. 그와 직장 동료 이상의 관계가 되고 싶지 않았다. 그렇게 되면 그녀가 너무 비참해질 것 같았으니까.

검찰청 여직원들의 관심을 한 몸에 받을 정도로 매력적인 사람이었다. 검사라는 그의 직업도, 저 멀리 보이는 그의 집도, 은아를 주눅 들게 만들었다. 단순히 직장 상사라고 생각했을 때에는 전혀 느끼지 못한 감정이었다.

그의 친절에 기대하게 되고, 두 사람이 함께 서 있는 모습을 상상하게 되자 그때서야 처절하게 느낄 수 있었다. 그는 자신에게 너무 과분한 사람이라는 것을. 자신은 그에게 너무 부족한 사람이라는 것을.

"그냥 집에 가세요."

은아가 여전히 멈추지 않는 준현의 팔을 잡아 힘을 주었다. 그녀의 음성도 미세하게 떨리고 있었다.

왜 전화를 했을까. 이렇게 될 줄 알고 있었으면서.

준현과 가까워지고 싶다는 마음과 가까워지고 싶지 않다는 마음이 서로 충돌했다. 그녀를 비참하게 만드는 그가 싫었지만, 그녀에게 다정한 그가 너무도 좋았다.

"그냥…… 집에 가시라고요."

뭔가 이상하다는 것을 눈치챈 준현이 걸음을 멈추었다.

"은아 씨?"

은아는 준현의 부름에도 고개를 푹 숙이고 있을 뿐이었다. 부르지 말걸. 전화하지 말걸. 괜한 후회가 그녀를 더욱 힘들게 만들었다.

"계장님한테 들었어요."

여전히 바닥을 바라보며 말을 이었다.

"요즘 저 피하신 거, 다른 동기들이랑 어울리라고 일부러 배려해 주신 거라면서요. 왜 피하시는지 몰랐을 때는 당황했었는데, 이유 듣고 나서 고맙다는 생각도 조금 들었어요."

"……."

"그런데 앞으로는 그런 것도 하지 마세요. 아까 술자리에서도 계장님이 계속 검사님이 저한테 유독 신경 쓰시는 것 같다고, 뭔가 이상하다고…… 짓궂게 말씀하시더라고요."

사실은 묻고 싶은 게 있어서 전화한 거였다. 왜 나한테 이렇게 잘해 주는 거냐고. 단순한 친절이냐고, 아니면 혹시 나한테 마음이 있는 거냐고. 그렇게 묻고 싶었던 거였다.

"그런 거 너무 불편해요. 같은 사무실 내에서 조금, 그렇잖아요."

"……."

"검사님도 단순히 동료라서 그러신 걸 텐데, 다른 사람들이 보면 오해할 수도 있거든요."

준현을 잡고 있던 팔을 스르르 놓았다.

"그럼, 조심히 가세요."

애써 담담하게 미소를 지으며 인사했다. 여전히 아무 말이 없는 준현을 지나쳐 앞으로 걸어갔다. 그렇게 그를 등 뒤에 두고 나서야 아픈 표정이 얼굴에 드러났다.

저벅저벅.

한 발 한 발 내딛을 때마다 걸음을 멈추고 싶었다. 돌아서서 그에게 다가가고 싶었다. 하지만 그럴 수는 없는 일이다.

저벅저벅.

일부러 모질게 말한 거였다. 제발 날 더 이상 흔들지 말아 달라고. 당신 같은 사람을 좋아하기엔 난 너무 여유가 없다고. 지금 내 눈앞에 놓인 상황만으로도 충분히 벅차다고. 그래서 그를 끊어 내려고. 그렇게 자신의 마음까지 끊어 버리려고. 마음에도 없는 그런 말을 한 거였다.

저벅저벅.

저벅저벅. 부스럭부스럭.

그렇게 얼마간 더 걸었을까. 집으로 가는 길에 있는 횡단보도 앞에 도착했다. 은아가 멈춰서 신호를 기다렸다. 곧이어 신호가 파란불로 바뀌자 길을 건너려 했다.

부스럭.

끝까지 무시하고 가려 했는데…….

"왜 계속 따라오는 거예요!"

결국 은아가 돌아서서 큰 소리로 말했다. 준현이 다섯 걸음 정도 뒤에서 막 출발하려다 발걸음을 거두었다. 준현은 은아가 그렇게 말을 하고 그를 지나쳐 간 후에도 그녀를 따라오고 있었던 것이다.

"은아 씨를 따라가는 게 아니라, 제가 가는 길 앞에 은아 씨가 있는 거예요."

지금 그걸 말이라고…….울컥 올라오려는 감정을 겨우 억누르고 잇새로 말했다.

"이러시는 거 불편하다니까요."

그렇게까지 말했건만. 은아는 자신의 말을 들어주지 않는 그가 야속하기만 했다.

"저도 할 말이 있어서요. 그렇게 은아 씨 할 말만 하고 가면 어떡해요."

은아가 가슴이 들썩거릴 정도로 크게 심호흡을 했다. 어찌 됐든 그의 말을 들어 보긴 해야 할 듯하다. 앞으로 안 볼 사이도 아니고, 바로 내일 아침에 다시 마주해야 하는 사람이었으니까.

"좋아요. 하고 싶은 말이 뭐예요?"

그녀는 어디 한번 말해 보라는 듯이 고개를 들고 그를 쳐다보았다. 준현은 그런 은아를 보다가 눈을 돌려 주변을 둘러보았다.

"어디, 조용한 데서 얘기했으면 좋겠는데……."

"여기 조용하잖아요."

장소를 옮기고 싶어 하는 준현의 모습에도 은아는 단호하기만 했다. 그에 준현이 은아의 눈치를 보며 살짝 운을 뗐다.

"카페 같은 데나……."

하지만 은아의 눈썹이 하늘로 치솟는 것을 보고 말을 멈추었다.

"그냥 은아 씨 방에 가죠. 어차피 얘기를 하든 말든 데려다줄 생각이니까요."

"네? 지금 무슨……."

방이라니. 은아가 의심을 가득 담은 눈으로 준현을 쳐다보았다.

"저번에 보니까 옥상에 평상도 있고, 괜찮던데요."

그녀는 혼자 괜히 이상한 생각을 한 것 같아 조금 민망해졌다. 그래서 자기도 모르게 흔쾌히 좋다고 대답을 해 버렸다.

"아, 평상이요. 평상 좋죠."

그렇게 은아와 준현은 그녀의 옥탑방 앞에 있는 평상에 나란히 앉게 되었다.

준현이 말했던 대로 그는 어떻게든 그녀를 집에 데려다줄 심산인 것 같았으니, 차라리 이게 나을 것 같았다. 어쩐지 준현의 수에 말려든 것 같다는 싸한 느낌이 들긴 했지만 말이다.

"그래서 무슨 말이 하고 싶은 거예요?"

"여기도 경치가 참 좋네요. 바람도 시원하고."

"지금 저 놀리시는 거죠? 아까부터 계속 딴소리만 하시고! 얼른 할 말부터 해 주세요."

은아의 재촉에도 준현은 계속 경치를 구경할 뿐이었다. 뒤쪽으로 손을 뻗어 자세를 비스듬하게 해서 하늘을 올려다보기까지 했다.

"별이 안 보이는 건 조금 아쉽지만."

은아는 자신은 속이 끓는 데 반해 그는 너무 여유로워 보여서 울화통이 치밀었다. 사람을 가지고 노는 것도 아니고. 할 말이 있다고 여기까지 와 놓고 지금 뭐 하는 거냐고. 홧김에 한마디 하려고 했다. 그런데 준현이 더 빨랐다.

"아까보다 낫네요."

준현이 먼저 툭, 하고 내뱉듯 말했다. 그에 은아가 불퉁하게 물었다.

"뭐가요?"

"은아 씨요. 아까 편의점 앞에서처럼 기운 없이 있을 때보단 화내더라도 지금 같은 모습이 더 보기 좋다고요."

은아가 잠시 멍해졌다가 입을 꾹 다물었다. 확실히 제멋대로인 준현을 상대하다 보니 아까 전의 우울했던 감정들이 씻은 듯이 사라져 있었다. 대신 울분이 차올라서 문제긴 했지만. 마음은 한결 편했다.

"……할 말 같은 건 없었던 거죠?"

은아도 졌다는 표정으로 준현처럼 하늘을 올려다보았다. 역시나 서울 하늘 아래에서는 별을 보기가 쉽지 않았다. 어쩜 이렇게 깜깜하기만 한지. 그나마 언뜻 보면 별처럼 보이는 인공위성이라도 있어서 다행이라고 해야 할까.

"있었어요. 그래도 나름 대한민국 검산데, 거짓말을 했으려고요."

은아가 의외라는 듯 준현을 바라보았다. 준현도 하늘을 향하던 시선을 거두고, 옆에 있는 은아를 쳐다보았다.

"사과하고 싶었어요. 그동안 아무 말도 없이 피했던 일들."

"……."

"이유도 모르고 그런 일 당했으니 얼마나 황당했을까 싶어요. 이유를 듣고 밀쳐지는 것도 이렇게나 서운한데."

어쩐지 말에 뼈가 있는 듯하다. 심지어 그는 뒷말을 강조하 듯 더욱 힘주어 말하기도 했다. 은아가 눈을 가늘게 뜨고 준현 을 흘겨보았다.

"지금 저보고 미안해하라고 이런 말씀하시는 거예요?"

"그건 정말 아니에요. 제가 이렇게 서운하고 나니까 은아 씨 도 그랬을까 걱정이 되더라고요. 정말로 미안하기도 했고요."

준현이 진심을 담아 말했다. 그에 은아가 눈에 힘을 풀었다.

"서운…… 하긴 했죠."

엄청 서운했다. 그리고 엄청 신경이 쓰였다. 그가 왜 그러는 걸까 하고. 그녀도 같이 무시하려고도 해 봤지만 계속 신경이 쓰이는 건 어쩔 수가 없었다.

여운이 담긴 그녀의 말에 준현이 정말 미안한 표정으로 입가 를 매만졌다.

"그래서 그나마 덜 서운하시라고 이유도 알려 드릴 생각입 니다."

은아가 그럴 필요 없다는 듯 손을 내저었다.

"계장님한테 들었다니까요. 동기들이랑 어울리라고 그러셨 다면서요."

"그것도 이유 중에 하나이긴 한데, 그게 다는 아니었어요.

솔직히 동기들이랑 어울릴 수 있게 하겠다고 피할 필요까진 없죠."

은아가 어느 정도 납득이 되는지 고개를 끄덕였다.

"그러게요. 그럼 왜 피하신 거예요?"

이번엔 준현의 얼굴에 씁쓸함이 가득 메워졌다. 몇 번 본 적 있었던 그 표정이었다.

"저 때문에 은아 씨가 불행해질 것 같아서요."

전혀 예상치 못한 대답에 은아는 아무 대답도 하지 못했다. 그저 비스듬히 있던 자세를 바로 할 뿐이었다.

"전 계속 마약 사건을 쫓을 생각이고 그러다 보면 은성 씨를 조사하게 될지도 모르는데, 그렇게 되면 은아 씨가 불편할 것 같았거든요. 그전에는 은아 씨를 의심해서 그런 쪽으로는 생각을 안 해 봤지만요."

"……."

"실제로 은아 씨가 몰라도 될 일을 말해서 힘들게 했던 적도 있었고요. 앞으로도 그러지 말란 보장이 없으니까. 거리를 두는 게 맞다고 생각했어요."

"……."

"그러고 보니 사과할 게 더 있었네요. 은성 씨 일, 알게 해서 미안해요. 괜히 저 때문에 힘들게 한 것 같아서……."

준현의 얘기를 가만히 듣고만 있던 은아가 그를 불렀다.

"검사님."

"네."

"아까부터 신경 쓰이는 게 있었는데, 왜 계속 검사님 때문이라고 하세요?"

"그거야, 제가 괜한 말을 해서 은아 씨가 힘들어진 거니까요."

"그러니까 그게 왜 검사님 탓이에요."

은아가 준현 쪽으로 몸까지 돌려 가며 그에게 대답을 요구했다.

"그러니까 제가 괜한 말을……."

준현이 같은 대답을 반복하려 하자 은아가 고개를 저었다.

"엄밀히 말하면 검사님 잘못은 아니죠. 검사님이 우리 오빠한테 잘못 저지르라고 부추긴 것도 아니잖아요."

"그래도 일단 제가 말을 했으니까 은아 씨가 알게 된 거고. 그래서 많이 힘들어했잖아요."

"힘들어했던 건 맞는데, 검사님 때문은 아니죠. 그렇게 치면 재난 사고 보도하는 기자들은 전부 중죄인이게요?"

바로 얼마 전까지만 해도 준현을 밀어내려고 하고 있었으면서. 은아는 준현이 자책하고 있는 모습에 저도 모르게 주절주절 말을 이어 가고 있었다. 어느 순간부터는 학생을 꾸짖는 선생님이라도 된 것처럼 단호한 얼굴을 하기도 했다.

준현은 잔뜩 기세가 오른 은아를 가만히 보다가 조심스레 물었다.

"저, 그런데 지금 이 얘기를 왜 하고 있는지 전혀 이해가 안 가는데요."

은아가 준현의 말에 잠시 말을 멈추었다. 그러고 보니 어느 순간 너무 열변을 토하고 있었다. 괜히 부끄러워져서 얼굴이 달아오르는 것 같았다.

"크흠. 그러니까 검사님 잘못도 아닌데 검사님 잘못이라고 하지 마시라고요."

고개까지 돌려 가며 말하는 은아의 모습에 준현이 가볍게 미소 지었다.

"제 잘못이 아니니까 너무 미안해하지 말라고 말하고 싶은 거예요?"

은아가 어, 음, 하고 머뭇거리다가 조용히 네, 하고 대답했다. 그녀는 고개를 돌리고 있느라 보지 못하고 있지만, 준현은 그런 은아를 사랑스러워 죽겠다는 듯이 바라보고 있었다. 자신의 잘못이라고 자책하고 있는 그를 어설프게나마 위로하려고 한 그녀가 너무 예뻐 보였다.

'이래서 당신을 좋아할 수밖에 없나 보다.'

어떻게 이런 사람과 멀어지려고 생각했을까. 이렇게 같이 이야기를 나누는 것만으로도 기분이 좋아지는, 이런 사람과 거리를 두려 했을까.

"검사님이 사건 조사하는 것 보고 제가 힘들어진다 해도, 검사님 잘못이라고 생각하지 마세요. 검사님은 해야 할 일을 하는 것뿐이잖아요. 나쁜 건 고은성이죠."

은아가 다시 준현이 있는 쪽으로 고개를 돌리며 말했다. 은성에 대한 이야기를 하는 것이 쉽지만은 않을 텐데. 은아는 겉보기에는 덤덤하게 말을 이어 가고 있었다.

"솔직히 검사님한테 고마워하고 있는 중이에요. 마약 사건 관계자 동생인데도 다른 사람한테 아무 말도 안 하시고. 만약에 다른 검사님이 제 비밀 알게 됐으면 이렇게 검찰청에 다니지도 못했을 거예요."

"이제 그만 띄워 줘도 돼요. 여기서 더 하면 멀미 나겠어요."

"그럼 이 말까지만 할게요. 제가 힘들어할까 봐 생각해 주신 건 고마운데, 굳이 안 그러셔도 돼요."

준현의 얼굴에 설핏 짓궂은 미소가 떠올랐다.

"그렇다는 건 굳이 거리를 안 둬도 된다는 말이죠?"

"네?"

은아가 그게 무슨 말이냐는 눈빛으로 그를 쳐다보았다. 그녀의 시선을 받으면서도 준현은 능청스럽게 말을 이었다.

"은아 씨 힘들까 봐 거리 두려고 했던 거, 안 그래도 된다는 말 아니었어요?"

"아니, 그게 아니라. 괜한 걱정을 하지 마시라는 거였어요."

"아아."

아쉬움이 그득한 준현의 대답을 마지막으로 두 사람 사이에 침묵이 감돌았다.

늦은 밤, 옥상의 평상. 두 사람이 아무 말을 하지 않으니 세상이 고요해진 느낌이었다. 방금 전까진 들리지 않았던 바람 소리도 느껴졌다. 봄바람이 옥상에 널린 빨래들을 살랑 건드리고 사라져 갔다. 달빛을 받은 빨래들이 바람의 손길에 나부끼고 있었다.

그렇게 얼마간 밤 풍경을 즐기고 있었을까. 준현이 나지막한 목소리로 물었다.

"제가, 그렇게 불편해요?"

조심스러운 질문이었다. 말을 꺼내기 직전까지도 할까 말까 망설이던 말이었다. 그런데 준현은 기어코 꺼내고야 말았다.

"······."

은아는 그 질문에 뭐라 답해야 할지 알 수 없었다. 그도 그럴 것이 은아는 그가 불편했던 것이 아니라, 그를 좋아하게 되는 그녀 자신이 불편했던 거니까. 그냥 거짓말을 할 수도 있겠지만, 그럴 수도 없었다. 준현의 이야기를 듣고 나서 그에게 너무 많이 미안해졌던 것이다.

두 사람, 모두 서로를 멀리하려고 했었다. 그런데 멀리하려고 한 이유는 판이하게 달랐다. 준현은 은아를 위해서, 은아가 힘들까 봐 그녀를 멀리하려고 했다. 그에 반해 그녀는 어떻던가. 스스로 비참해지는 것이 싫어서, 자신이 힘든 것이 싫어서 그를 밀어내려고 하지 않았던가.

은아가 가만히 고개를 저었다. 그렇게까지 그녀를 생각해 준 그에게 당신이 불편하다고 말하고 싶지 않았다. 김준현은 이런 사람이니까. 이렇게까지 그녀를 위해 주는 사람이니까. 설사 그의 옆에 있느라 비참해진다 해도, 그 감정까지 감수하자는 생각이 들었다.

"전혀. 안 불편해요."

은아의 대답에 준현이 다시 입을 다물었다. 하지만 다문 입술은 하고 싶은 말이 있는지 계속 달싹거리고 있었다. 몇 번이고 열렸다, 닫혔다는 반복하던 입술이 속에 있던 말을 살며시 내보였다.

"제가 은아 씨를 좋아한다고 해도, 안 불편할 것 같아요?"

그의 질문에 은아가 눈을 동그랗게 떴다. 그를 밀어내지 말아야겠다고 생각하자마자 이런 말을 듣게 될 줄이야.

준현은 달빛을 머금은 그녀의 눈동자를 지그시 바라보았다.

"좋아해요. 아주 많이."

그의 진심을 가득 담은 고백이 바람을 타고 흘러가 은아의 귓가에 닿았다. 은아의 눈동자에 다정한 미소를 짓고 있는 준현이 오롯이 박혔다. 준현의 눈동자에 당황한 기색이 역력한 은아가 오롯이 박혔다. 두 사람은 서로를 눈 속에 담고 그 밤을 함께 보내고 있었다.

"크흠."

먼저 시선을 피한 건 은아였다. 그녀는 허공에 시선을 두며 한동안 멍하니 있었다. 준현도 딱히 별다른 말없이 기다리고 있었다. 아마 은아에게도 생각할 시간이 필요하겠지. 사실 그에게도 마음의 준비를 할 시간이 필요했다.

봇물처럼 터져 나온 고백에 당황한 것은 비단 그녀만은 아니란 얘기다. 준현은 스스로도 예상치 못했던 상황에 패나 당황하는 중이었다. 특히나 고백 이후 그의 심장은 100미터를 전속력으로 달린 것처럼 두방망이질 치고 있었다.

"……."

"……."

여전히 두 사람 사이엔 침묵이 감돌았다. 그 고요함 속에서 먼저 입을 뗀 건 준현이었다.

"은아 씨, 갑작스러울 거 알아요. 그런데 제 마음이 그렇다는 거지 은아 씨가 부담 가질 필요는 없어요."

그녀를 좋아하는 그의 감정이 짐이 되진 않았으면 좋겠다.

"그냥 제 마음을 알아주는 것만 해도 저는 괜찮아요."

이어지는 준현의 말에도 은아는 아무런 말이 없었다. 그가 은아 쪽으로 몸을 살짝 기울여 보았다. 그래도 여전히 아무 반응이 없다.

"은아 씨."

준현이 다시 한 번 은아를 부르며 그녀의 어깨에 손을 살짝 얹었다. 그제야 화들짝 놀라며 반응을 보였다.

"아, 죄송해요. 정신이 없어서……. 무슨 말하셨어요?"

아무래도 그녀는 그의 말을 전혀 듣지 못한 모양이다. 준현은 다시 한 번 그 말을 하려고 했다. 그에겐 아픈 말이었지만 은아를 위해선 해야 하는 말이었다.

그런데 경황없어 보이던 은아가 두 손으로 얼굴을 감싸며 이런저런 말을 하기 시작했다.

"……아무래도 검찰청에선 비밀로 해야겠죠?"

"네?"

이 여자가 지금 무슨 말을 하는 걸까. 준현이 의문을 가득 담고 은아를 쳐다보았다.

"사내 연애라는 게 공개하면 안 좋은 점이 더 많다고 하잖아요. 솔직히 다른 직원들 시선도 신경 쓰일 것 같고요."

"아……."

"그래도 윤 계장님께는 말씀드려야……. 아, 윤 계장님 입은 무거운 편이에요?"

이어지는 은아의 말에 준현이 의아한 표정을 지었다. 그러는 것도 잠시, 그의 입가에 비실비실 미소가 새어 나왔다.

"역시 비밀로 하는 게……."

"우리 벌써 사귀는 걸로 결정이 난 거예요?"

여전히 윤 계장에게 밝힐지 비밀로 할지 고민하던 은아가 준현의 말에 눈을 동그랗게 떴다. 그러고 보니 그가 그녀를 좋아한다고 말하기만 했지, 두 사람이 사귀기로 한 것은 아니었다. 혼자 앞서 나가고 있었던 것이다.

"아……."

은아의 볼이 붉게 물들었다. 차마 그의 얼굴을 보지 못할 것 같았다. 하지만 곁눈으로 보이는 준현은 몸까지 미세하게 떨며 웃고 있었다. 그나마 소리 내어 웃지 않아 줘서 고맙다고 해야 할까.

"이제 그만 웃어요!"

결국 참지 못한 은아가 한마디 내던졌다. 그와 동시에 준현이 단 한 번의 동작으로 그녀를 잡아당겼다. 그의 힘에 당겨진 은아가 어, 하고 끌려가더니 준현의 가슴팍에 폭 안긴 모양새가 되었다.

"고마워요."

얼굴을 그의 가슴에 대고 있으니 그가 말할 때마다 잔잔한 울림이 느껴졌다. 물론 그 울림을 덮는 세찬 심장 박동도 고스란히 느껴졌다. 은아의 입가에도 살며시 미소가 맺혔다. 이 남자, 하도 덤덤하게 고백을 하기에 심장도 덤덤할 줄 알았는데. 쿵쿵쿵쿵쿵. 요란하게도 뛰고 있다.

"잘할게요."

지금 이 순간에는 어떤 고민, 걱정, 불안도 존재하지 않았다. 이제 막 서로의 마음을 확인한, 설레는 마음만 가득 간직한 연인이 있을 뿐이었다.

"저도요."

앞으로 잘할 수 있을까, 하는 생각보다는 이 사람이 정말 나를 좋아하는구나, 하는 생각에 마음속이 포근해지고 있었다.

9화. 처음 사랑하는 연인들을 위해

다음 날 아침. 은아는 알람이 울리는 소리에 잠에서 깼다. 아니, 잠에서 깼다기보다는 감은 눈을 떴다는 표현이 더 맞을 것이다. 그녀는 밤새 한숨도 못 자고 있었으니까.

"어떡해, 진정이 안 돼."

가슴 위에 주먹을 살포시 올려 보았다. 평소보다 심장이 거세게 뛰는 것이 고스란히 느껴졌다. 둥둥거리는 진동에 숨이 차서 괜히 심호흡을 해 보기도 했다. 그러는 한편 정신은 또 몽롱했다. 어젯밤 일이 꿈인가 싶을 정도였다.

하지만 여전히 귓가에 남아 있는 그의 고동 소리가 어젯밤의 일이 꿈이 아니라 현실임을 느끼게 해 주었다. 은아가 저도 모르게 두 손으로 귀를 막았다. 그래도 가닐거리는 느낌이 가시질 않았다.

그뿐이던가. 뒷머리를 감싸던 그의 손바닥의 온기. 나지막하게 고백하던 그의 목소리. 밤의 차가운 공기로부터 지켜 주던 그의 체온까지. 이러한 생경한 감각들이 그 밤에 일어난 일이 실제로 일어난 일임을 증명해 주고 있었다.

그렇게 부푼 마음을 가득 끌어안는 것도 잠시.

'……왜 그랬을까.'

설렘 가득하던 얼굴에 언제 그랬냐는 듯 수심이 잔뜩 자리 잡았다. 이불을 얼굴까지 덮어쓰고 그 안에서 발버둥 치기도 했다.

'어쩌다 그렇게 바로 수락을 하게 됐을까.'

편의점 앞에서만 해도 현실을 처절하게 느끼고 있었으면서. 그가 넘치도록 과분한 사람이라는 걸, 그래서 그의 옆에 있기만 해도 괴로울 거라는 걸 여실히 느끼고 있었으면서. 그런 생각을 한 지 한 시간도 안 돼서 사귀게 되어 버린 걸까.

"이제 어떡하지……."

준현과 같이 있을 때에는 그저 좋고 설레기만 했다. 내가 좋아하는 사람이 나를 좋아한다는, 그런 기적 같은 일이 일어나서 한없이 기쁘기만 했다. 어젯밤에는 어떤 걱정도 아무것도 아닌 것처럼 느껴졌고, 어떠한 고민도 사소한 것이 되어 있었다.

하지만 지금은 그 사소한 것들이 끝도 보이지 않는 태산이 되어 그녀의 앞을 떡하니 가로막고 있다.

"출근이나 하자."

해탈한 듯 자리에서 일어나 화장실로 향했다. 세면대에서 손을 씻으며 거울을 바라보았다. 거울에 비친 그녀는 몰골이 말이 아니었다. 기분 좋은 설렘과 마음을 조여 오는 걱정, 두 가지 상반된 감정이 밤새도록 그녀를 괴롭혔으니. 어찌 보면 당연한 결과였다.

은아는 지친 고뇌의 흔적을 파운데이션으로 감추고 평소와 같은 시간에 집을 나섰다. 바닥으로 시선을 내리고 힘없이 문을 열었다.

처음 그녀의 시야에 들어온 것은 단정한 남성용 구두였다. 이어서 다리를 타고 천천히 시선을 올려 보니 어제부로 그녀의 연인이 된 남자가 미소를 지으며 서 있는 게 보였다. 얄미울 정도로 말간 미소였다.

"잘 잤어요?"

하지만 싱그러운 목소리로 인사하고 있는 준현도 눈동자에 가는 실핏줄이 도드라져 있었다. 그도 잠을 제대로 자지 못한 것이리라. 은아가 불면의 흔적을 발견하고 능청스럽게 말했다.

"저는 엄청 잘 잤어요. 보아하니 검사님은 잘 못 주무셨나 봐요."

"아뇨. 저도 오랜만에 숙면을 취했어요. 얼마나 개운한지 몰라요."

스트레칭까지 해 가며 괜찮았다 말하는 그의 모습에 은아는 풋, 하고 웃음을 터트렸다.

정말 신기한 일이다. 방금 전까지 온 세상의 짐을 짊어진 것 같은 기분이 들었는데, 그와 함께 있는 것만으로도 걱정거리가 말끔히 사라져 버리니 말이다.

"그런데 웬일로 이렇게 일찍 출근해요?"

나란히 골목길을 거닐며 은아가 물었다. 그에 준현이 그것도 모르냐는 표정으로 대답했다.

"같이 출근하고 싶어서요."

그러시겠죠. 은아가 차마 빈정거리지는 못하고 걱정하고 있던 말을 꺼냈다.

"우리 사이, 비밀로 하기로 했잖아요. 누가 보기라도 하면 어떡해요."

"걱정 마요. 그럴까 봐 비장의 무기를 가져왔으니까."

준현이 가방에서 노란 서류철을 꺼내 들었다.

"이거 펼쳐 들고 말하면서 걸으면 다른 사람들은 우리가 일 얘기하는 줄 알 거예요. 어때요. 감쪽같죠?"

잠시 잊고 있었다. 김준현 검사는 재벌 비리를 잡는답시고 룸살롱에 드나들었던 사람이라는 것을.

"……그래도 이런 골목에서 마주치면 곤란하지 않을까요."

"그러니까 큰길 쪽으로 돌아가요. 지금이 워낙 이른 시간이라 돌아가도 웬만한 사람들보다 일찍 출근할걸요."

결국 준현의 뜻대로 큰길로 돌아서 출근하게 되었다. 가는 길에 딱히 애정 표현을 하는 것도 아니었고, 두 사람 사이에는 여전히 한 뼘 이상의 거리가 있었지만 함께 걷는 것만으로도 웃을 수 있었다.

평소와 다른 길로 가서인지, 준현과 함께 걷고 있어서인지는 모르겠지만 오늘따라 주변 풍경이 더욱 예쁘게만 보였다.

지금까지는 별 감흥 없었는데, 서서히 싹이 움트고 있는 벚꽃이 그렇게 아름다워 보일 수가 없었다. 원래 개나리가 벚꽃보다 먼저 폈었구나, 벌써 피어 있는 개나리를 보며 새로운 사실도 알게 되었다. 숨 쉬는 공기에서도 지금까지와는 다른 상쾌함이 느껴졌다.

"어우, 황사야? 요즘 공기 왜 이래."

"이게 다 미세 먼지라잖아. 야, 나처럼 마스크 하라니까."

"그래야겠다. 아우, 짜증 나."

지나가던 여고생 두 명이 손을 휘저으며 인상을 찌푸리고 있었다. 기분 좋게 숨을 들이마시는 은아와는 사뭇 다른 모습이었다. 세상이 달라 보인다는 게 이런 걸까. 지금 은아의 눈에 보이는 세상과 여고생들의 눈에 보이는 세상은 하늘과 땅 차이일 것이다.

은아의 출근길이 한 사람의 등장 덕분에 특별함으로 그득해져 있었다.

"아! 빵 사 와야 되는데."

검찰청 바깥벽을 따라 걸을 무렵, 은아가 아차 싶은 마음에 외쳤다. 큰길로 돌아서 온 탓에 빵집에 들르질 못한 것이다.

"지금이라도 가서 사 올까요?"

준현은 그래 달라고만 하면 당장 뛰어가서 빵을 사 올 기세였다. 은아가 고개를 절레절레 저었다.

"괜찮아요. 하루 정도 안 먹어도 돼요. 대신 다음부터는 꼭 빵집에 들를 거예요."

빵집을 들르려면 골목 쪽으로 가야 했다.

"흠…… 다른 방법을 좀 찾아봐야겠네요."

따로 출근하면 아무 문제가 없을 텐데. 그는 부득부득 같이 출근을 해야겠는 모양이다.

"그냥 출근은 각자 따로 하는 게 제일 좋은 방법이지 않을까요."

"아, 빵 하니까 생각났는데."

준현은 은아가 내놓은 최선의 방법을 애써 무시하며 은근슬쩍 말을 돌렸다.

"혹시나 청 옆에 빵집 주인이 갓 구운 빵 맛보여 주겠다고 해도 절대 따라가면 안 돼요."

어처구니가 없었다. 말 돌리는 것도 그렇지만, 그가 말하는 내용 자체가 기가 막혔다. 누굴 유치원생인 줄 아나. 빵 하나에 누굴 따라가고 그럴 사람으로 보이냐는 말이다.

"내가 무슨 어린애예요?"

하지만 그렇게 말하면서도 은아는 갓 구운 빵이라는 말에 눈을 초롱초롱하게 빛내고 있었다. 심지어 입맛까지 다시고 있었다.

"어, 지금 그 눈빛, 엄청 위험해요. 그리고 입맛은 또 왜 다셔요. 아무리 공짜로 빵 준다고 해도 절대 쫓아가면 안 돼요. 알겠죠?"

"안 그래요, 안 그래."

안 그러겠다고 말하면서도 갓 구운 빵, 공짜라는 말에 귀가 솔깃해지는 건 어쩔 수가 없었다. 흔들리는 은아의 마음이 준현의 눈에도 보인 모양이다. 그는 은아의 입에서 안 따라가겠다는 말을 몇 번이고, 몇 번이고 듣고 나서야 겨우 안심한 듯 만족스러운 미소를 지었다.

윤 계장은 아직 출근 전이었다. 이제 막 연인이 된 두 사람만이 존재하는 검사실. 둘만 있는 그곳에서 좋은 시간을 보낼 법도 하건만. 준현과 은아는 벌써부터 티격태격하고 있었다. 준현이 개인 집무실 밖, 사무실 빈 책상에 자리 잡고 있었기 때문이다. 그 자리는 은아의 자리가 가장 잘 보이는 곳이기도 했다.

"왜 거기 앉는 거예요. 집무실에 안 들어갈 거예요?"

은아가 준현이 있는 책상 위에 손을 짚고 서서 물었다. 지금의 상황이 꽤나 마음에 들지 않는 듯 눈썹 사이도 잔뜩 좁히고 있었다. 하지만 그는 움직일 생각이 전혀 없어 보였다.

"오늘 데이트도 못 하는데 이렇게라도 얼굴 봐야죠."

방금 전, 준현은 은아에게 신이 나서 데이트 신청을 했더랬다. 그런데 은아는 선약이 있다고 딱 잘라 거절하는 것이 아닌가.

"동기들이랑 잘 지내 보라면서요. 오늘 같이 당직 서 주기로 했단 말이에요."

"그래서 아무 말도 안 하고 있잖습니까. 그냥 얼굴이라도 좀 더 오래 보겠다는데 그것마저도 안 되는 겁니까?"

첫 데이트 불발에 준현은 심통이 나도 제대로 난 듯하다. 그의 불퉁한 태도에 은아가 한숨을 쉬었다. 그렇게 두 사람이 묘한 기 싸움을 하고 있을 때였다.

"좋은 아침입니다. 하암."

마침 윤 계장이 하품을 크게 하며 사무실로 들어왔다. 은아가 급하게 몸을 바로 세우고 언제 그랬냐는 듯 반갑게 인사를 했다. 그와 달리 준현은 여전히 음성에서 무뚝뚝함이 묻어 나오고 있었다.

"오셨어요?"

"오셨습니까."

윤 계장이 두 사람을 대충 보고 책상으로 가다가 다시 고개를 돌려 준현의 앞에 쌓인 서류를 보았다.

"그런데 검사님. 오늘은 거기서 일하시려고요?"

"집무실 안이 너무 답답해서요."

"하긴 그렇죠. 아직 봄인데 날씨는 여름 같네요."

다행히 윤 계장은 준현이 밖에서 일하는 것에 대해 별 신경을 쓰지 않는 듯했다. 은아가 그에 안심하며 자리로 돌아갔다.

"그러고 보니 오늘 오전에 폭행 사건 형사 조정 건이 있네요. 가해자가 조폭 똘마니 같은데. 무슨 문제라도 일으키는 거 아닌지 모르겠습니다."

윤 계장이 오늘 하루 일정을 확인하고는 걱정스레 말했다. 그러는 와중에도 연신 하품을 하고 있었다.

"계장님, 많이 피곤하신 것 같은데 커피라도 드실래요?"

"그래 주면 고맙고. 혹시 시원한 건 없을까?"

"글쎄요. 얼음이 있을지 모르겠어요. 검사님도 커피 드실래요?"

"저도 주시면 감사하게 받겠습니다."

은아가 의자에 앉으려다 말고 탕비실로 향했다. 그때 누군가가 사무실 문을 두드리는 소리가 들렸다. 들어오라고 말을 해도 상대는 아무 반응이 없었다. 은아가 슬쩍 문을 열어 보았다. 문 앞에는 양손에 커피 캐리어를 든 동수가 사람 좋은 미소를 지으며 서 있었다.

"좋은 아침입니다. 검사님, 계장님, 은아 씨."

그는 들어오자마자 세 사람에게 아이스 아메리카노를 한 잔씩 나누어 주었다.

"오늘 커피가 원 플러스 원 행사를 하더라고요. 그래서 겸사 겸사 사 왔습니다."

"이야, 동수 씨. 내가 시원한 커피 마시고 싶었던 건 어떻게 알고."

"하하하. 그러게요. 어쩐지 오늘 사 오고 싶더라니."

동수와 윤 계장이 너스레를 떨며 서로 농담을 주고받았다. 준현은 두 사람의 대화에 끼지 않고 말없이 밖으로 나갔다. 은아는 자연스럽게 준현이 나간 문을 바라보고 있었다.

"은아 씨, 오늘 당직 같이 서 주기로 한 거 안 잊었죠?"

"……기억하고 있어요."

동수의 물음에 은아가 조금 뜸을 들이다가 말했다. 사실 은아도 약속을 취소하고 준현과 함께하고 싶다는 생각이 들었던 것이다.

"그럼 좀 이따 봐요. 계장님, 전 이만 가 보겠습니다."

"고마워, 동수 씨."

동수가 나가고 난 뒤 은아와 윤 계장은 오늘 봐야 할 서류를 정리하기 시작했다. 윤 계장은 벌써 커피를 다 마셨는지 얼음을 컵째 들이켜 와그작와그작 씹고 있었다. 은아도 동수가 준 커피를 한 모금 마셔 보려고 할 때였다.

방금 전 나갔던 준현이 들어오더니 은아에게 다가오는 것이 아닌가. 은아가 입 모양으로 왜요, 하고 물었다.

"은아 씨, 오늘 형사 조정 건 피의자 진술 조서 좀 주실래요."

"잠시만요."

또 은아를 곤란하게 하려는 줄 알았는데, 서류 때문에 온 모양이다. 은아가 집었던 커피를 내려놓고 서류를 뒤적였다. 서류 탑 사이에 있는 진술 조서를 겨우 찾아내 준현에게 건네주었다.

"고마워요."

준현은 은아가 주는 서류를 받아 들고 자리로 돌아갔다. 그런데 그가 가지고 간 것은 비단 서류만이 아니었다. 동수가 은아에게 주었던 커피도 함께 들고 가고 있었다. 대신 커피가 있었던 자리에는 캔 사이다가 놓여 있었다.

'공짜에 넘어가지 말 것!'

사이다 옆면에는 준현이 붙여 둔 메모도 함께 있었다. 아까 혼자서 나가더니 이걸 뽑으러 나간 듯하다. 못 말린다니까. 차마 속으로 다 삼키지 못한 웃음이 은아의 입술을 비집고 새어 나왔다. 은아는 혹시나 윤 계장이 눈치챌까 봐 주먹으로 입을 막으며 메모를 다이어리에 꽂아 두었다.

"으아아."

두 시간 내내 사무실에는 서류 넘기는 소리와 타자 두드리는 소리만 들리고 있었다. 이들 중 먼저 기지개를 켜며 자리에 일어난 사람은 윤 계장이었다.

"검사님, 이제 곧 조정실로 가 봐야 할 것 같습니다."

윤 계장의 부름에 준현도 보고 있던 서류를 덮었다.

"은아 씨, 오늘 필요한 서류 다 준비해 뒀지?"

윤 계장이 은아의 자리로 걸어가서 물었다. 은아는 미리 준비해 두었던 서류 뭉치들을 윤 계장에게 내밀었다.

"네, 다 준비됐어요. 여기요."

"음…… 어? 언제 사이다 뽑아 왔어. 이거 내가 마셔도 될까? 목마르던 참인데."

서류를 대충 살펴보던 윤 계장이 사이다를 발견하고 손을 뻗으려던 때였다. 하지만 그의 손보다 은아의 손이 더욱 빨랐다.

"이건 안 돼요!"

은아의 격한 반응에 준현과 윤 계장의 시선이 그녀에게 몰렸다. 은아는 그제야 자신이 오버했다는 것을 깨닫고 어색하게 웃으며 자리에서 일어났다.

"뽑은 지 오래돼서 미지근할 거예요. 제가 새로 뽑아 드릴게요."

은아가 준현이 사 준 사이다를 자신의 가방에 집어넣고 지갑을 꺼내 들었다.

"아, 응, 아니, 괜찮아. 내가 가는 길에 뽑아 먹을게. 검사님, 가시죠."

"그럴까요. 아, 사이다는 제가 쏘겠습니다. 아주 시원한 걸로요. 은아 씨, 다녀올게요."

그렇게 말하는 준현의 음성에 웃음기가 가득 흘렀다. 꼴사나운 모습을 보였다는 생각에 은아는 눈을 질끈 감았다.

"다녀오세요."

어정쩡하게 서 있는 은아를 두고 두 사람은 사무실을 나섰다.

"아, 쪽팔려."

은아는 아무도 없는 사무실에서 홀로 창피함을 곱씹었다. 웃음기가 가득하던 준현의 얼굴도 잊히지가 않았다. 하지만 이미 지난 일인 걸 어쩌겠는가. 그녀는 볼을 몇 번 두드리며 다시 일에 집중하기 시작했다.

그렇게 한 시간쯤 흘렀을까. 점심시간이 다 되어 가고 있었다. 그런데도 준현과 윤 계장은 돌아올 생각을 하지 않는 모양이다. 은아가 힐끔 시계를 올려다보았다.

"어휴, 무슨 이런 일이 다 있나 몰라."

때마침 윤 계장이 사무실로 들어왔다.

"무슨 일 있으셨어요?"

은아가 자리에서 일어나 윤 계장을 반기며 뒤쪽을 보았다. 당연히 준현도 함께 올 거라고 생각했는데. 정작 그녀가 보고 싶었던 사람은 여전히 보이질 않고 있었다.

"그 조폭 놈이 갑자기 의자까지 들고 난동을 부려서. 그거 막으려다 검사님이 조금 다치셨어."

"아니, 그게, 무슨…… 어딜 다치셨는데요?"

당장이라도 뛰어나갈 기세였다. 하지만 윤 계장은 짐을 챙기느라 그런 은아를 보지 못했다.

"팔목 조금. 괜찮다고는 하시는데 그래도 병원에는 가 봐야 될 것 같아서."

사실인즉, 조정 중에 가해자가 너무 흥분해서 피해자에게 의자를 던졌는데, 준현이 그걸 팔로 막았다는 것이었다. 보안 팀에서 금방 와서 딱히 큰 사고가 일어난 것은 아니었지만 준현은 팔목에 조금 무리가 간 듯했다.

"그럼 저도 갈게요."

은아가 재빨리 나갈 채비를 하려 했다. 하지만 윤 계장이 손사래를 치며 문을 열었다.

"에이. 그 정도는 아니야. 은아 씨는 사무실 지켜야지. 사실 검사님이 은아 씨한테는 말하지 말라고 하셨는데, 혹시나 오해할까 봐 말해 두는 거야. 그럼 다녀올게."

윤 계장이 나간 후에도 은아는 한동안 멍하니 서 있기만 했다. 이게 도대체 무슨 일일까. 갑작스러운 상황에 뇌까지 잠시 멈춘 듯했다.

그렇게 얼마간 서 있다가 은아가 다시 생각이라는 걸 하기 시작했다. 윤 계장의 반응을 보면 준현이 그리 많이 다친 것은 아니라는 걸 알 수 있었다. 하지만 그럼에도 불구하고 그가 멀쩡한 것을 두 눈으로 확인하고 싶었다.

은아가 준현에게 전화를 걸며 사무실을 박차고 나갔다.

"괜찮아요? 지금 어디예요? 벌써 출발했어요?"

통화가 연결되자마자 질문 공세를 펼쳤다. 그녀가 이렇게 행동을 하면 윤 계장이 의심할지도 모른다는 생각은 이미 저 멀리 날아가 버린 후였다.

─여보세요. 은아 씨?

은아가 너무 급하게 말해서 준현이 알아듣지 못한 모양이다. 그녀는 잠시 마음을 가다듬고 가장 중요한 것을 먼저 묻기로 했다.

"다쳤다면서요. 괜찮아요?"

―계장님, 은아 씨한테는 말하지 말라고 말씀드렸는데.

―어차피 붕대라도 감으면 다 알게 될 텐데. 미리 말하는 게 낫죠.

수화기 너머로 준현이 윤 계장에게 한마디 하는 소리가 들렸다. 두 사람이 이런 대화를 나누고 있는 걸 듣고 나니 조금 더 안심이 되었다. 하지만 그보다는 준현이 멀쩡한 것을 눈으로 확인하고 싶은 마음이 더욱 컸다.

"어디예요? 저도 병원, 같이 갈게요."

―벌써 출발했어요. 그리고 너무 걱정 마요. 정말 아무것도 아니니까. 그럼 끊을게요. 점심 맛있게 먹어요.

준현은 은아가 뭐라고 더 말하기도 전에 전화를 끊었다. 은아가 걸음을 멈추고 끊긴 휴대폰을 허탈하게 바라보았다.

"뭐야, 나는 걱정돼 죽겠는데."

은아가 불퉁한 표정을 하고 휴대폰을 노려보고 있을 때, 메시지가 도착했다는 알람이 여러 번 울렸다.

[계장님이 옆에 있어서서 길게 통화 못 했어요.]

[걱정 끼칠까 봐 일구러 말 안 하려고 했는데 막상 은아 씨가 걱정해 주니까 기분 엄청 좋은데요.]

[그런데 정말 괜찮아요. 손목 살짝 삔 것 정도예요.]

거기에 마지막으로 '점심 맛있게 먹어요.'라는 문자에 귀여운 이모티콘까지 전송되어 왔다. 꽤나 급하게 자판을 눌렀는지 군데군데 오타도 보였다. 걱정 가득하던 은아의 얼굴에 안심한 표정과 함께 수줍은 미소가 올라왔다. 윤 계장의 옆에서 눈치를 보며 문자를 했을 그를 떠올리니 웃음이 절로 나왔다.

퇴근 시간. 은아는 동기와 당직을 서기로 했고, 준현은 확인할 것이 있다고 해서 윤 계장이 먼저 퇴근을 했다. 준현은 집무실 안에서 보던 서류를 정리하다가 붕대 감은 손을 이리저리 흔들어 보았다. 의사는 혹시나 모르니 붕대를 매자고 했는데, 시간이 지날수록 오히려 붕대가 거추장스러워지고 있었다.

"그냥 풀까."

준현이 쓸데없이 꽁꽁 싸맨 붕대를 쳐다보고 있을 때였다.

"손목 괜찮아요?"

노크 소리가 들리고, 은아가 빼꼼 얼굴을 내밀며 물었다. 준현이 그녀를 돌아보자, 은아가 안으로 들어섰다. 가방을 들고 있는 것을 보니 이제 행정 부서에 가려는 모양이었다.

"걱정 마요. 정말 괜찮으니까."

방금 전에 붕대를 풀려고 할 정도였으니. 준현은 정말 아무렇지도 않았다. 하지만 은아는 준현의 손목에 감겨 있는 붕대가 계속 신경이 쓰였다.

"방금 붕대도 막 풀……."

"아픈 사람 두고 가는 것도 좀 그런데. 그냥 약속 미룰까요? 당직은 다음에 같이 서 줘도 될 것 같아서요."

붕대를 풀려던 참이라고 말하려던 준현이 은아의 말에 입을 다물었다. 딱히 약속을 취소하는 것도 아니고 다음으로 미루는 거라면, 굳이 그가 그녀를 보낼 필요가 없겠다는 생각이 들어서였다.

"그래 주면 저야 좋긴 한데. 정말 괜찮겠어요?"

"네. 수정 씨랑 동수 씨한테도 다음에 도와주겠다고 말해 뒀어요."

준현의 얼굴에 차마 숨기지 못한 미소가 가득 담겼다.

"그럼 같이 퇴근할까요?"

준현이 가방에 서류를 넣으려는 걸 보고 은아가 그의 책상으로 다가갔다.

"내가 할게요. 뭐 넣으면 돼요?"

"고마워요. 여기 이것들만 더 넣으면 돼요."

은아가 서류를 전부 넣은 후 가방을 들기까지 했다. 그에 준현이 그의 가방을 잽싸게 가져왔다.

"다친 건 오른쪽이니까. 가방 정도는 내가 들 수 있어요."

심지어 다친 손목도 붕대를 풀려고 할 정도로 괜찮아지기도 했고. 준현이 괜히 미안해져서 은아를 보며 싱긋 웃었다. 은아도 고개를 끄덕이며 먼저 나가 문을 열어 주었다.

"아, 이런 배려는 제가 해야 하는 건데."

"다쳤으니까 배려받아야죠. 아, 그런데 아까 전에 붕대 뭐라고 하지 않았어요?"

은아가 사무실 문까지 손수 열어 주며 준현에게 물었다. 그는 잠시 뜸을 들이다가 능청스럽게 말을 이었다.

"아까 붕대가 살짝 풀리려고 했는데, 다시 단단하게 맸다고요. 그래서 걱정 안 해도 된다고 말하던 참이었어요."

"아아. 병원에는 다시 안 가 봐도 돼요?"

"그 정도까진 아니에요."

"내가 같이 있었으면, 그 조폭이라는 사람 패 줬을 텐데."

"하하하. 말이라도 고마워요."

퇴근길. 최소한의 전등만 켜 둔 상태라 약간 어둑해진 검찰청 복도. 두 사람의 웃음소리가 복도를 가득 채웠다. 여전히 두 사람 사이에는 어느 정도의 거리가 있었지만, 한 뼘보다는 더 가까워진 듯했다.

"가끔은 다치는 것도 괜찮은데요. 은아 씨가 이렇게 걱정해 주는 걸 보니까."

준현은 누군가가 자신을 걱정해 준다는 사실이, 그리고 그 사람이 고은아라는 사실이 이렇게까지 기분 좋을 줄은 상상도 하지 못했다. 그래서인지 그도 모르게 히죽히죽 웃게 되었다. 그의 얄미운 웃음에 은아의 눈매가 실처럼 가늘어졌다.

"지금 그런 말이 나와요? 얼마나 걱정했는데요."

준현은 검찰청 안만 아니라면 입술을 불퉁하게 내밀고 있는 은아를 단번에 끌어안고 싶었다. 하지만 은아가 두 사람의 연애 사실을 비밀로 하고 싶어 했으니. 그녀의 의사를 존중해 주기 위해서는 끓어오르는 욕구를 참아야 했다.

"딱히 심한 부상도 아니고. 부서가 그렇다 보니 이런 일도 꽤 있어요. 솔직히 이 정도는 아무것도 아니죠. 뉴스 보면 더한 일도 있잖아요."

"……이런 일이 많아요?"

은아의 표정이 불퉁함을 넘어서 심각하게 굳었다. 준현은 은아의 분위기가 심상치 않음을 느끼고 다른 말을 덧붙였다.

"농담이에요, 농담. 그리고 우리 청에서는 뉴스 나올 정도로 심한 일은 없었으니까 너무 걱정 안 해도 돼요."

준현의 말에 은아의 표정이 더욱 굳어져서 풀어질 생각을 않고 있었다. 준현이 살짝 툭툭 건드려 보아도 묵묵부답이었다. 보는 시선이 있어서 대놓고 뭐라 할 수도 없고. 그렇게 준현은 은아의 눈치를 보며 퇴근길을 걸어야 했다.

"왜 아무 말도 안 해요. 무섭게."

사람들 시선이 없는 골목길에 들어서고 나서야 준현이 은아의 양어깨를 잡고 돌려세웠다. 은아의 눈높이에 맞춰 허리도 살짝 구부렸다. 긴장감이 가득한 준현의 시선과 불안감이 가득한 은아의 시선이 맞물렸다.

"무섭긴 해요? 난요, 아까 전에 얼마나 놀라고 무서웠는지 몰라요. 그래요, 몰랐겠죠. 알았으면 그런 농담 못 하지."

사실 은아가 너무 걱정하는 것 같아서 농담이라고 하긴 했는데, 거의 사실이나 다름없었다. 맞닥뜨리는 사람들 대부분이 범죄와 관련된 사람들이었으니. 오늘 같은 일은 큰일 축에도 못 끼는 일이었다. 하지만 지금 그런 말을 했다간 은아는 또 걱정하느라 그녀답지 않게 시무룩해질 것이다.

준현은 이런 말을 해도 은아가 그냥 웃어넘길 거라고 생각했다. 그래서 이런 일이 일상다반사라고 가볍게 말한 거였다. 그런데 이렇게까지 심각하게 걱정하고 굴 줄이야. 예상치 못한 그녀의 반응에 의아해졌다. 물론 그러는 한편으로 기분이 좋아지기도 했다.

"내가 그렇게 걱정됐어요?"

"아까부터 계속 말하고 있었잖아요. 걱정했다고."

확실히 은아는 처음부터 걱정했노라고 말을 하고 있었다. 그런데 우스운 일이다. 걱정했다고 말로만 들었을 때와 걱정하고 있다는 걸 온몸으로 표현하는 모습을 볼 때의 느낌이 사뭇 달랐다.

"그러게요. 아무래도 말로는 전달되지 않는 진심이라는 것도 있나 봐요."

준현의 말에 은아가 잠시 고개를 갸웃했다. 그러다가 표정을 다시 구겼다.

"그럼 아까 전에는 제가 그냥 말로만 걱정했다고 한 줄 알았던 거예요?"

은아가 준현의 손아귀에서 벗어나려고 몸부림을 쳤다. 하지만 준현은 은아를 놓아줄 생각이 없어 보였다. 은아는 여전히 준현에게 잡혀 시선을 마주해야 했다.

"아니, 그런 건 아니고. 아까보다는 지금 은아 씨 마음을 더 잘 알겠다는 거죠."

"알긴 뭘 알아요. 안 당해 본 사람이 어떻게 알겠어요?"

"나도 당해 봤어요. 저번에 응급실에서 연락받았을 때요. 누구 씨는 지금 이것보다 더 다치셨죠, 아마? 그런데도 괜찮다고, 괜찮다고. 그때 내가 얼마나 걱정한 줄 알아요?"

준현이 어디 한번 말해 보시지, 하는 얼굴로 은아를 바라보았다. 그에 은아는 입매를 씰룩거리다가 따지듯 말했다.

"그땐 우리 제대로 사귄 것도 아니었잖아요. 검사님이 저 의심하는 상황이기도 했고요. 저랑 같은 감정을 느꼈을 리가 없죠. 저도 솔직히 지금, 검사님이 다친 게 아니었으면 이 정도 상처에 이렇게까지 걱정하지도 않아요."

은아는 지기 싫은 마음에 이런저런 말을 했는데, 하고 나니 괜히 민망해져서 시선을 모로 돌렸다. 준현은 은아의 어깨를 잡은 손에 살짝 힘을 주어 그녀가 그를 보도록 했다.

"걱정 안 했던 것 같아요?"

은아가 준현의 강한 시선을 버티지 못하고 다시 눈동자를 굴렸다. 걱정했다. 그것도 엄청. 당시 준현이 왜 저렇게까지 걱정

할까, 의아하게 생각하기도 했으니까. 그럼 준현은 그때부터 그녀를 마음에 두고 있었던 걸까. 거기까지 생각이 미치자 얼굴이 화끈 달아오르는 것 같았다.

"그때도 이미 좋아하고 있었어요."

갑작스러운 그의 고백에 은아는 얼굴뿐만 아니라 온몸에 후끈 열이 오르는 기분이었다.

"아, 덥다. 이만 가죠."

은아가 다른 곳을 보며 손부채질을 했다. 무슨 얘기를 하다가 이런 낯간지러운 얘기가 나오게 된 걸까.

"그러고 보니까 은아 씨가 날 어떻게 생각하는지는 못 들었어요. 좋아한다고 말했는데 갑자기 사귀는 걸로 돼서."

준현의 말소리에 웃음이 한가득이었다. 은아가 살며시 고개를 돌려 준현의 표정을 살폈다. 방금 전까지만 해도 준현이 은아의 눈치를 보느라 바빴던 것 같은데. 짧은 시간 내에 흐름이 완전히 바뀌어 버렸다.

"난 은아 씨 좋아해요. 은아 씨는 어때요?"

"그런 걸 굳이 말로 해야 해요? 아까 검사님이 그랬죠? 말로는 전달 안 되는 진심도 있다고. 말이 아니라 앞으로 행동으로 보여 줄게요."

은아는 그렇게 말하며 슬그머니 도망가려고 했다. 하지만 그녀의 발이 아무리 다른 곳으로 가려고 해도 어깨가 잡혀 있는 바람에 그럴 수도 없었다.

"말로는 전달 안 되는 진심도 있는데, 대부분 진심들은 말을 해야 알 수 있는 법이죠."

그러니까 얼른 말해요. 좋아한다고. 준현의 눈이 그렇게 말하고 있었다. 아무래도 그는 은아의 입에서 그 말을 꼭 들어야겠는 모양이다.

"응?"

집요할 정도의 끈질김에 은아는 결국 두 손, 두 발 모두 들고 만다.

"……좋아해요."

기다렸던 말이 드디어 은아의 입에서 나오자 준현의 얼굴에 함지박만 한 미소가 감돌았다. 은아는 준현의 표정을 보니 괜히 뜸 들였다는 생각이 들었다. 이렇게나 좋아하는데. 뭐가 그렇게 부끄럽다고 그 말 한마디를 아꼈을까.

"나도 좋아해요."

그러면서도 준현의 화답에 손바닥으로 얼굴을 가렸다. 아직까지는 이런 말을 하거나 듣는 것이 익숙해지지가 않았다.

"이제 정말 놔…… 아, 손목! 괜찮아요?"

그에게서 벗어나려고 다시 한 번 몸부림치던 은아의 시선이 준현의 손목에 닿았다. 정확히는 손목에 매어져 있는 붕대에 닿았다.

"아아. 손목이요?"

준현은 그제야 은아를 잡은 손을 놓고, 거추장스러운 붕대를 풀어 갔다.

"사실 아까부터 좀 답답하던 참이었어요."

"그렇게 막 풀어도 괜찮아요?"

"괜찮아요, 괜찮아. 우리 이렇게 된 김에 어디 산책이라도 갈까요?"

준현은 여전히 걱정 가득한 은아를 잡고 끌었다. 은아는 당겨 오는 그의 힘에 어쩔 수 없이 끌려가야 했다. 은아를 단번에 끄는 그 손은 방금 전까지 붕대를 감고 있던 손이었다. 은아가 끌려가면서 잡힌 손 말고 다른 손으로 그의 손목을 꾹 쥐어 보았다. 준현은 전혀 아무렇지 않은 듯했다.

"속았어."

투덜거리는 은아의 말에 준현이 고개를 저었다.

"은아 씨한테 좋아한다는 말 들으니까 아픈 것까지 싹 날아간 거죠."

"이제 그만해요. 정말 오글거리니까. 그런데 지금 어디 가는 거예요?"

"근처에 산책하기 딱 좋은 공원이 있어요."

준현이 은아를 데리고 간 공원은 입구부터가 궁궐의 대문 같았고, 담이 성벽처럼 쌓여 있었다. 약 10분 거리에 이런 공원이 있었다니. 은아는 눈을 크게 뜨고 주변을 둘러보았다.

"산책만 하기엔 너무 아까운데요."

은아는 입구에 들어서면서 보이는 광경에 감탄을 금치 못했다. 햇빛이 사라진 탓에 풍경들이 제 고유의 색깔을 내진 못하고 있었지만, 밤의 어둠에 잠긴 공원의 모습도 꽤나 멋스러운 분위기를 자아내고 있었다.

"그렇죠. 산책만 하기엔 시간이 너무 아깝죠."

준현이 그렇게 말하며 은아를 잡은 손을 살짝 당겼다. 그러자 두 사람이 팔이 완전히 밀착되었다. 은아가 바로 한 발 물러서느라 달라붙은 건 아주 한순간이었지만 말이다.

"뭐예요."

"그냥. 서로 친해지는 과정이랄까요."

"능글능글. 가만 보면 난봉꾼 같다니까."

밉지 않게 눈을 흘기는 은아의 모습에 준현은 한 번 웃고는 그녀의 옆으로 한 발 다가갔다. 잡고 있던 손을 놓고 긴 팔로 그녀의 어깨를 감싸 안았다.

"나라도 이렇게 당겨야죠. 안 그러면 언제 가까워지겠어요?"

"뭐가 이렇게 급해요? 천천히 가까워지면 되잖아요."

은아는 준현의 팔을 떼어 놓으려고 안간힘을 썼다. 하지만 그녀의 어깨에 뿌리라도 박은 건지, 그의 팔은 꿈쩍을 하지 않았다.

"이것도 나름 브레이크 잡은 거예요. 여기서 더 버둥거리면 나도 장담 못 해요."

그에 은아가 움직임을 멈추었다.

"지금 협박하는 거예요?"

"그냥, 사실을 친절하게 알려 주는 것뿐이에요."

"하이고. 고마우셔라."

몇 번 더 저항을 해 보았지만 부질없는 일이었다. 결국 은아는 준현에게 반쯤 안긴 자세로 산책로를 걸어야 했다. 은근한 긴장감에 몸이 바짝 달아올랐다. 맞닿은 살에서 후끈한 열기가 피어오르는 것 같았다. 밤공기는 아직 서늘한 기운을 머금고 있었지만 추위를 느낄 겨를이 없었다.

그렇게 두 사람은 서로의 체온을 나누며 한동안 말없이 길을 걷기만 했다. 얼마나 걸었을까. 근처에서 누군가 떠드는 소리와 함께 탕탕, 공이 튀는 소리가 들려왔다. 두 사람의 시선이 소리가 들리는 방향으로 향했다.

"농구 하나 봐요."

골대 하나를 두고 남고생들 몇 명이 농구를 하고 있었다. 은아는 심드렁하게 말하고는 관심 없다는 듯 고개를 돌렸다. 그런데 준현은 농구를 하고 있는 학생들에게서 시선을 떼지 못하고 있었다. 별생각 없이 가던 길을 가려던 은아가 준현을 올려다보았다.

"농구 하고 싶어요?"

"네?"

"농구 하고 싶냐고요."

"아뇨. 그냥 재미있게 노는구나 싶어서요."

준현은 말은 그렇게 하면서도 여전히 농구 코트를 바라보고 있었다.

"한 게임 할래요?"

"은아 씨도 농구 할 줄 알아요?"

은아의 말에 준현이 눈을 빛내며 물었다. 그러고는 한마디 더 덧붙였다.

"사실 요즘 운동을 제대로 못 해 줘서 몸이 조금 근질근질했거든요."

"전 몸 쓰는 건 질색하는 주의예요. 저쪽 벤치에 있을게요. 몸 좀 풀고 와요."

"……그래도 어떻게 은아 씨 혼자 두고 가요."

"검사님 농구 하는 거, 보기만 해도 재미있을 것 같아요. 설마 저 꼬맹이들한테 지는 건 아니겠죠?"

"날 뭘로 보고 그런 말을 해요."

농구가 꽤나 하고 싶었던지 준현이 재킷과 넥타이를 벗고, 셔츠 단추를 두어 개 풀었다. 은아는 자연스럽게 그의 옷을 받아 들었다.

"그럼 잠깐만 뛰고 올게요."

준현이 팔까지 걷어붙이며 남자 고등학생 무리를 향해 달려 갔다. 간단한 대화 몇 마디를 나누더니 금세 팀을 짜서 농구 시합을 하기 시작했다.

은아는 근처 벤치에 앉아서 준현이 뛰는 모습을 지켜보고 있었다. 그녀는 처음에는 공 하나 가지고 싸우는 게 뭐가 재미있

을까, 심드렁하게 보고 있었는데 어느새 푹 빠져서 시간 가는
줄 모르고 구경하기에 이르렀다.

사실 은아가 주시하고 있던 것은 준현의 표정이었다. 이렇게
까지 해맑게 웃는 모습은 거의 처음 보는 것 같았다. 농구 시합
에서 이기려고 용을 쓰는 모습이 여느 학생들의 그것과 다르지
않았다.

"많이 지겨웠죠."

얼마간 코트 위를 누비고 다니던 준현이 학생들에게 인사를
하고 은아에게 달려왔다. 숨이 차는지 무릎에 손을 대고 연신
호흡을 가다듬고 있었다.

"전혀요. 재미있었어요."

준현의 머리칼에 땀방울이 송골송골 맺혔다. 은아가 가방에
서 손수건을 꺼내 들고 그의 이마에 손을 뻗었다. 땀을 닦아 줄
생각이었다. 그런데 숨을 고르던 준현이 은아에게서 한 발 물
러섰다.

"땀 났어요. 닦아 줄게요."

은아가 자리에서 일어나 그에게 한 발 다가갔다. 준현은 이
번에도 은아가 다가온 만큼 물러섰다.

"오지 마요."

심지어 오지 말라고 손까지 뻗으며 그녀의 접근을 막고 있었
다. 은아의 미간에 우물이 깊게 패었다.

"왜 그래요?"

"지금 나한테서 땀 냄새 날 거예요."

땀을 흘렸으니 땀 냄새가 날 수도 있는 거다. 그런데 그게 왜? 은아의 미간에 자리 잡은 우물이 여전히 사라지지 않고 있었다.

"은아 씨한테 땀 냄새 풍기기 싫어요."

이어지는 그의 말에 은아가 풋, 하고 웃었다.

"땀 냄새 풍기기 싫은 사람이 그렇게 열심히 뛰었어요?"

"이렇게 뛴 건 오랜만이라 제어가 안 됐어요. 거기서 다가오지 말고 손수건만 빌려줘요."

준현이 은아에게서 최대한 떨어져 있으려 애쓰며 손을 내밀었다. 그에 은아의 얼굴에 장난기 가득한 미소가 스며들었다. 그녀는 손수건을 건네줄 것처럼 굴다가 잽싸게 준현의 손을 잡고 끌어당겼다. 예상치 못한 상황에 준현은 속절없이 끌려와야 했다.

"아."

두 사람 사이의 거리는 삽시간에 가까워졌다. 은아는 준현이 말리기도 전에 그의 앞섶을 잡고 발뒤꿈치를 들었다. 준현의 목에 얼굴을 가까이 대었다가 다시 돌아왔다. 짧은 순간이었다. 그 짧은 순간에 은아의 숨결이 준현의 목에 닿았다. 준현이 숨을 혹 들이켰다. 솜털이 바짝 서는 기분이었다. 그는 손바닥으로 목을 감싸며 그녀에게서 멀어졌다.

"무, 무슨 짓이에요!"

"그렇게 감추려는 검사님 땀 냄새는 어떤지 궁금해서요. 그런데 냄새가 하나도 안 나요. 사람 맞아요?"

은아가 능청스럽게 말하면서 준현에게 다가가려고 기회를 엿보고 있었다.

"우리 가까워지기로 한 거 아니었어요? 그렇게 도망만 가서는 언제 친해지겠어요?"

"지금은 아니에요. 나중에 또 기회가 있잖아요."

"전 지금 가까워지고 싶은데."

한 번 당한 전적이 있어서인지 준현도 긴장을 늦추지 않고 있다가 수돗가 쪽으로 달려갔다. 은아도 놓치지 않으려고 쫓아갔다.

"저건 또 뭐냐."

"몰라. 공이나 받아."

농구를 하고 있던 학생들은 그들의 시야에서 사라져 가는 어른들을 보며 고개를 절레절레 저었다.

10화. 자전거 탄 풍경

　토요일 오전. 은아는 새벽같이 일어나 눈도 제대로 뜨지 못한 채 화장실로 향했다. 정신은 여전히 반쯤 잠에 빠져 있었지만 몸이 기억하는 대로 씻고 나갈 준비를 마쳤다. 그렇게 문을 열고 나설 때쯤에야 정신이 조금 드는 것 같았다.

　어제 그런 말을 하는 게 아니었는데. 후회가 물밀듯 밀려왔다. 문을 잠그는 와중에도 한숨이 절로 나왔다. 하지만 되돌리기에는 이미 늦은 일이었다.

　"내일 뭐 하고 싶은 거 없어요?"

어젯밤. 은아는 준현의 질문에 무심코 도시락 싸 들고 소풍을 가고 싶다고 말해 버렸다. 다짜고짜 도시락에 소풍이라니. 자신이 말해 놓고도 황당해서 헛웃음이 나왔다.

"그냥 영화 보러 가요."

수습하듯 그렇게 말을 했지만 준현은 이미 도시락과 소풍에 딱 꽂혀 버린 듯했다.

"도시락은 은아 씨가 싸 주는 거예요?"

눈을 반짝 빛내며 묻는 준현의 모습에 은아는 저도 모르게 고개를 끄덕였다. 하지만 현실을 깨닫고 다시 고개를 저었다.

"지금 사는 집에 요리를 할 만한 곳이 없어요."

은아가 살고 있는 옥탑방은 최대한 가격을 맞춰서 들어간 곳이었기에 시설이 그리 좋진 않았다. 그 좁은 곳에서 도시락이라니. 일류 요리사라도 어려운 일일 것이다.

"음……. 그럼 우리 집에서 만들래요?"

그 결과, 지금의 상황이 되고 말았다. 은아는 이른 아침부터 소풍 갈 채비를 마치고 준현의 집으로 향해야 했다. 씻고 준비하는 사이에 준현에게 연락이 왔었는데, 그도 벌써 일어나서 도시락 만들 준비를 하고 있다고 했다. 이제 와서 그만두자고 하기엔 늦었다는 얘기다.

은아는 문을 걸어 잠그며 이제 출발한다고 준현에게 연락을 넣었다. 그때 옥탑방 아래쪽 계단에서 휴대폰 알림 소리가 들렸다. 문이 제대로 잠긴 것을 확인하고 계단 쪽으로 가 보니 준현이 머쓱하게 웃으며 서 있는 것이 보였다.

"검사님?"

"하하하. 방금 전까진 너무 어두운 것 같아서 데리러 왔는데, 금방 밝아지네요."

그렇게 말하며 웃는 준현은 남색 칼라 티셔츠에 청바지를 입고 있었는데, 전체적으로 편하고 활동적인 느낌이 물씬 풍겼다. 은아가 준현을 보고 자신의 모습을 한 번 내려다보았다. 그녀는 흰색 칼라 티셔츠에 청바지를 입고 있었다. 누가 보면 일부러 맞춰 입었냐고 물을 정도로 두 사람의 스타일이 비슷했다.

"옷 좀 갈아입고 나올게요."

"왜요. 지금 딱 좋은데."

옷을 갈아입겠다는 은아와 그냥 가자는 준현이 얼마간 실랑이를 벌이다가, 결국에는 그 차림 그대로 준현의 집으로 향했다. 두 사람은 이른 시간이라 딱히 사람이 없는데도 혹시나 아는 사람을 만날까 봐 조심, 또 조심을 했다.

"그냥 저 혼자 오면 된다니까. 괜히 데리러 오셔서 마음 졸였잖아요."

은아는 준현의 집에 들어오고 나서야 마음을 놓고 투덜거렸다. 그런데 신발을 벗으려다가 잠깐 멈칫했다. 지금까지는 다른 사람들에게 들킬까 봐 걱정하느라 온 정신이 팔려 있었는데, 막상 그의 집에 발을 들이고 나니 또 다른 걱정이 되기 시작했다.

　아무리 그래도 남자 혼자 사는 집인데, 이렇게 막 들어가도 되는 걸까. 혹시나 그가 그녀를 쉬운 여자라고 생각하진 않을까. 이런저런 상념이 불쑥 고개를 내밀었던 것이다.

　"안 들어오고 뭐 해요?"

　먼저 신발을 벗고 들어간 준현이 멀뚱하게 서 있는 은아를 보고 물었다.

　"신발이 좀 그래서……. 먼저 들어가세요."

　그녀의 신발은 그냥 막 벗을 수 있는 운동화였지만, 은아는 준현에게 들어가라고 손짓까지 하며 그를 먼저 들여보내려 했다. 그런데 이 남자, 어쩐 일인지 들어갈 생각을 않고 있었다.

　"벗기 힘들면 내가 도와줄까요?"

　"네?"

　"벗는 거 도와줄게요."

　"아, 아니요!"

　은아는 정말로 준현이 신발 벗는 것을 도와주겠다고 나설까 봐 재빨리 운동화를 벗고 집 안으로 들어갔다. 준현은 그런 은아를 보고 몰래 씩 웃고는 앞서 걸어갔다.

　"재료 손질하다가 나가서 지금 엉망일 거예요."

　현관 쪽 짧은 복도를 지나 안으로 들어가니 거실과 부엌이 바로 보였다. 거실 옆쪽은 통 유리창으로 되어 있어서 바깥 풍경이 한눈에 들어왔다. 은아는 자기도 모르게 거실 창 쪽으로 다가갔다.

"이런 경치 보면서 살면 숨이 탁 트이는 기분이겠어요."

"꼭 그렇지만도 않아요."

준현은 부엌으로 가서 마실 만한 것을 가지고 나왔다. 은아는 그가 건네는 컵을 받아 들고 여전히 바깥 풍경을 둘러보았다. 세상을 아래에 두고 서 있는 기분이 생각보다 제법 괜찮은 느낌이었다. 준현도 은아의 옆에 서서 그녀와 같은 곳을 바라보았다.

"집 구경해 볼래요?"

그렇게 얼마간 은아가 아무 말 없이 창밖만 보고 있자 준현이 먼저 입을 열었다. 그에 은아는 고개를 저었다.

"그냥 경치 구경으로 만족할게요. 사생활 보호는 해 드려야죠. 그런데 재료 손질은 어디까지 하셨어요?"

은아가 그렇게 물으며 부엌으로 향했다. 준현은 잠시 은아의 뒷모습을 가만히 쳐다보다가 그녀를 따라 들어갔다. 은아는 벌써 앞치마를 찾아 매고, 손을 씻고 있었다.

"그래도 생각보다 잘하고 있었네요. 요리 좀 해 보셨나 봐요."

준현이 부엌으로 들어와 은아에게 마른 수건을 건네주고 싱크대로 가서 손을 씻었다. 은아는 그 수건으로 손의 물기를 닦아 내며 뒤쪽 홈바로 향했다.

"요즘은 요리하는 남자가 매력 있다면서요. 어제 인터넷 찾아보면서 열심히 배워 놨죠."

준현도 손을 씻고 은아가 있는 곳으로 갔다. 은아는 들고 있던 수건을 건네주며 넌지시 말했다.

"검사님은 요리 못해도 충분히 인기 있을 것 같은데요. 너무 다 잘하면 옆에 있는 사람이 부담 될지도 몰라요."

농담 속에 진심을 살짝 담아 보냈다. 당신이 너무 잘나 버리면 옆에 있는 내가 부담이 된다고. 물론 그가 그 메시지를 못 알아들어도 서운하지 않을 정도로, 아주 약간의 진심만을 담아 보냈다.

"은아 씨도 부담 돼요?"

준현이 그렇게 되물으며, 은아가 건네주는 수건과 함께 그녀의 손까지 맞잡았다. 그의 커다란 손 안에 수건과 은아의 손이 한꺼번에 잡혀 들어갔다. 은아가 놀라서 준현을 올려다보았다. 그러나 준현은 잡은 그녀의 손을 내려다보고 있었다.

"부담 안 가졌으면 좋겠어요. 사생활 보호도 안 해 줬으면 좋겠고요. 아니, 은아 씨에 한해서는 사생활 침해까지 해 줬으면 좋겠어요."

그가 서서히 시선을 들어 은아의 눈동자를 마주했다. 두 사람의 시선이 한데 엉켜들었다. 누구 하나 먼저 말을 꺼내는 법도 없이 서로의 눈동자만 바라보았다. 시간이 멈춘 것처럼. 지금 이 순간, 그 곳에는 두 사람만이 존재했다.

"……누가 부담 가진대요? 그냥 다른 사람들은 그럴 수도 있다는 거죠."

은아가 먼저 시선을 돌려 홈바에 있는 재료들을 살펴보는 척을 했다.

"그럼 다행이고요."

"손 좀 놔요. 그래야 김밥을 싸든 하죠."

"집 구경도 하고 간다고 약속하면요."

"네, 네. 알겠습니다. 도시락부터 만들고 집 구경도 하고 갈게요."

확답을 듣고 나서야 준현이 은아의 손을 놓아주었다. 은아는 재료를 씻으러 가는 척하면서 몰래 한숨을 쉬었다. 이 남자는 어떻게 알았을까. 집 구경을 거절한 것이 그녀 나름의 거리 두기였다는 것을.

"그런데 그 사생활 침해라는 게, 서로 휴대폰도 공유하자, 그런 건 아니죠?"

은아가 오이와 당근을 씻으며 은근슬쩍 물었다.

"아닐 것 같아요?"

능청스러움이 가득 담긴 준현의 대답에 은아가 미간을 좁히며 뒤를 돌아보았다. 준현은 장난기 가득한 얼굴로 은아를 마주 보며 말했다.

"난 연인들 사이에 어느 정도의 집착, 구속은 필요하다고 봐요."

"그러니까 그 어느 정도라는 게 어느 정도인 건데요. 휴대폰 공유까지는 아닌 거죠?"

"흐음. 글쎄요. 그건 은아 씨가 하는 걸 봐서……."

"검사님!"

"아, 그전에 그놈의 호칭부터 정리를 해야겠네요. 아직까지 검사님이 뭐예요, 검사님이."

여유작작한 그의 모습에 은아가 눈을 실같이 가늘게 떴다. 하지만 그녀의 서슬 퍼런 눈빛에도 준현은 씩 웃으며 맛살을 쭈욱 뜯을 뿐이었다.

여의도 한강 공원에는 이른 시간부터 몇몇 사람들이 보였다. 두 사람은 먼저 자전거 대여소에 가서 자전거 두 대를 빌렸다. 준현은 2인용 자전거를 탈 것을 권했지만, 은아가 싫다고 거부하는 통에 각각 한 대씩 빌리는 수밖에 없었다.

"같이 타면 더 좋을 것 같은데."

시무룩한 준현의 말에도 은아는 요지부동이었다. 준현은 도시락을 자전거 앞 바구니에 넣고 이제 막 출발하려던 참이었다.

"잠시만요."

은아가 자전거를 세워 두고 준현에게 다가갔다.

"검사님, 선크림 안 발랐죠?"

가방에서 선크림을 꺼내 들고 건네주려는데 준현이 은아의 이마에 쪽 하고 입을 맞추었다. 은아가 놀란 눈으로 준현을 올려다보았다.

"아까 집에서 말했죠. 앞으로 검사님이라고 할 때마다 뽀뽀할 거라고. 다음에 또 그러면 이마로 안 끝날 거예요."

"그럼 검사님을 검사님이라고 부르지 뭐라고 불러요."

"음……. 오빠라거나, 오빠라고 불러도 되고, 오빠라는 호칭도 있잖아요."

준현은 호칭 문제가 언급된 순간부터 은아에게 '오빠'라고 불렀으면 좋겠다고 노래를 부르고 있었다. 하지만 은아는 그 호칭이 너무 낯간지럽다고 거부를 하는 중이었다.

"선크림이나 바르세요."

은아가 손수 선크림을 짜서 준현의 양 볼에 톡톡 묻히고는 자기 자전거로 돌아갔다. 준현은 얼굴에 불만을 가득 담고 흰색 크림을 문질러 펴 발랐다.

"먼저 갈게요."

은아는 바구니에 가방과 돗자리가 잘 들어가 있는 것을 확인하고 페달을 힘껏 밟았다. 발을 몇 번 굴렸을 뿐인데 준현보다 한참은 앞서 나가게 되었다. 준현도 선크림을 바르다 말고 페달 위에 발을 올렸다. 어렵지 않게 은아를 따라잡아 함께 나란히 달리기 시작했다.

열심히 다리를 움직일수록 시원한 바람이 얼굴에 닿는 것이 느껴졌다. 크게 숨을 들이마시고 내쉬는 것만으로도 몸 안이 깨끗해지는 기분이 들었다. 초록의 나무와 잔디 위에서 햇살이 잘게 부서져 내렸다. 푸르른 강물이 잔물결을 이루며 흘러가는 것이 보였다.

두 사람은 한동안 말없이 그 모든 것들을 느끼기에 바빴다. 종종 자기가 먼저 가겠다고 앞서거니 뒤서거니 하기도 하고, 어쩌다 눈이 마주치면 풋, 하고 웃음을 터트리기도 했다. 그렇게 강물의 흐름을 따라서 딱 자전거가 달리는 속도로 함께 달렸다.

"우리 이제 어디서 좀 쉬어요."

체력의 한계를 느끼며 먼저 멈춘 것은 은아였다. 그러자 준현은 주위를 둘러보며 쉴 만한 잔디밭을 찾아보았다.

"저쪽에 가면 될 것 같아요."

은아와 준현은 자전거를 세워 두고 잔디 안으로 들어갔다. 가져온 돗자리를 펼쳐 들고 그 위에 자리를 잡았다. 한쪽에 짐을 몰아 두고 나란히 앉아서 숨을 몰아쉬고 있었다. 물론 가쁜 숨을 몰아쉬는 건 은아뿐이었다. 준현의 호흡은 여전히 평온했다.

"검사, 아니······."

무심코 검사님이라고 부르려던 은아가 말을 멈추고 잠시 고민했다. 하지만 괜찮은 호칭을 찾지 못하고 할 말만 해 버린다.

"그렇게 달렸는데 안 힘들어요?"

고개를 옆으로 돌리며 묻는 은아의 모습에 준현이 살짝 웃음을 내비쳤다.

"그렇게 오빠라고 부르기 싫어요?"

"아직은 검사님이 편해요."

"그럼 편한 대로 불러요. 너무 신경 쓰는 것 보니까 또 안쓰럽네."

"검사님은 별로 지치지도 않나 봐요."

은아의 말이 끝나기가 무섭게 준현이 그녀의 볼에 입을 맞추었다. 은아가 한껏 옆으로 물러나며 억울함을 토로했다.

"편한 대로 부르라면서요!"

"뽀뽀 안 한다는 말은 안 했어요."

은아가 입술을 비죽거리며 자리를 옆으로 옮겼다. 그러자 그녀가 멀어진 만큼, 아니 그보다 더 가까이 준현이 옆으로 다가갔다. 은아가 다시 한 번 물러나고, 준현이 또 다가갔다. 어느 순간 돗자리 끝에 앉게 된 은아가 신경질적으로 말했다.

"옆으로 좀 가요. 자리 없단 말이에요."

"그러게 누가 자꾸 멀어지래요."

준현이 원래 자리로 돌아가 앉는가 싶더니 은아의 옆구리를 잡고 힘껏 당겼다. 은아는 그의 힘에 이끌려 넘어지듯 그에게 안기는 모양새가 되었다. 은아의 얼굴이 준현의 가슴팍에 닿았다. 그녀의 손도 그의 허벅지 쪽에 닿았다. 단단한 근육이 손안에 고스란히 느껴지자, 멀뚱히 있던 은아가 소스라치게 놀라며 몸을 뒤로 물렸다.

"계속 이럴 거예요?"

은아의 얼굴에 열이 확 올랐다. 준현이 사과를 하며 얼음물을 건네주었다.

"미안해요. 이젠 안 그럴게요."

은아가 물만 받아 들고 여전히 멀찍이 떨어져서 의심의 눈초리로 준현을 바라보았다.

"정말, 이제 장난 안 칠게요."

준현이 두 사람 사이의 빈자리를 손으로 툭툭 두드렸다. 은아가 헛기침을 한 번 뱉고는 적당한 위치에 자리를 잡았다. 아닌 척하며 준현의 다리에 닿았던 손으로 주먹을 쥐었다 폈다. 손안에 감촉이 아직까지 생경하게 남아 있는 듯했다.

"얼마 안 달린 것 같은데. 은아 씨도 운동 좀 해야겠어요. 벌써 지치면 어떡해요."

"제가 약한 게 아니라 검사님이 강한 거……."

은아가 말을 하다 말고 손바닥으로 얼굴을 가렸다. 혹시나 준현이 또 뽀뽀를 할까 봐 그런 것이다. 그런데 준현은 별다른 움직임이 없었다.

"뭐 해요?"

준현의 능청스러운 물음에 은아는 속으로 울음을 삼켰다. 어쩐지 계속 그에게 농락당하는 것 같은 기분이 들었다.

"아무것도 아니에요."

은아는 살포시 손을 내리고 강 쪽으로 시선을 돌렸다. 준현도 은아와 같은 곳을 바라보았다. 하지만 방향만 같을 뿐 정작 서로 보고 있는 곳은 달랐다. 준현은 흘러가는 강물을 보고 있었고, 은아는 두 사람보다 강 가까이에 앉아 있는 가족들을 보고 있었다.

"지금 생각해도 제일 행복한 기억은 어렸을 때 가족들 다 같이 강가에 소풍 온 기억이에요. 어디였는지는 모르겠는데 근처에 강이 있었다는 거랑 이렇게 돗자리 위에 앉아서 놀았다는 것만 기억나는데, 그때만 생각하면 마음이 따뜻해져요."

준현은 말없이 은아가 하는 말을 듣기만 했다.

"지금 이 순간도 나중에 떠올리면 마음 한구석이 따뜻해질까요?"

이번에도 준현은 아무 말 없이 바닥에 놓여 있는 은아의 손을 감싸 쥐었다. 그 손이 주는 온기가 그의 말을 대신해 주고 있었다. 은아가 고개를 끄덕이며 강가의 풍경으로 시선을 돌렸다. 강물이 빛을 받아 반짝거리고 있었고, 이름 모를 새들이 유유히 떠다니는 것이 보였다. 그때 마침 바람이 불어오며 풀잎이 스치는 소리가 쏴아아, 하고 들려왔다.

은아는 지금 이 순간을 눈에 담고, 귀에 담고, 손에 담고, 마음에 담았다. 언젠가 이 순간을 떠올리며 잔잔한 미소를 떠올릴 수 있도록.

"오늘 이 풍경이 기억에 남아서 추억이 됐으면 좋겠어요."

그와 함께한 시간들이 추억이 된다. 그 말 자체는 그렇게 나쁜 것이 아니었다. 아니, 오히려 고마운 말이었다. 그런데 준현은 그렇게 말하고 있는 은아의 모습에 불안감을 느꼈다. 혹시나 그녀가 사라져 버릴지도 모른다는 안 좋은 예감이 엄습하기 시작했다. 저도 모르게 은아를 잡은 손에 힘을 주었다.

"은아 씨."

긴장감 어린 준현의 부름에 은아가 싱긋 웃으며 고개를 돌렸다.

"왜요?"

평소와 다르지 않은 그녀의 얼굴에 준현이 안심을 하고 손에 힘을 풀었다.

"아니요. 아무것도 아니에요."

준현은 은아가 바로 옆에 있는데도 때때로 불안감이 물밀듯 밀려오곤 했다. 바닷가에서 모래 위에 성을 짓는 것 같았다. 언제 파도가 들이닥칠지 몰라 조마조마한 기분이었다. 지금의 평화로운 한때가 아주 행복하면서도, 그 행복함에 비례해 두려움도 커져만 갔다. 혹시나 누군가가 지금의 행복을 깨트려 버릴까 봐 겁이 났다.

"은아 씨, 배 안 고파요? 도시락 먹을까요?"

"배고파요? 김밥 싸면서 계속 먹었잖아요."

아직 점심시간도 되지 않은 시간이었다. 김밥을 만들면서 종종 집어 먹었기에 아침도 든든히 먹은 편이었다. 하지만 준현은 허기가 졌다. 배고픔과는 또 다른 부족함, 허전함이 연신 그를 괴롭히고 있었다.

"그러게요. 왜 벌써 배가 고프지."

"뭐 어때요. 그럼 그냥 먹으면 되지."

은아가 그렇게 말하며 찬합 도시락 가방을 열었다. 어젯밤, 오늘의 소풍을 위해 새로 구입한 도시락 통이었다.

"막상 김밥 보니까 저도 배고파지는 것 같은데요."

그녀는 먹음직스러워 보이는 김밥 하나를 집고 입에 쏙 넣었다.

"음. 맛있어."

"나도 하나 줘요. 아."

"직접 드세요."

두 사람은 또다시 김밥을 먹여 주니 마니로 티격태격하며 실랑이를 벌였다. 그렇게 때 이른 점심시간이 얼마나 흘렀을까. 물방울 하나가 은아의 머리 위에 톡, 하고 떨어졌다.

"응?"

도시락 통이 점점 비어 갈 무렵, 하늘은 여전히 맑은 것 같은데 비가 후드득 떨어지기 시작했다. 그와 동시에 한강 둔치에서 여유로운 한때를 보내고 있던 사람들도 우왕좌왕했다. 그중에는 은아와 준현도 포함되어 있었다. 다만 다른 게 있다면 대부분의 사람들은 우산을 준비해 온 것 같았다는 것이다.

"오늘 비 온다는 말 있었어요? 어쩐지 점점 바람이 세지더라니."

재빨리 짐을 챙겨 근처 나무 아래로 들어간 뒤 준현이 물었다. 은아도 고개를 저었다. 미처 일기 예보를 보지 못한 탓이다.

"그래도 하늘은 여전히 맑은 것 보면 그냥 지나가는 비인가 봐요. 여기서 잠시만 기다렸다가 가요."

그런데 준현의 말이 끝나기가 무섭게 빗줄기가 더욱 거세졌다. 그럴수록 두 사람을 위해 비를 막아 주던 나무가 제 역할을 하지 못하게 되었다. 준현이 주위를 둘러보다가 아무렇게나 구겨 넣은 돗자리를 발견했다.

"일단 이거라도 쓰고 있어요."

준현이 은아의 머리 위로 돗자리를 받쳐 들어 비를 막아 주었다. 천 돗자리였기에 제대로 된 모양을 내지 못하고 있었다. 그가 받쳐 준 덕분에 은아는 비를 피할 수 있었지만 돗자리가 준현의 뒤에 착 달라붙은 통에 그의 옷은 젖어 들어갔다. 그에 은아도 손을 뻗어 준현의 머리 위, 돗자리를 받쳐 주었다.

두 사람이 돗자리 아래에서 마주 보고 서 있었다. 자칫하면 숨결이 닿을 정도로 가까운 거리. 은아는 혹시나 그에게 닿을까 봐 날숨도 조심스럽게 내보내는 중이었다. 숨 쉬는 것에 신경을 써서 그럴까. 평소보다 후각이 더욱 예민해진 기분이었다.

싱그러운 비 냄새, 물기 젖은 흙냄새, 나무 냄새가 아련하게 느껴졌다. 이런 것들만 느껴지면 참 좋을 텐데. 다른 모든 냄새를 덮어 버릴 정도로 준현의 향기가 물씬 풍겨 왔다. 어젯밤에도 느껴 본 그 향기에 정신이 아찔해졌다.

"팔 안 아파요?"

은아는 준현의 물음이 있고 나서야 혼자만의 생각에서 벗어날 수 있었다.

"그러는 검사님은요."

이어지는 은아의 말에 준현이 고개 숙여 그녀의 입술에 입을 촉, 하고 맞추었다. 비를 맞아 물기를 양껏 머금은 두 입술이 원래 한 몸이었던 것처럼 맞물렸다가 금세 떨어졌다. 지금까지 뽀뽀를 해도 이마 아니면 볼 정도였는데. 은아의 눈이 휘둥그레졌다.

"무, 무슨……."

돗자리 위로 투두둑 떨어지는 빗소리에 맞추어 은아의 심장 도 빠르게 뛰어 갔다. 심장이 너무 열심히 일을 해 준 탓인지 열이 후끈 오르는 느낌이 들었다.

"지금 이 순간도 제대로 기억해 줘요."

준현이 한 손을 내려 은아의 목을 그러쥐었다. 목에 닿은 그 의 손이 너무 뜨거워서 흠칫하고 놀랄 정도였다. 그가 엄지로 은아의 볼을 살살 문질렀다. 잔뜩 긴장한 그녀를 달래 주려는 듯했다. 하지만 서서히 그의 얼굴이 가까워지는 탓에 제정신을 차릴 수가 없었다.

'뜨겁다.'

다만 은아가 느낄 수 있었던 것은 그녀의 목을 잡은 손이, 그 녀의 얼굴에 닿은 숨결이 아주 뜨거웠다는 것뿐이었다.

"은아 씨."

준현이 잔뜩 탁해진 음성으로 은아의 이름을 불렀다. 그녀는 차마 대답은 하지 못하고 홀린 듯 그의 눈을 바라보기만 했다.

"눈 감아요."

그의 말이 끝남과 동시에 최면에 걸리기라도 한 것처럼 스르르 눈이 감겼다. 남자의 뜨거운 입술이 여자의 물기 젖은 입술에 닿았다. 그 약간의 접촉에 온몸이 조여드는 느낌이 들었다. 그러다 힘이 빠져서 그녀도 모르게 팔을 내려 그의 가슴에 기대었다. 손바닥 아래로 그의 심장 박동이 고스란히 느껴졌다. 그 일정한 진동이 묘하게 안정감을 주었다.

하지만 그의 입술은 달랐다. 은아를 안심하게 해 주는 너른 가슴과 달리, 그의 입술은 성마르게 은아의 입술을 헤집고 있었다. 무엇을 급하게 찾기라도 하는 것처럼 그녀의 입 안에 파고들어 숨 돌릴 여유도 없이 밀어붙이고 있었다.

격한 몸짓에 은아가 잠시 뒤로 물러서려고 해도, 어느새 그녀의 허리를 휘감은 그의 팔이 은아를 놓아줄 생각을 하질 않았다. 아니, 오히려 더욱 힘주어 그녀를 당겨 안을 뿐이었다.

두 사람의 호흡이 한데 엉켰다. 들숨과 날숨이 서로 오가며 숨결을 나누었다. 은아의 호흡이 가빠졌다. 분명 숨을 쉬고 있는데도 숨이 막히는 것 같았다. 숨이 턱 끝까지 차오른 느낌에 그의 가슴 위에 올려져 있던 은아의 손이 주먹을 움켜쥐었다. 그 작은 주먹 속으로 준현의 옷감도 말려들어 갔다.

준현이 그녀의 주먹에서 이는 작은 떨림을 감지하고 입술을 떼었다. 아무리 자전거를 타도 호흡 하나 흐트러지는 법이 없던 그도 거친 숨을 몰아쉬고 있었다.

"하아."

은아가 감았던 눈을 살짝 뜨며 준현의 가슴에 온전히 몸을 기대었다. 준현이 은아의 등을 살살 토닥여 주었다. 방금 전까지는 잡아먹을 것처럼 밀어붙이더니, 한바탕 열풍이 몰아친 후 이어지는 정감 어린 몸짓에 웃음이 날 것 같았다.

"숨차요."

투정을 가득 담은 은아의 말에 준현이 낮게 웃었다. 그가 웃을 때마다 진동이 전해져 왔다.

"그게 다 은아 씨가 체력이 안 좋아서 그래요."

"그렇게 말하는 어느 분도 숨차 하는 것 같은데요."

"전혀요. 숨찬 게 아니라 너무 좋아서 들떠 있는 거예요."

능청스러운 그의 대답에 은아가 눈을 가늘게 뜨고 그의 팔뚝 맨살에 손을 대며 말했다.

"열나는 것 같은데. 비 맞아서 감기 걸리는 거 아니에요?"

"전혀요. 지금 나는 열은 아파서 나는 열이 아니라 다른 이유 때문에 나는 열인데요."

무슨 이유 때문이냐고 되물을 법도 한데 은아는 입을 꾹 다물고 아무 말도 하지 않았다. 그에 준현이 장난기 가득 머금은 얼굴로 물었다.

"뭐 때문에 열나는지 안 궁금해요?"

"전혀요. 감기 때문만 아니면 됐어요."

잠깐 내릴 것 같던 비는 생각보다 오래 이어지고 있었다. 은아와 준현은 돗자리 아래에서 비를 피하며 한층 더 가까워져 갔다.

항상 느끼는 거지만 주말은 정말 눈 깜박하는 사이에 지나가 버리는 것 같다. 일요일에는 준현이 일이 있다고 해서, 밀린 빨래를 하고 집 안 청소를 하느라 하루를 거의 보내 버렸다. 물론 중간중간 게으름을 피우고 TV도 보긴 했지만, 아무리 그래도 같은 24시간인데 평일과 주말의 차이가 너무 컸다.

"하아."

윤 계장과 함께 공판 부서에 서류를 가져가던 은아가 한숨을 쉬었다. 이렇게 일상으로 돌아오니 한강에서 그와 함께 보낸 시간이 꿈처럼 아득히 멀게 느껴졌다.

"은아 씨, 오늘따라 웬 한숨이 그리 잦아."

"월요병인가 봐요."

"이런……. 지독한 불치병에 걸렸군."

은아와 윤 계장은 너스레를 떨며 서류를 제출하고 돌아오는 길이었다. 사무실 앞에 준현과 중후해 보이는 남성이 서 있었다.

"아이고, 부장님. 이번에 좋은 소식 들리던데요."

준현과 함께 서 있던 남성은 서부지검 특수부 박재환 부장검사였다. 윤 계장이 먼저 알은체하며 다가갔다. 은아도 가볍게 묵례를 했다.

"대검으로 발령 나셨다면서요."

"아직 발령이 난 건 아니고, 곧 그렇게 될 것 같습니다. 그런데 이것 참, 부끄럽습니다. 일 잘하는 후배들이 가야 하는데 제가 덜렁 가게 돼서."

"에이, 무슨 말씀이십니까. 부장님 유능하신 건 온 세상이 다 알 텐데."

"하하하. 윤 계장님은 여전히 유쾌하십니다. 그럼 일들 보시고, 김 검은 오늘 저녁에 시간 비워 둬."

재환이 호탕하게 웃으며 자리를 떠났다. 남은 세 사람도 사무실 안으로 들어갔다.

"검사님, 배 부장님 만나러 가신 거 아니었습니까?"

"그 자리에 박 부장님도 있으시더라고요."

"흐음, 설마 박 부장님이 대검에 같이 가자고 하시는 거 아닙니까?"

재환은 부서가 다른데도 준현을 끔찍이 챙기곤 했다. 준현에게 특수부에 들어오라고 여러 번 제안하기도 할 정도였다. 그랬으니 지금 윤 계장의 짐작도 아예 말도 안 되는 일은 아니었다.

"그럴 리가요. 그 부서에 부장님 따르는 검사가 몇인데 저한테 그러시겠어요."

은아는 두 사람의 대화를 안 듣는 척, 서류를 보고 있었지만 신경을 안 쓰려야 안 쓸 수가 없었다. 그런데 또 대화에 끼어들자니 너무 딴 세상 얘기 같아서 그럴 수도 없는 노릇이었다.

그렇게 일에 집중도 못 하고 서류만 보고 있는데, 책상 위에 올려 두었던 휴대폰이 울리는 게 느껴졌다. 동기들 단체 방에서 온 연락이었다. 동수가 오늘 모일 예정인데 시간 괜찮으냐고 묻고 있었다. 은아는 윤 계장과 대화 중인 준현을 한 번 보고 답장을 했다.

[저도 시간 괜찮아요.]

어차피 준현은 약속이 있는 것 같으니, 동기들과 함께 시간을 보내는 것도 괜찮을 것 같았다. 은아는 휴대폰을 내려놓다가 무심코 든 생각에 속으로 웃었다.

다른 사람과 약속을 잡는데 준현의 일정을 고려하던 스스로가 우스웠던 것이다.

'혼자일 때는 내 일만 생각하면 됐는데, 둘이 되니 상대방의 일도 함께 생각하게 되는구나.'

은아는 준현과 함께하면서 새로운 사실을 깨달아 가고 있었다.

저번에 만났을 때와 달라진 건 별로 없었다. 퇴근 후 시원한 맥주 한잔, 푸짐한 안주, 이런저런 농담을 하며 동기들과 함께 보내는 시간들. 여전히 즐거웠고, 여전히 흥에 겨웠다. 하지만 무언가를 두고 온 것처럼 허전함도 함께였다. 머리 한구석에 준현에 대한 생각이 자리 잡고 있었다.

"은아 씨는 어때요?"

그래서인지 몇 번인가 대화를 놓치기도 했다. 동수의 질문에 은아가 미안하다는 표정을 지었다.

"아, 못 들었어요. 뭐라고 하셨어요?"

"2차로 노래방에 가자고 하고 있었어요."

"전 오늘 조금 피곤해서……."

"그러지 말고 우리 동수 씨 노래 한번 들어 봐요. 생긴 건 곰인데 노래는 엄청 잘해요. 은아 씨 노래 부르는 거 궁금하기도 하고."

집으로 가려 했던 은아는 지영에게 잡혀 노래방까지 끌려가야 했다. 가는 길에 준현에게서 어디냐는 연락이 와서 사람들 눈을 피해 노래방에 가게 됐다고 답장을 보내기도 했다.

"어? 김준현 검사님? 여긴 어쩐 일이세요?"

사람들과 함께 도착한 노래방. 그 입구에서 준현이 담배를 피우고 있었다. 그는 은아에게 답장을 하고 있던 중이었다.

"모임이 있어서요."

준현이 동수의 물음에 대답하며 담배를 껐다. 은아에게 답장을 보내던 휴대폰도 슬쩍 주머니에 집어넣었다.

"김 검, 아직 멀었나?"

그때 건물 1층 화장실에서 박재환 부장검사가 준현을 부르며 나왔다. 갑작스러운 거물급 상사의 등장에 동기들이 당황하며 인사를 했다. 박재환 부장은 호탕하게 웃으며 준현의 어깨를 두드렸다.

"이왕 이렇게 된 거 우리 룸에서 다 같이 노는 건 어떤가. 오랜만에 시끌벅적한 것도 괜찮을 것 같은데."

상상도 못 한 일이었다. 그런데 정신을 차리고 보니 그들은 박재환 부장을 따라 그들이 있던 룸에 발을 들이고 있었다. 룸에는 윤 계장과 낯선 젊은 남자도 있었다. 룸에 있던 두 사람도 새로운 인물들의 등장에 조금 당황한 듯했다.

"아, 이건 좀……."

은아의 옆에 서 있던 지영이 곤란하다는 듯 낮게 말했다. 수정과 동수도 어리둥절해하고 있었다. 물론 그중에서 제일 기가 막힌 건 은아였다.

"다들 와서 앉아들."

하지만 대상사의 엄명에 네 사람은 한쪽 소파에 다닥다닥 붙어 앉는 수밖에 없었다. 긴장한 탓인지 전부 허리를 꼿꼿이 세운 자세로 앉아 있었다.

"젊은 사람들 보니까 옛날 생각이 절로 난다니까."

"에이, 부장님도 아직 젊으시지 않습니까. 인원도 늘었는데 다 같이 한잔들 합시다."

하지만 여타의 술자리가 그러하듯 얼마간 술잔을 주거니 받거니 하다 보니 분위기가 서서히 무르익어 가고 있었다. 흥이 오른 윤 계장이 앞에 나가서 트로트를 부르기도 하고, 지영과 수정이 요즘 유행하는 노래를 부르기도 했다. 그러면서 자리가 바뀌고 또 바뀌어서 동수가 은아의 옆자리에 앉게 되었다.

"아, 동수 씨. 노래 한 곡 해. 이 사람이 이래 보여도 제법 노래를 잘하거든요."

지영을 선두로 사람들이 들러리를 서자 동수가 수줍은 듯 마이크를 잡았다.

"그럼 은아 씨, 같이 불러 줄래요?"

동수가 예약한 노래는 남녀 함께 부르는 듀엣 곡이었다. 갑자기 시선이 집중되자 당황한 은아가 주위를 둘러보다가 준현이 있는 쪽으로 고개를 돌렸다. 역시나. 그의 표정이 썩 좋지가 않았다.

"저 노래 잘 못 불러요."

이번에는 나름 딱 잘라 거절한다고 했는데, 역시나 은아의 거절은 먹히지가 않았다. 사람들의 성화에 못 이겨 동수와 함께 노래를 불러야 했다. 은아는 차마 준현을 보지 못하고 노래 한 곡을 마쳤다.

"이야, 동수 씨 노래 잘 부르네."

윤 계장이 박수까지 치며 칭찬을 하다가 준현에게 마이크를 넘겼다.

"그런데 노래 하면 또 우리 검사님 아닙니까."

"그래, 오랜만에 김 검 노래 한번 들어 보지."

몇 번 거절을 하던 준현도 다수의 공격에는 어쩔 도리가 없었다.

"그럼 그냥 앉아서 부르겠습니다."

준현은 무덤덤한 표정으로 자전거 탄 풍경의 '그렇게 너를 사랑해'를 예약했다. 그의 선곡에 윤 계장과 젊은 검사가 탄식을 내뱉었다. 저 노래 때문에 쓰러진 여직원이 몇이었냐, 그런 시답잖은 농담도 곁들이고 있었다.

"은아 씨, 좁은데 이쪽으로 와요."

반주가 이어지는 동안 준현이 은아를 자신의 옆으로 불렀다. 네 사람이 한쪽 소파에 붙어 앉아 있었기에 그의 행동이 딱히 이상해 보이진 않았다. 준현이 워낙에 자연스럽게 이끄는 탓에 은아는 별 무리 없이 그의 옆에 앉을 수 있었다. 그 덕에 나머지 동기들도 좀 더 넓게 앉게 되었다.

하지만 은아는 그 별거 아닌 행동에도 심장이 철렁 내려앉았다. 혹시나 이상하게 생각하는 사람이 있을까 봐 주위를 둘러보기도 했다.

'헉.'

그런데 준현은 그걸로 부족했던지 소파에 있던 은아의 손 위에 자신의 손을 겹쳐 올렸다. 은아가 속으로 숨을 삼켰다. 아무도 두 사람을 쳐다보지 않았지만, 모두가 그들을 쳐다보고 있는 것만 같았다. 그 은밀한 작은 행위에 척추를 따라 긴장이 타고 올랐다.

'미쳤나 봐.'

온 신경이 준현에게 잡힌 손에 집중되었다. 은아는 노랫소리도 제대로 듣지 못할 정도로 바짝 긴장하고 있었다. 준현이 엄지로 은아의 손등을 살살 문질렀다. 긴장하지 말라고 말하고 있는 것 같았다.

'어떻게 긴장을 안 하냐고!'

은아는 준현의 그 행동에 더욱 울화통이 치밀었다. 하지만 다른 사람들이 눈치챌까 봐 대놓고 뭐라 할 수도 없는 노릇이었다. 최대한 티 안 나게 몇 번이고 그의 손에서 벗어나려 해 보았지만 준현은 그렇게 되도록 허락해 주지 않았다.

'다른 남자랑 사랑 노래 부른 벌이에요.'

준현이 속으로 무슨 생각을 하는지 아는지 모르는지 은아는 날을 세우기 바빴다. 하지만 그는 그런 은아의 모습도 사랑스러워 보였다. 아무래도 콩깍지가 제대로 씌인 모양이다. 준현은 버둥거리는 은아의 손을 절대 놓아주지 않겠노라 마음먹으며 손에 힘을 주었다. 특히 노래 가사에서 '사랑해'라는 단어가 나올 때마다 더욱 꽉 쥐었다.

은아는 다른 사람들에게 들킬까 봐 전전긍긍하느라 제대로 듣지 못하고 있겠지만, 준현은 노래 가사 속에 자신의 진심을 담아 보냈다. 다른 누구도 아닌 고은아만을 위한 노래였다.

11화. 지키지 못할 약속

자정이 넘은 시각. 좁디좁은 방 한 칸에서 함께 뒤섞여 있던 사람들은 그제야 각자 집으로 향하기로 했다. 못다 한 이야기는 다음에 나누자고, 기약 없는 약속을 하며 뿔뿔이 흩어져 갔다. 은아와 준현은 윤 계장이 두 사람의 집이 가깝다고 증언해 준 덕분에 자연스럽게 함께 돌아갈 수 있었다.

"오늘, 정신없었죠?"

서로 말없이 얼마간의 간극을 유지하며 걷던 중에 준현이 먼저 입을 열었다. 그에 은아가 말없이 눈을 가늘게 뜨고 그를 흘겨보았다. 준현은 짐짓 모른 척하며 말을 이었다.

"많이 피곤할 텐데, 업어 줄까요?"

"됐어요. 제일 정신없게 만든 사람이 누군데……. 지금 병 주고 약 줘요?"

테이블 아래였긴 하지만, 그렇게 보는 눈이 많은 곳에서 손을 잡다니. 은아는 그때 생각만 하면 아직도 간담이 서늘해졌다.

"그러게 누가 외간 남자랑 노래 부르래요."

위쪽에서 들려오는 불퉁한 목소리에 은아가 눈을 동그랗게 뜨고 준현을 바라보았다. 그의 얼굴 가득 불만이 차 있었다. 사실 준현도 심통이 난 건 마찬가지였다.

"그건, 제가 일부러 그런 건 아니잖아요. 사람들이 하도 그러니까……."

"눈앞에서 그걸 보고도 아무것도 못 한 내 심정이 어땠는지 알아요?"

준현은 이제 걸음까지 멈춰 가며 시위를 하기 시작했다. 은아는 앞으로 두어 걸음 가다가 뒤처진 그를 발견하고 다시 한 발 돌아왔다.

"많이 서운했어요?"

"말해 뭐하겠어요."

토라져서 고개를 팽, 하고 돌리는 준현의 모습에 은아는 웃음이 터져 버린다. 박 부장과 윤 계장이 주는 술을 죄다 받아 마신 그였으니. 아무래도 술기운이 꽤나 오른 듯하다. 그게 아니라면 천하의 김준현이 이렇게 투정을 부리고 있을 리가 없었다.

"취했어요?"

"전혀요."

그렇게 말하긴 했지만 준현은 그대로 서 있기가 힘들었는지 긴 팔로 은아를 감싸고는 그녀의 어깨에 머리를 기대었다. 꽤나 묵직하게 느껴지는 무게감에 은아는 살짝 휘청했다가 몸을 바로 세웠다.

"좋다."

은아가 그의 무게를 버거워하는 중인 줄 아는지 모르는지 준현은 만족스러운 웃음을 보이며 낮게 말했다. 귓가에 들려오는 기분 좋은 한숨 소리에 은아는 어쩔 수 없다는 듯 미소를 지으며 그의 등을 토닥여 주었다. 오늘 하루, 피곤했을 그에게 위로가 되길 바라며 등을 어루만져 주었다.

"은아 씨."

그렇게 얼마간 있었을까. 준현이 자세를 그대로 유지한 채로 그녀를 불렀다. 한 몸처럼 딱 붙어 있어서 그런지, 그가 그녀를 부를 때 묘한 울림이 그대로 전해졌다.

그에 은아의 입꼬리가 다시 기분 좋게 말려 올라갔다. 분명 그를 위로해 주고 싶은 마음에 준현을 끌어안고 있었는데 그에게서 전해 오는 묘한 울림에, 따뜻한 체온에, 오히려 위로받고 있는 스스로를 발견할 수 있었다.

"네, 준현 씨."

그래서 은아는 '네, 검사님.' 하고 대답하려던 것을 멈추고,

천천히 그의 이름을 입에 담았다. 달라진 호칭에 잠시 움찔하던 준현은 그녀의 입에서 나오는 그의 이름이 퍽이나 듣기 좋았는지 몇 번이고 은아를 부르기 시작했다. 그럴 때마다 은아는 담담한 음성으로 그의 이름을 불러 주었다.

"은아 씨."

"네, 준현 씨."

은아에게 한껏 기대어 있던 준현이 몸을 일으켜 세웠다. 그는 빙긋하고 웃으며 장난스럽게 말했다.

"검사님이라고 부르면 또 뽀뽀하려고 했는데."

"그럴 것 같아서 준현 씨라고 불렀죠."

"뽀뽀하기 싫어서 이름 부른 거란 말이에요?"

"뭐, 그렇다고 할 수 있죠."

아무렇지 않은 듯 대화하고 있긴 했지만, 지금 은아의 심장은 아주 크게 뛰고 있었다. 그러고 보니 한강에서 입맞춤을 나눈 이후, 둘만 있게 된 것은 처음이었다. 일요일에는 준현에게 일이 있어서 못 봤고, 오늘은 내내 윤 계장도 함께였으니까.

"이제 집에 가요."

혹시나 떨리는 마음이 목소리에 고스란히 드러날까, 은아는 목에 잔뜩 힘을 주어 가며 한마디, 한마디를 내뱉는 중이었다. 방금 전까지는 그래도 자연스럽게 함께 있을 수 있었는데, 한번 의식을 하고 나니 둘만 있는 이 공간이 불편하게 느껴졌다.

"너무 늦었어요."

그녀도 모르게 그의 입술에 시선이 가 버리는 것도, 그날의 열기를 떠올린 탓에 몸이 미세하게 떨리는 것도 견디기가 힘들었다. 준현이 지금 그녀의 상태를 알아채진 않을까 걱정되기도 했다. 한시라도 빨리 이 자리를 벗어나야 했다.

"뭔가 억울한데요."

하지만 돌아서려던 은아는 준현에게 붙잡혀 그에게서 멀어질 수가 없었다. 그녀는 몰래 한숨을 쉬고 물었다.

"뭐가요?"

"난 지금 떨려 죽겠는데 은아 씨는 너무 아무렇지 않아 보이잖아요."

준현이 그렇게 말하며 은아의 허리를 끌어당겼다. 그에 은아가 살짝 당황하며 그를 밀치기라도 할 것처럼 손바닥으로 앞을 막았다.

"떨려 죽겠다니. 준현 씨도 아무렇지 않아 보이거든요?"

"설마요."

준현은 두 사람 사이를 막아선 그녀의 손이 마음에 들지 않았는지 한 번 힐끗 보다가 좋은 생각이 떠오른 듯 사악한 미소를 지었다.

"정 안 믿기면 한번 확인해 봐요."

그는 허공에 있는 그녀의 손을 잡고 자신의 심장 쪽으로 당겨 왔다.

은아의 작은 두 손이 커다란 그의 가슴에 닿았다. 그녀는 손바닥 아래로 세차게 뛰고 있는 그의 심장을 느낄 수 있었다. 자신의 심장만큼 빠르게 뛰고 있는 그의 심장을 확인하고 나니, 안심이 되면서도 괜히 부끄러워져서 그를 밀어냈다.

"됐어요. 가끔 이렇게 짓궂게 굴 때마다 적응 안 되는 거 알아요?"

은아는 그렇게 한마디 툭 던지고는 돌아서서 앞으로 걸어갔다. 준현은 그런 그녀를 놓치지 않고 따라가 은아의 손을 꼬옥 잡았다.

"저번에도 말했던 것 같은데. 저라도 이렇게 안 하면 우리 두 사람, 언제 가까워지겠어요."

"준현 씨가 그래서 더 멀어질 것 같은데요."

은아도 말은 그렇게 했지만 준현이 잡은 손을 같이 마주 잡고 있었다. 두 사람은 한동안 말없이 걷기만 했다. 은아의 집에 거의 도착할 무렵, 준현은 자신의 손 안에 있는 작은 손을 기분 좋게 바라보다가 뭔가 떠오른 듯 말을 꺼냈다.

"그러고 보니까 서운했던 거, 또 있어요."

"뭔데요?"

"아까 전에 온 진심을 담아서 노래 불렀는데, 은아 씨는 제대로 못 들었죠? 계속 다른 사람들 눈치만 보고 있던데."

"……들었어요."

"바로 옆에서 불렀으니 조금 들리기는 했겠죠."

"제대로 들었어요. 그렇게까지 열심히 불러 주는데 어떻게 안 들렸겠어요."

처음 몇 소절은 다른 사람들을 신경 쓰느라 제대로 듣지 못한 게 사실이었다. 하지만 어느 순간부터는 노래에 가득 담긴 그의 진심이 온전히 전해지기 시작했다. 그의 따뜻함이, 진지함이, 오롯이 그녀를 향한 마음이 그대로 전해졌다. 나중에는 다른 사람들의 시선 따위는 안중에도 없을 정도로 그의 노래에 집중하게 되었다.

"지금 생각하면 녹음이라도 해 둘 걸 싶은데, 그때는 그런 생각도 못 했다니까요."

"그렇게 말해 주니까 기분은 좋은데요."

준현이 조금 부끄러운 듯 얼굴을 살짝 붉히며 말했다. 은아는 웃음을 가득 머금고 그를 바라보았다. 그는 참 종잡을 수 없는 남자였다. 평소에는 예의 바른 신사의 모습이면서, 갑자기 훅 다가오기도 하고, 또 지금처럼 별것 아닌 것에 부끄러워하기도 했다. 은아는 그런 그가 점점 더 좋아지는 것 같았다.

"그런데 뭐하러 녹음을 해요. 은아 씨가 듣고 싶다고 하면 언제든 또 불러 줄 텐데."

그의 말에 은아가 입가에 가득 머금고 있던 미소를 서서히 거두었다. 미소가 머물던 자리에 쓸쓸함이 한가득 들어찼다.

"언제든……."

은아가 준현이 한 말을 낮게 되뇌다가 쓴웃음을 지었다.

"그럴 수 있으면 좋겠는데, 앞일은 아무도 모르는 거잖아요."

두 사람 사이에 맴돌던 따뜻한 기운이 일순간 차갑게 식어 버렸다. 준현은 갑작스러운 변화에 놀라서 아무런 말도 하지 못하고 있었다. 은아는 당황한 기색이 역력한 준현의 모습에 자신이 실수한 것을 깨닫고는 애써 분위기를 바꾸려고 너스레를 떨었다.

"제가 시시때때로 노래 불러 달라고 조르면 어쩌려고 그래요."

"……은아 씨는 그래도 괜찮아요. 앞으로도, 언제든."

"말만이라도 고마워요. 조심히 가세요."

은아는 그가 뭐라 말을 덧붙이기도 전에 재빨리 인사를 하고 집으로 들어갔다. 준현은 사라져 가는 그녀의 뒷모습을 황망하게 지켜보는 수밖에 없었다.

점심 무렵, 사무실. 누군가의 휴대폰 진동 소리가 길게 이어졌다. 사무실이 워낙에 조용했던 탓에 진동 소리 하나도 크게 느껴지던 참이었다. 윤 계장은 혹시나 하는 마음에 자신의 휴대폰을 확인했지만, 아무 연락도 오고 있지 않았다. 지금 사무실에는 그와 은아밖에 없었으니 지겹도록 이어지는 이 연락의 주인은 은아일 것이다.

"은아 씨."

윤 계장이 몇 번인가 은아를 힐끔 보다가 급기야 그녀를 부르기 시작했다.

"고은아 씨!"

"네?"

은아는 윤 계장이 언성을 살짝 높이고 나서야 그가 부르는 소리를 들을 수 있었다.

"뭐 하느라 사람이 부르는데도 몰라."

"죄송해요. 그런데 왜 부르셨어요?"

"은아 씨 휴대폰 아까부터 울리고 있는데 신경이 쓰여서."

휴대폰을 확인해 보니 부재중 전화가 네 통에 문자가 하나와 있었다.

"검사님도 오늘 안 하던 지각을 다 하시고. 혹시 어제 무슨 일 있었어?"

윤 계장이 이상한 낌새를 느꼈는지 은근슬쩍 떠보는 질문을 했다. 그에 은아도 문자에 답장을 보내며 시침을 뚝 뗐다.

"무슨 일이랄 게 있나요. 곧 점심시간인데 저 먼저 나가 봐도 될까요? 근처에 친구가 온 것 같아서요."

"아, 벌써 시간이 이렇게 됐네. 점심 맛있게 먹고 와."

"계장님도 또 자장면 시켜 드시지 마시고, 제대로 된 것 드세요."

은아가 나가고 난 뒤, 윤 계장은 자리에서 일어나 기지개를 켜고 준현의 집무실에 노크를 했다. 은아의 충고에 따라 오늘은 밖에 나가서 제대로 된 정식을 먹을 생각이었다. 그런데 두어 번 노크를 해도 안쪽에서 아무 반응이 없었다.

"검사님."

윤 계장이 준현을 부르며 문을 열었다. 그는 서류를 들고 있긴 했지만 반쯤 넋이 나간 것처럼 보였다.

"검사님!"

준현은 윤 계장이 눈앞에 가서 큰 소리로 부르고 나서야 정신을 차리는 듯했다.

'이거, 이거. 분명 뭔가 있는데.'

평소와 다른 은아와 준현의 모습에 윤 계장의 의심은 더욱 깊어져 갔다. 그 사실을 알 리가 없는 준현은 애써 아무렇지 않은 척 덤덤하게 대답했다.

"무슨 일이세요?"

"점심시간이잖습니까. 밥은 먹어 가면서 일해야죠."

준현이 시계를 확인하며 자리에서 일어났다. 그런데 당연히 있어야 할 한 사람이 보이질 않았다.

"은아 씨는요?"

"먼저 나갔습니다. 친구가 왔다는 것 같더라고요."

"아……."

준현은 자기도 모르게 휴대폰을 먼저 확인했다. 혹시나 은아에게서 연락이 와 있을까 하는 기대감에서였다. 하지만 그녀에게선 아무런 연락도 없었다.

"오늘은 그냥 구내식당에서 먹을까요."

은아의 부재에 의욕이 사라진 준현이 심드렁하게 말했다. 윤 계장은 그런 준현을 관찰하며 고개를 끄덕였다. 아무리 생각해도 오늘의 준현과 은아는 이상했다. 의심하지 않는 게 이상할 정도로 의심스러웠다.

"오늘 메뉴는 뭐려나."

윤 계장은 구내식당으로 내려가는 중에도 준현을 향한 의심의 시선을 거두지 않았다. 평소라면 윤 계장의 시선을 단번에 눈치챘을 테지만, 준현은 다른 쪽에 신경이 가 있었기에 알아채지 못하고 있었다.

"어? 저기 은아 씨 아니에요?"

1층에 내려가는 동안에도 준현에게서 아무런 변화가 없자 윤 계장이 고개를 돌리던 참이었다. 그때 그의 눈에 은아가 다른 사람들과 있는 것이 보였다.

"친구 만난다더니, 저 사람인가."

준현도 바로 그쪽으로 시선을 돌렸다. 그곳에는 은아와 서부지검 남자 검사 한 명, 그리고 잘 모르는 얼굴의 여자가 한 사람 있었다. 어쩐지 낯이 익은 얼굴이었다.

"같이 있는 저 사람 대검에 이가영 검사님 아닙니까?"

"아는 사람이에요?"

"그, 왜, 청탁 검사로 유명한 분 있잖아요."

"아……."

준현도 곧 가영이 누구인지를 떠올리고 눈살을 찌푸렸다. 가영은 검사들 사이에서도 혀를 내두를 정도로 소문이 좋지 않은 검사였다.

"그런데 왜 은아 씨랑 같이 있을까요."

"그러게요."

준현은 걸음까지 멈추고 세 사람을 응시했다. 그러다 문득 자신에게 향하는 시선을 느끼고 그쪽으로 눈을 돌렸다.

"많이 신경 쓰이시나 봐요?"

그곳에는 재미있어 죽겠다는 얼굴을 한 윤 계장이 있었다. 준현은 윤 계장의 얼굴에 드러나 있는 확신을 보고, 그제야 아차 싶은 마음이 들었다.

"같은 사무실 직원인데, 윤 계장님은 안 궁금하세요?"

"뭐, 저도 궁금하긴 하다만."

"그래도 은아 씨 개인 사정이니까 우린 밥이나 먹으러 가죠."

윤 계장의 의심을 피하기 위해서라도 식당으로 내려가는 수밖에 없었다. 아무래도 오늘의 점심시간은 어느 때보다 길고 긴 시간이 될 것 같았다.

"아, 귀찮아 죽는 줄 알았네."

방금 전까지만 해도 만면에 미소를 짓고 있던 가영이 건물을 나서며 투덜거렸다.

"친한 사람 아니었어?"

"그냥 친한 척하는 거지. 저 사람도 나 별로 안 좋아할걸?"

은아가 의외라는 듯 가영을 쳐다보았다.

"제법인데. 옛날에는 싫은 사람이랑 말도 잘 못 했잖아. 싫어하는 티가 너무 나서."

"그것도 다 옛날 얘기지. 그래 가지고 사회생활을 어떻게 해?"

"하긴 그래."

은아는 이번 한 달간 자신의 행적을 떠올리며 자조적으로 웃었다. 그녀도 초반에는 강아지 눈 메이크업이니, 눈웃음이니, 여러 가지 일들을 했더랬다.

"먹고살려니까 별짓을 다 하겠더라."

"그렇게 된다니까. 고은아, 너야말로 장난 아니던데. 나, 너 그렇게 웃는 거 처음 봤잖아."

"아, 나도 모르게 버릇이 돼서."

회사에서의 모습을 친구에게 들키니 꽤나 부끄러운 기분이 들었다. 은아는 얼굴이 붉어진 듯한 느낌에 손바닥으로 부채질을 하며 열을 식혔다.

"그나저나 이렇게 갑자기 무슨 일이야?"

"그냥. 근처에 일이 생겨서 왔다가. 잠깐 들렀지."

"하여간. 막무가내라니까."

"너한테 그런 소리 듣고 싶지 않거든. 그런데 은성이 오빠는 잘 지내시고?"

편한 친구처럼 옥신각신하며 길을 걷다가 갑자기 튀어나온 은성에 대한 얘기에 은아가 표정을 살짝 굳혔다.

"글쎄."

"너, 설마……. 합격만 되면 인연 끊을 거라더니. 정말로 그런 건 아니지?"

"글쎄."

"와, 이 독한 년. 너 진짜……."

"자세한 얘기는 어디 식당에라도 들어가고 나서 하자."

가영이 한마디 쏘아붙이려고 하자, 은아가 말을 막으며 화제를 돌렸다.

"그래. 일단 들어가서 얘기나 들어 보자. 그런데 우리 지금 어디 가던 중이었지?"

"그러게. 아직 안 정했잖아."

"음, 뭐가 좋을까."

가영은 방금 전까지 욱했던 사실도 잊고 메뉴를 정하는 데 집중했다. 하여간 단순하다니까. 은아는 그런 가영을 보며 고개를 절레절레 저었다. 그렇게 두 사람은 점심 메뉴로 얼마간 고민하다가 지검 근처에 있는 설렁탕집에 가기로 합의를 보고, 그곳으로 향했다.

가영은 자신이 해야 한다고 생각하는 일은 끝까지 해내고야 마는 성격이었다. 그 과정에서 잘못된 방법을 사용하거나, 남들에게 오해를 받게 된다 해도 멈추는 법이 없었다.

청탁 검사라고 소문이 난 것도, 그렇게 해야 청탁 비리를 잡기 쉬울 거라는 계산속에서 그녀가 더욱 부추긴 일이었다. 물론 이 사실을 알고 있는 사람은 얼마 되지 않았고, 은아는 그 얼마 안 되는 사람 중에 하나였다.

"이가영. 이번에도 한 건 하셨던데."

"뭐가."

최근, 한 국회 의원이 가영에게 불법 자금 세탁 건을 봐 달라는 청탁을 하려다 걸린 사건이 있었다. 그 일로 국회 의원은 특별 수사를 받게 되었는데, 청탁을 받았다는 의혹이 있던 가영은 증거가 없어서 혐의 없음으로 풀려났었다. 그에 다른 사람들은 가영이 운이 참 좋다고, 한 번씩 혀를 내두르곤 했다.

"그 국회 의원, 네가 찌른 거지?"

"뭐래. 밥이나 먹어."

이가영은 그런 사람이었다. 고등학교 시절, 반 친구들이 은아에 대해 안 좋은 소문을 퍼트렸을 때에도 혼자서 소문의 주모자를 찾아 따지러 나섰던, 그래 놓고도 은아에게 일언반구조차 없었던 친구였다.

"네가 그러니까 주변에 적이 많은 거라고."

"하, 참. 누가 누구 걱정하는지 모르겠네."

가영은 심드렁하게 대답하고는 밥 먹는 데 방해되는지 긴 머리를 하나로 묶었다.

"그러는 너야말로 그 머리는 뭐야? 무슨 심경의 변화가 있어서 생전 안 하던 단발에 염색이래."

"심경의 변화는 무슨. 그냥 너무 기니까 답답해 보여서 자른 거지."

"그래, 뭐. 전보다 사람이 밝아 보이긴 하네."

가영이 고개를 끄덕이며 한 숟갈 뜨려다 움직임을 멈추었다.

"야, 너, 계속 말 돌릴래? 그래서 은성이 오빠랑은 어떻게 됐냐고."

이 정도쯤 말 돌렸으면 넘어가 줄 법도 한데, 가영은 그냥 넘어가는 법이 없었다. 은아는 한숨을 쉬며 수저를 내려놓았다.

"인연 끊을 거야. 이제 고은성이랑은 그냥 남이야."

"뭐래. 네가 그런다고 그 피가 어디 가냐?"

"하여간 우리나라는 이래서 안 된다니까. 핏줄이 어쩌고, 혈통이 어쩌고. 피가 통하고 안 통하고 상관없이 가족이 될 수도 있고 남이 될 수도 있는 거지. 그러고 보면 너도 참 고지식해."

은아는 진지해지지 않게 가벼운 어투로 말했다. 지금의 이야기가 빨리 스쳐 지나갈 수 있도록. 가볍게. 최대한 가볍게 말을 흘렸다.

"이러면 곤란한데."

가영이 은아를 슥 쳐다보다가, 고개를 돌려 다른 허공을 쳐다보았다. 그러다 다시 한 번 은아를 보고는 스스로 머리를 헝클어트렸다.

"사실은, 너희 어머니 찾아보는 중이었거든. 번듯한 직장도 생겼겠다, 어머님 찾아뵙는 것도 괜찮을 것 같아서."

"이가영, 너……."

"나는 네가 말은 안 해도 어머님 보고 싶어 할 줄 알았지."

은아의 가족은 4인 가족으로 평범하고, 단란한 가족이었다. 그런데 갑작스러운 교통사고로 아버지가 돌아가시고 나서, 가족은 서서히 부서져 갔다. 혼자서 아들과 딸을 키울 자신이 없었던 한 여자는 엄마라는 이름을 버리고 아이들의 곁을 떠나갔다.

'나중에 꼭 찾으러 올게.'라는 지키지도 못할 약속만을 남겨놓은 채. 그렇게 떠나갔다.

"……네 생각이랑 내 생각은 많이 다를 거라고 했잖아."

은아는 저도 모르게 큰소리가 날 것 같아서 최대한 호흡을 가다듬으며 담담한 듯 말을 이었다.

"네 입장에서 보면, 내가 엄마를 보고 싶어 할 것 같겠지만 난 전혀 안 그렇다고."

"저번에 어머니가 안 밉다고 했잖아."

"안 밉다는 말이 보고 싶다는 뜻은 아니지. 난 나름 엄마도 이해해. 많이 부담스러웠겠지, 우리가. 그런데 그렇다 해서 딱히 엄마가 보고 싶다거나 그런 건 아냐."

"그래도 한번 만나 보면……."

"이가영, 너 지금 민폐라고."

담담하지만 단호한 은아의 말에 가영이 두 손을 들고 항복을 선언했다.

"알겠어. 찾아보는 건 멈출게. 기지배, 성질은."

"또 한 번 더 쓸데없는 짓 하면, 진짜 화낼 거다."

"네, 네. 알겠습니다."

가영은 그렇게 말하고는 설렁탕 그릇에 코를 박고 수저를 놀렸다. 그에 반해 은아는 내려놓은 숟가락을 들 생각을 하지 않았다. 가영이 입 안에 음식이 가득 찬 채로 눈을 살짝 들어 웅얼거리며 말했다.

"밥 좀 팍팍 먹어라."

"입맛 없어."

가영이 뚝배기 그릇을 전부 비울 때까지, 은아는 식탁 위에 손 한 번 올리는 법이 없었다.

"좀 착해졌나 했더니, 넌 어째 가면 갈수록 더 독해지냐."

"독하긴 무슨."

"너 지금 나 보라고 일부러 밥 안 먹은 거잖아. 더 미안해하라고."

"알면 앞으로 잘해. 그리고 그 머리도 좀 어떻게 하고."

가영의 머리는 아까 전에 헝클어트린 탓에 엉망이 되어 있었다. 그녀가 머리를 정리하는 동안, 은아는 계산서를 들고 가서 먼저 계산을 끝냈다. 가게 밖으로 나가 기다리고 있으니, 말끔한 모습이 된 가영이 문을 열고 나왔다.

"오늘 이거, 취업 턱이다."

배가 부른 게 티가 날까 봐 정장 바지를 살짝 매만지던 가영이 경악 어린 눈을 하고 은아를 보았다.

"뭐? 이게 무슨 취업 턱이야. 이건 아니지. 오늘은 내가 계산할 테니까."

가영이 검사가 되었을 때, 은아는 정말 거하게 얻어먹었더랬다. 그런데 고작 설렁탕 한 그릇이라니. 가영이 고개를 저으며 지갑을 꺼내 들려고 했다.

"이미 계산 끝냈거든요."

하지만 은아는 그런 가영을 두고 저만치 앞으로 가 버리고 만다. 가영이 다급하게 은아를 불러 보아도, 그녀는 손만 대충 흔들며 길 건너 검찰청으로 쏙 들어가 버렸다.

[두고 보자, 고은아.]

사무실 안. 은아는 가영이 보낸 문자를 보며 풋, 하고 웃음을 터트렸다. 그리고 아침에 미리 사 둔 빵을 하나 꺼내 입에 물었다. 확실히 설렁탕 반그릇으로 배를 채우기에는 무리가 있었다.

그녀는 빵을 오물거리며 환기라도 시킬 겸 창문을 열었다. 은아와 윤 계장이 사용하는 사무실 외에 준현의 개인 집무실 창문까지 전부 열어 두었다. 시원한 바람이 들어와서인지 가영을 만나고 나서인지, 그녀의 기분은 점심을 먹기 전보다 훨씬 상쾌해져 있었다.

은아는 기분 좋은 미소를 입에 걸고 집무실에서 나오려다가, 별생각 없이 책상 쪽으로 걸어갔다. 준현의 책상에는 이런저런 서류들이 많이 쌓여 있었다. 개중에는 은아가 알지 못하는 서류도 많았다.

"장서준?"

가장 위에 놓여 있던 서류는 어떤 사람에 대한 자료였는데, 문제는 그 사람이 꽤나 익숙한 사람이라는 데 있었다.

"서준 오빠?"

은아는 혹시나 하는 마음에 그에 대한 서류를 넘겨 보려 했다. 그런데 때맞춰 사무실에 누군가가 들어오는 소리가 들렸다. 그녀는 하던 일을 멈추고, 집무실에서 나왔다.

"어? 은아 씨. 벌써 와 있네."

사무실에 들어온 사람은 준현과 윤 계장이었다. 두 사람의 손에는 각각 믹스 커피가 들려 있었다.

"밥을 빨리 먹어서요. 아, 환기시키느라 집무실에 창문 좀 열었어요."

은아는 딱히 뭘 한 것도 없는데, 잘못을 저지른 것만 같아서 자신이 집무실에서 나온 이유를 주절주절 설명했다. 말하면서도 혹시나 두 사람이 이상하게 생각하면 어쩌나 하고 눈치도 보았다. 하지만 준현과 윤 계장은 별생각이 없어 보였다.

"이럴 줄 알았으면 은아 씨 커피도 사 오는 건데. 아직 입 안 댄 건데 이거라도 마실래요?"

특히 준현은 은아를 의심스럽게 보기는커녕, 오히려 그녀의 눈치를 보는 중이었다.

"아뇨. 제가 타 먹을게요."

은아는 그렇게 말하고 도망치듯 탕비실에 들어갔다. 일부러

문까지 꼭 닫고 몰래 한숨을 쉬었다. 얼마나 긴장했는지 그녀의 손에 있던 빵이 우그러져 있었다.

"깜…… 짝이야."

그녀는 가슴이 들썩일 정도로 심호흡을 하며, 한 손으로 얼굴을 쓸어내렸다. 그렇게 몇 번 호흡을 가다듬고 나니 어느 정도 진정이 되었다. 놀란 마음을 진정시키고 나자, 그제야 집무실에서 본 서류가 떠올랐다.

"서준 오빠는 왜?"

장서준. 그는 은성과 오래된 친구 사이로, 은아도 어릴 적부터 곧잘 따르곤 했었다. 3년쯤 전부터 연락이 끊기기 전까지는 서로 자주 보며 가깝게 지내기도 했다.

'고은성이랑도 관련된 일일까.'

당시 서준은 제약 회사의 연구원이라고 했었다. 그리고 은성이 연관된 사건도 마약 사건이었다. 은아는 그 사건에 서준도 연결되어 있을 것 같다는 생각이 들었다.

"아직 물도 안 끓이고 있었어요?"

거기까지 생각이 미칠 때쯤, 준현이 탕비실 안으로 들어왔다. 은아는 그가 바로 코앞까지 다가올 때까지 멍한 얼굴로 그를 바라보고 있었다.

"무슨 생각을 그렇게 해요."

고은성 사건 수사는 어떻게 되어 가고 있어요? 묻고 싶은 마음은 굴뚝같았지만, 차마 입이 떨어지질 않았다. 은아는 턱밑까지 차오른 그 말을 애써 삼키고 고개를 저었다.

"빵은 또 왜."

방금 전에는 은아가 곧바로 탕비실로 들어가 버려서 그녀가 빵을 먹고 있던 것을 보지 못한 채였다. 준현은 은아가 먹다 남긴 빵을 쥐고 있는 것을 발견하고 물었다.

"방금 밥 먹고 온 거 아니었어요?"

"그러게요. 방금 먹었는데도 배가 고프더라고요."

딱히 이상할 건 없었다. 밥을 먹고 난 직후에도 간식이 먹고 싶어질 수도 있는 거고. 은아의 표정, 말투도 평소와 다를 게 없었다. 그런데 준현은 뭔가 이상하다는 생각을 지울 수가 없었다.

"무슨 일 있었어요?"

그의 질문에 은아가 숨을 잠시 멈추었다. 티를 내지 않으려고 그렇게 애를 썼는데. 준현에게는 소용이 없는 모양이다.

"음⋯⋯."

은아는 말을 아끼고 준현을 올려다보았다. 그의 눈동자가 진중한 빛을 띠며 그녀를 보고 있었다. 아마 그의 앞에서 섣부른 거짓말은 통하지 않을 것이다.

"그냥, 오랜만에 친구를 봤는데 오빠 얘기를 하게 됐거든요. 그래서 기분이 좀 그래요."

집무실에서 서준에 대한 서류를 보았다는 말은 하지 않았다. 물론 은성의 얘기가 나와서 기분이 안 좋아진 것은 사실이었기에 거짓말을 한 것은 아니었다. 그저 준현에게 모든 것을 말하지 않았을 뿐이다. 그럼에도 은아는 준현에게 조금 미안한 감정이 들었다.

"괜히 어두워질 것 같아서 얘기하기 싫……."

준현은 아무 말 없이 은아를 안아 주었다. 변명처럼 늘어놓던 은아의 말이 그의 가슴팍에 묻혀 사라졌다. 이제 두 사람 사이에 말은 필요하지 않았다. 서로의 몸이 맞닿고, 서로의 체온을 느끼고, 서로에게 위안이 된다면 그것으로 족했다.

같은 시각, 형사 3부 부장검사실. 윤 계장은 다시 본격적으로 일을 시작하기 전에 부장검사의 부름을 받고 이곳에 온 참이었다.

"후우."

배원호 부장은 평검사들 사이에 사람이 너무 좋아서 출세를 못 한다는 얘기가 돌 정도로, 후배 사랑이 끔찍한 사람이었다. 멋모르고 패기만 있는 신입 검사가 과잉 수사를 하겠다고 우겨도 웬만큼 심한 일이 아니고서는 허락을 해 주곤 했다. 그런 경험을 통해 배우는 것이 있을 거라고, 사람 좋은 미소를 지으며 말이다.

"이것 참."

그런 배 부장이 준현의 이번 수사에 대해서는 이상하다 싶을 정도로 태클을 많이 걸어왔다. 준현은 물론이고, 윤 계장도 몇 번이나 불려 왔는지 모른다.

"윤 계장님. 김 검, 아직도 그 사건에서 손 못 놓고 있습니까?"

"아니요. 그 사건은 포기하신 걸로 알고 있습니다."

윤 계장은 자신을 도와 달라고 간절하게 말하던 준현을 떠올리며 거짓을 고해 올렸다. 하지만 배 부장은 그런 윤 계장의 심중을 읽어 낸 듯했다.

"그렇게 감싸 주기만 한다고 될 문제가 아닙니다. 그 사건 하나 때문에 다른 사건들이 밀리고 있잖아요. 김 검더러 계속 수사하고 싶으면 다른 사건에 차질 없이 진행하라고 전해 주세요."

배 부장의 엄포에 윤 계장이 하고 싶은 말이 있었지만 입을 꾹 다물었다.

'일 분배가 너무 불공평하지 않습니까!'

사건 분배는 부장검사의 일이었다. 배 부장은 준현이 말로 해선 소용이 없으니 다른 것으로 부담을 주기 시작했다. 그에게 사건 배당을 원래보다 더욱 늘린 것이다. 그것도 최대한 복잡한 일로.

"감싸는 게 아니라, 다른 검사님들에 비해 저희 쪽 일이 너무 많습니다."

"김 검이 그 정도 능력이 되니까 그렇게 배분한 겁니다. 그리고 여기 이 일도 맡아 주세요."

윤 계장은 최대한 좋게 말하며 불만을 토로해 봤지만 소용없는 일이었다. 그는 새로운 일거리만 더 받아 들고 부장검사실을 나서는 수밖에 없었다.

"아, 밖에 윤 계장님 있는 거 아니에요?"

준현의 품에 안겨 있던 은아가 갑자기 든 생각에 그의 품에서 재빨리 벗어났다.

"우리 둘이 탕비실에서 오래 있는 거 보면 이상하게 생각하실 게 뻔하잖아요."

"걱정 마요. 사무실 비우셨으니까."

준현이 자신의 품에서 떨어져 간 은아를 다시 한 번 당겨 안았다. 그의 커다란 손이 은아의 뒷머리를 감싸고, 다른 손이 그녀의 등을 토닥여 주었다.

"으음……."

은아는 그 감촉이 너무 좋아서 그대로 있고 싶은 마음이었지만, 애써 이성을 바로 세우며 그를 밀어내려 했다.

"아무리 그래도 일하는 시간에 이러는 건 좀 아닌 것 같아요."

"잠깐 정도는 괜찮아요."

몇 번인가 그를 밀어내려고 해 봤지만 준현은 은아를 놔주지 않았다.

'어쩔 수 없지.'

은아는 그의 고집을 핑계로 대며 조금 더 그의 품에 안겨 있기로 했다. 확실히 그와 함께 있으면 마음이 안정되었다. 너무 좋아서 지금의 순간이 깨질까 겁이 날 정도였다. 함께하면 함께할수록 그에 대한 마음이 깊어지는 것만 같았다.

얼마간 그러고 있었을까. 준현이 은아를 안은 팔에 여전히 힘을 주고서 지나가는 투로 말을 꺼냈다.

"윤 계장님 얘기하니까 생각났는데, 윤 계장님은 벌써부터 여름휴가 계획 세워 두셨대요."

"벌써요?"

"좋은 자리 잡으려면 지금도 늦다고, 저보고도 빨리 알아보라고 하시던데요."

"그래서 알아보려고요?"

"네. 은아 씨랑 같이 갈 만한 곳 찾아봐야죠."

"전 같이 간다는 말한 적 없는 것 같은데요."

은아가 시침을 뚝 떼며 약 올리듯 말했다.

"어? 당연히 같이 가는 거 아니에요?"

준현이 뒷머리에 있던 손을 내려, 양손으로 은아의 허리를 더욱 꽉 안았다. 가겠다고 말 안 하면 놔주지 않겠다는 의지가 역력해 보였다. 그에 은아가 항복하듯 외쳤다.

"알겠어요. 가요, 가!"

"약속한 거예요. 같이 여행 가는 걸로."

준현이 장난스럽게 웃으며 은아의 이마에 머리를 콩 박았다. 약속이라는 말에 은아의 표정이 살짝 굳어졌다. 하지만 이마가 아프다는 핑계를 대며 얼굴을 가렸다.

"약속 같은 거 함부로 하면 안 될 텐데. 난요, 약속 안 지키는 사람 제일 싫어해요."

"어디 가고 싶은지나 생각해 둬요."

은아와 준현은 약속이라는 연결 고리로 두 사람 사이에 매듭을 지었다. 두 사람은 앞으로도 또 다른 약속을 하며 그들의 관계를 더욱 굳건히 해 갈 생각이었다.

12화. 깊은 밤을 날아서

어떠한 빛도 존재하지 않는 공간. 준현은 뭔지 모를 어떤 것에 쫓겨 숨 가쁘게 달려가고 있었다. 이곳이 어딘지, 어디로 가야 하는지도 알지 못한 채 무작정 도망가기에 바빴다. 호흡은 점점 더 거칠어져 갔다. 이대로 가다간 붙잡힐 것 같아서 속도를 더 내 보려고 했지만, 무언가에 얽매여 있는 것처럼 힘껏 달릴 수도 없었다.

그렇게 그는 도와줄 이 하나 없이 혼자만의 싸움을 이어 가고 있었다.

"헉!"

이른 아침, 준현은 발작 일으키듯 다급하게 자리에서 일어났다. 거칠게 숨을 몰아쉬며 주변을 둘러보았다. 평소와 다름없는 그의 침실. 어둠은 사라지고 아침의 햇살이 그를 반기고 있었다. 손에 감기는 매트리스의 부드러운 감촉도 그를 달래 주고 있었다.

"하아."

안도의 한숨이 그의 입가에서 흘러나왔다. 꿈속에서 쫓기던 감각이 아직 남아 몸이 살짝 떨려 왔지만, 그래도 괜찮았다. 여긴 그 어둠 속이 아니니까. 아무것도 하지 못하고 도망만 가야 했던 그 꿈속과는 다른 곳이었으니까.

준현은 얼마간 앉은 자세로 있다가 침대에서 벗어났다. 아직 일어나기에는 이른 시간이었지만, 지금 다시 자면 또 악몽을 꿀 것만 같아서 잠들고 싶지 않았다.

"은아 씨, 오늘 공혜숙 씨 신문 몇 시에 있었지?"

조용한 사무실. 서류철 넘기는 소리만 가득하던 중에 윤 계장의 목소리가 낮게 울린다. 은아는 잠시 다른 생각을 하다가 정신을 퍼뜩 차리고 곧장 일정을 확인했다. 빨리 대답하지 않으면 불호령이 떨어질 게 뻔했기 때문이다.

"11시로 잡혀 있어요. 오늘은 여기서 신문하는 거 맞죠?"

"……그렇지. 아, 이거야 원 주말도 반납해야 할 판인데."

금요일임에도 불구하고 사무실의 분위기는 심할 정도로 가라앉아 있었다. 그도 그럴 것이 며칠째 야근이 반복되다 보니 은아와 윤 계장, 모두 심적으로나 신체적으로나 버텨 낼 재간이 없었던 것이다.

"미안한테, 나 커피 한 잔만 타 줄래? 엄청 진하게."

이번에 배당받은 일들은 은아가 전적으로 맡기에는 어려움이 있는 일들이 대다수였다. 그래서 준현과 윤 계장의 보조를 도맡아 하고 있었다.

"네."

"그런데 검사님은 괜찮으시려나 모르겠네. 아까 보니까 얼굴빛이 영 안 좋으시던데."

윤 계장이 걱정스러운 얼굴을 하고 닫힌 집무실 문을 바라보았다. 준현은 괜찮다고 했지만, 아침에 본 바로는 전혀 괜찮은 얼굴이 아니었다.

"제가 들어가 볼게요."

은아도 준현이 걱정되긴 마찬가지였다. 방금 전까지 다른 생각에 잠겨 있던 것도 준현을 걱정하느라 그랬던 거였다. 윤 계장이 은아가 준현에게 가도 될 계기를 만들어 주었으니 오히려 다행한 일이었다.

그녀는 집무실 안으로 들어가기 전에 윤 계장의 눈치를 한번 보았다. 그도 은아를 보고 있었는지 두 사람의 시선이 마주쳤다. 그에 윤 계장은 당황해서 자리에서 벌떡 일어났다.

"아! 허리……."

안 그래도 허리 디스크 때문에 고생 중이었는데, 오랫동안 앉아 있다가 갑자기 일어섰더니 허리에 무리가 온 모양이었다.

"괜찮으세요?"

"아, 괜찮아, 괜찮아. 그리고 커피는 됐어. 잠깐 공판부에 서류 전해 주러 다녀올 거니까 그냥 자판기 커피 마실게."

윤 계장은 부축하려는 은아를 만류하고 어색하게 웃으며 사무실을 나섰다. 은아는 윤 계장이 한 손으로 허리를 받치고 뒤뚱거리는 모습에 걱정이 되긴 했지만, 그가 한사코 괜찮다고 하는 바람에 그냥 보내는 수밖에 없었다. 그녀는 윤 계장이 나간 문을 얼마간 쳐다보다가 준현의 집무실 문을 열었다.

"괜찮아요?"

은아는 집무실 안으로 들어가자마자 연인의 얼굴이 되어 준현의 안색을 살폈다.

'괜찮아요.'라고 대답하긴 했지만 그의 낯빛은 전혀 그렇게 보이지 않았다. 은아가 준현의 옆까지 다가가 그의 이마에 손을 올려 보았다. 서늘하다 싶을 정도인 손이 약간 따뜻한 준현의 이마에 닿았다.

"열은 없는 것 같은데."

"그냥, 잠을 좀 못 자서 그래요."

은아의 말에 준현은 힘없이 살짝 웃고는 은아의 손을 잡아 내렸다. 손을 놓으려던 준현이 손끝에 전해져 오는 서늘함에 그녀의 손을 꼭 감싸 쥐었다.

"그런데 손이 왜 이렇게 차요."

"제 손이 차가운 게 아니라 준현 씨 손이 뜨거운 거예요."

은아가 살짝 망설이다가 그의 볼에 손을 가져다 대어 보았다.

"음, 지금 보니까 열이 있는 것 같기도 하고."

은아가 체온을 재 보다가 고개를 갸웃하자, 준현이 잡고 있던 손을 당겨 와 은아의 허리를 감싸 안았다. 준현은 앉은 자세, 은아는 서 있는 자세였는데, 그런 두 사람이 맞붙으니 준현의 머리가 은아의 가슴께에 아슬아슬하게 닿으려 하고 있었다. 숨 한번 잘못 내뱉으면 가슴이 그의 얼굴에 닿아 버릴 것 같아서 은아는 숨까지 멈춘 채였다.

"이건 좀……."

은아는 미간을 살짝 좁히며 준현의 어깨를 잡았다. 너무 가까워진 두 사람의 거리를 넓히려는 생각에서였다.

"사실은 안 괜찮아요. 그런데 이렇게 하면 괜찮아질 것 같기도 하고."

준현은 은아의 손을 잡고 자신의 목을 끌어안도록 유도했다. 그에게 닿을까 봐 조바심 내던 것이 무색해질 정도로 아무렇지 않게 그녀의 몸에 얼굴을 묻었다.

"심장 소리……."

준현이 낮은 목소리로 중얼거렸다. 그의 돌발적인 행동에 은아의 심장은 급속도로 뛰기 시작했고, 그 소리는 고스란히 그에게 전해졌다.

"듣기 좋은데요."

은아는 능청스러운 그의 모습을 살짝 흘겨보다가 어쩔 수 없다는 듯 그의 뒷머리를 쓰다듬어 주었다. 그녀도 지금의 상황이 단순히 일이 많아서 바쁜 상황인 것만은 아니라는 것을 알고 있었다. 준현과 윤 계장은 은아 모르게 쉬쉬하고 있었지만 그가 하려는 일이 잘 안 풀린다는 것도 눈치채고 있었다.

준현은 뒷머리에 느껴지는 손길에 잠시 눈을 크게 떴다가, 곧 다시 기분 좋은 듯 스르르 눈을 감았다. 은아의 고동 소리가 만들어 내는 리듬이, 서늘한 손길이 선사하는 따뜻한 감촉이 그를 감싸 주고 있는 것 같았다.

"가끔은 투정 부리는 것도 할 만하네요."

그렇게 얼마가 지났을까. 준현이 장난스럽게 웃으며 말했다.

"괜찮아진 것 같은데 이제 좀 놔주시죠. 저도 빨리 일해야 하는 몸이라서요."

준현이 은아를 안은 채로 고개를 들어 그녀를 쳐다보았다.

"놔주는 건 상관없는데, 지금 바로 나갈 수 있겠어요? 은아 씨 얼굴 완전 빨간데. 윤 계장님이 이상하게 생각하시는 거 아니에요?"

"아, 정말! 보지 마요!"

"뭐, 난 들켜도 괜찮긴 한데. 열 오른 것 식을 때까지 기다려야 하는 거 아니에요?"

은아가 양손으로 얼굴을 가렸다. 하지만 그녀는 얼굴뿐만 아니라 목까지 빨개진 채였다.

"와, 은아 씨는 부끄러우면 목까지 빨개지는구나."

그 사실은 은아도 처음 알게 된 사실이었다. 지금까지는 그녀가 다른 사람을 당황하게 만들면 만들었지, 그녀 자신이 다른 사람 때문에 당황한 적은 거의 없었던 탓이다. 아마 가영이이 모습을 보았더라면 배를 잡고 웃었을 것이다.

이렇게 나온다 이거지. 은아가 눈을 가늘게 뜨고 이를 악물었다. 그녀는 어쩔 수 없이 마지막 일격을 가하기로 했다.

"악!"

은아는 구두 앞코로 준현의 정강이를 발로 차 버렸다. 이어지는 아픔에 준현은 은아를 잡고 있던 손을 놓을 수밖에 없었다.

"이러기 있어요?"

"그러게 누가 계속 놀리래요. 그리고 윤 계장님은 아까 전에 나가셨거든요. 고로 전 이만 나가 보겠습니다."

준현이 정강이를 감싸고 있는 사이에 잽싸게 밖으로 나갔다. 은아는 문을 닫고 한숨을 쉬었다.

"진작 이렇게 할걸."

뿌듯함에 승리의 미소를 짓던 은아의 뒤편, 문틈 사이로 준현의 웃음소리가 들려왔다. 유쾌하기까지 한 웃음소리에 은아가 샐쭉한 표정을 지었다.

"아니다. 더 세게 차 줄 걸 그랬나."

이미 지나 버린 일. 은아는 다음번에 이런 기회가 있을 때면 더 강하게 차 주겠다 마음먹으며 자리로 돌아갔다.

저녁 무렵. 은아는 사무실 창문 앞에 서서 퇴근하는 사람들을 쳐다보고 있었다. 그녀는 자기 몫의 일을 거의 끝내고 준현을 기다리는 중이었다.

"퇴근…… 좋겠다."

은아는 진심으로 부러운 듯 작게 중얼거렸다. 그러다 고개를 돌려 집무실을 쳐다보았다.

점심시간 이후, 준현은 화장실 갈 시간도 없이 집무실에 갇혀 있어야 했다. 윤 계장이 먼저 퇴근한 탓이었다. 윤 계장은 오전부터 허리가 아프다고 하더니, 결국에는 병원으로 가고 말았다. 준현이 병원까지 데려다주겠다고 했지만, 일찍 퇴근하는 것도 미안한데 그렇게는 못 하겠다고 하며 혼자 병원으로 가 버렸다.

'계장님, 괜찮으시겠지? 그런데 허리 디스크도 산재가 되려나.'

이런저런 생각을 하고 있던 은아는 휴대폰 진동이 울리는 소리에 책상 쪽으로 걸어갔다. 발신자는 가영이었다.

"왜."

은아가 책상에 걸터앉으며 성의 없게 전화를 받았다.

ー퇴근했지? 금요일인데 오랜만에 회포나 풀자고. 이 언니가 큰 건으로 바빠서 요즘 잘 보지도 못했잖아.

"안 돼."

－안 되긴 무슨. 저번에 보니까 너 기운 없는 거 같더라. 답지 않게 기죽어 있는 것 같기도 했고. 그러니까 잔말 말고 빨리 나와.

가영의 말에 은아가 입술을 비죽였다. 너야말로 답지 않게 생각해 주는 척하기는.

"정말 안 돼. 야근이야."

－그럴 리가. 신입인데 일이 그렇게 많아?

"그냥. 검사님 일하시는데 혼자 가기도 좀 그렇고."

은아의 말에 수화기 너머로 가영의 웃음소리가 울려 퍼졌다. 은아는 갑작스러운 고음에 인상을 찌푸리며 휴대폰을 떨어트렸다.

－우리 사무실, 그 착한 계장님도 본인 일 끝나면 칼 퇴근이신데. 이야, 고은아 네 입에서 그런 말이 나올 줄이야.

"뭐, 일단 남자 친구이기도 하니까."

일순 정적이 흘렀다. 은아는 상대 쪽에서 뭔가 반응이 있을 거라 생각하고 기다려 보았지만, 고요함은 얼마간 지속되었다.

－……뭐래. 아니, 통화 음질이 이상한가. 야, 나 방금 네가 무슨 말하는 걸로 들렸는지 알아? 아하하. 남자 친구래, 남자 친구.

"제대로 들은 거 맞는데."

다시 한 번 정적이 흘렀다. 하지만 이번에는 조용함이 그리 오래가지 않았다. 가영이 아까 전과는 비교도 안 될 정도로 괴성을 지른 것이다.

─뭐래는 거야? 너, 그런 건 진작 말했어야지! 미친 거지, 고은아.

"시끄러워. 너도 그런 거 일일이 보고 안 하잖아."

─내가 연애하는 건 일상적인 거고. 넌 좀 다르잖아. 우와. 고은아가 연애라니. 그래서 누군데? 누구랑 연애를 하시냐고. 빨리 좀 풀어 봐.

"귀찮아. 나중에 얘기해."

은아는 쓸데없이 통화가 더 길어지기 전에 끊을 타이밍을 찾고 있었다.

─뭐, 이런 건 직접 만나서 들어야 제맛이긴 하지. 내일 보고 얘기하자. 그래도 이름 정도는 말해 두지그래.

"김준현."

─김, 뭐?

"김준현 검사님이라고."

─하.

준현의 이름을 들은 가영이 짧은 탄성을 내뱉었다. 그런데 그 탄성이라는 게 좋은 느낌의 탄성이 아니었다. 가영은 이어서 한숨도 길게 내쉬었다.

─서부지검 형사 3부 김준현 검사, 맞아?

"맞긴 한데. 서로 아는 사이야?"

─왜 하필 그 사람이래.

아무래도 가영은 준현에 대해 잘 알고 있는 듯했다. 그리고 어투로 보아선 그를 좋게 보고 있진 않은 것 같았다.

"어떻게 아는 사이기에 그래?"

─그냥. 김준현 검사도 숨기는 분위기라 보통은 잘 모를 텐데, 그 집 아버지가 꽤 유명인이라서. 성일 기업 알지? 거기 회장 아들이야, 김준현 검사. 근데 그 회장이라는 사람이 워낙에 유별난 사람이라……. 결혼까지 생각하고 있는 건 아니지?

이번에는 은아가 잠시 말문이 막혔다. 그녀는 나중에 전화하겠다고 하고 가영과의 통화를 끊었다.

"하."

은아의 입에서 탄식이 흘러나왔다. 회장 아들이라니. 검사라는 것도 부담스러운데 거기에다 재벌 집 아들이라니. 그녀의 눈동자가 정처 없이 허공을 향했다. 머리가 멈춘 기분이었다. 무슨 생각을, 어떻게 해야 할지 알 수가 없었다. 지금 할 수 있는 거라곤 가영이 한 말을 곱씹는 것뿐이었다.

가영과 통화를 끊은 후, 꽤 많은 시간이 흘렀다. 은아는 그 시간 동안 책상 앞에 앉아서 아무것도 하지 않고 있었다. 많은 생각을 하고 있었지만, 아무 생각도 하지 않고 있는 것 같았다. 준현도 아직까지 아무런 반응이 없었다. 그녀는 준현을 만나러 들어가지도 못하고, 그렇다고 혼자 집으로 가 버리지도 못하고 있었다.

"은아 씨."

그때 노크 소리가 들리고 동수가 사무실 안으로 들어왔다. 은아도 자리에서 일어나 그를 반겼다.

"아, 동수 씨."

"사실 오늘 당직 서는 거 같이 해 줄 수 있냐고 물으려고 했는데……."

"그게, 저도 오늘 야근이라서요."

"네, 오전에 윤 계장님한테 들었어요. 공판 부서 가실 때 잠깐 만났었거든요."

"그랬어요?"

은아가 그럼 왜 왔냐는 표정으로 동수를 바라보았다. 그는 멋쩍게 머리를 긁적이며 말했다.

"그냥. 늦게까지 일하는 동지들끼리 야식이나 같이 먹을까 하고요. 저희 사무실에 야식 주문해 놨는데, 괜찮으면 검사님하고 같이 드실래요? 수정 씨도 같이 있어요."

"저는 괜찮은데, 검사님이 드시려고 하실지 모르겠어요. 동수 씨가 한번 물어보실래요?"

동수의 제안대로 하면 은아에게는 오히려 다행한 일이었다. 지금은 준현과 단둘이 있기가 불편할 것 같았기 때문이다.

"검사님은 집무실에 계세요?"

"네."

원래였으면 은아가 준현에게 가서 물었을 텐데. 은아가 아무런 움직임 없이 멀뚱히 서 있자 동수가 노크 후에 집무실 문을 열었다.

"아, 음."

동수는 잠시 곤란하다는 신음을 내다가 다시 조용히 문을 닫았다.

"그게, 검사님 지금 주무시는 것 같은데요."

어쩐지 너무 조용하더라니. 은아가 맥이 탁 풀려서 헛웃음을 흘렸다.

"근래에 잠을 좀 못 주무셨다고 하셨거든요. 그냥 수정 씨랑 드세요."

"은아 씨라도 같이 먹지 그래요."

"괜찮아요. 다음에 같이 먹어요."

"으흠, 그럼 검사님 깨시고 괜찮다고 하시면 같이 와요."

"그럴게요."

은아는 아쉬워하는 동수를 보내고 나서야 집무실로 시선을 돌렸다.

'자고 있다 이거지.'

준현이 자고 있다는 말에 그나마 용기를 얻은 은아가 문을 열고 집무실 안으로 들어갔다. 혹시나 그가 깰까 봐 조심 또 조심하면서 걸음을 내딛었다. 준현은 소파에 몸을 기대고 앉은 채로 잠들어 있었다. 업무를 보다가 잠이 든 건지, 그의 손 아래쪽 바닥에 서류가 흩어져 있는 게 보였다.

'이거 참.'

은아는 흩어진 서류를 조용히 정리해 탁자 위에 올려 두고, 준현의 앞에 자세를 낮추고 섰다. 무릎을 굽히고 있어서 두 사람의 눈높이가 같아져 있었다.

'김준현 씨, 당신을 어쩌면 좋을까.'

사무실에서 쪽잠을 자는 연인에 대한 애잔함, 새로운 정보를 듣고 나서 받은 충격, 눈앞의 남자를 좋아하는 마음. 준현을 바라보는 은아의 얼굴에는 수십 가지의 감정이 함께 뒤엉켜 있었다.

"당신, 참 멀다."

은아는 한숨 섞인 말을 내뱉으며 준현의 이마에 흩어져 있는 머리칼을 살짝 쓸어 넘겼다. 그녀의 남자는 얄미울 정도로 곤히 잠들어 있었다. 은아가 옆에 온 줄도 모르고. 그녀의 속이 타들어 가는 줄도 모르고 깊게 잠든 것 같았다.

"오늘따라 왜 이렇게 더 멋져 보이고 그래요."

준현의 머리칼을 매만지던 은아가 손을 내려 그의 볼에 살며시 손을 얹어 보았다. 손바닥과 얼굴 사이에 따뜻한 온기가 느껴졌다. 그 따뜻함이 은아의 마음도 따뜻하게 데워 주었다. 준현도 은아의 손길이 닿으면 닿을수록 편안한 얼굴이 되어 가고 있었다.

'아무리 멋있어도 더 이상은 마음 안 줄 거예요. 헤어져도 아프지 않게 딱 그 정도만 좋아할 거니까.'

아무것도 정해진 건 없었지만 그녀는 은연중에 그와의 마지막을 염두에 두고 있었다.

"그러니까 이건 비밀이에요."

은아가 한 손은 소파 등받이에 얹고 다른 손은 준현의 볼을 잡은 상태로 서서히 준현에게 다가갔다. 아주 느리게, 아주 천천히. 감질날 정도로 서서히 그에게 다가갔다. 그는 어떻게 아무렇지도 않게 먼저 입맞춤을 했던 걸까. 이렇게 떨리는데. 이렇게 가슴이 뛰는데.

'흐읍.'

오랜 망설임 끝에 은아는 준현의 코앞까지 다가갈 수 있었다. 마음을 다잡으며 숨까지 깊게 들이마신 채였다. 눈꺼풀도 감을 듯 말 듯 서서히 내려가고 있었다. 그렇게 마지막 고지가 눈앞에 있을 때.

"……"

"……"

깊은 잠에 빠져 있는 듯 감겨 있던 준현의 눈이 떠졌다. 그의 단정한 눈동자가 은아를 향했다. 그에 은아도 놀라서 잠시 멀뚱히 있었다. 입술이 닿기 직전에 멈춘 거라 두 사람의 거리는 아주 가까웠다. 서로의 숨결이 느껴질 정도로.

"……"

"……"

그렇게 두 사람이 아무 말 없이 서로를 바라보기만 한 뒤 얼마 후.

"으아악!"

상황 파악이 온전히 된 은아가 단말마의 비명을 지르며 준현에게서 퍼뜩 떨어졌다.

"깨, 깼어요? 아니 무슨, 사람이 기척도 하나 없이 깨고 그래요."

그렇게 만져도 눈 하나 깜짝 안 하고 잘 자더니! 왜 하필 지금 깬 거야, 지금! 은아는 쥐구멍이 있으면 들어가고 싶을 정도로 부끄러웠다. 아니, 그냥 준현을 두고 이 자리를 벗어나고만 싶은 기분이었다.

"오해하지 마요. 검사님이 너무 조용히 자기에 숨은 쉬나 싶어서 가까이 가 본 거니까."

잘했어, 고은아. 제법 자연스러웠어. 은아는 갑작스러운 상황이었음에도 대처를 잘했다고 생각하며 스스로를 다독였다.

"아직 일 안 끝났죠? 그럼 검사님은 일 보세요. 전 밖에서 기다리고 있을게요. 아니, 야식이라도 좀 사 올게요."

너무 정신없는 와중에 말하느라 그녀는 자신이 '검사님'이라는 호칭을 쓰고 있다는 것도 눈치채지 못하고 있었다. 빨리 나갈 구실을 찾아 집무실에서 빠져나가려는 생각뿐이었다.

"은아 씨."

"네?"

"미안한데, 아까부터 깨어 있었어요."

억장이 무너져 내리는 기분이었다. 이제 정말 꿈도, 희망도 사라진 것만 같았다. 제발 시간이 멈추어 버렸으면 좋겠다. 은아는 말도 안 되는 기적을 바라며 눈을 질끈 감았다. 하지만 아무것도 변하는 건 없었다.

"그랬군요."

은아는 더 이상의 현실 부정은 부질없는 일이라는 것을 인정하고 다시 눈을 떴다.

'내가 무슨 말을 했더라.'

준현이 자는 줄 알고 했던 말들을 떠올려 보려고 했다. 그런데 바로 방금 전의 일이었는데도 잘 생각이 나지 않았다. 무슨 생각을 하고 있었는지는 얼추 기억이 나는데 그걸 입 밖에 냈었는지 어쨌는지는 분간이 가질 않았다.

"언제부터 깨어 있었어요?"

"음, 은아 씨가 내 볼에 손댔을 때요."

은아가 오기 전까지 준현은 잠을 자고 있다기보다는 가위에 눌리고 있던 중이었다. 악몽을 꾸거나 가위에 눌리는 것은 그에게 익숙한 일이었기에 가만히 그 순간이 지나가기를 기다리고 있었다.

그러던 때에 은아의 손이 그에게 닿았고, 준현은 거짓말처럼 말끔하게 정신을 차리게 되었다. 그녀의 손이 주는 감촉이 너무 좋아서 계속 눈을 감고 있긴 했지만 말이다.

"그래서 비밀이 뭐예요? 비밀이라고 하고 너무 아무 반응이 없기에 궁금해서 눈 떠 버렸잖아요."

물론 준현은 은아가 뭘 하려고 했는지 눈치채고 있었지만 일부러 모른 척을 했다.

"알 거 없어요. 비밀이 왜 비밀이겠어요. 비밀이니까 비밀이지."

"하려던 것 마저 해 주면 좋을 것 같은데."

집무실을 빠져나가려던 은아가 준현의 말에 고개를 홱 돌렸다.

"그러게 조금 더 자는 척하지 그랬어요!"

"자고 있을 때 말고 깨어 있을 때 해 주면 더 좋을 것 같아요."

준현은 자는 척하고 있는 동안 연신 들려온 그녀의 한숨 소리를 듣고 은아에게 무슨 일이 있다는 것을 알 수 있었다. 그리고 은아가 하려던 입맞춤을 받지 않는 것이 더 좋을 것 같다는 느낌이 들어서 일부러 그때 눈을 뜬 것이었다.

"그런데 진짜 무슨 일이에요? 기분이 안 좋아 보이는데."

준현이 장난기 가득하던 표정을 지우고 짐짓 심각한 듯 은아에게 물었다.

"아무것도 아니에요."

"비밀이 너무 많은 거 아니에요? 아무리 그래도 우리, 연인 사이인데."

준현은 장난스럽게 말하면서도 눈빛만은 그녀를 걱정하는 마음을 가득 담아 보이고 있었다. 은아는 그런 그를 내려다보며 슬프게 미소 지었다.

"그러는 준현 씨가 저한테 비밀 더 많지 않아요?"

"……."

"생각해 보니까, 준현 씨에 대해 알고 있는 게 정말 얼마 없었더라고요."

"그건……."

"준현 씨에 대해서 어떤 얘기를 좀 들었어요."

은아는 무슨 얘기를 들었는지에 대해서는 아무 말도 하지 않았다. 그래서 준현은 더 애가 타는 기분이었다. 도대체 그녀가 뭘 알게 된 걸까.

"감추고 있는 게 워낙에 많으니, 내가 뭘 알게 됐는지 감도 안 잡히죠?"

"은아 씨."

"아니라는 말은 못 하네요."

준현이 입을 꾹 다물었다. 한없이 부드럽기만 했던 두 사람 사이의 공기는 차가울 대로 차가워져 있었다. 사실 은아도 이렇게까지 그를 몰아세울 생각은 아니었다. 그저 왜 가족 얘기를 안 했냐고 투정 정도 부릴 생각이었다.

그런데 말을 하다 보니 그녀에게 아무 말도 해 주지 않은 그가 점점 더 미워져서, 지금의 상황이 너무 서러워서 본의 아니게 날을 세우고 말았다.

"은아 씨, 그런 식으로 말하지 말고 제대로 말해요. 무슨 얘길 들은 거예요?"

"성일 기업 회장님이랑 어떤 관계예요?"

"……."

"아, 그리고 일부러 본 건 아닌데 아까 전에 서류 떨어진 거 정리하다가 우연히 보게 됐어요. 장서준이라는 사람은 왜 조사하고 있는 거예요?"

하필이면 가장 대답하기 힘든 두 가지를 은아는 한꺼번에 물어보고 있었다. 준현은 입이 바짝 타들어 가는 것 같았다.

"장서준 씨에 대해서는, 수사상 기밀이라 말할 수 없어요."

"그 사람이 오빠 친구라는 것도 알아요?"

"알아요."

"……고은성도 연관되어 있어요?"

"모르는 게 나아요. 은아 씨, 그냥 모른 척하기로 했잖아요. 그러니까 그 문제는 그냥 나한테 맡겨요. 그리고 우리 가족 얘기는 나한테 조금만 시간을 줘요."

감정에 휩싸여 준현에게 퍼붓듯 말을 했지만 아무것도 해결된 것은 없었다. 그는 아무런 답도 주지 않았고, 은아는 말하기 전보다 더욱 답답함을 느껴야 했다.

"가족 얘기를 하는 데에도 준비가 필요해요?"

"미안해요."

준현이 자리에서 일어나 은아에게 한 발 다가갔다. 은아는 그런 그와 눈을 마주하다가 허공으로 시선을 돌렸다.

"아뇨. 저도 미안해요. 너무 몰아세운 것 같아요."

은아의 사과에는 미안함보다는 체념과 씁쓸함이 가득 담겨 있었다. 준현도 그것을 느낄 수 있었다. 하지만 지금의 그가 할 수 있는 것은 아무것도 없었다.

"너무 신경 쓰지 마요. 그냥, 준현 씨가 너무 잘나서, 다른 여자들이 뺏어 가면 어떡하나 불안해서 그런 거니까. 우와, 검사에 부자에 잘생기기까지 했으니 이걸 어째요."

은아는 자신도 괜찮은 건 아니었지만, 준현이 괴로워하는 모습을 보고 있으니 마음 한구석이 아려 오는 것 같았다. 그래서 일부러 밝은 척 말을 했다. 장난스러운 말투에 진심을 살짝 담아서 전한 것이다.

"그런 생각을 했어요?"

그에 준현은 상상도 못 했다는 듯 눈을 크게 떴다.

"말도 안 돼요. 아무도 그렇게 생각 안 할걸요?"

"……진심으로 하는 소리예요?"

이 남자가 지금 장난하나. 검찰청 내에만 해도 준현을 주시하고 있는 여자들이 한둘이 아니었다. 혹시라도 그와 같이 걷고 있는 날이면 다른 여직원들의 시선이 따라붙어서 곤욕스러웠던 적이 얼마나 많았었는지 모른다. 그런데 뭐? 아무도 그렇게 생각 안 할 거라고?

"네. 보통 호감이 있으면 먼저 말 걸기도 하고 그러잖아요. 그런데 저한테 먼저 말 거는 여직원은 거의 없어요."

준현이 천진한 얼굴을 하고 말을 이어 갔다.

"뭐, 남자들은 먼저 많이들 찾아오는데. 아무래도 내가 여자보다는 남자한테 인기 있는 타입인가 봐요."

은아가 준현의 눈동자를 가만히 살펴보았다. 그의 눈빛에 거짓은 없는 것 같았다. 그는 정말로 자신이 여자들에게 인기가 없다고 생각하는 모양이다. 그렇다면 굳이 준현에게 그가 인기 있다는 사실을 알려 줄 필요는 없었다. 은아는 모른 척 시침을 뚝 뗐다.

"아, 그래요?"

"그리고 설사 누가 접근한다 해도 은아 씨 외에 다른 사람한테 넘어갈 일 없어요. 절대로."

"기분 좋은 말이긴 한데, 절대라는 말은 함부로 쓰는 게 아니라니까요."

은아의 말에 준현이 고개를 저으며 단호하게 말했다.

"이 말엔 붙여도 돼요. 은아 씨 두고 다른 사람한테 가는 일은 절대 없을 거예요. 그러니까 그런 말도 안 되는 걱정은 하지 마요."

그녀는 미래를 확신하는 말이나 약속하는 말은 싫어하는 편이었고, 믿지도 않는 편이었다. 하지만 준현의 입에서 나온 이런 말들은 제법 듣기가 좋았고, 또 믿고 싶다는 생각도 들었다. 은아가 아까 전보다 조금 더 편안해진 미소를 지으며 말했다.

"그럼 전 엄청난 고백의 답례로 야식을 쏠게요."

"은아 씨 입으로 엄청난 고백이라고 했으면서 답례가 겨우 야식이에요? 예를 들어서 은아 씨도 나한테 엄청난 고백을 해 준다거나, 그래야 하는 거 아니에요?"

"크게 받고 작게 주자, 가 제 모토라서요."

"음, 뭔가 손해 보는 거 같긴 한데. 은아 씨가 그러면 뭐, 내 모토를 작게 받고 크게 주자, 로 삼으면 되죠."

준현과 말하고 있으면 밑도 끝도 없을 것만 같아서 은아는 그를 돌려세워 어깨를 밀었다.

"야식 사 올 테니까 일하고 있으세요."

"시간도 늦었는데, 같이 가요."

"밤이라도 충분히 밝은데요, 뭘. 준현 씨가 빨리 일 끝내야 같이 퇴근하죠."

"흐음, 그럼 너무 멀리 가지 마요. 그냥 길 건너 설렁탕 정도면 괜찮을 것 같아요."

"네, 네. 알겠습니다."

함께 가고 싶어 하는 준현을 소파에 앉혀 두고 사무실을 나섰다. 늦은 시간이라 그런지 복도는 최소한의 불빛만 빛나고 있었다. 은아는 심호흡을 크게 하고 계단 쪽으로 걸어갔다.

"후우."

아무렇지 않은 척했지만 여전히 많은 것이 신경 쓰였다. 그것은 준현도 마찬가지일 것이다. 그도 지금은 그녀처럼 한숨을 쉬고, 쓸쓸한 얼굴을 하고 있을지도 모르겠다.

"그만, 그만."

은아는 잠깐이라도 괜한 생각을 하는 것을 멈추기로 하고 야식을 사 오는 것에 집중하려고 했다. 무슨 메뉴가 좋을지, 정말 설렁탕으로 될지 고민을 하며 계단을 내려가고 있었다.

"이거 봐!"

"들어가시면 안 됩니다!"

그때, 아래쪽에서 꽤 큰 소리가 들려왔다. 아래층에서 누군가가 실랑이를 벌이고 있는 것 같았다.

"이것 좀 놓으라고!"

다시 한 번 들려온 목소리에 은아가 미간을 좁혔다. 왠지 모르게 익숙한 목소리였던 탓이다. 설마 하는 마음에 발걸음을 빨리해서 내려갔다.

"무슨 일이에요?"

마침 1층에는 수정과 동수가 있었다. 그들도 소리를 듣고 나온 모양이었다. 은아가 두 사람에게 다가가며 물었다. 그에 동수가 은아를 한 번 보고 다시 실랑이가 벌어지는 쪽으로 고개를 돌리며 대답했다.

"어떤 남자가 들어오겠다고 난리 부리고 있나 봐요."

수정도 한마디 보태었다.

"누구 찾는 사람 있다는 것 같던데. 뭐야, 무섭게. 왜 하필 내가 당직 서는 날 이런대."

은아는 수정의 말을 흘려들으며 경비원에게 끌려가는 남자를 바라보았다. 멀리 떨어져 있긴 했지만 목소리만큼이나 익숙한 실루엣이었다.

'하. 고은성?'

은아가 설마 하는 마음에 눈을 깜박이며 다시 자세히 보았다. 아니길 바랐는데. 아무래도 소란을 피우고 있던 사람은 은성인 것 같았다.

"사람만 찾고 가겠다니까!"

검찰청 밖까지 끌려가던 은성이 경비원들의 손을 뿌리치고 다시 건물 안으로 들어오고 있었다. 그가 가까워지면 가까워질 수록 의심은 확신으로 바뀌어 갔다.

"야, 고은아!"

건물 안으로 들어오던 은성도 다른 사람들과 서 있는 은아를 발견한 모양이다. 은성이 버럭 소리를 지르며 성큼성큼 다가왔다.

"헉. 아는 사람이에요?"

수정이 경악 어린 시선으로 은아에게서 한 발 물러서며 물었다. 동수도 은아를 쳐다보는 것 같았다. 하지만 은아는 거칠게 소리치며 자신에게 다가오는 은성을 바라볼 뿐이었다.

"너, 왜 전화를 안 받고 그래!"

코앞에서 본 은성은 몰골이 말이 아니었다. 어디서 싸움이라 도 했는지 얼굴 여기저기에 상처가 그득했다.

"저, 아는 분입니까?"

은성을 따라 들어온 경비원이 조심스럽게 물었다. 하지만 은아는 아무 말도 하지 않고, 눈앞에 있는 은성을 노려보고 있 었다.

'왜 또 이러는 거야.'

수정과 동수, 경비원 모두 그녀를 바라보고 있었지만, 은아는 무슨 말을 해야 할지 알 수가 없었다. 왜 하필 지금 내려왔을까. 왜 하필 여기에 동수와 수정이 있는 걸까. 왜 하필 고은성이 내 오빠인 걸까. 많은 생각이 머리를 스치고 지나갔지만 입 밖으로 낼 수 있는 건 아무것도 없었다.

"죄송합니다. 사람 잘못 봤습니다."

원망 가득한 눈초리로 자신을 쳐다보는 동생을 보던 은성이 헛웃음을 지으며 돌아섰다. 은성이 순순히 물러가자 경비원도 더 묻지 않고 밖으로 나갔다. 1층 로비에 은아, 수정, 동수 세 사람만 남자 수정이 낮게 중얼거렸다.

"아는 사이 맞는 거 아니에요? 아까 이름도 불렀잖아."

"수정 씨!"

동수가 자기 입술에 손가락을 올리며 조용하라는 제스처를 했다. 그에 수정은 자기가 뭘 잘못했냐는 듯 따져 물었다.

"내가 뭘요. 못 할 말을 한 것도 아닌데."

"아하하. 은아 씨, 우린 이만 사무실에 가 볼게요."

동수는 도저히 안 되겠다고 생각했는지 수정을 끌고 사무실로 가려 했다.

"네, 수고하세요."

은아도 간단한 인사를 하고 잠시 그대로 서 있다가, 은성이 나간 쪽으로 달려가기 시작했다. 은성은 잠깐 사이에 어찌나 멀리 간 건지 벌써부터 보이지 않았다. 그때 그녀의 눈에 아까 봤던 경비원이 보였다.

"저기, 그 남자, 어느 쪽으로 갔어요?"

"아, 예? 그, 저쪽으로요."

"감사합니다."

은아는 경비원이 가르쳐 준 방향으로 힘껏 달려갔다. 계속 뛰어가 보니 은성이 걸어가고 있는 것이 보였다.

"고은성!"

모른 척하려고 했다. 모르는 사람인 채로 살려고 했다. 하지만 은아는 달도 없이 어둠이 깊은 이 밤, 자신이 한 번 버렸던 혈육을 향해 달려가고 있었다.

13화. 눈 감아도 보이는 것들

"오빠, 엄마 언제 와?"

"조금만 더 기다리면 올 거야."

엄마에게 버려졌던 그날. 두 남매는 버려졌다는 사실도 알지 못한 채, 밤이 늦도록 집 앞에서 엄마를 기다리고 있었다. 아니, 어쩌면 버려졌다는 사실을 어렴풋이 느끼면서도 애써 모른 척하고 있었던 것인지도 모르겠다.

"그런데 아빠는?"

어린 은아의 물음에 동생보다는 컸지만 역시 어린 은성이 어금니를 꽉 깨물었다.

"아빠는 이제 못 와."

"왜?"

"돌아가셨으니까."

"그럼 다시 돌아오면 안 돼?"

장례를 치렀음에도 불구하고 아직은 죽음이라는 것에 대해 무지할 나이. 은성은 아무 말 없이 은아의 머리를 가만히 쓰다듬어 주었다.

"돌아가신다는 건 원래 그런 거야. 다신 못 오는 거야."

원래 그런 거구나. 은아는 오빠의 말이 제대로 이해가 되진 않았지만 그 말을 중얼거리며 고개를 끄덕였다.

"오빠, 엄마는 아직이야?"

말 끝난 후, 기다리기 시작한 지 1분도 채 지나지 않았는데 은아가 다시 은성에게 물었다. 그리고 고사리 같은 손으로 그의 옷깃을 꼭 움켜쥐었다.

"저쪽에 너무 깜깜해. 그래서 무서워."

그에 은성이 자세를 낮추고 손바닥으로 은아의 눈두덩을 가려 주었다.

"이렇게 눈 감으면 아무것도 안 보이고, 하나도 안 무섭지?"

"응! 아무것도 안 보여. 하나도 안 무서워."

"앞으로도 무서우면 이렇게 눈 감으면 돼. 그럼 안 무서울 거야."

그땐 그랬다. 눈을 감아 버리면 아무것도 보이지 않았고, 모든 것이 해결되었다. 하지만 어른이 된 지금은 눈을 감는다 해도 달라지는 건 아무것도 없었다. 어릴 때에는 그저 몰랐을 뿐이다. 눈을 감는다 해서 무서워했던 어둠이 사라지는 것이 아니었는데. 어둠이 그대로 있었다는 것을 몰랐을 뿐이었다.

"뭐야."

기억 속의 오빠와는 많이 달라진 은성이 통명스럽게 물었다.

"여긴 왜 온 거야. 그 상처는 또 뭐고."

아까 전 검찰청 안에서, 은아는 갑자기 나타난 은성이 미우면서도, 그런 한편 그의 상처에 속이 상하기도 했다. 어디 가서 누굴 때렸으면 때렸지 맞을 인간이 아닌데. 괜히 신경이 쓰였다.

"상관없잖아. 그리고 너, 내가 이렇게 찾아오는 게 싫으면 전화할 때 제때 받아."

"하. 지금 전화 좀 안 받았다고 이 난리를 피운 거야?"

은아가 기가 차서 헛웃음을 흘렸다. 그런데 조금 더 생각해 보니 뭔가 이상하다는 생각이 들었다. 연락 조금 안 됐다고 이렇게 직접 행차하기까지 한다고? 귀찮은 건 딱 싫어하는 고은성이? 절대 있을 수 없는 일이다.

"다친 것도 그렇고. 혹시 무슨 일 있었어?"

"무슨 일은. 전화나 잘 받아. 간다."

"아니, 잠깐만!"

은성이 자기 할 말만 하고 다시 가려 하자 은아가 조급함에 마음이 앞서 그의 옷깃을 붙잡았다. 그가 잠시 멈칫했다. 하지

만 곧 언제 그랬냐는 듯 인상을 쓰고 은아를 노려보았다. 그에
그녀는 스르르 손을 놓고 한 발 물러섰다.

"그럼 애초에 전화는 왜 했는데? 설마 안부 인사, 이런 말도
안 되는 소리 할 건 아니지?"

"……."

"무슨 이유가 있을 것 아냐."

"알 거 없어."

은성이 다시 가던 길을 가기 시작했다. 그러자 은아는 적정
거리를 유지한 채 그를 따라 걸었다.

"가게에 무슨 일 생겼어?"

"……."

"무슨 사고 친 건 아니지?"

"……."

"혹시 우리 검사님이랑 관련된 일이야?"

은아는 은성이 말을 해 줄 때까지 따라갈 생각이었다. 마음
을 굳게 먹고 그의 뒤를 쫓았다. 이러다 보면 귀찮아서라도 말
해 주겠지 싶었다.

"아, 진짜!"

참다못한 은성이 짜증을 내며 거칠게 홱 돌아섰다.

'맞는다!'

은아가 저도 모르게 방어 태세를 취했다.

때릴 생각 같은 건 전혀 없었는데. 잔뜩 겁을 먹은 동생을 보

던 은성이 허탈하게 한숨을 뱉어 냈다. 은아는 팔로 얼굴을 가리고 있느라고 보지 못했지만, 그의 표정은 어쩐지 서글퍼 보이기도 하고, 상처받은 것 같아 보이기도 했다.

"맞기 싫으면 이제 그만 따라와."

그 말을 마지막으로 은성은 다시 걸음을 옮기려 했다.

"……정말 마약에 손댄 거야?"

하지만 발을 뗄 수가 없었다.

"너……."

낮게 가라앉은 목소리로 묻는 동생을, 떨리는 음성으로 묻는 동생을 그냥 두고 갈 정도로 무정한 사람은 되질 못했다.

"누가 그래? 그 검사가 그래?"

"지금 누가 그랬는지가 중요한 게 아니잖아. 저번에도 대답 안 하더니. 아니면 아니라고 말하면 되잖아. 왜 말을 못 하는데."

"하……. 씨발."

"아니라고 말 좀……."

"그래, 맞아."

은성의 대답에 은아가 하던 말을 멈추었다.

"뭐…… 가. 뭐가 맞는데?"

차마 은아를 바로 보지 못하고 허공을 맴돌던 그의 눈동자가 그녀에게 향했다. 은아는 갑자기 날아든 그의 시선을 피하고 싶었지만, 그럴 수는 없는 일이었다.

"마약에 손댄 거 맞다고."

"아……."

은성의 확답이 떨어졌다. 은아는 신음을 흘리며 눈을 감아 버렸다. 하지만 아무리 눈을 감아도 은성은 눈앞에 있었다. 눈을 감아도 그가 보였다.

"왜……. 왜 그런 짓까지 한 거야. 대체 왜!"

그러니 눈을 뜰 수밖에. 지금의 현실을 마주하는 수밖에 없었다.

"마약인 줄은 몰랐어! 그냥 어떤 가방만 옮기면 돈 준다니까……. 나도 몇 번 하고 나서 알게 된 거라고."

"그게 말이 돼? 그런 일, 당연히 나쁜 일일 게 뻔하잖아. 하. 도대체 왜……."

"어쨌든 그 문제는 3년 전에 끝난 일이야. 그때 조사도 받았고, 죗값도 치렀으니까. 그 일로 네 발목 잡을 일은 없을 거란 얘기야. 그러니까 이 일은 그냥 접어. 혹시나 누가 물어도 절대 아는 척하지 말고."

은아가 거칠게 숨을 몰아쉬다가 호흡을 서서히 가다듬었다.

"조사를 다 받았다고? 죗값도 치르고? 도대체 언제?"

그녀가 알기로 은성은 징역을 산 적이 없었다. 마약 관련 범죄라면 단순히 끝났을 리가 없을 텐데 말이다.

"검사한테 내가 한 일 다 얘기했고, 검사가 그냥 가 보라고 해서 나왔어. 난 할 만큼 다 했다고."

"재판 같은 것도 받은 적 없었잖아."

"검사가 됐다고 했으니까."

은아의 미간이 좁혀졌다. 검사가 그냥 가 보라고 했고, 재판도 안 받았다는 것은 그 검사가 불기소 처분을 했다는 것이다.

'마약 사건을 기소조차 안 할 리가 없잖아?'

뭔가 이상해도 너무 이상했다.

'그래, 그러고 보니 검찰 내부에도 적이 있을 거라고 했지.'

은아가 잠시 생각에 잠겼다. 은성이 그런 은아의 어깨를 살짝 잡았다.

"그만. 더 이상 이 일은 알려고도 하지 마. 오늘 내가 말해 준 건 네가 혹시 쓸데없는 짓 할까 봐 알려 준 거니까."

"다른 거, 더 알고 있는 건 없어?"

"고은아!"

은성이 어깨를 움켜쥔 손에 힘을 주었다. 은아는 어깨가 아파서 눈살을 찌푸렸다가 그의 손을 탁, 하고 쳐 냈다.

"내가 신경 쓰는 게 싫었으면 애초에 그런 짓을 하지 말았어야지. 아니, 오늘처럼 이렇게 찾아오질 말았어야지!"

원망이 가득 담긴 그녀의 눈동자가 은성을 향했다. 준현이 재벌 집 아들이라는 사실을 알게 된 직후여서일까. 은성이 범죄자라는 사실이, 그녀의 가족이 범죄자라는 사실이 너무 큰 충격을 안겨 주고 있었다. 그에 따르는 절망감도 평소보다 더욱 크게 느껴졌다.

"왜 하필 네가 내 오빠야!"

허망하게 서 있는 은성을 향해 고함을 질렀다. 이렇게라도 하지 않으면 속이 너무 답답해서 터져 버릴 것만 같았다.

"왜 하필 네가 내 가족이냐고! 왜!"

은아는 몇 번이고 같은 말을 반복하며 소리쳤다. 지금까지 쌓여 온 그녀의 절규가 얼마간 계속 이어졌다. 은성은 그 소리를 고스란히 듣고만 있었다.

"왜, 너냐고……."

한꺼번에 많은 감정을 토해 낸 탓에 다리에 힘이 풀린 은아가 바닥에 털썩 주저앉았다. 그러는 와중에도 은성을 노려보는 것을 멈추지 않았다.

"무슨 말이라도 해 봐. 변명이라도 해 보라고."

거친 숨을 몰아쉬며 은성의 대답을 기다렸다. 아무리 그라도 이 정도 됐으면 사과나 변명 정도는 해 주지 않을까, 하는 막연한 생각도 들었다. 하지만 은성의 입에서 흘러나온 말은 그런 종류의 말과는 거리가 먼 것이었다.

"누가 네 오빠야."

은성은 주저앉은 은아를 그대로 내려다보며 차갑게 말을 이었다.

"가족 같은 거 없어진 지가 언젠데."

"고은성……."

"쓸데없는 짓 하지 마. 제대로 꺼져 줄 테니까."

"그게 무슨……."

"너랑 나, 더 이상 볼 일 없을 거라는 말이야. 진짜 간다."

은성이 은아의 머리를 한 번 꾹 누른 다음, 도로 쪽으로 향했다. 은아가 그를 불렀지만, 은성은 들은 척도 하지 않고 빈 택시에 올라탔다. 그렇게 그를 태운 택시는 은아를 홀로 남겨 두고 텅 빈 도로를 쌩하니 달려갔다.

검사 집무실 안. 준현은 보던 서류를 내려 두고 옆에 놓인 휴대폰을 집어 들었다. 혼자 보낸 은아가 신경이 쓰여서 도무지 일이 손에 잡히지 않았던 것이다. 그는 빠른 동작으로 그녀에게 전화를 걸었다. 은아가 사무실을 나선 지 10분이 채 지나지 않은 시각이었다.

통화 대기음이 얼마간 들리는가 싶더니 바깥에서 드르륵거리는 소리가 들리기 시작했다. 집무실 밖으로 나가 보니 주인은 온데간데없고 휴대폰만 책상 위에 덜렁 있는 것이 보였다.

"……."

준현의 표정이 삽시간에 굳어졌다. 애초에 혼자 보내는 게 아니었는데. 늦은 후회가 물밀듯 밀려왔다.

"신경을 안 쓸래야 안 쓸 수가 없다니까."

어떻게 해야 할지 갈피를 못 잡고 멍하니 서 있던 준현이 결국은 사무실을 나서고야 만다. 보통 때였다면 은아가 돌아오길 기다렸겠지만 방금 전 그녀의 아픈 표정을 본 탓에 가만히 있을 수가 없었다.

"아이고, 검사님. 이제 퇴근하십니까?"

빠르게 1층에 다다랐을 때, 평소 안면을 트고 지낸 경비원이 먼저 말을 걸어왔다.

"아뇨. 잠시 볼일이 있어서요."

준현은 가볍게 응수한 뒤, 다시 은아를 찾아 나서려 했다. 그런데 문득, 그가 은아를 보지 않았을까 하는 생각이 들었다.

"선생님, 혹시 갈색 단발머리 한 여직원이 나가는 거 못 보셨어요? 10분 전쯤 나갔을 텐데."

"아, 고은아 씨요?"

은아도 경비원과 알고 지낸 사이였던 걸까. 준현은 은성이 고래고래 소리치며 은아의 이름을 부른 탓에 경비원이 은아를 알게 된 것이라고는 상상도 하지 못하고 기쁜 기색을 띠며 물었다.

"네, 고은아 씨요. 어디 갔는지 보셨어요?"

"그게 저……."

경비원은 곤란한 얼굴을 하고, 은아가 달려간 쪽을 한 번 보고는 말을 이었다.

"안 그래도 조금 신경 쓰였는데. 아까 전에 좀 거칠어 보이는 남자가 찾아왔었는데, 그 남자를 따라가더라고요."

만면에 미소를 띠고 있던 준현의 얼굴이 일순간 흙빛이 되었다.

"방금 전까지 누구 찾는 사람이 있다고 난동 부린 남자가 있었는데, 아는 사람이었는지 쫓아가던데요."

고은성이 찾아온 걸까. 준현이 알기론 은아 주변에 여기까지 찾아와 난동을 부릴 법한 사람은 은성밖에 없었다.

"어느 쪽으로 가던가요?"

"저, 저쪽이요."

준현은 경비원이 알려 준 방향으로 달려가기 시작했다. 혹시나 무슨 일이 있을까 하는 걱정에 그가 달릴 수 있는 최대한의 속도로 달려가고 있었다.

'은아 씨?'

그런 그의 눈에 멀리 바닥에 주저앉아 있는 사람의 인영이 보이기 시작했다. 준현은 속도를 줄이지 않고 그 사람을 향해 뛰었다.

'고은아.'

가까워지면 가까워질수록 주저앉아 있는 그 사람이 은아라는 것을 확신할 수 있었다. 그녀는 그에게 등을 보인 채 어깨를 가늘게 떨고 있었다. 전속력으로 달리느라 심장이 무섭게 뛰는 와중에, 한편으로는 묵직하게 아려 오는 것이 느껴졌다.

준현은 가련해 보이기까지 하는 은아의 모습에 가슴이 메어 오는 것만 같았다. 그는 애써 마음을 다잡으며 담담한 목소리로 운을 떼었다.

"여기서 뭐 하고 있어요?"

은아는 갑작스레 뒤에서 들려온 목소리에 움찔 놀랐다가, 잽싸게 손바닥으로 얼굴을 훔쳤다. 아직 감정이 채 진정되지 않았지만 준현에게 이런 모습을 보이고 싶진 않았다.

"아무것도 아니에요."

은아가 남몰래 쏟아 낸 감정의 흔적들을 닦아 내는 동안, 준현은 그녀의 앞쪽으로 와서 자세를 낮추었다. 그는 단 하나의 단서도 놓치지 않겠다는 듯 그녀를 훑어보았다.

"아무것도 아닌데 여기서 이러고 있는 거예요?"

"살짝 넘어졌어요. 엎어진 김에 쉬다 가려고, 잠깐 쉬는 중이었죠."

은아도 만만치 않았다. 그녀는 그 짧은 사이에 북받쳐 올랐던 감정을 추스르고, 눈물의 흔적을 모두 지워 버렸다. 목소리도 평소와 다를 게 없었다.

"넘어져서 울기까지 한 거예요?"

다만 물기 젖은 새빨간 눈동자만은 감추지 못한 터였다.

"아니면, 오랜만에 오빠를 만나서 울음이 터졌다든가."

준현은 은아의 팔 아래로 손을 넣어 그녀를 일으켜 주었다. 그리고 양팔로 은아의 몸을 끌어안았다. 한 팔로 그녀의 허리를 당겨 안고, 다른 손으로 그녀의 머리를 쓰다듬었다.

은아는 그의 품이 주는 따뜻함에 기대어 한동안 말없이 서 있었다. 차갑게 얼어 있던 감정이 그의 온기에 녹아 물이 되어 흘러내렸다. 그의 마음만큼이나 뜨거운 물줄기가 은아의 볼을 타고 주르륵 흘러내렸다.

"하아."

도대체 이 남자는 어떻게 아는 걸까. 어떻게 알고 이렇게 찾아와 주는 걸까. 누구에게도 보이고 싶지 않은 모습이었지만, 누구라도 와 주었으면 했던 그녀의 마음을 어쩜 이리도 잘 알고 찾아와 주는 걸까.

"내가 다 해결할게요. 그러니까 은아 씨는 아무 걱정 하지 마요."

그 말에 눈물이 더욱 왈칵 쏟아졌다. 은성을 향한 원망, 그가 범죄자라는 사실에 대한 절망감, 그럼에도 불구하고 가족을 외면했다는 것에서 오는 죄책감까지. 아마도 그의 품 안이었기에 꾹꾹 눌러 두었던 감정들을 쏟아 낼 수 있었을 것이다.

"내가 지켜 줄게요."

담담하게 울려 오는 단정한 목소리, 부드럽게 토닥이는 손길, 그의 품이 주는 따뜻함. 이 모든 것이 은아에게 위로가 되었고 버팀목이 되어 주었기에 가능한 일이었다.

토요일 오전. 보통 때였으면 한창 자고 있을 시간이었지만, 은아는 이른 시각부터 나갈 채비를 하고, 버스에 몸을 싣고, 목적지에 도착했다. 언덕 위, 조금 멀리 보이는 하얀 건물. 그녀는 박영순이 입원해 있는 병원 건물을 향해 비탈길을 오르고 있었다.

"……."

오르막길을 오르는 중에 옆에 난 샛길을 가리키는 표지판이 하나 보였다. 은아가 바쁘게 움직이던 다리를 서서히 멈추었다. 그 작은 플라스틱판에는 '장례식장'이라는 글자가 선명하게 쓰여 있었다. 몇 주 전, 은아는 준현과 윤 계장과 함께 이 샛길을 걸은 적이 있었다.

아무것도 할 수 없었던 그때. 은아는 그때를 떠올리며 고개를 살짝 숙였다. 이미 죽어 버린 피해자와 그녀의 가족을 향한 늦은 인사였다. 마음이 묵직하게 아려 왔다. 지금에 와서 이런다고 뭐가 달라지겠냐마는, 은아는 진심을 다해 피해자 김선희의 명복을 빌었다.

그렇게 얼마간 애도를 표하던 은아는 다시 걸음을 걷기 시작했다. 그때 손 안에서 진동이 느껴졌다. 준현에게서 전화가 온 것이다.

"여보세요."

—어? 일어나 있었네요. 자고 있을 줄 알았는데.

"자고 있을 거라고 생각했으면 전화를 걸지 말았어야죠."

퉁명스러운 은아의 말에 준현이 수화기 너머로 살짝 웃음을 터트렸다.

—혹시나 목소리라도 들을 수 있지 않을까 해서 전화했어요. 그런데 밖이에요?

"잠깐 볼일이 있어서 나왔어요. 준현 씨는요?"

—음, 이제 집에 가는 중이에요.

"지금까지 일한 거예요?"

은아가 경악 어린 목소리로 물었다.

—그래도, 덕분에 급한 일은 다 끝냈어요.

어젯밤. 준현은 은아를 달래 준 것으로도 모자라 그녀를 집으로 데려다주기까지 했다. 그는 은아가 집에 들어가는 걸 확인하고 나서야 다시 검찰청으로 돌아갔다. 밀린 업무가 산더미처럼 쌓여 있었기에 어쩔 수 없는 일이었다.

그런 그의 사정을 은아가 모를 리가 없는데도, 준현은 이런 때에 계속 옆에 있어 주지 못해서 미안하다고 연신 사과의 말을 전하기도 했었다.

"몸 상하면 어쩌려고 그래요. 밤까지 새우고 피곤할 텐데 얼른 들어가서 쉬어요."

—아무래도 그래야 될 것 같아요. 조금 자고, 다시 연락할게요.

"푹 쉬어요. 아, 그리고 고마워요."

—내가 더 고마워요.

준현과 짧은 통화를 끝내고 나니, 은아의 입술에는 설핏 가느다란 미소가 걸려 있었다. 꽤나 무리한 것 같아서 걱정이 되긴 했지만 그의 목소리를 들어서 안심이 되기도 했다.

은아는 어깨를 한 번 으쓱하고는 당당하게 건물 안으로 들어섰다. 어젯밤, 준현이 지켜 주겠다고, 그가 다 해결하겠다고 그녀를 다독여 주었지만 가만히 있을 수만은 없는 노릇이었다. 지켜지기만 하는 사람이 아니라, 함께하는 사람이 되고 싶었다.

그래서 가영에게 3년 전 사건에 대해 조사해 달라고 부탁을 해 두었다. 박영순의 병실도 직접 찾아가 보기로 했다. 아침에 병원에 연락을 했을 때 영순의 상태가 점점 좋아지고 있다는 말을 들었던 것이다.

"여기 카페가……."

로비에 들어선 은아는 우선 카페부터 찾았다. 며칠씩 지속된 야근으로 카페인은 없어서는 안 될 요소가 되어 있었다.

"안녕하세요. 아이스 아메리카노 한 잔만 주세요."

간단하게 주문을 하고, 지갑에서 카드를 꺼내 들었다. 직원에게 카드를 내밀려고 하는데, 그녀보다 행동이 빠른 사람이 있었다.

"캐러멜 마키아토도 같이 주세요. 아, 아이스로 주시고요."

그는 낮은 목소리로 추가 주문을 하며 직원에게 카드를 건네주었다. 갑자기 다가온 남자와 은아가 전혀 모르는 사이라는 것을 알 리가 없는 직원은 평상시 하던 대로 커피 두 잔의 계산을 마쳤다.

순식간에 벌어진 상황에 잠시 멍하니 서 있던 은아가 정신을 차리고 부루퉁한 눈으로 그 남자를 올려다보았다. 그는 머리에 붕대를 감고 환자복을 입고 있었는데, 아무리 봐도 본 적 없는 얼굴이었다.

"누구세요?"

낯선 남자에게서 한 발 물러서며 물었다. 경계 어린 눈동자가 연신 그를 향하고 있었다.

"으흠?"

남자는 은아의 그 시선을 즐기는가 싶더니, 한번 맞혀 보라는 표정으로 싱글벙글 웃었다.

'그냥 미친놈이네. 어쩐지 머리에 붕대를 하고 있더라니.'

은아는 그렇게 결론짓고, 지갑에서 현금 오천 원을 꺼내 그에게 내밀었다. 하지만 남자는 웃기만 할 뿐 받을 생각을 하지 않았다. 그에 은아가 어서 받으라는 의미로 다시 한 번 힘주어 지폐를 내밀었다.

"괜찮아요. 제가 사는 거예요."

"저도 괜찮아요. 굳이 얻어먹을 이유가 없으니까."

"난 그쪽 아는데. 우리, 커피 정도는 사 줄 수 있는 사이일 걸요?"

이제 그는 은아가 내민 돈은 쳐다보고 있지도 않았다. 은아는 하는 수 없이 손을 거두며 시큰둥하게 대답했다.

"아, 그래요?"

그녀는 남자가 자신을 알고 있다고 말하는데도 심드렁한 얼굴이었다. 미친놈 말은 믿을 게 못 된다고 판단했기 때문이다. 은아는 남자에게서 몸을 완전히 돌리고 음료가 나오기만을 기다렸다.

"그런데 정말 나 모르겠……."

"주문하신 음료 나왔습니다."

남자가 다시 한 번 은아에게 말 거는 중에 직원의 목소리가 들려왔다. 계속 기다리던 상황이라 은아는 재빨리 음료가 있는 곳으로 갔다. 웬일인지 그녀는 각각의 커피에 컵 홀더까지 끼워 주는 친절을 베풀더니 남자에게 캐러멜 마키아토를 건네주었다.

"고마워요."

"뭘요. 그럼 먼저 가 볼게요."

은아는 남자에게 싱긋 한 번 웃어 주고는 재빨리 그 자리를 벗어났다. 카페에 홀로 남은 남자는 저 멀리 사라져 가는 은아를 보다가 커피로 시선을 돌렸다.

"이 여자가 정말."

컵과 컵 홀더 사이에 오천 원짜리 지폐 한 장이 끼어 있었다. 남자는 낮게 중얼거리며 은아가 간 방향으로 서둘러 걸어갔다.

"왜 굳이 공짜를 마다해요?"

바로 뒤에서 들려온 목소리에 은아가 귀찮아 죽겠다는 표정을 고스란히 드러냈다. 노골적인 그녀의 표정에 조금은 상처를 받을 법한데도 남자는 여전히 웃음을 입에 걸고 있었다.

"세상에 공짜가 어디 있어요. 이유 모를 호의는 오히려 불편해요."

"우리, 커피 정도는 사 줄 수 있는 사이라니까요."

끈질기게 뒤를 쫓는 남자로 인해 은아는 결국 걸음을 멈추고야 만다.

"그럼 한번 말이나 해 봐요. 그쪽이랑 내가 무슨 사인데요?"

은아가 두고 보자는 표정으로 남자를 쏘아보았다. 아는 사이가 아니라면 가만있지 않겠다는 기색을 풀풀 풍기고 있었다.

"우와, 정말 모르나 보네."

은아의 그런 태도에 남자는 정말 서운하다는 표정을 지으며 말했다.

"나 정말 몰라요?"

"그러니까 묻고 있잖아요. 그러는 그쪽은 계속 우리가 아는 사이라고 어필하고 있는데, 내 이름을 알기나 해요?"

알 리가 없겠지. 은아가 비릿한 미소를 지으며 팔짱을 끼고 턱을 세워 들었다. 어디 한번 말해 보시지, 하고 말하고 있는 것만 같았다.

"당연히 알죠."

남자의 장담에도 은아는 코웃음을 지을 뿐이었다.

"고은아 씨잖아요."

"어?"

예상치 못한 상황에서 그녀의 이름이 불쑥 튀어나오자 은아의 눈이 화등잔만 해졌다.

"그걸 어떻게……."

"우리 아는 사이 맞다니까요."

남자는 그 말을 끝으로 여유롭게 커피 한 모금을 쭉 마셨다. 그런 그와 달리 머릿속이 혼란스러워진 은아는 그가 누구인지 기억해 내려고 머리를 짜내 보았다. 하지만 아무리 기억을 더듬어 보아도 그가 누구인지 도무지 생각이 나질 않았다.

"당신, 누구예요?"

은아의 물음에도 남자는 약 올리듯 어깨를 으쓱할 뿐이었다. 은아가 눈을 가늘게 뜨고 남자를 위아래로 훑어보았다. 전체적으로 가벼운 분위기에 머리를 다친 남자. 하는 짓만 보면 여자 깨나 울린 바람둥이 같아 보이는 이 남자.

'여자깨나 울려?'

은아가 방금 전 든 생각을 곱씹어 보았다. 어쩐지 생각이 날 것 같은데, 이상하게 떠오르질 않았다. 남자는 은아가 혼란스러워하는 것을 충분히 즐기고 있다가 넌지시 한마디 건네었다.

"나중에 시간 나면 갓 구운 빵 한번 맛보러 올래요?"

갓 구운 빵이라. 은아는 준현이 공짜 빵에 넘어가면 안 된다고 엄포를 놓던 게 기억났다. 그때는 막연히 웃어넘겼었는데, 정말로 빵으로 유혹하는 남자가 있을 줄이야.

"우리 그래도 몇 번인가 마주친 적 있었는데. 은아 씨 출근할 때 빵집 앞에서 종종 마주쳤었잖아요."

"아아, 네."

출근할 때, 빵집에 있는 어떤 남자와 마주친 적이 있긴 했지만 그 남자가 이런 얼굴이었는지는 확신이 들지 않았다.

"기억이 잘 안 나는가 보네. 이상하다. 내 얼굴이 쉽게 기억에서 잊힐 만한 얼굴은 아닌데. 혹시 사람 얼굴 잘 못 알아보는 병 같은 거……."

"검사님 친구 맞죠?"

재민은 은아가 자신을 못 알아본 것이 꽤나 충격이었던지 그녀에게 없던 병도 만들어 낼 기색이었다. 그에 은아는 그의 말을 딱 끊고, 본론부터 말했다.

"네, 제대로 통성명하는 건 처음이죠? 전 박재민이라고 합니다."

"고은아예요."

은아는 재민과 함께한 시간이 그렇게 오래되진 않았지만, 준현이 왜 그렇게 조심하라고 주의를 주었는지 알 것 같았다.

'미친놈이라서 피하란 거였어.'

준현은 은아 옆에 다른 남자가 들러붙는 게 싫어서 피하라고 일러둔 것이었다. 은아는 준현의 의도를 완전히 잘못 해석하고 있었지만, 일단 재민과 거리를 두어야겠다고 생각하긴 했다.

"그럼 전 일이 있어서 이만 가 볼게요. 몸조리 잘하세요."

그렇게 꾸벅 인사를 하고, 1층 비상구로 향했다. 대학 병원 엘리베이터는 이용하는 사람이 워낙에 많아서 차라리 계단을 이용하는 편이 나았다.

은아는 2층을 지나 3층으로 올라가는 중에 발걸음을 멈추었다. 그리고 뒤를 돌아보았다. 그곳에는 재민이 싱긋 웃으며 이제 막 걸음을 멈추고 있었다. 나름 철벽을 친다고 쳤는데도 재민은 *끄*덕도 하지 않고 은아를 따라온 것이다.

"왜 따라오는 거예요?"

"저도 제 갈 길 가는 건데요."

그녀의 경계 어린 질문에 재민이 대수롭지 않게 대답하자, 조금 무안해진 은아가 살짝 비켜서며 말했다.

"오해해서 미안해요. 먼저 가세요. 재민 씨가 뒤에 있으니까 괜히 의심만 했잖아요."

"그럴 순 없죠."

재민이 요지부동으로 서서 말을 이었다.

"제 갈 길이 은아 씨가 가는 길인데. 제가 먼저 가면 안 되죠."

능청스러운 그의 대답에 은아가 주먹을 불끈 쥐었다. 한바탕 욕을 해 주고 싶었지만 아무리 그래도 준현의 친구인데 그럴 수는 없는 노릇이었다.

"그런 걸 보통, 따라간다고 말하죠. 제 갈 길 가는 게 아니라."

"너무 신경 쓰지 마요. 이렇게 가다가 흥미 떨어지면 또 다른 데 가 버릴 거니까."

잘 모르는 사람이 따라오는데 어떻게 신경을 안 쓰겠냐고, 쏘아 주고 싶었지만 참기로 했다. 이런 말을 해 봤자 통할 것 같지도 않았고, 재민과 입씨름하는 이 시간이 너무 아까웠던 것이다.

"맘대로 해요."

은아는 재민을 없는 사람으로 취급하기로 하고 다시 계단을 오르기 시작했다.

"준현이는 요즘 어떻게 지내요? 요즘 통 연락이 없어서요."

맘대로 하라는 말이 떨어지자마자 재민은 은아의 뒤를 쫓으며 하고 싶은 말을 꺼냈다. 그에 은아는 시종일관 단답을 유지하며 발걸음에 더욱 박차를 가했다.

"박영순 환자 찾아왔는데요. 담당 선생님 만나 뵐 수 있을까요?"

겨우 박영순이 있는 층까지 도착한 은아가 접수대 간호사에게 물었다. 계속되는 단답과 시큰둥한 반응에도 흥미가 떨어지지 않았는지 재민도 여전히 옆에 있었다.

"음, 글쎄요. 잠깐 자리 비우신 것 같은데 연락해 드릴까요?"

"아뇨. 일단 병실에서 기다리고 있을게요. 오시면 알려 주세요."

은아는 그렇게 말해 두고는 영순의 병실로 향했다. 그의 병실은 복도 끝에 있었는데, 문 앞에 대기하고 있어야 할 경찰이 보이지 않았다.

'흐음. 이래도 되는 거야?'

은아가 마뜩잖은 표정으로 한숨을 쉬었다. 그녀의 한숨 소리에 뒤따라오던 재민이 한마디 거들었다.

"그래도 얼마간은 착실하게 서 있는 것 같던데, 급한 일이 있었나 봐요."

재민은 준현의 부탁으로 종종 영순의 병실을 들러 보곤 했더랬다.

"너무 빡빡하게 굴진 마요. 아무리 경찰이라도 사람인데 화장실은 가야죠."

"저 아무 말도 안 했는데요."

"아니, 그냥. 표정이 그래 보여서요."

은아는 속으로 콧방귀를 뀌고는 병실 문을 열었다. 그런데 박영순 혼자만 있어야 할 병실에 한 사람이 더 있는 게 보였다.

'경찰인가.'

대수롭지 않게 여기고 안으로 들어가려던 은아가 다시 정신을 퍼뜩 차렸다. 영순의 침대 옆에 서 있는 남자의 행색이 경찰의 그것과는 많이 달랐던 것이다. 보통 경찰이 모자를 깊게 눌러쓰고 마스크까지 할 일은 없지 않은가. 은아의 등장에 소스라치게 놀라는 모습도 이상했다.

게다가 그 괴한은 손에 메스를 들고 있었다.

"당신 누구야!"

은아가 큰 소리를 내자 한 번 더 움찔한 괴한이 영순의 호흡기를 급히 떼고는 은아에게 달려들었다. 그는 은아를 힘껏 밀치고 복도 끝 코너로 달려가기 시작했다.

"아……."

갑작스러운 힘에 밀쳐져 비틀거리던 은아를 재민이 잡아 주었다.

"괜찮아요?"

은아는 재민의 질문에 대답할 생각은 하지 않고 영순과 괴한이 달려간 곳을 번갈아 쳐다보았다. 상상도 못 한 일이 일어나서 머리가 제대로 움직여 주질 않았다.

"아……. 음……. 일단 담당 선생님 좀 불러 주세요. 그리고 경찰도."

그 말을 마지막으로 은아는 괴한의 뒤를 쫓아갔다.

"이봐요!"

재민이 미처 말리기도 전에 벌어진 일이었다. 그는 은아를 쫓아가려다가 병실 안 박영순에게 시선을 돌렸다. 은아가 달려간 곳과 영순을 번갈아 보던 재민은 낮게 욕설을 읊조리며 접수대로 달려갔다.

"거기 서!"

한편, 코너를 돌아 괴한을 쫓아가던 은아는 그를 따라 건물 다른 쪽에 있는 비상계단으로 들어섰다. 문 안에 들어가서 그가 위쪽으로 갔는지 아래쪽으로 갔는지 가늠해 보던 은아는 위에서 들려오는 발소리에 계단을 오르기 시작했다.

"하아, 하아. 당신, 도대체 누군데……."

그를 쫓아 병원 옥상까지 도착한 은아는 거칠게 숨을 몰아쉬며 난간 끝에 서 있는 남자에게 걸어갔다. 그는 옥상 밖 풍경을 내려다보고 있었다.

"박영순이랑 무슨 사이야?"

은아에게 등을 보이고 서 있는 남자는 여전히 아무 대답도 하지 않았다. 은아는 얼마간 거리를 유지한 채 그에게 다가가는 것을 멈추었다. 그가 여전히 메스를 가지고 있었기에 섣사리 다가갈 수는 없는 노릇이었다.

"누군데 이런 짓을······."

잔뜩 경계를 한 채 남자를 주시하던 은아가 돌연 말을 멈추었다. 남자가 모자와 마스크를 벗고 천천히 뒤를 돌아본 탓이었다.

'말도 안 돼.'

돌아선 그 남자는 은아가 알고 있는 얼굴이었다. 겨우 한 번 본 게 다였지만 기억에서 잊히지 않는 얼굴. 은아는 괴롭게 일그러진 얼굴을 한 이 남자를 기억하고 있었다.

"······서정호 씨."

영순의 병실을 침범한 이 남자는 박영순에게 살해당한 피해자인 김선희의 약혼자, 서정호였다.

14화. 소중한 사람

　병원 옥상. 말도 안 되는 추격전이 벌어진 직후. 은아는 거듭되는 난항에 어찌할 바를 모르고 있었다. 박영순을 습격한 괴한이 나타난 것도 모자라, 하필이면 그 괴한이 피해자의 약혼자라니. 머릿속이 어지러웠다.

　"저기, 서정호 씨. 일단 진정하시고……."

　"하. 그래도 내 이름은 기억하고 있었네."

　은아의 입에서 자신의 이름이 나오자 정호는 허탈하게 한숨을 쉬며 말했다.

　"우리 같은 건 벌써 다 잊어버린 줄 알았는데."

오래된 연인이었다. 오랜 기간 친구로 지내다가 어느 순간 연인이 되었고, 연인으로도 오랜 시간을 함께했다. 함께한 시간이 길어질수록 질리기는커녕 서로를 더욱 사랑하게 되었다. 보아도 또 보아도 사랑스러운 사람이었다.

그런 사람을, 평생 가도 다시없을 그런 사람을 하루아침에 잃게 되었다.

"씨발⋯⋯."

너무도 큰 걸 잃었다. 사는 게 허무해질 정도로 그의 인생에서 소중한 것을 잃었다. 하지만 그는 아직까지 그가 왜 그녀를 잃어야 했는지 알지 못한다.

수사 기관에 몇 번을 연락을 해도 그가 들을 수 있는 말은 기다리라는 말뿐이었다. 그래서 기다렸다. 하루가 1년, 아니 10년 같았지만 기다리고 또 기다렸다. 하지만 아무리 기다려도 돌아오는 것은 없었다.

결국 그는 스스로 움직이기로 했다. 수사 기관에서는 그 살인범이 어디에 있는지 알려 주지 않았지만 병원을 뒤지고 뒤져서 그가 어디에 있는지 알아낼 수 있었다. 그리고 볼 수 있었다. 경찰에 의해 지켜지고 있는 살인범을.

사실 경찰은 박영순이 살해 용의자였기에 혹시 발생할지 모르는 사태를 대비하고 있었던 거지만, 정호의 눈에는 그들이 범죄자를 지켜 주고 있는 것처럼 보였다. 살인범을 죽이고 싶어 하는 사람들로부터 지켜 주고 있는 것만 같았다.

'정작 피해자인 우리는 신경도 안 쓰면서, 왜 살인자 새끼를 그렇게까지 지키고 있는 건데!'

법에 따져 묻고 싶었다. 세상에 물어보고 싶었다. 하지만 아무도 그의 말을 들어 주는 사람이 없었다. 그가 사랑하는 사람이 죽어 버린 끔찍한 사건은 용의자가 잡힌 단순 묻지 마 사건이 되어 서서히 잊혀져 갔다.

그의 세상은 무너졌는데, 여전히 시간은 흘러가고 다른 사람들은 아무 일 없었다는 듯이 살아가고 있었다. 그리고 그녀를 죽인 그 새끼도 여전히 살아 있었다.

오랜 기다림과 절망감 끝에 정호는 영순이 선희를 죽인 이유를 듣는 것을 포기해 버렸다. 이유를 듣기보다는 영순이 하루빨리 죽어 버렸으면 좋겠다고 생각하게 되었다. 영순의 병실을 얼쩡거리며 들은 얘기로는 곧 그 바람이 이루어질 것 같았다.

그러던 어느 날. 정호는 청천벽력 같은 소리를 듣게 되었다. 곧 죽을 것 같던 영순의 상태가 점점 좋아지고 있다는 말을 들은 것이다.

'어째서? 선희는 그렇게 죽었는데, 너 같은 놈이 사는 건데! 그래, 정 그렇다면 내 손으로……'

법의 심판 따위는 더 이상 바라지 않았다. 하늘의 심판도 더 이상 기대하지 않았다. 정호는 그 자신이 살인범을 심판하기로 마음먹었다.

"그 새끼 죽이고, 나도 죽을 거야."

그는 그렇게 말하며 옥상 난간에 올라섰다. 은아는 그런 그를 지켜보다가 천천히 다가가려고 했다.

"가까이 오지 마!"

정호의 엄포에 은아가 걸음을 멈추었다.

"하. 피해자일 때에는 신경도 안 쓰더니, 범죄자 한번 되니까 이렇게들 관심을 보이네."

병원 건물 아래로 경찰차 몇 대가 도착한 것이 보였다. 정호는 경찰들이 병원 안으로 들어오는 것을 지켜보다가 저 멀리 하늘로 시선을 돌렸다. 이대로 끝이라고 생각하니 허무하긴 해도 마음은 한결 편해졌다.

"선희야……."

그는 사랑하는 사람의 이름을 되뇌며 허공에 몸을 맡기려 하고 있었다. 그때 뒤에서 차디찬 은아의 목소리가 들려왔다.

"거기서 뛰어내리면 서정호 씨 당신은 죽어도 박영순 씨는 살아날걸요?"

은아는 옥상에서 뛰어내리려는 정호를 어떻게든 막고 싶었다. 그를 죽게 내버려 두고 싶지 않았다. 그래서 쥐어짜 낸 결론이 그를 자극하는 것이었다. 보통의 힘내라, 죽지 마라, 죽은 사람도 그걸 원하지 않을 거다, 이런 말들은 지금의 그에게는 아무 소용이 없을 테니까.

"뭐?"

다행히 정호가 은아의 말에 반응을 했다. 그는 창공을 향해 있던 시선을 은아에게 돌렸다.

"당신이 호흡기를 뗐어도 우리가 금방 발견했으니까 바로 조치를 취했을 거예요. 아마도 지금쯤이면 다시 안정을 찾았 겠죠."

언제 죽어도 상관없다는 듯 난간에 위태롭게 서 있던 정호가 안쪽으로 한 발 물러섰다. 그 모습을 본 은아가 속으로 안도의 한숨을 쉬었다.

"들고 있던 그 메스로 찌르지 그랬어요. 그랬으면 확실하게 죽었을 텐데. 아니면 지금이라도 다시 죽으러 가는 건 어때요?"

은아의 도발이 통한 걸까. 정호가 난간에서 아예 내려왔다. 그리고 잔뜩 굳어진 얼굴을 한 채 옥상 출입구로 향하려 했다.

"꼼짝 마!"

하지만 이미 경찰들이 옥상에 당도한 후였다. 정호가 탄식 어린 한숨을 내뱉었다.

"가까이 오지 마!"

코너에 몰린 정호가 할 수 있는 일은 얼마 되지 않았다. 얼마 안 되는 선택지 중에 그가 선택한 것은 은아를 인질로 삼는 것이었다. 정호는 비교적 가까이 있던 은아를 잡아끌어 그녀의 목에 메스를 가져다 대었다.

"이 자리에서 시체 두 개 보고 싶지 않으면 뒤로 물러서!"

은아의 하얀 목에 새빨간 금이 그어지며 피가 흘러내렸다. 정호는 잔뜩 흥분한 탓에 이미 메스가 은아의 목에 상처를 내고 있다는 것조차 알지 못하고 있었다.

'아……'

난간에서 내려오게 하는 것까진 좋았는데. 하필 일이 이렇게 될 줄이야.

"이 여자 죽게 하기 싫으면 내 말 들어!"

은아의 목에서 흐르는 핏방울에 잔뜩 긴장을 한 경찰들이 천천히 뒤로 물러섰다. 지금은 정호가 시키는 대로 하는 수밖에 없었다.

"후우."

정호는 일단 경찰들이 자기 뜻대로 움직이자, 한숨을 한 번 쉬었다. 그리고 그가 정말로 원하는 것을 요구했다.

"그럼 이제 살인범 그 새끼 데려와서 내 눈앞에서 죽여."

"그건……"

정호의 말에 경찰들이 술렁거리기 시작했다. 말도 안 되는 거래 조건이었다. 아무리 살인 용의자라고는 하나 사람을 죽이라니.

"왜? 아무 죄도 없는 이 여자가 죽는 것보다는 살인자 새끼가 죽는 게 백번 낫잖아."

"말도 안 돼."

이 말은 정호에게 잡혀 있는 은아가 한 말이었다. 짧은 한마디였지만 그 말을 하는 동안에 그녀의 목소리는 심하게 떨리고 있었다. 목소리뿐만 아니라 온몸이 사시나무 떨듯 떨리고 있었다.

"자기도 못 한 일을 지금 누구한테 시키는 거야."

그런 와중에도 은아는 떨리는 목소리로 한마디, 한마디를 내뱉었다. 긴장하느라 거친 숨이 뒤엉켜 제대로 된 소리가 나오진 않았지만 최대한 힘주어 말을 했다.

"당신도 메스까지 가지고 있었으면서 못 죽였잖아. 사람 죽일 자신이 없으니까."

"입 다물어."

"그걸 지금 누구한테 떠넘기려고 그래."

"입 다물어!"

정호가 흥분해서 크게 소리쳤다. 경찰들도 은아에게 더 이상 아무 말도 하지 말라고 타일렀다. 확실히 지금 상황에선 입을 다물고 있는 것이 옳은 선택일 것이다.

그런데 너무 극한의 상황에 몰리다 보니 정신이 어떻게 되기라도 한 걸까. 머릿속에서는 말을 멈추라고 하는데 입이 저절로 움직였다.

"그리고 지금 날 죽이면 박영순이랑 똑같은 사람 되는 건데, 죽어서라도 당신 약혼녀 얼굴 제대로 볼 수 있겠어?"

마지막 말에 정호의 몸이 눈에 띌 정도로 굳었다. 선희를 죽인 사람과 똑같은 사람이 되다니. 그렇게 생각하는 것만으로도 속이 울렁거렸다. 제대로 먹은 것도 없는데 토악질이 나올 것 같았다.

"우웩!"

정호가 옆으로 쓰러지듯 주저앉아 헛구역질을 시작했다. 은아가 정호의 손에서 벗어남과 동시에 경찰들이 들이닥쳤다. 그렇게 사건은 일단락되는 듯했다.

검찰청에서 밤새도록 일을 하고 겨우 집에 도착한 준현이 쓰러지듯 침대에 누웠다. 방금 전 은아와의 통화로 조금 힘을 얻긴 했지만 피곤함을 감출 도리가 없었다. 그는 옷도 갈아입지 않고 누운 자세 그대로 기절하듯 잠에 빠져들기 시작했다.

"으음……."

그가 잠이 든 지 한 시간도 채 지나지 않은 무렵이었다. 아득한 꿈속 너머로 들리는 휴대폰 벨 소리에 준현은 미간을 좁히며 한쪽 눈을 가늘게 떴다. 잠이 부족해서 정신이 몽롱한 와중에 억지로 깨려니 머리가 지끈거렸다.

"이 자식이……."

준현이 낮게 중얼거렸다. 그의 잠을 방해한 장본인은 십년지기인 재민이었던 것이다. 그는 친구의 전화를 무시하고 다시 잠을 청하려다 결국 통화 버튼을 눌렀다. 일단 전화를 받긴 했지만 여전히 눈을 감은 채였다.

"왜."

그는 엄청 귀찮고 성가셔 죽겠다는 지금의 감정을 왜, 라는 한마디에 모두 담아 보내었다.

─야, 지금 큰일 났다.

"뭐가."

병원에서 어떤 상황이 벌어지고 있는지 알지 못하는 준현은 재민의 말에도 심드렁하기만 했다.

─박영순 병실에서 어떤 남자가 호흡기를 떼고 도망갔는데.

"뭐?"

─아, 하필 경찰이 자리 비웠을 때. 아니, 내가 따라갔어야 했는데.

의사를 부른 뒤에 부랴부랴 준현에게 먼저 전화를 건 터라 재민도 정신이 없는 상황이었다. 준현은 친구의 횡설수설에서 사태의 심각성을 느끼고, 자리에서 일어났다.

"그래서, 박영순 씨 상태는 어때?"

─의사들이 와서 조치 취하고 있긴 한데. 아직은 잘 모르겠고, 근데 지금 그게 중요한 게 아니라…….

"경찰에는 연락했어?"

─아…….

준현이 급하게 집을 나서며 물었다. 그에 수화기 너머로 재민이 누군가에게 경찰에 연락해 달라고 말하는 소리가 들렸다.

"일단 기다리고 있어. 그런데 그 남자 얼굴은 확인했고?"

준현은 방금 잠에서 깬 상태에, 갑작스럽게 닥친 상황이었지만 침착하게 대처하고 있었다. 혼란스러워하는 재민에게 지시도 내리고, 필요한 질문도 해 가며 엘리베이터 버튼을 눌렀다. 지하 주차장으로 갈 생각이었다.

─하, 지금 그게 문제가 아니라. 은아 씨가 혼자 그 새끼 쫓아 갔다고.

"······."

재민의 입에서 나온 청천벽력과도 같은 말에 준현은 잠시 숨을 멈추었다. 냉정하게 상황 판단을 해 가던 머리가 순식간에 새하얘지는 것 같았다.

"뭐······ 뭐라고?"

그럴 리가 없다. 애초에 그런 자리에 은아가 있을 리가 없다. 토요일 이 시간이면 분명 집에서 늦잠을 자고 있을 것이었다. 준현은 우선 있을 수 없는 일이라고 현실을 부정했다.

─잠깐 볼일이 있어서 나왔어요. 준현 씨는요?

하지만 곧, 한 시간 전 은아와 통화했던 내용을 떠올릴 수 있었다.

─그 겁도 없는 여자가 박영순 죽이려고 했던 범인 쫓아갔단 말이야. 박영순 때문에 나는 따라가지도 못하고. 지금은 어디 갔는지도 모르겠고······.

소중한 사람 361

재민의 목소리가 배경음처럼 들려왔다. 엘리베이터는 벌써 지하에 도착했지만 준현은 꼼짝도 못 하고 서 있을 수밖에 없었다. 그러니까, 지금 이 믿기 힘든 상황이, 있어서는 안 될 상황이 실제로 벌어지고 있는 현실이라는 거였다.

"아⋯⋯."

몸이 부들부들 떨렸다. 집을 나설 때까지만 해도 유지하고 있던 침착함을 모두 잃어버리고 말았다.

─어, 야. 지금 밖에서 비명 소리 들리는데 일단 확인해 보고 다시 연락할게.

"바, 박재민!"

공황 상태에 잠겨 아무것도 하지 못하던 준현이 다시 연락하겠다는 재민의 목소리에 다급하게 친구의 이름을 불렀다. 은아가 어떤 상황인지 알 수 있는 유일한 통화였는데, 유일하게 연결된 끈이었는데 이대로 끊을 수는 없는 일이었다.

─아, 왜.

"전화는 끊지 말고, 무슨 일인지 확인해 봐."

여전히 온몸은 떨리고 있었다. 자칫 잘못하면 들고 있던 휴대폰을 떨어트릴지도 모를 정도로 거센 떨림이 이어졌다. 하지만 준현은 손에 핏줄이 설 정도로 휴대폰을 꼭 붙잡고 1층 엘리베이터 버튼을 눌렀다.

"제발⋯⋯."

─그래, 알겠어.

재민은 전화를 연결한 채로 주변 상황을 알아보고 있었다. 준현은 제대로 움직여 주지 않는 다리를 어떻게든 움직여 아파트 건물을 벗어났다. 이런 상황에서는 도저히 운전을 할 수가 없었다. 그는 아파트 옆 갓길에 대기하고 있는 택시에 올라탔다.

하얗게 질린 준현을 본 택시 기사가 괜찮냐고 물었지만, 준현은 최대한 빨리 가 달라는 말만 반복했다.

─알아보니까 그 새끼가 옥상에서 뛰어내리려고 하고 있는 것 같은데. 지금 경찰도 도착했고, 같이 옥상에 올라가는 중이야.

재민은 사람들의 비명 소리를 따라 1층까지 내려온 상태였다. 옥상 위에 서 있는 남자가 그 괴한이라는 것을 확인하고 다시 옥상으로 향하려 할 때, 때마침 경찰도 당도한 것이다.

─넌 지금 어디야?

"나도 이제 거의 다 왔어."

준현은 아스라이 떨어져 있는 병원 건물을 보며 마음을 다잡으려 했다. 그럼에도 떨림이 멈추지 않아서 주먹으로 허벅지를 힘껏 내려쳐 보았지만 소용없는 일이었다.

"아무리 그래도 그렇지, 칼 든 범죄자를 그렇게 몰아세우는 법이 어디 있습니까?"

사건이 어느 정도 마무리된 후, 형사 한 명이 응급 처치를 받고 있는 은아에게 다가와서 질타 아닌 질타를 했다. 그녀 덕분에 일이 잘 해결된 터라 그다지 화가 난 어투는 아니었고, 명목 상 하는 충고였다.

"일이 잘 풀려서 다행이지. 욱해서 진짜 찌르기라도 했으면 어쩌려고 그랬어요. 아가씨가 겁도 없이."

"……그러게요."

은아도 방금 전 자신이 한 일을 떠올리면 간담이 서늘해졌다.

"칼 든 남자 쫓아가는 것 자체가 말도 안 되는 일이었죠."

은아의 옆에 서 있던 재민이 한마디 거들었다. 그는 어느새 평소의 여유를 되찾고 능글맞은 미소를 입에 걸고 있었다.

"그런데 그 모습이 어찌나 박력 넘치던지. 또 한 번 반할 뻔 했어요."

재민이 농담 섞인 말로 분위기를 풀어 주고 있을 때, 준현이 옥상으로 들어왔다. 은아는 출입구에서 등을 보인 채 앉아 있 었기에 그런 그를 보지 못하고 있었다.

"어? 검사님도 오셨습니까? 일단 상황은 다 정리됐……."

준현은 형사가 인사하는 것을 제대로 보지도 않고, 은아에게 다가가 뒤에서 그녀를 꽉 끌어안았다. 은아도 무사하고 상황이 종료됐다는 말은 재민에게서 전해 들었지만, 무사한 은아를 직접 눈으로 확인하기 전까지 마음을 놓지 못한 그였다.

그는 은아가 괜찮은지 온몸으로 확인하기라도 하겠다는 듯, 그녀를 꽉 끌어안고 놓아주질 않았다. 여전히 그의 몸은 떨리 고 있었고, 그 떨림은 안겨 있는 은아에게도 고스란히 전해졌다. 그 떨림에서 은아는 준현이 얼마나 그녀를 걱정했는지 느낄 수 있었다.

"하아……."

안도의 한숨이 속 깊은 곳에서 흘러나왔다. 준현은 잠시 은아에게서 떨어져 그녀를 돌려 앉혔다. 이번에는 눈으로 그녀가 괜찮은지를 확인할 생각인지 은아를 이리저리 살펴보기 시작했다. 그런 그의 눈에 목에 붙여 둔 하얀 면 반창고가 보였다.

"이건……."

그녀의 목 가까이 가져간 손이 파르르 떨려 왔다. 은아가 떨리는 준현의 손을 꼭 잡아 주었다.

"괜찮아요. 아무렇지도 않아요."

그에 준현이 다시 한 번 은아를 끌어안았다. 은아는 어린아이처럼 어찌할 바를 몰라 하는 준현을 가만히 다독여 주었다. 두 사람은 그렇게 둘만의 세상에서 서로만을 바라보았다.

"아, 검사님이랑 꽤 오래 일했다고 생각했는데. 저 지금 검사님이 이렇게까지 무너진 모습은 처음 봅니다."

"저도 이 녀석, 이렇게까지 망가진 모습은 처음이네요."

은아와 준현은 둘만의 세상에 있었지만, 여전히 옆에 서 있던 형사와 재민은 두 사람을 쳐다보며 고개를 절레절레 저었다.

준현의 집, 거실. 준현과 은아는 소파에 나란히 앉아 있었다. 준현은 은아를 끌어안은 자세 그대로 깜박 잠이 들어 있었고,

은아는 준현의 가슴에 몸을 기대어 휴식을 취하고 있었다. 그렇게 두 사람은 아주 편안한 모습으로 함께 시간을 보내는 중이었다.

준현이 잠든 사이에 어느새 날은 저물었고, 사위는 어두워져 갔다. 그럼에도 은아는 불을 켤 생각도 하지 않고, 가만히 준현의 손등을 쓰다듬고 있었다.

그렇게 얼마가 더 흘렀을까. 준현이 깊은 한숨을 쉬며 한마디 내뱉었다. 일어난 기색도 없었는데, 어느새 잠에서 깬 모양이었다.

"하……. 내가 이렇게까지 무능할 거라고는 생각도 못 했어요."

준현은 정신이 들고 나서 오늘 있었던 일을 되새겨 보고 있었다. 인정하고 싶지 않지만 하나같이 못난 모습들뿐이었다. 탄식 섞인 그의 말에 은아가 설핏 미소를 지으며 말했다.

"그래도 무능까지는 아니었어요. 투정 대마왕이 강림하셔서 좀 곤란하긴 했지만."

준현은 응급실에서 은아의 목에 난 상처를 제대로 치료할 때에도, 경찰서에서 사건 조서를 작성할 때에도 그녀를 안은 팔을 놓지 않았더랬다. 둘만의 세계에 있다가 비교적 빨리 현실 세계로 돌아온 은아가 말려 봤지만 소용없는 일이었다.

급기야 은아를 혼자 집에 보낼 수 없다고 계속 우기는 통에, 은아는 지금처럼 준현과 함께 그의 집에 오는 수밖에 없었다. 즉, 지금의 상황은 전부 준현이 억지를 부려서 이루어 낸 결과

물이란 말이었다.

"그렇게 어린애 같은 모습이 있을 줄은 몰랐어요."

놀리는 투가 다분한 말에 준현이 헛기침을 두어 번 하고는 겸연쩍은 표정을 지었다.

"나도 마찬가지예요. 내가 그럴 줄 몰랐어요."

"뭐, 그래도 귀여웠으니까 됐어요."

은아가 준현에게 안긴 채로 살짝 몸을 틀어서 그의 머리를 쓰다듬어 주었다.

"오구오구. 많이 놀랐어요?"

"하지 마요."

준현이 얼굴을 붉게 물들인 채 작은 목소리로 말했다. 하지만 은아는 머리를 쓰다듬는 것을 멈추지 않았다.

'무슨 남자 머리카락이 이렇게 부드러워.'

처음에는 단순히 그를 놀려 줄 생각에 머리를 쓰다듬은 건데, 손가락에 스치는 머리카락의 감촉이 너무 좋아서 그만두고 싶지 않았던 것이다.

"언제부터예요? 내 걱정에 울 정도로 나 좋아하기 시작한 거."

"울진…… 않았어요."

"에이, 거의 울기 직전이었는데요, 뭘."

준현이 끙, 하고 신음을 흘렸다. 지금으로서는 그녀의 놀림에서 벗어날 방법이 없었다. 그저 은아가 마음을 고쳐먹고 놀리는 걸 멈추기를 기다리는 수밖에 없었다.

"남들 다 보는 앞에서 그렇게까지 티를 내 주셨으니······. 덕분에 검찰청까지 다 소문나게 생겼어요."

모두가 보는 앞에서 그렇게까지 부둥켜안고 있었으니 어떤 변명을 해도 통하지 않을 것이다. 고로 둘만의 비밀 연애는 이미 물 건너갔다는 소리다.

"아, 맞다. 미안해요. 완전히 잊고 있었어요."

"내가 더 미안해요. 이렇게까지 날 좋아해 주는 사람한테 그걸 다 숨기라고 한 게 잘못이었어요. 어휴. 그동안 많이 힘들었죠?"

"흐음, 언제까지 놀릴 거예요. 머리 쓰다듬는 것도 이제 그만해요."

준현이 은아의 손을 잡고 단호하게 잡아 내렸다. 그리고 그녀가 반쯤 옆으로 몸을 튼 자세 그대로 더욱 힘주어 당겨 안았다. 은아도 그의 가슴에 더욱 깊숙이 머리를 기대었다. 두 사람의 몸이 한층 더 밀착되어 갔다.

"지켜 주겠다고 큰소리쳐 놓고 아무것도 못 해 줘서 미안해요. 만나는 거 비밀로 하기로 해 놓고 다 들통나게 한 것도 잘못했고요."

단정한 목소리와 나지막한 심장 고동 소리가 그녀의 귓가에 닿았다. 그 기분 좋은 소리에 마음이 편안해지고 있었다.

"그런데 은아 씨도 하나 약속해 줬으면 좋겠어요."

"뭘요."

"제발 더 이상 위험한 행동은 하지 마요. 특히 내 손이 닿지 않는 곳에서는 더. 오늘 같은 일은 정말 다신…… 다시는 겪고 싶지 않아요."

오늘 일을 떠올리는 것만으로도 힘들었는지 준현이 거친 숨을 몰아쉬며 말했다. 소중한 사람을 잃을지도 모른다는 두려움에 휩싸이는 것은 상상 이상으로 괴롭고 잔혹한 일이었다. 그 충격에 모든 사고가 정지하고 몸이 제대로 움직이지 않을 정도로 가혹한 일이었다.

"정말 그런 일…… 다시는 겪기 싫어요."

그런 그의 마음이 전해졌는지 은아가 준현의 가슴을 가만히 토닥여 주었다.

"미안해요. 오늘 같은 일 없도록 노력할게요. 걱정 끼쳐서 정말 미안해요."

"아니요. 무사해 줘서 너무 고마워요. 난 정말…… 나 때문에 은아 씨가 다치기라도 했으면 어쩌나 해서……. 정말 미치는 줄 알았어요."

자기 때문이라고 자책하는 준현은 모습에 은아가 미간을 좁혔다.

"또 그런다. 설사 나한테 무슨 일이 생겼다 해도 그게 왜 준현 씨 잘못이에요. 생각 없이 쫓아간 내 잘못이지."

은아의 말에도 준현은 단호하게 고개를 저었다.

"내 잘못이에요. 은아 씨를 형사 부서에 계속 두는 게 아니었어요. 의심이 풀렸을 때, 바로 행정 부서로 옮겨 줬어야 했는데.

그럼 이런 일도 없었을 텐데. 내 욕심 때문에……. 그거 조금 가까이 있는 게 뭐라고……. 내가 은아 씨를 위험한 곳에 내버려 둔 거예요."

준현에게 기대어 있던 은아가 몸을 바로 세우고 그의 얼굴을 바라보았다. 죄책감에 차마 은아의 얼굴을 마주할 수 없었던 준현이 옆으로 고개를 돌렸다.

"나 봐요."

은아의 작은 손이 준현의 볼을 감싸 안았다. 맞닿은 곳에서 온기가 저며 들었다. 그녀는 약간의 힘으로 그의 고개를 돌리는 것에 성공했다. 하지만 여전히 그의 시선은 은아를 향하지 못하고 있었다.

"응?"

이어지는 재촉에 준현이 힘겹게 은아의 눈을 마주했다. 막상 그의 눈동자를 마주하고 나니 은아는 마음이 알싸하게 아려 오는 것 같았다.

그 단정하던 눈동자가, 그 흔들림 없이 올곧기만 하던 눈동자가 사정없이 떨리고 있었다. 그녀를 잃을지 모른다는 두려움에, 그녀를 사지로 몬 것이 자기 때문이라는 죄책감에 사정없이 흔들리고 있었다.

힘들어하는 그의 모습에 마음이 너무 아팠다. 그러는 한편, 그가 이렇게까지 괴로워하는 게 그녀를 사랑하기 때문이라는 것을 알기에 내심 감동적이기도 했다. 슬픔과 기쁨. 양립할 수 없는 감정들이 한꺼번에 뒤엉켜 몰려들었다. 가슴이 벅차오르는 것만 같았다.

"자기 잘못도 아닌 걸 억지로 떠안는 거 이제 그만해요. 도대체 뭘 먹고 자라면 이래요? 아니 무슨, 세상 모든 일이 다 자기 잘못이야? 어찌 보면 그것도 자의식 과잉이에요."

은아가 몸을 조금 더 일으켜서 준현의 목을 끌어안았다. 그의 머리에 턱을 괴고 뒷머리를 살살 쓰다듬기도 했다.

"그런데 나 변탠가 봐요. 준현 씨가 괴로워하는 거 엄청 슬픈데, 이상하게 또 엄청 기분 좋아요. 막 웃음까지 나와."

괴롭게 일그러져 있던 준현의 얼굴에도 살짝 웃음이 번져 들었다. 은아의 웃음이 준현에게 전염된 모양이다.

"은아 씨라면 변태라도 괜찮아요."

"어련하시겠어요."

"음, 그런데 이 자세는 좀……."

지금까지와는 반대로 은아에게 안겨 있던 준현이 곤란하다는 듯 말을 꺼냈다.

"이제 놔줘요."

"왜요. 좋기만 한데."

"아니, 좋긴 한데 이 자세는 좀 그래요."

서서히 마음의 안정을 되찾고 나자, 이제는 몸이 말썽이었다. 은아의 체온과 체향, 맞닿은 살의 부드러운 감촉까지 고스란히 느껴져서 어느새 준현의 몸은 성이 날 대로 성이 나 있었다. 이제까지는 어떻게 아무렇지 않게 은아를 안고 있었는지 모를 정도였다.

그러한 사정을 알지 못하는 은아는 여전히 준현을 안은 팔을 풀어 주지 않았다.

"음? 저번에도 몇 번 이런 적 있잖아요. 집무실에서도 그랬으면서 뭘."

그땐 집무실이었고, 지금은 집이니까 그렇지! 그것도 아무도 없이 둘만 있는 밀실! 준현은 차마 그렇게 말하진 못하고 은아를 살짝 밀어내려 했다. 하지만 은아는 요지부동이었다.

"자기는 오늘 하루 종일 안고 있었으면서 왜 나는 못 안게 하는 거예요?"

"정말 몰라서 묻는 거예요?"

"모르니까 묻죠. 아는데 묻겠……."

아주 순식간의 일이었다. 준현의 손이 허리를 감고 어깨를 밀치는가 싶었는데, 정말 잠깐 사이에 두 사람의 자세가 완전히 바뀌어 있었다. 준현의 힘에 의해 은아는 소파에 등을 대고 온전히 눕혀졌고, 준현은 그 위에 올라타 양팔로 그녀를 가두었다.

"어……. 음……."

은아가 눈을 동그랗게 뜨고, 준현을 올려다보았다.

"그래서."

준현이 그런 은아를 내려다보며 빙긋 미소 지으며 말했다.

여태껏 본 적 없는 사악한 표정이었다.

"내가 왜 그랬는지 이제 좀 알겠어요?"

은아는 준현의 시선을 차마 받아 내지 못하고 고개를 돌려 버렸다. 사실 아느냐, 모르느냐 중에 양자택일을 하자면 은아는 아는 쪽에 속했다. 서당 개 3년이면 풍월을 읊는다고, 은아가 룸살롱에서 봐 온 것이 얼만데 이런 방면으로의 일을 모른다고 하겠는가.

다만, 은아가 놀란 것은 상대가 준현이라는 것에 있었다. 과거에 그녀가 봐 온 남자라고는 접대부들 치마 속에 손을 못 넣어 안달인 인간들뿐이었다. 그래서일까. 은아의 눈에는 준현이 거의 성자처럼 보였다.

그런데 지금 그 성자가 별안간 그녀를 쓰러트렸다. 그리고 그 위에 올라탔다. 준현을 성자라고 굳게 믿어 의심치 않던 은아로서는 얼마나 놀랄 일이겠는가.

"음, 그러니까 지금, 흥분한 거예요?"

은아의 물음에 준현은 풋, 하고 웃음이 터졌다. 그의 아래쪽에서 얼굴을 잔뜩 붉히고 더듬더듬 말을 이어 가는 모습이 왜 이렇게 귀여워 보이는지 모르겠다.

"그렇다면요?"

앞으로의 그녀가 어떻게 나올지 더욱 궁금해졌다. 눈도 마주치지 못하고 피해 버리는 지금 상태로 봐선 아마도 도망가 버리지 않을까.

"……."

역시나 은아는 아무런 말이 없었다. 그에 준현은 짓궂게 그녀를 재촉했다.

"음?"

하지만 그녀가 도망가 버릴 거라는 준현의 예상은 완전히 비껴 나가고 말았다.

"좋아요."

은아는 잠시 고민하는가 싶더니, 곧 결심한 듯 승낙의 말을 뱉어 냈다. 준현은 예상외의 상황에 당황해서 오히려 되물었다.

"네?"

"좋다고요."

김준현이니까. 다른 누구도 아닌 당신이니까.

"나도 하고 싶어요."

준현이라면 괜찮을 것 같다. 겁도 나고 망설여지기도 하지만, 이 남자라면 괜찮을 것 같다. 아니, 더없이 좋을 것 같다.

"사실, 나 이런 쪽으론 아직 경험이 없어요."

은아가 조심스럽게 말을 꺼냈다. 본 것은 많았지만 정작 직접 경험한 것은 없는 은아였다. 나쁜 쪽으로 먼저 접하게 되다보니 남녀 사이에 있는 그런 일들에 거부감을 느끼게 되었던 것이다.

"그래서 어떻게 해야 하는지 잘……."

은아가 말끝을 흐리자 준현이 낮은 목소리로 입을 열었다.

"눈······."

지독히도 낮은 목소리가 흘러나왔다. 아래쪽에서부터 시작된 뜨거운 열망이 짙게 밴 음성이었다. 준현이 목을 한 번 가다듬고 다시금 말했다.

"눈 감아요."

처음에는 단순히 은아를 놀려 줄 생각이었다. 그의 난처함을 몰라주는 그녀가 야속해서, 얼굴까지 붉혀 가며 곤란해하는 모습이 귀여워서 살짝 놀려 주려고 했었다.

물론 몸은 그녀를 달라고 아우성치고 있었다. 하지만 아직은 이르다는 생각이 들었다. 그녀를 더 소중하게 대해 주고 싶었다. 그의 거센 욕망에 다치지 않도록 지켜 주고 싶었다. 그래서 준현은 들끓는 감정을 장난으로 감추며 애써 억누르고 있었다.

"나도 하고 싶어요."

겨우 잔잔하게 만들어 둔 호수에 은아가 큰 돌덩이 하나를 집어 던졌다. 호수 위로 파문이 이는가 싶더니, 거센 풍랑이 되어 덮쳐들었다.

"준현 씨······."

은아는 눈 감으라는 준현의 말에도 그의 눈에서 시선을 떼지 못하고 있었다. 그의 눈빛은 맹수의 그것을 띠고 있었는데, 자첫 시선을 피하면 금세 잡아먹혀 버릴 것만 같았다.

"준현 씨…… 흡!"

그를 다시 한 번 부르려는데, 준현이 더 이상 기다리지 못하고 그녀의 입술로 돌진했다. 은아가 눈을 질끈 감았다. 갑작스러운 공격에 채 삼키지 못한 숨이 턱 끝까지 차올랐다. 벌써부터 숨이 막히는 기분이 들었다.

그가 입술을 가르고 안으로 들어왔다. 뜨거운 혀가 온 입 안을 휘저었다. 치열을 훑고, 입천장을 괴롭히던 그가 어눌하게 숨어 있던 그녀의 작은 혀를 찾아냈다. 그는 그녀의 귀여운 혀를 휘어 감아 숨째 들이마셨다.

"흐읍!"

은아가 저도 모르게 그의 어깨를 움켜쥐었다. 정신이 아득해져 갔다. 저번에 한강에서 했던 입맞춤과는 또 느낌이 달랐다. 지금의 키스에 부드러움은 없었다. 오직 너를 갖고 싶다는, 남자의 조급한 갈망만이 존재하고 있었다.

'괜찮아, 고은아.'

어느새 준현의 손이 은아의 상의 아래쪽으로 파고들었다. 맨살 위로 뜨거운 손의 느낌이 전해졌다. 그 생경한 느낌에 잔소름이 오소소 돋았다. 은아의 몸은 낯선 침입에 잔뜩 긴장을 한 상태였다.

'괜찮아. 괜찮으니까 긴장 풀고…….'

은아는 마음을 다잡으려고 속으로 연신 '괜찮다'를 반복했다.

그때 준현의 손이 옆구리를 타고 올라 브래지어 위를 서성이다 그녀의 가슴을 꼭 움켜쥐었다. 그 순간 바늘이 온몸을 찌르는 것 같은 찌르르함을 느꼈다. 괜찮긴 무슨!

"잠깐만요!"

은아가 다급하게 준현을 밀어냈다. 그녀는 가슴까지 들썩이며 가쁜 숨을 몰아쉬었다. 도저히 이 상태로는 끝까지 버틸 수 있을 것 같지가 않았다.

"저, 미안한데……."

다행히 준현은 은아가 밀어낸 대로 물러나 주었다. 그리고 그녀의 말이 이어지길 기다리고 있었다. 그에 은아는 준현의 눈치를 보며 조심스레 물었다.

"지금 와서 못 하겠다고 하면 너무 늦은 걸까요?"

"으음……."

준현이 곤란한 듯 끙, 하고 신음을 흘렸다.

"많이 힘들겠죠?"

은아의 물음에도 준현은 고개 숙인 채로 잠시간 말이 없었다.

"……힘들긴 한데, 그래도 어쩔 수 없죠."

방금 전까지 저돌적으로 다가오던 남자는 어디로 간 건지. 다시 고개를 든 준현은 어느새 평소의 다정한 미소를 머금고 있었다.

"사실 나도 언제 멈춰야 하나 싶었어요. 너무 무리하는 것 같아 보여서. 은아 씨가 그렇게 무리하면서까지 하는 건 나도 싫거든요."

은아에게 밀려난 채로 그녀의 위에 어정쩡하게 올라타 있던 준현이 자세를 바꿔 소파에 바로 앉았다. 그리고 은아를 당겨와 그의 옆에 앉혔다.

"소중하게 대해 주고 싶으니까."

준현은 아주 소중한 거라도 되는 것처럼 뒤에서 은아의 몸을 꼭 끌어안았다. 은아는 그의 말에서 전해져 오는 감동과, 등 뒤로 느껴지는 따뜻함에 수줍은 미소를 지었다.

"뭐, 사실 계속하고 싶은 마음도 있긴 하지만⋯⋯. 그래도 은아 씨랑 같이 행복해지고 싶은 마음이 더 커요."

"음⋯⋯. 다음번에는 더 분발하도록 할게요."

"기대하고 있을게요."

"그런데 솔직히 준현 씨가 너무 급하게 몰아세운 탓도 있어요. 갑자기 완전히 다른 사람이 돼서는⋯⋯."

"어쩔 수 없어요. 그것도 나름 많이 자제한 건데요."

그게 자제한 거라니. 아무래도 그는 성자는 아닌 모양이다. 그저 성자의 탈을 썼을 뿐. 은아가 속으로 한숨을 쉬었다. 두 사람이 하나가 되려면 그녀가 분발하는 수밖에 없을 것 같다.

"아, 더 이상 안 되겠다."

준현이 은아를 안고 있던 팔을 풀고 자리에서 일어났다.

"더 이상 안고 있다간 큰일 날 것 같아요. 아, 은아 씨 아직 뭐 제대로 먹은 거 없죠? 뭐라도 좀 먹어야 할 텐데."

준현은 애써 분위기를 환기시키며 부엌으로 도망가려 했다. 들끓는 욕망을 잠재우기 위해선 어쩔 수 없는 일이었다. 그런데 그런 그를 은아가 붙잡았다. 은아의 손이 준현의 옷자락을 움켜쥐고 놓아주지 않았다.

15화. 폭풍 전야

준현이 그를 붙잡은 은아의 손을 지그시 내려다보았다. 어찌나 꼭 잡고 있었던지 천이 잔뜩 구겨져 있었다. 다시 시선을 들어 그녀의 얼굴을 바라보았다. 어쩐지 그녀는 뭐 마려운 강아지처럼 안절부절못하고 있었다. 눈동자도 데구루루 구르며 좌우를 왔다 갔다 했다.

"무슨, 할 말 있어요?"

그의 물음에 잠시 망설이던 은아가 마땅한 대답을 찾지 못하고 손을 놓았다.

"아, 아뇨. 아무것도 아니에요."

이런 은아의 모습이 몹시 수상했지만 일단 이 자리를 벗어나는 게 급선무였다. 이대로는 정말 은아를 다치게 할지도 모를 일이다. 준현은 부엌으로 가려고 몸을 돌렸다.

"은아 씨."

준현이 나지막한 한숨을 쉬며 은아를 불렀다. 은아가 또 준현을 붙잡았던 탓이다.

"무슨 일이기에 그래요."

마음속으로 참을 인 자를 되새긴 준현이 다시 한 번 돌아섰다. 그리고 눈앞에 펼쳐진 광경에 눈을 질끈 감았다가 떴다. 소파에 앉은 채로 그의 옷깃을 붙잡고, 그를 물끄러미 올려다보는 은아의 모습이 미치게 사랑스러웠기 때문이다. 준현이 속으로 끙, 하고 앓는 소리를 내며 곤란한 듯 입가를 손으로 쓸어내렸다.

"은아 씨. 은아 씨가 보기엔 내가 흔쾌히 멈춘 것 같겠지만, 남자가 사랑하는 사람이랑 사랑 나누려다가 도중에 멈추는 거, 쉬운 일이 아니에요."

준현이 헛기침을 두어 번 하며 이어서 말했다.

"오늘은 은아 씨 다치기도 했고, 아직 준비가 안 된 것 같아서 지금도 억지로 꾹 참고 있는 거라고요."

그러니까 이제 그만 좀 자극해요. 준현이 속의 말을 삼킨 채 살짝 굳은 얼굴을 하고 부엌으로 가려고 했다. 요리든 뭐든, 뭐라도 하고 있어야 지금의 감정을 삭일 수 있을 것 같았다.

"조금 무서워서 그래요."

뒤에서 들려오는 물기 젖은 목소리에 준현이 멈칫했다. 그리고 삐그덕거리는 로봇처럼 어정쩡하게 뒤를 돌아보았다.

"아직 조금 무서워서 그런다고요."

전례가 없을 정도의 대담성을 보이며 사건을 해결하고, 충격에 잠긴 연인을 위로해 보이기도 했지만 그렇다 해서 은아가 아무렇지 않은 것은 아니었다.

괜찮은 척했지만 괜찮을 리가 없었다. 칼을 든 사람을 직접 마주했는데 무섭지 않을 리가 없지 않은가. 특히 서늘한 칼끝이 목을 향했을 때에는 정말 죽을지도 모른다는 생각도 들었었다. 그때의 공포가 아직도 온몸에 남아 있었다.

"왜 몰라주는 거예요. 나 오늘 죽을 뻔했었어요. 목에 칼이 들어왔었단 말이에요."

말을 하다 보니 괜히 더 서러워져서 눈물이 났다. 울 생각은 없었는데 눈시울이 뜨거워진 것이 고스란히 느껴졌다. 은아는 눈물을 보이기 싫어서 고개를 홱 돌렸다. 그러면서도 하던 말은 멈추지 않고 계속했다.

"치사하게 자기만 괜찮아지면 단가? 오만 투정 부려 가며 집까지 데려올 때는 언제고. 남자는 도중에 멈추는 게 어쩌고 저째? 그래서 뭐요. 준현 씨는 하반신 때문에 힘드니까 나 혼자 참고 견디라는……."

은아의 입술이 준현의 가슴팍에 막혀 더 이상 말을 이을 수가 없었다. 마치 뒤통수를 한 대 얻어맞은 사람처럼 얼이 빠져 있던 준현이 은아에게 다가가 그녀를 단번에 끌어안았던 것이다.

"미안해요. 이제 알아서……."

오늘 하루, 가장 힘들었던 사람은 은아였을 것이다. 가장 위로가 필요한 사람은 다른 누구도 아닌 은아였을 것이다. 그런데 그가 그 자리를 차고앉아서 위로받아야 할 당사자에게 내내 위로받고 있었다.

"정말 미안해요. 내가 생각이 부족했어요. 당연히 힘들 건데……. 엄청 무서웠을 텐데……. 거기까지 생각을 못 했어요."

"알면 빨리 토닥토닥해 줘요."

은아가 준현의 가슴에 묻혀 웅얼거리는 소리로 말했다. 준현이 아픈 미소를 지으며 은아의 등을 토닥여 주었다. 많이 힘들었을 그녀에게 해 줄 수 있는 게 이런 것밖에 없어서 마음이 너무 아팠다. 심장이 조여 오는 기분이었다.

"그래도 오늘 같이 있자고 투정 부려 준 건 아주 잘했어요."

오늘 같은 날엔 정말 혼자 있고 싶지 않았다. 누구라도 좋으니 옆에 있어 주었으면 좋겠다고 생각했다. 그런 때에 그가 옆에 있어 주었다. 옆에 함께 있어 주는 것만으로도 힘이 되었다. 옆에 있어 준 사람이 준현이라서 정말 다행이었다.

"흐읍. 하아."

은아가 깊게 숨을 들이마시고 내쉬었다. 그의 품 안에 있으니 다시금 마음에 안정이 찾아드는 것 같았다. 준현을 위로한 다는 핑계를 대고 그에게 안겨 있었지만, 사실 정작 위로를 받은 사람은 은아였다. 그와 맞붙어 있으면서 내내 위안을 얻고 있었다.

"고마워요. 옆에 있어 줘서. 준현 씨 아니었음 혼자 더 힘들었을 거예요. 그리고 아까 전에는 말이 좀…… 헛나왔어요. 못 들은 걸로 해 줘요."

마음이 진정되고 나니 방금 전 하반신이 어쩌고, 하는 말을 했던 것이 문득 떠올랐다. 은아는 하반신이 뭐람 상스럽게, 라고 중얼거렸다. 꽤나 부끄러웠던지 귀까지 빨갛게 달아올라 있었다. 그보다 더한 말을 많이 들어 봤고, 입에도 담아 봤지만 좋아하는 사람 앞에서는 여린 모습만 보여 주고 싶은 마음이었다.

"푸핫."

준현은 은아가 낮게 중얼거리는 소리에 웃음을 터트리고 말았다. 방금 전까지만 해도 미안함에 몸 둘 바를 모를 지경이었는데, 은아와 함께 있으니 진지함을 유지하고 있을 수가 없었다.

"하반신이 뭐 어때서요. 딱히 상스러울 건 없는데."

"그 하반신이 그 하반신을 말한 게 아니잖아요. 어우, 아무튼 이제 하반신은 잊어 줘요."

"알겠어요. 그런데 하반신 자세 좀 바꿔도 될까요. 조금 불편해서요."

준현은 급하게 안느라 소파에 한쪽 무릎을 꿇고 어정쩡하게 앉은 자세로 은아를 안고 있었는데, 일부러 하반신이라는 단어를 써 가며 짓궂게 은아를 놀렸다.

"방금 전까지만 해도 미안해 죽으려던 사람이……. 벌써 살아 나기 시작했죠?"

은아가 안긴 자세 그대로 고개를 빼꼼 들고 눈을 흘기며 말했다. 그에 준현이 손바닥으로 은아의 눈을 가려 버렸다.

"무슨 짓이에요!"

"제발 그렇게 올려다보는 건 그만둬요. 심장에 안 좋으니까."

"무슨 소린지 더 모르겠거든요?"

은아가 씩씩거리며 준현의 손을 떼어 내리려고 했다.

"그냥 은아 씨가 너무 귀엽다는 말이에요. 이대로 덮쳐 버리고 싶을 정도로."

그런데 이 말을 듣자 은아는 돌처럼 굳어 버린 듯 움직임을 멈추었다. 은아는 준현의 손바닥 아래에서 눈만 깜박거리고 있었다.

"흐음."

그에 준현이 낮은 신음을 흘렸다. 은아가 눈을 깜박이는 만큼 속눈썹의 움직임이 고스란히 느껴졌기 때문이다. 속눈썹이 손바닥을 간질간질거리는 기분이 묘한 감흥을 일으켰다.

"아니, 지금은 은아 씨가 뭘 하든 자극적일 것 같네요."

자극적이라니……. 은아가 준현에게서 살짝 물러났다.

'도대체 아까까지만 해도 잠잠하기만 하던 하반신이 왜 갑자기 난리야?'

그렇게 속으로 툴툴거리긴 했지만 입가에 수줍은 미소가 자리 잡는 것은 감출 수가 없었다. 준현의 입에서 나오는 자극적이라는 말이 기분 나쁘지만은 않았다.

"그래도 오늘 큰일 겪은 사람 덮칠 정도로 정신 놓은 건 아니니까 안심해요."

준현이 살짝 멀어진 은아를 다시 당겨 왔다. 그리고 눈을 가리고 있던 손바닥을 스르르 내려 은아의 볼을 감싸 안았다. 손바닥의 뜨거운 열기가 볼 안쪽으로 스며들었다. 볼뿐만 아니라 심장에도 열기가 차오르는 것 같았다.

"……조금 만지는 것 정도는 괜찮을 것 같아요."

은아가 살짝 달뜬 얼굴을 하고 수줍게 말했다. 심장에 들어찬 열기 때문일까, 아까보다는 더 분발할 수 있을 것 같은 예감이 들었다. 하지만 준현을 위한답시고 꺼낸 은아의 말이 그를 더욱 힘들게 만들고 있었다.

"지금 만지기 시작하면 아마 만지는 것만으로 끝나진 않을 거예요."

준현이 모든 것을 해탈한 사람처럼 아득히 먼 곳을 바라보며 말을 이었다.

"지금도 충분히 내일쯤이면 몸속에 사리가 생길 것 같은데요."

"준현 씨, 괜찮아요?"

은아는 준현이 꼭 정신을 놓은 것만 같아 걱정이 돼서 물었다.

"괜찮아요. 그저…… 하반신이 이렇게 생겨 먹어서 미안해요."

전혀 안 괜찮은 것 같은데. 은아는 이대로 그를 놓아주어야 하나 말아야 하나 진지하게 고민을 거듭했다.

"예약하셨습니까?"

"네, 고은아요."

"이쪽으로 오세요."

금요일 저녁, 강남의 고급 레스토랑. 은아와 가영은 직원이 이끄는 방향으로 따라 걸어 들어갔다. 가영은 자리에 앉으면서도 입을 다물지 못하고 있었다.

"오, 네가 웬일이야? 이렇게 비싼 걸 다 쏘고."

"취업 턱도 있고, 겸사겸사."

"뭐야, 설렁탕으로 넘길 거라더니."

"사 주면 사 주는 대로 그냥 먹으면 되지, 뭔 말이 그리 많아."

"이상하니까 그러지. 고은아가 이렇게 지갑을 쉽게 열 인물이 아닌데."

"주문이나 하자."

이후 두 사람은 별 탈 없이 고급스러운 만찬을 즐겼다. 스테이크에 기본 와인까지 주문해서 아주 제대로 기분을 내고 있었다.

"그래서, 알아봐 달라고 한 건 알아봤어?"

은아가 스테이크 마지막 한 점을 꼭꼭 씹어 먹은 뒤 은근슬쩍 본론을 꺼내 들었다. 한참 전에 식사를 마쳤던 가영이 와인을 한 모금 마셨다.

"그거 제법 큰 사건이더라? 내가 암흑 루트까지 써 가면서 알아봤는데, 좀 장난 아니던데."

"……그 정도야?"

"너도 알 거 아냐. 난 산에 들어가 있어서 몰랐다 쳐도, 넌 서울에 있었잖아. 이 정도면 전국적으로 떠들어 댔을 것 같은데, 뭘."

가영은 사법 고시를 준비하기 위해 독하게 마음먹고 절에 들어가서 살았던 적이 있었다. 그래서 그녀는 그 사건에 대해 알지 못했던 것이다. 그런데 이상하게 은아의 기억에도 3년 전에 그렇게까지 큰 사건은 없었다.

"아."

그때 은아가 뭔가 깨달은 듯 탄식을 내뱉었다.

"이제 좀 기억나?"

"아니. 그때 병원에 입원해 있을 때라 몰랐나 봐."

"입원? 네가 그런 것도 했었어? 나한테 말한 적 없었잖아."

3년 전에 은아는 은성에게 죽기 직전까지 맞고 병원에 실려 간 적이 있었다. 며칠간 의식이 없었기도 했고, 깨어난 후에도 친오빠에게 맞아서 그렇게 됐다는 사실에 충격을 받아 정신을 못 차렸던 걸로 기억한다.

'그게 다 마약 때문이었어.'

은아는 새로운 사실을 깨닫고, 테이블 아래로 손을 내려 주먹을 움켜쥐었다. 그때만 생각하면 아직도 치가 떨렸다.

"딱히 심각한 건 아니었어. 아무튼 그래서? 계속 얘기해 봐."

그때의 일 때문에 여전히 은성이 손이라도 들라치면 흠칫 놀라기 바빴지만, 지금 중요한 건 그게 아니었다.

"흐음, 아무래도 네가 말한 3년 전 마약 사건이라는 게 그 제약 회사에서 엄청 크게 일으켰던 일 말하는 거 같은데."

"제약 회사에서?"

"정확히 말하면 제약 회사 연구원들이. 그러니까, 어떤 제약 회사에서 마약 중독 치료제를 연구하다가 망해서 거기 연구원들이 마약 샘플을 뒷구멍으로 전부 팔아 버린 일이 있었거든."

제약 회사 연구원! 은아가 속으로 신음을 삼켰다. 준현이 왜 서준을 조사하고 있었는지 알 것 같았다. 그리고 은성이 어쩌다가 그 일에 발을 들이게 됐는지도.

"갑자기 마약 시장이 커져 가지고, 여기저기서 난리도 아니었나 본데. 우와, 이걸 모르고 살았다니. 그때 나 정말 공부만 했었구나."

"고은성 조사한 검사는 알아봤어?"

은아가 다른 길로 새려는 가영을 붙잡고, 중요한 질문을 마저 던졌다.

"그런데 그거, 은성 오빠랑 관련돼 있는 거 맞아?"

"일단 본인이 그 일 관련으로 검사한테 조사까지 받았다고 했으니까."

"전혀. 아무런 기록도 없던데. 불기소 처분했으면 그렇게 했다고 기록이라도 남아 있어야 되는데 아무것도 없어."

은아가 미간을 좁혔다.

'고은성이 거짓말한 거야?'

그러다 곧 고개를 저었다. 은성은 말을 안 했으면 안 했지 거짓말을 할 인물은 아니었다.

"오빠한테 직접 물어보지 그래?"

"그 수밖엔 없겠지?"

은성을 마지막으로 봤던 날 저녁. 그는 다시는 볼 일이 없을 거라고 했었다. 하지만 일을 파헤치기로 한 이상, 직접 찾아가 보는 수밖에 없었다.

"그리고 뭐 더 알아낸 건 없어?"

"없어, 없어."

가영이 손까지 내저었다. 은아는 의심스러운 눈을 하고 가영을 쳐다보다가 이내 고개를 돌렸다. 그리고 마지막 남은 와인을 들이켜며 혼자 생각에 잠겼다. 아무래도 제약 회사 연구원이던 서준이 마약 사건과 깊게 연관되어 있는 것 같다. 은성은 거기에 휩쓸린 거고.

'서준 오빠가 주범인 걸까.'

그렇게 생각을 매듭지으려는데 뭔가 이상하다는 생각이 들었다.

'그런데 겨우 제약 회사 연구원이 검사를 움직인다고? 그게 가능할까?'

의문이 생긴 은아가 다시 한 번 가영에게 물었다.

"이가영. 너 정말 더 알아낸 거 없어? 암흑 루트까지 쓴 것치고는 정보가 너무 허술하잖아."

"없다니까. 그리고 3년 전에 마무리된 사건을 왜 굳이 캐내고 그래?"

"아, 그러게."

준현은 또 왜 마무리된 사건을 여태 붙잡고 있는 걸까. 의문이 조금 풀리는가 싶었는데, 또 다른 의문이 생겨나고 있었다.

"야, 고은아."

그렇게 이런저런 생각에 잠겨 있는데 가영이 조심스럽게 은아를 불렀다.

"이제 네가 한번 말해 봐."

"뭘."

"김준현 검사 말이야. 사귀고 있다고 했잖아."

"아아. 그냥 어쩌다 같은 사무실에서 일하게 됐고, 그러다 눈 맞아서 평범하게 만나고 있는 중이야. 그나저나 와인 한 병 더 시킬까?"

은아가 심드렁하게 대꾸했다.

"그게 다가 아닐 텐데? 푸훗, 저번 주에 대학 병원 옥상에서 신파 제대로 찍었다며?"

이 얘기가 나올 것 같아서 일부러 화제를 돌리려 했던 건데. 가영은 기어코 그 창피한 과거를 들먹이고야 만다.

"아주, 사람들 다 보는 앞에서 키스까지 하고. 앞으로는 그런 짓 하지 마. 혼삿길 막힌다."

"키스까진 안 했거든?"

"너 있는 데도 다 소문났을 텐데. 회사 분위기는 좀 어때?"

"그냥, 평범해."

소문이 난 뒤 꽤 걱정을 했었는데, 생각보다 무난하게 일주일을 보낸 터였다. 두 사람이 만나는 걸 알게 된 직원들이 흔쾌히 축하 인사를 건네기도 했다. 가끔 모르는 직원들이 알은척하며 다가와서 난감할 때도 있었지만, 그럭저럭 괜찮은 편이었다. 아니, 괜찮은 정도가 아니라 무서울 정도로 평온한 일주일이었다.

"그래? 별다른 문제점은 없고?"

"딱히."

"흐음, 그렇구나."

어쩐지 가영의 말투에서 아쉬움이 느껴졌다. 그에 발끈한 은아가 물었다.

"문제없다는데 반응이 왜 그래. 그럼 넌 문제가 있었으면 좋겠어?"

"······솔직히 조금."

"뭐?"

"넌 그 남자 뭐가 그렇게 좋아? 여태 연애에는 관심도 없더니, 하필이면 그런 인간이랑."

"준현 씨가 어때서."

"하이고. 벌써부터 편드는 거야? 열녀 나셨네."

"뭐가 그렇게 마음에 안 드는 건데?"

가영이 비꼬는 것이 계속되자, 은아가 조금 진지해져서 물었다. 고개를 홱 돌리고 불퉁한 얼굴을 하고 있던 가영도 다시 은아를 보며 대답했다.

"너 힘든 거 싫으니까."

"······."

"저번에 내가 했던 말 기억하지? 그 집 어르신 장난 아니라는 거."

"······기억하고 있어."

"그래, 그럼 됐어."

그 말을 마지막으로 가영은 입을 다물었다. 마찬가지로 은아도 별다른 말을 하지 않았다. 두 사람은 그렇게 침묵 속에 있다가 조용히 레스토랑을 빠져나왔다.

"야, 어디 가?"

가영이 은아를 불렀다. 가영의 차는 1층 주차장에 고이 모셔져 있었는데, 은아는 주차장과는 다른 방향에 있는 출입구 쪽으로 걸어가고 있었던 것이다.

"차 가지고 왔다니까, 내 차 타고 같이 가."

"뭐래. 너 술 마셨잖아."

"와인 반병이 술이야?"

미친. 은아가 속으로 욕을 읊조리며 가영이 있는 곳으로 성 큼성큼 다가갔다. 그리고 그녀가 들고 있는 차 키를 빼앗아 버 렸다.

"그럼 그게 술이지. 약이냐? 하여간 검사라는 기지배가 생각 이 없어요."

은아는 휴대폰에 저장되어 있던 대리 번호를 꾹 눌렀다. 윤 계장과 술을 먹을 때마다 대리를 불렀기에 그녀에겐 익숙한 일 이었다.

"아니, 이건 검사를 떠나서 인간으로서 해서는 안 되는 일이 라고."

대리 기사와 통화를 끝낸 은아가 못다 한 잔소리를 이어 가 려고 했다.

"답지 않게 고지식하기는. 알겠어, 알겠으니까 일단 차에 가 서 기다리자."

가영이 음주운전의 위험성에 대해 일장 연설을 늘어놓으려는 은아의 입을 막고 먼저 차가 있는 곳으로 걸어갔다. 은아도 어 쩔 수 없이 그녀의 뒤를 따랐다. 두 사람은 차 뒷좌석에 나란히 앉아서 각기 다른 곳을 바라보고 있었다.

"너 말이야. 갑자기 3년 전 사건에 왜 이렇게 혈안이 돼서 난리야?"

턱을 괴고 차창 밖을 보고 있던 가영이 여전히 바깥을 보며 물었다. 은아도 그런 가영을 힐긋 한 번 봤다가 반대편 차창으로 고개를 돌렸다.

"고은성이 관련된 사건이니까. 계속 모른 척하려고 했는데, 그게 잘 안 되더라."

"아니, 그게 아니라. 이미 끝난 사건이잖아. 굳이 쑤시고 들어갈 필요가 있어?"

"준현 씨가 그 사건 계속 조사하는 것 같더라고."

"김준현 검사가?"

가영이 정말 의외라는 듯 반문했다. 그에 은아가 가영 쪽으로 시선을 돌리며 물었다.

"그게 왜. 뭐, 문제 있어?"

"딱히 문제는 없지. 그냥 일도 많을 텐데 왜 굳이 시간 낭비를 하나 싶어서. 그런 타입으로는 안 보였거든."

"다른 거 알아낸 게 있어서 그런 건 아니고?"

은아는 의심이 가득 담긴 시선을 놓지 않았다. 아까부터 가영의 분위기가 조금 이상했던 것이, 뭔가 알아낸 게 있는 거 아닌가 하는 생각이 계속 들었던 것이다.

"알아냈으면 내가 말했겠지. 덕분에 비싼 밥까지 얻어먹었는데."

"그러게. 비싼 밥까지 드셨는데 숨기는 건 말이 안 되지?"

은아가 가영을 계속 추궁하려는데 마침 휴대폰이 울리기 시작했다. 대리 기사에게서 온 전화였다.

"뭐 해, 받아."

가영이 싱긋 웃으며 말했다. 은아는 그런 가영을 탐탁지 않다는 듯 쳐다보다가 전화를 받아 들었다. 그리고 차 문을 열고 나가서 대리 기사에게 위치를 알려 주었다. 차 안에 혼자 남은 가영은 몰래 가슴을 쓸어내렸다.

'고은아, 눈치는 빨라서는.'

은아의 예상대로 가영은 사건을 조사하면서 알아낸 것이 있었다. 조사를 하다 보니 가영도 은아와 같은 의문이 들었다. 모든 서류에서는 이 사건이 연구원들 소행이라고 일단락 짓고 있었는데, 과연 연구원들만의 소행일까, 하는 의문이 들었던 것이다.

가영은 그 부분에 대해 더욱 세밀하게 알아보기 시작했다. 할 수 있는 모든 방법을 동원해서 조사해 보았다. 그리고 알게되었다. 문제의 제약 회사가 어떤 거대 기업과 커넥션이 있었다는 사실을.

'안 좋아……. 안 좋다고.'

사건의 낌새를 인지한 이상, 조사는 이루어져야 했다. 하지만 가영은 어쩐지 이 사건을 건드려도 될까, 하는 불안감이 들었다. 열어서는 안 되는 판도라의 상자를 열어 버린 것 같은 기분이었다.

은아는 가영의 차에서 내려 집 앞 골목으로 걸어오는 동안 혼자 상념에 잠겼다. 하지만 생각을 하면 할수록 머릿속은 더욱 뒤죽박죽이 되어 갔다.

"무슨 생각을 하느라, 앞에 사람이 있는 줄도 몰라요."

멍하니 건물 출입구로 들어가려던 은아가 옆에서 들리는 목소리에 놀라 고개를 돌렸다.

"준현 씨?"

편한 복장을 한 준현이 건물 벽에 기대어 서 있었다.

"연락도 없이 무슨 일이에요?"

"서운하네. 우리가 무슨 일 있어야만 보는 사이예요?"

"그런 건 아닌데, 그래도 연락은 하지 그랬어요. 여기서 얼마나 있었던 거예요?"

은아가 그렇게 말하며 준현의 볼에 손을 대어 보았다. 생각보다 몸이 꽤나 차가워져 있었다. 아직까지 서늘한 기운을 잔뜩 머금고 있는 밤에 가벼운 차림으로 오랫동안 서 있었으니. 당연한 결과였다.

"일단 들어와요."

돌려보낼 땐 보내더라도 일단 몸은 좀 녹이고 보내야 할 것 같았다. 그런데 집에 따뜻한 차 같은 게 있던가. 아니, 집 청소는 언제 했더라. 은아가 계단을 오르며 기억을 더듬어 보았다.

"지금 집 엉망일 텐데……."

은아는 옥상까지 올라와 비밀번호 잠금을 누르려다가 잠시 망설였다. 그에게 엉망인 집 안 꼴을 보여 주고 싶진 않았다.

'속옷이라도 어떻게 좀 치우고 싶은데.'

하지만 잔뜩 얼어 있는 준현을 보니, 집을 치울 때까지 밖에서 기다리고 있으라고 할 수가 없었다. 결국 준현과 함께 집 안으로 들어온 은아는 신발을 벗고 들어가기가 무섭게 재빨리 옷 정리부터 시작했다. 일차적으로 정리를 마친 그녀가 제대로 준현을 불러들였다.

"여기 앉아서 이불 좀 덮고 있어요. 난 마실 게 있나 찾아볼 테니까."

은아의 집은 한 칸 방으로 이루어져 있었다. 부엌으로 추정되는 좁은 공간에 멍하니 서 있던 준현이 그녀의 침대가 있는 쪽으로 들어갔다. 사실 침대라고 하긴 했는데 바닥에 매트리스 한 장 깔려 있는 게 다였다.

"아, 거기 바닥 차니까 매트리스 위에 앉아요."

부엌 수납장에서 커피포트를 꺼낸 은아가 분주하게 움직이며 말했다. 그녀의 말대로 준현은 매트리스 위에 조심스럽게 앉았다. 그는 딱히 둘러볼 것도 없었지만 처음 본 은아의 방이 신기해서 연신 두리번거렸다.

'흐음.'

숨도 한 번 크게 들이마셔 보았다. 좁은 방 가득 은아의 향기가 채워져 있었다. 준현은 은아가 바로 옆에 있는 것만 같아서 싱긋 미소를 지었다.

"찾아봤는데, 마실 만한 게 하나도 없어요. 혹시 배는 안 고파요? 컵라면은 있는데."

커피포트에 물을 올려놓고 마실 만한 걸 찾아보던 은아가 결국 찾는 것을 포기하고 준현이 있는 곳으로 왔다.

"이불 덮고 있으라니까. 말 안 듣죠."

그녀는 매트리스 위에 널브러진 이불을 들고, 팔을 뻗어 그의 어깨 위에 덮어 주려고 했다. 그런데 이불 속에 숨겨져 있던 뭔가가 툭 하고 떨어졌다. 두 사람의 시선이 불현듯 나타난 물체로 향했다. 그 물건이 뭔지 인식한 은아가 재빨리 숨겨 보았지만 이미 늦은 후였다.

"어? 어제 입었던……."

"굳이 말할 것까진 없어요!"

은아가 뒤로 감춘 그것은 그녀가 어제 입었던 브래지어였다. 어젯밤 잠결에 불편해서 벗은 터라 이불에 뒤엉켜 있었던 모양이다. 은아는 세탁기가 있는 곳으로 성큼성큼 걸어가 그 안에 속옷을 집어넣었다. 아마 지금쯤 얼굴이 익은 고구마 꼴이 되어 있을 것이다. 그녀는 차마 그가 있는 곳으로 가진 못하고 싱크대 쪽을 서성거렸다.

준현이 그런 은아의 뒷모습을 바라보다가 그녀가 있는 곳으로 다가갔다. 그리고 뒤에서 허리를 감아 안았다.

"어제도 본 건데 뭘 그렇게 부끄러워해요."

그의 손이 천천히 그녀의 상의 안으로 들어갔다. 일주일 새 두 사람의 사이는 더욱 돈독해져 있었다. 그의 손이 옷 안으로 들어와 그녀의 살결을 헤집어도 괜찮을 정도로, 두 사람은 가까워져 있었다.

준현이 부드럽게 손을 쓸어 올렸다. 편편한 배, 볼록 솟은 가슴, 여린 쇄골까지. 그리고 그녀의 가느다란 목을 살짝 그러쥐었다.

"으음."

그의 손이 지나가는 길을 따라 자잘한 여운이 감돌았다. 은아의 입술 사이로 낮은 신음성이 흘러나왔다. 그러다 그 소리가 자신의 입에서 나온 소리라는 걸 깨닫고 황급히 입술을 막아 버린다.

"괜찮아요, 소리 내도."

귓가에 뜨거운 숨결과 함께 그의 목소리가 들려왔다. 은아가 흠칫 몸을 떨었다. 준현은 은아의 귓불에 촉, 하고 입을 맞추고는 목선을 따라 입술을 천천히 내렸다. 그의 손도 서서히 내려가는가 싶더니 그녀의 봉긋한 가슴을 잔뜩 움켜쥐었다. 그의 느린 몸짓에 입을 막은 그녀의 손가락 사이로 옅은 신음이 새어 나왔다.

"으훗!"

일주일 새 은아는 그의 손길에 길들여져 느낄 줄 아는 몸이 되어 갔다. 온몸이 조여들고 머리가 어질어질해지는 이 느낌을 조금은 즐길 수 있게 되었다. 처음에는 생소하기만 하고 두렵기만 했던 이 감각이 조금씩 익숙해져 가고 있었다.

"자, 잠깐만요!"

하지만 준현의 다른 손이 바지 밑으로 들어가려 하자 정신이 번쩍 드는 것 같았다. 은아가 입을 막고 있던 손을 내려 그의 손을 붙잡았다.

"우리 같이 익숙해지기로 했잖아요."

준현은 아직은 쾌락에 익숙하지 않은 은아를 위해 속도를 맞추어 주기로 했다. 첫째 날은 숨 막힐 정도로 깊은 입맞춤까지만, 둘째 날은 옷 위로 가슴 움켜쥐는 것까지, 그리고 다음 날은 그보다 조금 더 농밀하게. 그렇게 아주 천천히 서로에게 익숙해져 가기로 한 것이다.

"오늘은 여기까지만……."

은아가 기어들어 갈 듯 작은 목소리로 말했다. 그에 준현이 짓궂은 음성으로 그녀를 자극했다.

"어제보다 더 분발하기로 한 거 아니었어요? 아직 어제만큼도 못 한 것 같은데."

"그러니까 그게……."

왠지 어제보다 더 심하게 느껴진단 말이에요. 은아는 그 말을 마음속으로 삼켰다. 그녀는 그의 손길에 익숙해져 가는 한편, 점점 더 예민해져 가기도 했다.

"그럼 오늘은 여기서 항복?"

오늘따라 예민해져 있는 몸 때문에 이쯤에서 그만두기를 청하려던 은아가 '항복'이라는 단어에 입을 다물었다. 항복이라고 하니 어쩐지 지는 것만 같아서 승부욕이 불타오른 것이다.

"누가 그렇대요?"

은아가 오기를 부리며 뒤돌아서 준현을 마주 보았다. 준현은 입가에 느른한 미소를 짓고 있었다. 은아는 그 미소가 얄미워져서 오늘 밤 기필코 그에게서 여유를 뺏어 보이겠다고 마음먹었다.

"같이 익숙해지기로 했는데, 나만 당하니까 억울해서 그러죠."

그녀는 눈을 살짝 흘기며 그가 한 그대로 그의 상의 안에 손을 집어넣었다. 손끝에 그의 단단한 몸의 감촉이 느껴졌다. 자신과는 전혀 다른 몸. 은아는 그렇게 사랑하는 사람의 몸에 대해서도 알아 가기 시작했다.

"하……."

은아의 손이 서서히 올라가자 평온하던 준현의 호흡이 조금 흐트러졌다. 그녀는 그 신호를 놓치지 않고 살짝 미소를 지었다. 하지만 승리의 기분을 만끽하기에는 아직 이르다. 은아가 다른 손으로 준현의 뒷목을 감싸 안고 그대로 당겨 왔다. 그리고 발끝을 세워 그의 목에 진한 입맞춤을 선사했다.

준현의 몸이 크게 움찔하는 게 느껴졌다. 보이지 않는 그의 표정이 궁금해질 정도였다. 은아는 그걸로도 부족했는지 맥박이 빠르게 뛰고 있는 그 부근을 혀로 살짝 핥아 올렸다.

그 순간 준현의 눈빛이 돌변했다. 그는 은아의 어깨를 움켜쥐고 거칠게 밀어내더니 두 손으로 그녀의 얼굴을 감싸 안았다. 그리고 그의 손에 단단히 고정돼 옴짝달싹못하게 된 은아에게 잡아먹을 듯 달려들었다.

"흡!"

그녀의 온 입술이 그에게 삼켜져 들어갔다. 숨, 타액, 그리고 영혼까지 송두리째 앗아 갈 것 같은 입맞춤이었다. 모든 것을 잠식할 것처럼 거세게 휘몰아쳤다가, 부드럽게 살살 달랜다. 그러다 안심하려고 하면 다시 폭풍처럼 돌변해 버리기도 한다.

'이런…… 이런 키스는 반칙이잖아!'

그에게 항의하고 싶었지만 그 말조차도 그에게 삼켜져 버렸다. 은아는 입맞춤만으로도 정신이 아득해지는 것 같았다. 그의 진한 키스에 어느 순간 다리에 힘이 풀리고 무릎이 꺾여 내려가려 했다.

하지만 은아에겐 그조차도 허락되지 않았다. 준현이 쓰러지려는 그녀를 단단히 옭아맨 것이다. 그에게서 멀어질 법한 어떠한 행동도 그에 의해 저지당해야 했다.

그렇게 얼마나 시간이 흘렀을까. 준현이 다신 떨어질 것 같지 않던 입술을 살짝 떼어 냈다. 촉촉하게 젖어 든 두 살결이 촉, 하고 떨어지는 소리가 귓가에 들려왔다. 그 소리가 너무 색정적으로 느껴져 은아는 몸이 저릿해지는 것 같았다.

'이젠 나도 모르겠다.'

해일처럼 몰려든 쾌락의 감각에 휩쓸린 은아는 이젠 어찌 돼도 좋을 것 같다는 생각이 들었다. 그런 그녀의 몽롱한 눈빛과 준현의 이글거리는 눈빛이 마주했다. 서로에게 시선을 떼지 않은 채 준현이 전신에 힘이 빠져 버린 은아를 안아 들었다. 그리고 매트리스 위에 살며시 그녀를 내려놓았다.

"난 아직 시작도 안 했어요."

준현이 은아의 위에 올라타며 느긋하게 말했다. 그는 욕망에 들끓는 눈빛을 하면서도 아직까지 마지막 여유를 잃지 않고 있었다. 일주일 동안 그녀와 같이 '익숙해지기'를 하면서 이런 상황에 많이 단련되었던 것이다.

은아가 서서히 남녀 사이의 쾌락에 대해 배워 가고 있다면, 준현은 남자가 사랑하는 여자를 눈앞에 두고 얼마나 참을 수 있는지 극한에 대해 알아 가고 있었다.

"이제부터가 진짜예요."

그가 은아의 블라우스 단추를 하나하나 풀어 가기 시작했다. 그리고 입술은 아직 꿰맨 자국이 여실히 남아 있는 그녀의 목으로 향했다. 하얀 살결과 대비되는 검은 자국 위에 조심스럽게 입을 맞추었다.

"읏!"

하지만 곧 새어 나오는 은아의 신음에 놀라서 퍼뜩 몸을 일으켰다.

"아파요?"

준현이 너무 당황하는 모습을 보이자, 도리어 당황한 은아가 얼굴을 석류꽃처럼 붉게 물들였다. 은아가 붉어진 얼굴을 손바닥으로 가리며 말했다.

"아픈 건…… 아니에요."

은아의 말에 준현이 안도의 한숨을 쉬었다.

"그럼 왜……."

"왜 그랬냐고 묻지 마요!"

준현이 '그럼 왜 그런 소리를 냈냐'고 짓궂게 물으려 하자, 은아가 먼저 선수 쳐서 엄포를 놓았다. 여전히 얼굴을 가린 은아를 보며 준현이 낮은 웃음을 흘렸다.

"얼굴 보여 주면 안 물을게요."

"싫어요."

"나 보기 싫은 거예요? 난 나 때문에 기뻐하는 은아 씨 얼굴 보고 싶은데."

준현의 말에 은아가 움찔했다. 그리고 어쩔 수 없다는 듯 천천히 손을 내렸다.

"비겁해요. 이런 때 그런 말하기 있어요?"

"은아 씨야말로 이렇게 귀엽기 있어요?"

그래서 더 괴롭혀 주고 싶어지잖아요. 준현이 잔뜩 상기된 은아의 볼에 입술을 촉, 하고 맞추었다. 다음은 입술, 턱, 그리고 가는 목선을 따라 내려가 가슴께에 닿았다. 은아의 블라우스는 그의 손에 의해 거의 풀어져 있었다. 준현은 옷감 사이로 숨어 있는 둔덕을 찾아 더욱더 깊이 내려갔다.

그가 움직이는 길을 따라 솜털이 곤두서는 기분이었다. '익숙해지기'를 할 때의 그는 느려도 너무 느렸다. 약 올리듯이, 감질나도록, 결국 그녀의 입에서 애타는 신음이 흘러나와 버릴 정도로 느리게 움직였다.

"아흣!"

은아의 목과 가슴 사이에 붉은 흔적을 잔뜩 만들어 놓은 준현이 몸을 살짝 들었다. 그리고 그가 주는 환희에 젖어 있는 그녀를 바라보았다.

'이런……'

위에서 내려다본 은아는 말도 못 할 정도로 자극적이었다. 열망에 취해 달뜬 숨을 내뱉고 있는 그녀가 얼마나 사랑스러운지, 얼마나 안고 싶은지, 그녀는 알지 못할 것이다.

준현이 그가 피워 둔 열꽃 위로 다시 한 번 달려들었다. 그녀의 모든 것을 갖고 싶었다. 그녀의 모든 것을 송두리째 마셔 버리고 싶었다. 그렇게 하면 이 갈증이 잦아들까. 그렇게 하면 이 욕망이 조금은 가라앉을까.

느리기만 하던 그가 서서히 움직임에 박차를 가해 갔다. 은아를 잡은 그의 손에도 힘이 잔뜩 들어가 있었다.

"자, 잠깐……."

준현은 흥분하기 시작하면 움직임이 빨라지기 시작한다. 그의 손이 조급함에 힘 조절을 잘 하지 못하는 그때가 바로 멈춰야 할 때였다. 그리고 지금이 바로 그때였다.

16화. 어느 날 갑자기, 그리고 그렇게

"잠깐만요!"

은아가 준현의 어깨를 힘껏 밀어냈다. 무섭게 달려드는 그가 걱정이기도 했지만 은아에겐 그를 멈춰야 하는 또 다른 이유가 있었다. 아마도 지금의 준현에게는 들리지 않는 것 같다만.

"전화 오고 있단 말이에요."

"나중에 받으면 돼요."

아, 그의 귀에도 벨 소리가 들리긴 했던 모양이다. 단지 무시하고 있었을 뿐.

"급한 전화면 어쩌려고 그래요? 빨리 받아요."

은아가 잔뜩 벌어져 있던 앞섶을 주섬주섬 모으며 뒤로 물러났다. 그녀의 눈은 단호해 보였다. 준현은 어쩔 수 없이 한숨을 쉬며 휴대폰을 꺼내 들었다. 이런 늦은 시간에 그에게 전화를 할 사람은 얼마 되지 않았다. 만약 지금의 전화가 재민이라면, 절대 용서하지 않을 생각이다.

"큼, 크흠. 네, 장 형사님."

그런데 지금의 전화는 마포구 소속의 형사에게서 온 거였다. 준현이 잔뜩 가라앉은 목을 가다듬고, 진중해진 목소리로 전화를 받았다.

─검사님, 늦은 시간에 이거 죄송합니다.

"아니요, 말씀하세요."

─이것 참……. 검사님이 그렇게 당부를 하셨는데도 또 이런 일이 생겨서 죄송한데…….

길게 이어지는 서론에 준현이 자리에서 일어났다. 뭔가 큰일이 벌어진 것 같았다. 그에 은아도 천천히 몸을 일으켰다.

─박영순이가 살해당했습니다.

"박영순 씨가요?"

뜨거웠던 피가 단번에 식어 버린 기분이었다. 그의 반응에 은아가 걱정스러운 눈빛으로 준현을 바라보았다. 준현이 그런 은아를 한 번 힐끔 보고, 그녀에게서 조금 떨어져서 통화를 이어 갔다.

"용의자 CCTV는 확보했습니까?"

－지금 확인하고 있습니다.

"네, 저도 금방 가겠습니다."

준현이 통화를 끊고 다급하게 집을 나서며 말했다.

"사건이에요. 지금 바로 가 봐야 할 것 같아요."

"무슨 일인데요?"

잠시 고민하던 준현이 어차피 은아도 알게 될 일이라서 어쩔 수 없이 말을 꺼냈다.

"박영순 씨가 살해당했어요."

"누가 그런 짓을……."

"이제부터 알아보러 가야죠."

"저도 같이 가요."

준현이 가던 길을 멈추고 돌아서서 은아의 어깨를 움켜잡았다.

"은아 씨가 올 곳이 아니에요. 그리고 저번에 나랑 약속했죠? 위험한 행동은 하지 않겠다고."

"준현 씨 혼자 위험한 곳에 보내겠다고 한 말은 아니었어요."

"별로 안 위험해요. 그러니까 걱정 말고, 오늘은 일단 쉬어요."

준현은 여전히 걱정스러운 얼굴을 하고 있는 은아를 집 안으로 밀어 넣고, 손수 문을 닫았다. 그리고 다급하게 계단을 내려 갔다. 문 앞에 서서 멀어지는 그의 발자국 소리를 듣기만 하던 은아가 손잡이에서 손을 떼었다. 그의 말대로 사건 현장에 간 다고 해도 그녀가 할 수 있는 일은 아무것도 없었다.

"왜 또 이런 일이 생긴 거야."

일주일 전, 오랜 시간 혼수상태에 빠져 있던 영순이 깨어났다. 정호가 영순을 죽이려고 한 일이 도리어 그를 깨우게 된 것이다. 은아는 일이 많은 준현과 윤 계장을 대신해 그런 영순의 상태를 매일 점검해 왔다.

영순은 차츰 다른 사람들의 말을 듣고 이해하고, 또 자기 의사 표현을 조금은 할 수 있게 되어 갔다. 그는 자신이 한 여자를 죽였다는 사실에 괴로워했고, 그녀의 약혼자가 그를 죽이려 했다는 사실에 또 한 번 마음 아파했다.

오늘은 정호가 한 행동에 대해 선처를 부탁한다는 탄원서에 서명을 하기도 했었다. 영순이 직접 서명한 탄원서는 정호의 재판에 아주 유리하게 작용될 터였다.

"조금만 더 있었으면 신문도 할 수 있었는데."

은아는 담당 의사에게서 상태가 많이 호전되고 있다는 말과 함께 곧 수사도 가능하겠다는 소견을 들었었다. 그 말을 준현에게 전했을 때, 그도 얼마나 기뻐했었는지 모른다.

"그런데 왜……."

그렇게 한참 동안 문 앞을 서성이고 있을 때, 방 안에서 휴대폰이 울리는 소리가 들려왔다. 은아는 혹시나 준현일까 하는 생각에 바로 달려갔다. 하지만 발신자는 미령이었다.

"무슨 일이야?"

─큰일 났어! 고은성이 사라졌어!

"뭐? 사라지다니? 그게 무슨 말이야?"

엎친 데 덮친 격으로 이번에는 은성이었다.

―아, 아니, 그게. 갑자기 가게에 이상한 남자들이 들이닥쳐서 여기저기 쑤셔 보는 거야. 그래서 고은성한테 연락했는데 전화를 안 받아서 집에 와 봤더니 집도 엉망이라……. 이게 다 무슨 일이니?

"경찰에는 신고했어?"

―아니, 아직. 신고해도 되려나 싶어서 일단 너한테 전화했지.

"우선 신고부터 해. 나도 곧 갈 테니까."

박영순이 살해당했다는 소식을 들었는데, 그와 관련되어 있는 은성도 사라졌다는 소식을 들으니 불길한 예감이 들었다. 심지어 이상한 남자들이 가게에 들이닥쳤다고 하니, 불안감이 배가되었다.

'설마 고은성한테도 무슨 일이 생긴 건 아니겠지.'

은아가 겉옷을 챙겨 들고 집을 나섰다. 준현에게도, 은성에게도 부디 아무 일이 없기를 바라며 계단을 내려갔다.

준현은 거친 숨을 몰아쉬며 병원 보안실로 들어섰다. 안에서는 그가 지시한 대로 형사와 보안 업체 직원들이 함께 CCTV를 돌려 보고 있는 것 같았다. 그런데 그 안에는 예상치 못한 인물들도 몇 명 있었다.

"선배님? 그리고 부장님?"

늦은 시각, 갑작스러운 사고였는데 서부지검 형사 3부 배원호 부장검사, 특수부 박재환 부장검사, 그리고 특수부 이명한 검사까지 담당 검사인 준현보다 먼저 도착해 있었다.

"여긴 어쩐 일로 오셨습니까?"

준현의 날 선 질문에 먼저 대답을 한 것은 선배인 이명한 검사였다. 그는 평소에도 준현을 그리 좋아하는 편이 아니었다. 아니, 명백히 싫어하는 편이었다. 명한이 아니꼬운 얼굴로 준현을 슥, 훑어보더니 그를 쳐다보지도 않고 말했다.

"이 사건은 특수부 관할이야. 그러니까 김 검은 이만 가 봐."

"도대체 언제부터 특수부 관할이었습니까? 방금 전까지만 해도 제 담당이었습니다."

선배의 가 보라는 말에도 준현이 기어코 안으로 걸어 들어가려 했다. 그러자 명한이 준현의 앞을 가로막았다.

"가 보라는 말 안 들려?"

"제가 맡은 사건입니다."

"이 새끼가 진짜!"

명한이 준현의 멱살을 잡았지만, 준현은 눈 하나 깜짝 않고 그를 마주 보고 있었다. 그러자 뒤에서 박 부장이 한마디 했다. 박재환 부장검사는 대검으로 옮길 때 준현도 같이 데리고 가고 싶어 할 정도로 그를 아끼는 사람이었다.

"이 검사, 후배라고 막 대하면 안 되지."

박 부장의 말에 명한이 준현의 멱살을 잡은 손을 탁, 하고 떨쳐 냈다.

"그리고 김준현 검사, 언제부터 이 사건이 자네 사건이었지?"

"박영순 씨 사건은 제가 맡아 왔습니다."

"자세히 말하면 박영순이 가해자인 사건을 자네가 맡은 거였지. 박영순이 피해자인 사건까지 맡은 건 아니지 않나?"

"그건……. 그래도 박영순 씨와 관련된 사건은 저희 형사 3부에서 맡고 있었습니다."

준현이 고개를 돌려 배원호 부장을 바라보았다. 형사 3부 부장검사이니 도와주길 바라는 마음으로 그에게 시선을 보냈다. 하지만 배 부장은 준현에게서 눈을 돌려 버렸다.

"그건 배 부장님이랑 얘기가 다 끝났어. 그리고 준현아, 네가 오기 전에 용의자도 다 찾아 났어. 일단 CCTV를 계속 살펴보고 있긴 한데 이 남자가 거의 유력해."

박 부장이 준현에게 CCTV 화면이 프린트된 종이를 건네주었다. 준현은 그 남자의 얼굴을 보고 미간을 좁혔다.

"곧 긴급 수배령도 내려질 거야."

믿고 싶지 않지만 사진 속에는 준현이 알고 있는 남자의 모습이 고스란히 찍혀 있었다.

어쩐지 하루하루가 너무 순탄하게 흘러간다 했다. 은아가 나지막한 한숨을 쉬었다. 그녀는 얼마 전까지만 해도 은성과 둘이 살았던 단칸방에 들어와 이것저것을 살피는 중이었다.

"하여간 요즘 들어서 이상하더라니."

옆에 같이 있던 미령이 작게 중얼거렸다.

"요즘이라니? 또 이런 적이 있었단 말이야?"

"응, 요즘 들어서 몇 번 이랬어. 갑자기 이상한 남자들 찾아와서 난동 부리기도 하고, 고 부장 그냥 길 가다가 습격당하기도 하고. 집 이렇게 엉망으로 만든 것도 이번이 두 번째일걸. 처음 그랬을 때 고은성 표정 싹 변해서는 너한테 전화해 보라고 난리도 아니었지."

미령이 고개를 절레절레 저으며 넋두리를 늘어놓다가 은아를 보며 물었다.

"그때 너 만나러 갔을 때 너도 봤을 거 아냐. 얘기 못 들었어?"

은아가 은성이 검찰청까지 찾아왔던 때를 떠올렸다. 그의 얼굴에 덕지덕지 남아 있던 상처들도 기억에 남았다.

"……아무 말 못 들었어."

"하여간 이놈의 남매는 서로한테 너무 말을 안 해서 탈이지."

"쓸데없는 소리 말고 고은성한테 전화나 좀 더 해 봐."

"알았네요, 알았어."

미령이 은성에게 전화를 걸어 보는 사이, 은아는 자신이 오랫동안 살았던 방 안을 구석구석 살펴보았다. 그런 그녀의 시선 끝에 낡은 책상이 놓여 있었다. 이 집에서 은아가 가장 오래 머물렀던 공간이었다. 책장의 책들은 엉망으로 바닥에 쏟아져 있었지만, 책상만은 그녀가 집을 떠날 때 그대로 그 자리에 있었다.

'이런 감상에 젖을 때가 아닌데.'

은아가 상념을 멈추고, 다시 주변을 둘러보았다. 그때, 은아의 휴대폰이 울리기 시작했다.

"어, 이가영. 무슨 일이야?"

─뭐? 무슨 일이야? 너야말로 지금 무슨 일이야?

"뭐가."

─너 뉴스 안 봤어?

"무슨 뉴스……."

─지금 은성 오빠한테 긴급 수배령 내려졌다고! 살해 용의자라니, 이게 다 무슨 말이야?

가영의 말에 놀라서 숨을 멈추고 있는데, 다른 쪽에서 미령이 놀라는 소리가 들려왔다. 은아는 소리가 들리는 쪽으로 시선을 돌렸다. 허름한 복장을 한 남자 두 명과 경찰 제복을 입은 남자 한 명이 집으로 들이닥친 상황이었다.

"강남경찰서 강력반 형사 김현수입니다. 두 분은 고은성 씨와 어떤 관계입니까?"

은아는 가영과의 전화를 끊고 그들에게 다가갔다.

"동생입니다. 그런데 왜 그러시죠?"

형사는 동생이라는 말을 듣고, 집 안을 한 번 슥, 둘러보더니 의심스러운 눈빛으로 은아를 쳐다보았다.

"고은성 씨는 긴급 수배령이 떨어진 상황입니다. 혹시 가족분께서는 고은성 씨가 어디로 갔는지 알고 계십니까?"

"아니요. 모릅니다."

"우리도 사람이 갑자기 없어져서 경찰에 신고한 참이라고요!"

형사는 은아와 미령의 말을 대충 듣고 넘기며, 자기 할 말을 이어 갔다.

"고은성 씨는 살해 용의자입니다. 혹시나 도주를 돕는다거나 하시면 가족분께도 피해가 갈 수 있습니다."

"지금 협박하는 거예요?"

"충고하는 겁니다. 그럼 두 분은 언제 마지막으로 고은성 씨를 봤습니까?"

은아와 미령의 시선이 불안하게 얽혀 들었다.

"오늘 새벽에 가게에서 보고 못 봤어요."

"그럼 동생분은요?"

"일주일 전에 봤습니다."

"동생이라면서요?"

"네. 그게 무슨 문제가 되나요?"

은아의 대답에 형사가 미심쩍은 표정을 짓더니 살짝 뒤로 돌아서서 무전을 연결했다.

"고은성 자택에 없음. 도주 흔적 보임. 현장에서 동생 발견."

형사는 무전을 끝낸 후, 같이 온 다른 남자들에게 지시를 내리는가 싶더니 다시 은아와 미령이 있는 곳으로 다가왔다.

"혹시 서까지 동행해 주실 수 있습니까?"

"아니요. 거절하겠습니다."

어느 날 갑자기, 그리고 그렇게 417

"뭐, 그러시다면 어쩔 수 없죠. 그리고 혹시나 고은성 씨한테서 연락 오면, 저희한테 연락 주시면 감사드리겠습니다."

형사는 여전히 은아를 향한 의심의 시선을 거두지 않은 채 일단은 돌아갔다. 형사들이 모두 나가자 미령이 소란을 떨기 시작했다.

"이게 다 무슨 일이야? 살해 용의자라니?"

"내가 묻고 싶은 말이야. 고은성은 아직 전화 안 받아?"

"안 받아!"

도대체 일이 어떻게 흘러가고 있는 건지. 은아가 애꿎은 휴대폰만 꽉 움켜쥐고 서 있는데, 다시 휴대폰이 울리기 시작했다. 이번에는 준현이었다.

"준현 씨!"

은아가 반가운 마음에 잽싸게 전화를 받았다.

─걱정할 것 같아서 전화했어요.

"이게 다 무슨 일이에요?"

─이쪽에서도 조사하고 있긴 한데, 은성 씨가 박영순 씨 병실에 들어왔다가 나가는 모습이 찍혔어요.

준현의 말에 다리에 힘이 풀린 은아가 바닥에 주저앉았다. 옆에서 미령이 괜찮냐고 부산스럽게 굴었지만, 마치 혼자 딴 세상에 동떨어져 있는 것만 같았다.

'정말로 고은성이 죽인 거야?'

머리가 새하얗게 되었다. 도무지 뭘 어떻게 해야 할지 알 수가 없었다.

　ー그래도 아직 사망 추정 시각도 안 나왔고, 은성 씨가 죽였다는 게 확실한 것도 아니니까 혹시나 은성 씨가 잡히더라도……

　"요즘 누가 계속 고은성을 습격했다고 했어요. 오늘도 어떤 남자들이 집이랑 가게까지 찾아와서 엉망으로 만들어 놨고요. 고은성은 지금 사라지고 없어요."

　ー그게 정말이에요? 잠시만 기다려 봐요.

　준현이 주변 사람들에게 은아가 말한 것을 전하는 소리가 들려왔다. 은아는 혹시나 무슨 소리가 들릴까, 귀에 잔뜩 신경을 쓰고 있었다.

　ー룸살롱 부장이라며? 자기들끼리 세력 다툼이라도 한 거겠지.

　먼저, 젊은 남자의 비아냥거리는 목소리가 들려왔다.

　ー내가 먼저 받은 보고는 자택에 용의자가 없고, 집에는 도주 흔적이 보인다는 거였네. 지금 그게 도주 흔적이 아니라 누군가가 침입을 했다는 말인데. 확실한 정보인가?

　수화기 너머로 들려온 중년 남자의 말에 은아가 미령에게 물었다.

　"오늘 그 남자들이 여기 들어온 거, 확실하게 봤어?"

　"보진 못했지만, 당연히 그랬겠지! 가게에도 쳐들어온 놈들인데."

　미령의 말에 은아가 눈을 질끈 감았다. 확실한 정보는 아니라는 말이었다.

"여보세요, 준현 씨. 아무래도 확실한 건 아닌 것 같아요. 수사에 방해되는 것 같으니까 일단 끊을게요."

준현이 그녀를 부르는 소리가 들렸지만, 은아는 통화를 끊었다. 그리고 주위를 다시 돌아보았다. 은아도 미령의 말만 듣고 당연히 누군가가 침입했을 거라고만 생각했다. 그런데 그런 것 치고는 바닥에 발자국 하나 보이지 않았다. 그저 집 안만 어지럽혀져 있을 뿐이었다.

물론 그 사람들이 족적을 지웠을 수도 있다. 하지만 아무도 침입한 사람 없이 은성이 도주했을 가능성도 있는 것이다.

"하아⋯⋯."

도대체 무엇을 믿어야 할까.

"고은아, 너 지금 설마 고은성이 정말 사람 죽였을 거라고 생각하는 건 아니지?"

미령이 있을 수 없는 일이라는 듯 은아에게 물었다. 그에 은아가 힘없이 대답했다.

"고은성이 안 그랬다는 확실한 증거가 없잖아."

"네 오빠잖아!"

"그런 건 증거가 아니지."

"고은성, 네 오빠라고!"

이어지는 미령의 고함에 은아가 숨을 짧게 한 번 뱉어 내고는 크게 소리쳤다.

"그래! 고은성 내 오빠야. 그리고 난 그 친오빠한테 맞아 죽을 뻔했던 동생이고!"

"그, 그건……."

"친동생도 죽일 뻔했던 사람인데, 다른 사람이라고 못 죽일까."

"너…… 진심으로 하는 소리야?"

은아가 입을 꾹 다물었다.

"그때 그 일은 고은성이 일부러 그런 게 아니야!"

미령이 하얗게 질려서 변명을 이어 갔다.

"고은성도 그때 그 일 때문에 얼마나 힘들어했는데. 자기 손으로 동생 죽일 뻔했다고. 친구가 준 게 마약인 줄도 모르고 먹…… 읍."

은성이 입단속을 시켜 둔 탓에 미령이 말을 하다 말고 입을 틀어막았다.

"언니도 알고 있었어? 고은성이 마약 사건이랑 관련 있다는 거."

"너…… 도 알고 있는 거야?"

"최근에 알았어. 그러는 언니는 어디까지 알고 있는 건데. 혹시 박영순이라는 이름은 들어 본 적 있어? 마약 일하고 관련해서."

"박영순?"

미령이 잠시 기억을 더듬어 보다가 고개를 갸웃했다.

"혹시 그 제약 회사 연구원이라는 친구랑 같이 온 사람 말하는 거야? 마약 일하고 관련된 사람이면 그 사람밖에 없는데. 무슨 기업 간부라는 것 같았어."

"무슨 기업?"

은아가 자세를 바로잡고 미령에게 바짝 다가갔다.

"근데 여기 오는 남자들이야, 다 자기가 사장이고 기업 간부지 뭐."

"무슨 기업이라고 했는데!"

"몰라. 아무튼 듣고 꽤 통이 크구나, 싶었던 것밖에는. 보통은 자잘한 회사들 이름 대는데 그 사람은 엄청 큰 기업 이름 대기에 꽤 놀랐었거든. 그런데 그 사람은 왜?"

"그 사람이야. 고은성이 죽인 사람."

"고은성이 사람 죽였을 리가 없…… 뭐? 그 사람 죽었어?"

은아는 더 이상 미령의 말을 듣지 않고 혼자 생각에 잠겼다.

'대기업 간부라……. 확실히 연구원들끼리 저지른 일이라기엔 규모가 너무 크다 했어.'

아무래도 은성이 생각했던 것보다 더 큰일에 엮여 들어간 것 같았다. 아까보다 더욱 짙어진 불안감에 잠긴 은아가 입술을 가늘게 떨었다. 떨림을 멈추려고 주먹으로 입술을 지그시 눌러 봤지만, 그 떨림은 다른 곳에까지 전달될 뿐이었다.

"절대 다른 사람들한테 은성 오빠랑 네 사이 들키면 안 돼."

주말 내내 함께 있어 준 가영이 누누이 강조했던 말이었다. 가영은 혼자 집에서 멍하니 있는 은아를 데리고 나와서 밥도 먹이고, 쇼핑도 데리고 다니고, 영화도 보여 주면서 그녀가 괜한 상념에 사로잡히지 않게 도와주었다.

그런 그녀가 시도 때도 없이 강조한 말이 다른 사람들에게 은성에 대해서 들키지 말라는 것이었다. 잘못 소문이라도 나면 골치 아파질 거라고 했다.

"소문날 게 뭐 있어. 내가 어디 가서 고은성이 내 오빠라고 말하고 다닌 것도 아니고."

그에 은아는 그런 일이 일어날 리 없다며 손을 내저었다. 쓸데없이 괜한 걱정을 하는 거라고 일축했다. 그땐 그렇게 생각했었다.

'어째 분위기가 이상한데…….'

월요일 아침. 은아는 평소보다 조금 늦게 검찰청 건물에 발을 들였다. 그런데 출근하는 길 내내 사람들의 시선이 느껴지는가 싶더니, 건물 안으로 들어서자 그 정도가 더욱 심해져 가고 있었다.

'에이, 설마.'

은아는 스멀스멀 기어오르는 의혹을 애써 무시하고 엘리베이터 앞에 대기했다. 그런데 아무리 무시하려고 해도 사람들의 힐끔거리는 시선이 자신을 향하고 있다는 걸 인정하지 않을 수가 없었다.

마치 거대한 적을 혼자서 상대하고 있는 것 같은 기분이었다. 이유를 알 수 없는 다수의 시선이 자신에게 향하고 있다는 건, 그리 좋은 기분이 아니었다. 아니, 잘못한 것도 없는데 몸이 움츠러들 정도로 무서운 일이었다.

'뭘까……'

그렇게 의문에 휩싸인 채 사무실 문을 열었다. 아니, 열려고 했다.

"그러니까 은아 씨가 살해 용의자랑 가족인지 아닌지를 왜 나한테 묻냐고, 이 사람들아!"

"계장님이랑 친하게 지냈잖아요. 아무 얘기도 못 들었어요?"

"저기, 수정 씨. 이만 좀 가는 게……"

은아는 문고리를 돌려 문을 열려고 하다가 문틈 사이로 들려오는 대화 소리에 움직임을 멈추었다.

"이 남자, 저번에 고은아 씨 찾으면서 난동 부린 사람이란 말이에요. 이름도 봐요, 고은성이래요. 고은성, 고은아. 뭔가 있을 것 같지 않아요?"

"수정 씨, 이제 그만하고……"

"아, 갑자기 왜 그래요? 둘이 뭔가 있는 것 같다고, 동수 씨가 먼저 얘기 꺼냈으면서!"

수정과 동수는 다른 사람들이 많이 있는 휴게실에서 이 문제로 다투다가 이곳까지 오게 된 거였다. 두 사람이 시작한 얘기는 사람들 사이에 빠르게 퍼져 갔고, 대부분의 사람들이 그 문제로 이야기하는 상황에 이르게 된 것이다.

"좋은 아침입니다."

은아가 더 이상 기다리지 못하고 사무실 문을 벌컥 열었다.

"은아 씨도 좋은 아침."

그녀의 인사에 윤 계장이 바로 응답했다. 수정과 동수도 서로 눈치를 보다가 머쓱하게 인사를 했다. 은아는 일부러 두 사람에게 시선을 주지 않으며 창문 쪽으로 걸어갔다.

"저기, 은아 씨."

"그냥 좀 가요. 저, 수고하세요."

수정이 그런 은아에게 말을 걸려고 했지만, 동수가 수정을 끌고 사무실 밖으로 나갔다. 두 사람이 사라지자, 윤 계장이 혀를 끌끌 찼다.

"하여간, 남 일에 관심들이 많다니까."

다행히 윤 계장은 은성의 일에 대해 관심을 가지지 않는 것 같았다. 은아도 짐짓 모른 척하며 화제를 돌리려고 했다.

"일찍 오셨네요."

"일찍 온 게 아니라, 아직 퇴근을 못 한 거야. 이번 사건 때문에 주말까지 반납했거든."

"아, 그러셨구나."

은아가 다른 적당한 말을 찾지 못하고 고개를 끄덕였다. 윤 계장은 허리 운동을 하며 말을 이어 갔다.

"근데 그러면 뭐해. 벌써 특수부 관할로 넘어가서 우리 쪽 의견은 들어 주지도 않는데."

"특수부로 넘어갔어요?"

준현은 수사가 어떻게 진행되고 있는지에 대해서는 은아에게 아무것도 알려 주지 않았다. 잠깐 통화하는 동안에도 괜찮으니까 걱정 말라는 말이 전부였다. 그런데 사건을 뺏겼을 줄이야.

"응. 안 그래도 그것 때문에 검사님 지금 배 부장님이랑 대판하는 중이야. 은아 씨, 나 커피 좀 타 줄래?"

"아, 네."

은아는 가방을 책상에 내려 두고 탕비실에 들어갔다. 커피포트에 물을 담고 있는 중에도 그녀의 얼굴엔 수심이 가득했다.

'이렇게 갑자기 소문이 돌 줄이야. 사건은 또 왜 뺏긴 거고…….'

많은 일들이 너무 한꺼번에 일어나서 정신을 차리고 있기가 힘들었다.

'고은성은 도대체 어디서 뭘 하고 있는 거야.'

물을 올려 두고 이런저런 생각에 잠겨 있는데, 윤 계장이 은아를 부르는 소리가 들렸다. 탕비실 밖으로 나가자, 사무실에 윤 계장 말고 다른 사람도 함께 있는 것이 보였다.

"아, 부장님. 안녕하세요."

특수부 박재환 부장검사였다.

"고은아 씨라고 했던 것 같은데, 잠시 얘기 좀 할 수 있을까?"

은아는 예상치 못한 상황의 연속에 당황해서 잠시 멍하니 서 있었다. 박재환 부장은 은아의 대답도 듣지 않고 먼저 사무실을 나섰다.

"뭐 해, 은아 씨."

윤 계장의 재촉에 퍼뜩 정신을 차린 은아가 잔뜩 긴장한 채

박 부장의 뒤를 따라갔다.

"편히 앉게."

박재환 부장검사의 집무실은 준현의 그것보다 조금 더 넓고, 고급스러운 느낌이 물씬 들었다. 은아는 소파에 조심스럽게 앉으며, 그의 말이 떨어지길 기다렸다.

"김 검사, 아니 준현이랑은 그 녀석이 어릴 때부터 알던 사이였지. 워낙에 친하기도 하고, 능력 면에서도 뛰어나서 이번에 대검으로 데리고 가고 싶은 녀석이야."

박 부장이 아련한 미소를 떠올리며 말을 꺼냈다. 은아는 뭐라고 대답해야 할지 몰라 일단 가만히 있었다.

"아, 내가 이런 얘기를 하려던 게 아니라."

잠시 뜸을 들이던 박 부장이 책상으로 가서 서류 뭉치와 안경집을 가지고 돌아왔다. 금테 안경을 쓴 그는 지금까지와는 인상이 많이 달라 보였다. 재환이 서류를 잠시 훑어보다가 은아에게로 고개를 돌렸다. 눈을 마주친 그녀가 살짝 움찔할 정도로 냉철한 눈빛이었다.

"이번 박영순 살인 사건 용의자 고은성이랑 남매지간이라지."

"……그렇습니다."

"용의자 도주를 도운 것 같다는 의혹이 있던데."

예고도 없이 이어진 청천벽력과도 같은 말에 은아가 숨을 헉하고 들이마셨다. 재환의 서늘한 눈빛이 은아를 서서히 조여 갔다. 그는 그녀에게 어떠한 자비도 허락하지 않았다.

"의혹…… 일 뿐입니다."

은아는 긴장한 탓에 잘 나오지 않는 목소리를 억지로 쥐어짜면서 대답했다.

"오빠와는 사건 발생하기 일주일 전부터 지금까지 한 번도 만난 적이 없습니다."

"확실히. 사건 이후로 고은성과 접촉했다는 보고는 듣지 못했지."

"절 감시하고 있는 겁니까?"

그럼 유력한 용의자의 유일한 가족을 감시조차 하지 않을 거라고 생각했나? 은아를 바라보는 재환의 눈동자가 그렇게 말하고 있는 것 같았다.

"만약을 위한 대비, 라고 하는 게 더 옳은 표현일 것 같네만. 어쨌든, 수사를 하면서 한 가지 의문이 드는 게 있는데, 한번 들어 보겠나?"

이번에도 재환은 은아의 대답을 기다리지 않고 말을 이어 갔다.

"용의자가 도대체 어떻게 박영순이 있는 병원을 알아냈을까. 최근에 어떤 사건이 하나 있어서 병원도 옮기고, 보안에도 더 신경을 썼는데."

"그건……."

"이렇게 생각해 보면 어떨까. 고은성은 3년 전에 일어난 마약 사건과 깊게 연관되어 있었다. 박영순은 그 사실을 입증해 줄

증인이자 공범이다. 그 공범이 검찰에 붙잡혔고, 수사망은 점점 좁혀져 간다. 그런데 우연찮게 고은성의 여동생이 박영순의 사건을 맡고 있었다. 오빠의 죄가 드러날까 두려웠던 동생은 오빠에게 박영순이 있는 곳을 알려 주었다. 그리고 오빠는 비교적 수월하게 박영순을 죽일 수 있었다. 어쩐지 아귀가 맞지 않나."

무슨 이런 말도 안 되는……. 은아는 숨이 턱 막히는 것 같았다.

"소문이라는 건 참 무섭지. 확실한 것도 아닌데 한번 퍼지기 시작하면 걷잡을 수가 없단 말이야."

"그런……. 절대 그런 거 아닙니다! 말도 안 되는 억측이에요. 저는…… 저는 그랬던 적 없습니다!"

은아가 수세에 몰려 새파랗게 질렸다. 아무리 평상심을 유지하려고 해도 박재환 부장검사의 앞에서는 불가능한 일이었다.

"진실은 아무도 몰라. 결국은 제일 그럴듯한 게 사실 행세를 할 뿐이지."

재환이 맹독과도 같은 말을 이어 가던 그때, 집무실 밖이 소란스러워지는가 싶더니 문이 쾅, 하고 열렸다. 준현이 직원들의 만류를 꺾고 기어코 안으로 들어와서 은아의 어깨를 지그시 감싸 쥐었다.

"진실은 어떻게든 제가 찾아낼 겁니다."

박 부장은 갑작스럽게 들이닥친 준현을 한 번 슥 보고, 함께 들어온 다른 직원들에게 나가 보라는 지시를 내렸다.

"부장님, 지금 은아 씨만 따로 불러내서 뭐 하시는 겁니까?"

"김 검사야말로 지금 뭐 하는 짓이지? 난 자넬 부른 기억이 없는데."

"부탁드릴 게 있어서 왔습니다. 배 부장님께 양해 구했으니, 저도 수사 팀에 넣어 주십시오."

"쯧쯧. 상사를 얼마나 들볶았으면……."

준현은 배원호 부장을 겨우 설득시키고 사무실로 돌아갔다가, 윤 계장에게 상황 설명을 듣고 바로 이곳으로 온 참이었다.

그는 긴장해서 단단하게 굳어 있는 은아의 어깨를 살짝 힘주어 잡았다. 걱정하지 말라고 말하고 있는 것만 같았다. 그가 주는 온기에, 은아도 마음을 굳게 다잡을 수 있었다. 그녀는 방금 전보다 훨씬 안정된 목소리로 재환에게 말했다.

"고은성이 3년 전 마약 사건에 얼마나 깊게 관계됐는지는 모르지만, 마약 건으로 검찰 조사를 받았다고 했습니다. 그러니 거리낄 이유 없습니다."

"그래? 그런데 왜 기록에는 남아 있지 않지?"

기록이 없다는 건 이미 가영에게서 전해 들은 이야기였다. 그래서 은아는 침착하게 대응할 수 있었다.

"그걸 조사해 봐야 하지 않을까요. 어느 무능한 검사님이 마약 관련 사건을 불기소 처분하고, 기록도 안 남겼는지."

은아의 다부진 말에 재환이 조금 의외라는 듯 그녀를 바라보았다.

"그래, 그건 일단 용의자를 잡고 나서 조사해 보면 알 일이지.

그런데 안타까운 건 진실을 찾는 그동안에도 소문은 퍼질 거고, 그 소문에 다치는 건 당사자뿐만이 아니라는 거야."

박 부장이 준현이 있는 쪽을 한 번 보았다가 다시 은아에게 시선을 두었다.

"준현아, 너도 많이 다칠 거다."

얼핏 준현에게 말하고 있는 듯했지만, 이 말은 은아에게 하는 말이었다. 너 때문에 네 옆에 있는 사람도 다치게 될 거라고. 재환의 그 말은 지금까지 중 어떤 말보다 더 큰 충격을 주고 있었다. 은아가 입 안 여린 살을 질끈 깨물었다.

"이 정도에 다칠 거였으면 애초에 시작도 안 했습니다."

근심 어린 얼굴을 한 은아와 달리 준현은 단호하게 대답했다. 재환은 두 사람의 모습을 번갈아 보며 고개를 끄덕였다.

'그래, 준현이 너는 소문 같은 건 신경도 안 쓰겠지. 그런데 고은아 씨도 그렇게 생각할까?'

재환의 생각대로 은아는 준현에 대한 걱정을 하고 있었다. 자기 때문에 준현이 힘들어질 거라는 생각에 속이 새까맣게 타들어 가는 것 같았다.

"그래. 김 검, 자네가 정 그렇게 자신 있다면 이번 수사에……."

수사에 합류해도 좋다는 말을 하려는데, 밖에서 노크 소리가 들리더니 집무실 문이 열렸다.

"부장님, 고은성이 부산에서 발견됐다는 보고입니다."

수사관의 말에 세 사람의 관심이 한곳에 집중되었다. 은아는

어느 날 갑자기, 그리고 그렇게 431

저도 모르게 자리에서 벌떡 일어났다.

"그래? 그래서 지금 상황은?"

재환의 물음에 수사관이 휴대폰으로 상황 설명을 듣고 나서, 세 사람에게도 알려 주었다.

"용의자는 도주 중이고, 경찰 인력이 쫓고 있다고 합니다. 이 명한 검사님도 부산으로 출발하셨다고 하고요."

"저도 가 보겠습니다!"

준현이 수사관의 말이 끝나기가 무섭게 외쳤다. 은성의 체포를 명한에게만 맡길 수는 없는 노릇이었다.

"아, 그런데."

이어지는 수사관의 말에 밖으로 나가려던 준현이 움직임을 멈추었다. 다른 사람들도 숨을 죽이고 그의 말이 이어지길 기다렸다.

"용의자가 농성 중에 절벽에서 뛰어내렸다고……."

"아……."

은아가 다리에 힘이 풀려 소파에 털썩 주저앉았다.

"일단 해안 수색 팀을 부르긴 하겠는데, 파도가 너무 세서 시체도 찾기 힘들 것 같다고 합니다."

상황 보고가 끝나고 나서 준현과 은아는 말없이 부산으로 향했다. 재환도 그에 대해 가타부타 말을 덧붙이지 않았다. 두 사람이 사고 현장에 도착했을 때에는 수색 작업이 한창 진행되고 있는 중이었다.

은아는 은성이 뛰어내렸다는 절벽과 그 아래 거친 파도를 보고 망연자실할 수밖에 없었다. 아무리 좋게 보려 해도, 저런 곳에 뛰어내렸다면 살 수 있을 것 같지가 않았던 것이다.

"고은성……. 정말 끝까지……."

또 한 번 쓰러지려는 은아를 준현이 잡아 주었다.

"괜찮아요?"

준현은 다른 할 말이 없어서 괜찮냐고 묻긴 했지만, 그렇게 묻는 것조차 미안한 지경이었다. 이런 순간에도 그가 할 수 있는 일은 아무것도 없었다. 무력감에 몸이 저려 왔다.

"살아…… 있겠죠?"

제발 살아 있을 거라고 말해 줘요. 은아는 유일한 동아줄이라도 되는 듯 준현의 팔을 붙잡고 간절한 눈빛으로 그에게 물었다. 하지만 준현은 그녀가 원하는 대답을 들려주지 못했다.

"미안해요."

몇 시간 내내 작업이 진행되고 있었지만 아무것도 찾지 못한 상황이었다. 수색대원들은 이쯤이면 사망했을 거라고 보는 게 맞다고 혀를 내둘렀고, 현장 분위기도 서서히 정리되는 느낌이었다.

"살아 있을 수도 있잖아요."

"정말 미안해요."

"하아……."

현실을 마주한 그녀의 눈가에 눈물이 비집고 나오기 시작했다. 아닐 거라고, 살아 있을 거라고 믿고 싶은데 눈앞에 펼쳐진 풍경은 작은 기대조차 하지 못하게 만들고 있었다.

"이러는 법이 어디 있어! 어떻게든 살았어야지. 살아야 누명을 벗든 말든 할 거 아냐!"

은아가 거친 파도를 향해 소리쳤다. 눈을 질끈 감고 내뱉은 절규가 온 바닷가에 울려 퍼졌다.

'아니, 설사 살인자가 맞다 해도 살아 있지 그랬어. 감옥 가서 죗값 받는 한이 있어도……. 그래도 살아는 있지 그랬어.'

어느 날 갑자기, 그리고 그렇게 고은성은 사라져 버렸다. 더이상 볼 일 없을 거라는 그의 말대로, 이제 정말 그를 볼 수가 없어져 버렸다. 그리고 이렇게 사라져 버린 오빠에게 은아가 마지막으로 한 말은 왜 하필 네가 내 가족이냐는 말이었다.

17화. 벚꽃 엔딩

준현을 필두로 한 은성의 수색 작업이 며칠째 계속되었지만, 드넓은 바다에서 그 어떤 것도 찾을 수 없었다. 시신조차 찾지 못한 상태라 어쩔 수 없이 은성의 실종으로 상황이 마무리되었다. 검찰에서도 용의자가 사망한 것으로 간주하고 수사를 종결했다.

"저, 은아 씨…… 정말 이래도 되는 거야?"

서부지검 407호 검사실. 윤 계장이 짐을 챙기고 있는 은아에게 조심스럽게 물었다. 은아는 준현이 부산에 있는 사이에 검찰청에 와서 짐을 정리하는 중이었다. 준현에게는 휴가를 신청

했다고 해 두었지만, 이미 사직서를 제출한 상태였다.

"이렇게 갑자기 그만둬서 죄송해요. 계장님, 허리도 안 좋으신데 저 때문에 더 고생하시겠어요."

"그게 문제가 아니라....... 뭐, 그런 일이 있긴 했지만 소문 같은 건 금방 사라질 거야. 굳이 일까지 그만둬야겠어? 지금 검사님도 안 계신데."

일부러 없을 때 맞춰서 온 거예요. 은아는 그 말을 삼키고, 애써 웃어 보였다.

"그냥, 이 일이 저한테 안 맞는 것 같아서 그래요. 아, 그리고 검사님한테는 제가 말씀드릴 테니까 연락하지 마세요."

"아니 그래도 검사님도 아셔야......."

"부탁드릴게요."

은아가 다시 한 번 부탁하며 짐을 들어 올렸다. 두 달 조금 넘는 시간 동안 이 사무실에서 매일같이 일을 했는데, 딱히 짐이라고 할 게 없었다. 빠트린 물건이 없는지 이리저리 둘러보고 있는데 휴지통 가득 쌓여 있는 빵 봉지가 그녀의 시야에 들어왔다.

"휴지통도 비워야 되는데."

"됐어. 그냥 둬."

윤 계장도 뭔가 싶어서 휴지통을 들여다보았다.

"빵 엄청 먹었지그래. 볼 때마다 먹고 있는 것 같았으니까."

"에이, 그 정도는 아니었어요."

특별할 거 없는 빵 봉지였는데, 괜히 이것저것 떠올라서 가슴이 뭉클해지는 것 같았다. 은아는 울컥 차오르는 마음을 삼키고 문 쪽으로 향했다. 그러자 윤 계장이 문을 열어 주었다.

"이거야 원. 너무 갑작스러워서…… 서운하기도 하고 그러네."

"죄송해요. 나중에 잠잠해지면 언제 한번 들를게요."

"꼭 들러. 몸조심하고."

윤 계장이 무심한 듯 은아의 어깨를 툭툭 두드려 주었다. 투박하지만 정감 어린 그 손길에 은아가 희미하게 미소를 지었다. 그녀는 사무실 전경을 한 번 쭉 둘러보고는 마지막 인사를 건넸다.

"네. 계장님도 몸조심하시고, 아직 이르긴 하지만 주말 잘 보내세요."

금요일 오전. 검찰청 직원들 모두가 일에 치이고 있을 때, 은아는 홀로 동떨어져 건물을 나서고 있었다. 지나가는 사람들이 그런 그녀를 힐끔 보곤 했지만, 누구 하나 말 거는 사람은 없었다.

"아, 좋다."

그녀는 검찰청을 완전히 벗어나서 꽤 오랫동안 목적지도 없이 길을 거닐었다. 아무 생각 없이 발길 가는 대로 걷고 있었는데, 어느 순간 그녀의 눈앞에 벚꽃 길이 펼쳐져 있었다. 하얗고 탐스럽게 핀 벚꽃잎이 거리를 수놓고 있었다.

바람이 불자, 만개한 벚꽃이 흩뿌려지는 것이 보였다. 어쩐지 아름다우면서도 왠지 모르게 처연해 보이는 광경이었다. 은아는 그 자리에 멈춰 서서 꽤 오랫동안 그 모습을 바라보았다. 봄의 끝자락. 계절 하나가 지나가는 장면을 그렇게 눈에 담고 있었다.

"고은성은 찾았어?"

룸살롱 난초, 은성의 개인실 안. 은아는 은성의 짐을 챙기기 위해 이곳을 찾은 참이었다. 뭐부터 정리해야 할지 방 안을 살피고 있는데, 미령이 문 옆에 삐딱하게 기대고 서서 물었다.

"고은성 찾았냐고. 왜 대답이 없어?"

"뉴스 못 봤어? 아직까지 시끄럽게 떠들어 대고 있던데."

"뉴스 같은 거 안 믿으니까 네 입으로 말해 봐."

"살해 용의자 고 모 씨, 도주 중에 절벽에서 투신. 아직 발견된 바 없음. 전문가 소견으로는 이미 사망했을 것으로 추정. 검찰에서도 사망으로 추정하고······."

"잘 모르는 인간들이 떠들어 대는 그런 거 말고. 진짜로 어떤지 말하란 말이야!"

"그게 진실이야."

"그럼 고은성이 정말 죽기라도 했단 말이야?"

"그래."

미령이 담담하게 옷을 챙기고 있는 은아에게 다가가 팔을 잡아당겼다. 은아가 놓친 옷가지들이 후드득 떨어졌다.

"거짓말. 정말 그런 거면 너 지금 왜 이러고 있는 건데. 오빠가 죽었다는데. 너 지금 뭐 하고 있는 건데!"

"그럼 내가 뭘 어떻게 해야 되는데."

어둡게 가라앉은 은아의 눈동자가 무심한 듯 미령에게 향했다. 미령도 벌써 꽤나 울었던지 빨갛게 부어오른 눈을 하고 은아를 쏘아보고 있었다.

"장례식…… 장례식은 안 치를 거야?"

미령은 장례식이라는 말을 하기가 힘들어 겨우 쥐어짜 내듯 말했다. 그와 달리 은아는 시종일관 담담하게 말을 이어 갔다.

"안 할 거야."

그렇게 말하고는 미령의 손을 뿌리치고 다시 짐 정리를 하기 시작했다. 은아의 그런 모습에 미령이 기가 찬 듯 헛웃음을 터트렸다.

"하. 넌 좋겠다? 연도 끊어 가면서 그렇게 질색을 했는데. 짐 덩어리가 알아서 사라져 줬으니 얼마나 속 시원하겠어."

그녀의 지독한 말에 은아가 잠시 움직임을 멈추었다. 하지만 곧 다시 하던 일을 계속했다.

"그래, 속 시원해. 마음도 한결 가볍고."

미령은 잔뜩 상처 줄 생각에 독한 말을 했는데도 은아가 덤덤하게 수긍하자, 화가 나서 그녀의 멱살을 잡아챘다.

"너 정말 그렇게 생각해?"

"왜, 그럼 안 돼?"

은아의 말이 끝나기가 무섭게 그녀의 고개가 반대편으로 홱 하고 돌아갔다. 미령이 은아의 뺨을 내리친 것이다.

"나쁜 년."

뺨에서 느껴지는 얼얼한 아픔에 은아가 입꼬리를 살짝 올렸다.

"웃어? 너 미쳤지? 그렇지 않고서야 어떻게 이 상황에 웃을 수가 있어!"

미령이 은아에게 욕을 퍼붓고, 손찌검을 할수록 은아는 도리어 마음이 편해지는 걸 느낄 수 있었다. 그래, 누구라도 좋으니까 이렇게 때려 줬으면 좋겠다. 나쁜 년이라고 욕이라도 실컷 해 줬으면 좋겠다. 그래야 이 답답함이 조금은 사라질 것 같다.

"왜 하필 네가 내 가족이냐고! 왜!"

은성이 사라진 그날부터 그를 만났던 마지막 밤이 잊히질 않았다. 그에게 소리쳤을 때, 은성의 얼굴에 설핏 비친 서글픈 표정이 지워지질 않고 있었다. 오빠에게 마지막으로 한 그 말은 부메랑이 되어 은아의 심장에 박혀 버렸다.

"고은성도 병신이지. 이런 것도 동생이라고 꼬박꼬박 적금까지 들었으니."

"……뭐?"

계속되는 미령의 비난에 죄책감이 조금은 가시려는데 또 다른 무언가가 불쑥 나타났다.

"넌 너 혼자 큰 거 같지? 너 혼자 잘나서 성공한 것 같지? 그런데 너, 네 오빠 없었으면 그렇게 될 수 있었을 거 같아?"

미령이 은성의 책상 서랍에서 통장 몇 개를 꺼내 은아 앞에 던져 주었다.

"받아. 네 오빠가 너한테 남기는 유품이니까."

은아가 손을 부들부들 떨며 통장을 펼쳐 보았다. 통장 명의는 '고은아'로 되어 있었고, 아주 오래전부터 적금을 들어 둔 것 같았다.

"저 안 보고 살겠다는 년 뭐가 예쁘다고……."

미령이 끊임없이 흘러내리는 눈물을 손등으로 문질러 닦았다. 반면 은아는 눈에 보일 정도로 심하게 몸을 떨면서도 눈물 한 방울을 흘리지 않고 있었다.

"너 말이야. 정말 장례도 안 치를 생각이야?"

미령의 물음에 은아가 고개를 저었다.

"다른 가족…… 이 있는 것도 아니고, 딱히 올 사람도 없고."

아직 죽었다고 확실해진 것도 아니니까. 은아는 은성이 죽었다고 단호하게 말하긴 했지만 마음 한편에 그가 살아 있을지도 모른다는 희망을 품고 있었다. 막연한 기대, 부질없는 바람이겠지만 그거라도 붙잡고 있어야 버틸 수 있을 것 같았다.

"올 사람이 왜 없어."

이 말을 한 건 미령이 아니었다. 물론 은아도 아니었다. 두 사람은 목소리가 들리는 방향으로 시선을 돌렸다. 그곳에는 가영이 턱을 꼿꼿하게 들고 서 있었다.

"네가 여긴 웬일이야?"

"아까 연락했잖아."

가게에 오는 길에 가영이 문자로 어디냐고 묻기에 답장을 보냈었다. 이후로 답이 없기에 그러려니 넘겼는데, 직접 찾아올 줄이야.

"너 밥도 안 먹었을 것 같아서 좀 먹이러 왔다. 거기 있는 언니도 같이 드실래요?"

"난 됐으니까 둘이 먹어요."

"나도 별로."

"넌 잔말 말고 따라와."

가영은 밥 생각이 없다는 은아를 끌고 근처 콩나물국밥집으로 들어갔다. 그리고 호쾌하게 콩나물국밥 두 그릇을 시켰다. 은아의 의사는 하나도 들어가지 않은 주문이었다.

"그래서, 이제 어떡할 거야? 잘 다니던 직장도 그만두시고."

"글쎄. 일단 서울부터 벗어나 보고."

"어디 갈 데는 있어?"

있을 리가 없었다.

"어디든 가 보면 되겠지."

"아니, 물론 은성 오빠 일은, 아……."

가영이 무심코 은성의 이름을 입에 담았다가 말끝을 흐렸다.

"미안."

"됐어. 하던 얘기나 계속해. 같잖게 눈치 보고, 위로하고 그런 거 할 생각 말고."

"아무튼 이번 일은 그래, 많이 힘들겠지. 네가 어떤 기분일지 상상도 안 가. 그런데 그렇다고 회사도 그만두고, 서울도 떠나겠다고?"

"그럴 생각이야."

잔뜩 격양된 가영의 질문에도 은아는 덤덤하게 대답할 뿐이었다. 사실 그녀에겐 검찰청을 그만두고 이곳을 떠나야 하는 이유가 있었다.

은성의 사고가 있은 얼마 후, 은아는 남들 모르게 박재환 부장을 따로 만났다. 그리고 거래를 하나 해야 했다.

"부장님 말씀대로 제일 그럴듯한 게 사실 행세를 하고 있어요. 고은성이 사라진 이상 진실이 뭔지 알아낼 방법도 없고요. 게다가 지금 전 부장님이 말한 의혹들이 사실인 것처럼 나돌아 다닐까 봐 무섭기까지 하네요."

은아는 모든 것을 포기한 듯 재환의 앞에 섰다. 재환은 그런 은아에게 단 하나의 길을 제시해 주었다.

"한 사람만 더 사라져 준다면 그럴 일은 절대 없겠지."

"저만 없어지면 된다는 말이에요?"

"물론. 패기만 넘치는 애송이라도, 난 김 검을 꽤나 좋아하는 편이거든."

은아가 그날의 기억을 떠올리며 허탈하게 웃어 보였다.

"그만둬야지 어쩌겠어. 살인자 동생이라고 청에 쫙 퍼졌는데."

"네가 잘못한 것도 아니고. 시간만 지나면 다 괜찮아질 일이
잖아."

"반대로 없던 잘못이 생겨날 수도 있지."

"무슨 그런 말도 안 되는……. 야, 잠깐만 나 전화 좀 받고
올게."

가영이 통화를 하러 잠시 밖으로 나갔다.

"주문하신 콩나물국밥 둘이요."

"감사합니다."

그사이에 주문한 음식이 도착했고, 은아는 딱히 할 일도 없
어서 국물을 떠먹기 시작했다.

"아, 선배라는 놈 때문에 진짜. 하여간, 도움이 안 돼요, 도
움이."

가영이 통화를 끝내고 다시 가게 안으로 들어왔다. 그녀는
먼저 국밥을 먹고 있는 은아를 보며 흐뭇한 미소를 지었다.

"그래도 생각보단 잘 먹네."

"안 먹으면 또 한 소리 할 거 아냐."

"그랬겠지. 그래도 여기 엄청 맛있는 데야. 어때, 맛있지?"

"음, 먹을 만하네."

하여간, 비싸게 굴긴. 은아의 시원찮은 대답에 가영이 툴툴거리며 국물을 한입 털어 넣었다. 그런데 가영의 표정이 삽시간에 구겨졌다.

"음?"

가영이 고개를 갸우뚱하며 다시 국물을 떠먹어 보았다. 입에 잠시 머금고 있다가 결국 뱉어 내고야 만다.

"이거 상한 거 같은데?"

먹었던 걸 전부 뱉어 낸 가영이 여전히 잘 먹고 있는 은아를 쳐다보았다. '네 건 좀 다른가?' 하고 은아의 것도 먹어 보던 가영이 그것마저 뱉어 냈다.

"야, 그만 먹어! 네 것도 상한 거잖아. 이모, 여기 이것 좀 봐요."

주인아주머니가 가영의 부름에 다가와 국밥 맛을 보더니 연신 사과를 했다. 말인즉, 하필 방금 전에 단체 손님이 다녀가서 육수가 떨어진 탓에 전에 쓰다 남은 걸 썼다는 것이다.

"저기, 그래도 그렇게 오래된 거 쓴 건 아니고……. 요즘 날씨가 더워져서 금방 상했나 보네. 미안해요. 다음에 오면 맛있게 해 줄게."

두 사람은 아주머니의 사과를 받으며 가게를 나와야 했다. 가영은 은아에게 밥을 먹이겠다는 당초의 목적을 이루지 못한 탓에 나오는 내내 투덜거렸다.

"이모님 그렇게 안 봤는데, 진짜."

"그럴 수도 있지, 뭐."

"아니, 그건 그렇고. 넌 혀가 어떻게 된 거 아냐? 어떻게 그걸 괜찮다고 먹고 있을 수가 있냐고."

"먹을 만하던데……. 네가 유난스러운 거 아냐?"

"절대 먹을 만한 정도가 아니었거든."

가영이 덤덤한 얼굴의 은아를 보다가 한숨을 쉬었다.

"됐다. 지금 너랑 무슨 말을 하겠냐. 다른 거나 먹으러 가자."

은아가 귀찮다고 내빼기 전에 빨리 다른 곳으로 들어가려는데, 가영의 휴대폰이 또 한 번 울리기 시작했다.

"너 전화 오는데?"

"아, 이 선배 놈이 진짜!"

가영은 잠깐 망설이는가 싶더니 전화를 무시해 버린다.

"안 받아도 돼? 급한 일인 것 같은데 그냥 받지그래."

"급한 건 아니고, 이 선배 놈이 갑자기 사정 생겨서 일 그만 둬야 된다고, 나한테 일 미루려고 수작 부리는 중이거든."

"아, 그래?"

은아가 딱히 흥미는 없는 듯, 영혼 없이 대답을 흘렸다. 가영은 전화를 안 받아도 다시 걸려 오는 전화에 학을 떼다가 문득 떠오른 생각에 앞서가던 은아를 붙잡았다.

"아! 이 선배 이번에 검사 옷 벗고 지방에 간다고 했는데."

"그게 왜?"

"변호사 사무실 개업한다고 했거든. 이 선배 소개해 줄까?"

"사표 낸 지 얼마나 됐다고, 친구 덕에 벌써 입사하게 생겼네. 이거 내가 고마워해야 되는 거지?"

"딴소리 말고. 해 줘, 말아?"

"됐어. 아직은 그럴 생각 없어."

은아는 가영의 손을 뿌리치고 다시 앞서 걸어가기 시작했다.

"아!"

그렇게 걷기 시작한 지 얼마 지나지 않아서 은아의 아픈 비명이 들려왔다. 인도에 세워져 있던 입간판에 세게 부딪힌 것이다. 휴대폰을 보고 있느라 그런 은아를 보지 못한 가영이 뒤늦게 쫓아왔다.

"가지가지 한다."

"아, 이게 언제 여기 있었지."

은아가 인상을 찌푸리며 무릎을 문질렀다. 아픈 정도로 봐선 시퍼런 멍이 제대로 생길 것 같았다.

"야, 고은아."

"왜."

"너 이렇게 정신 줄 놓고 있는데, 네 애인은 어디 갔냐?"

"……일하고 있지. 그래도 아직 고은성 찾아 주겠다고 동분서주하고 계신다."

"너 일 그만두고, 서울 떠나려고 하는 건 알고 있고?"

가영의 질문에 은아가 입을 꾹 다물었다.

"솔직히 말해 봐. 너, 지금 이러는 거 뭔가 다른 이유가 있는 거지?"

"있다고 하면, 네가 해결해 줄 수 있어?"

두 사람의 시선이 한 치의 물러섬도 없이 마주했다. 한참을 침묵 속에서 눈빛만 주고받고 있다가 먼저 고개를 돌린 건 은아였다.

"누가 검사 아니랄까 봐. 캐묻고 싶어서 안달 난 거 알겠는데, 지금은 그냥 아무것도 묻지 말고 밥이나 먹으러 가자. 제발."

은아의 간절함이 와 닿았는지 가영도 더 이상 묻지 않았다. 대신 그녀는 밥 먹는 내내 지방으로 가게 됐다는 선배에 대한 이야기를 풀어 갔다.

자정이 넘어가는 시각. 부산에서 돌아온 준현은 은아의 집 앞에 차를 세워 두고 그녀가 있을 곳을 올려다보고 있었다. 그녀에게 연락을 해 보고 싶은 마음은 굴뚝같았지만, 너무 늦은 시간이라 연락할 수가 없었다.

아니, 사실 시간이 늦었다는 건 평계에 불과했다. 그는 은아를 똑바로 마주 볼 자신이 없었을 뿐이다. 보고 싶지만, 보고 싶지 않다. 양립할 수 없는 두 감정이 그의 머릿속을 헤집어 놓고 있었다.

"어?"

차마 전화를 걸지 못하고 차 시동을 걸려고 하는데, 건물 안에서 누군가가 나오는 것이 보였다. 사위는 어두웠고, 조금 떨어진 곳이었지만 준현은 지금 나온 사람이 누구인지 알아볼 수 있었다.

"은아 씨? 이 시간엔 왜……."

은아는 그가 있는 곳과 반대편 쪽으로 걸어가기 시작했다. 준현이 그런 그녀를 보다가 시계를 다시 확인했다. 역시나 늦은 시간이었다.

"하여간, 겁도 없다니까."

방금 전까지의 망설임은 어디로 가 버린 건지. 준현은 혹시나 놓칠까 봐 곧장 차에서 내려 은아의 뒤를 쫓았다. 그렇다고 은아에게 바로 다가간 것은 아니고, 조금 떨어진 곳에서 그녀를 따라가기만 했다.

고요한 골목길, 그림자 두 개가 같은 방향을 보며 걷고 있었다. 짧은 그림자가 조금 빨라지면 긴 그림자도 빨라졌고, 짧은 그림자가 느려지면 긴 그림자도 느려졌다. 그렇게 새까만 밤, 그림자 두 개가 일정 거리를 유지하며 밤길을 걸었다.

은아는 매트리스에 누워 휑한 방 안을 둘러보았다. 집 안에는 옥탑방 기본 옵션 가구만 있고, 그녀의 개인 물품은 거의 없었다. 오늘 오후, 은성의 짐까지 전부 해서 이삿짐센터 창고에 맡겨 둔 것이다.

이곳을 떠날 준비는 차곡차곡 진행되고 있었다. 갈 곳만 정해지면 언제든지 떠날 수 있었다. 하지만 순조롭게 일이 진행되고 있어도 마음 한편이 답답하기만 했다.

'도저히 안 되겠다.'

자정이 넘은 시각. 꽤 늦은 시간이었지만 은아는 밖으로 나가려 했다. 바람이라도 쐬면 나아지지 않을까 하는 생각에서였다.

"흐음."

은아는 전에 준현과 간 적 있는 공원으로 발걸음을 옮겼다. 한 발 한 발 내딛으며 숨도 크게 들이마셔 보았다. 봄이 거의 끝나 가고 있기는 했지만 밤공기는 여전히 서늘함을 머금고 있었다. 그 서늘함이 폐부까지 스며들어 조금은 개운해진 기분이 들었다.

그렇게 얼마나 걸었을까. 정처 없이 걷다 보니 어느새 농구장이 보이고 있었다. 늦은 시간이라 그런지 농구 코트에는 아무도 없었다. 은아는 아무도 없는 그곳을 가만히 바라보았다.

"훗."

농구장을 보고 있으니, 학생들과 아이처럼 농구를 하던 준현이 떠올랐다. 그 어린아이들을 이겨 보겠다고 기를 쓰던 그가 떠올라 저도 모르게 웃음이 나왔다. 은아는 눈가에 아른거리는 잔상을 응시하며 걸음을 뗐다.

"악!"

하지만 허공을 보며 걸어서인지 앞에 턱이 있는 것을 보지 못하고 그대로 넘어져 버렸다.

"은아 씨!"

갑작스러운 상황에 놀라는 것도 잠시, 은아는 예상치 못한 인물의 등장에 더욱 당황해야 했다. 그녀는 어안이 벙벙해져서 다가온 준현을 쳐다보았다.

"준현 씨?"

분명 부산에 있어야 할 사람이었다. 그런데 왜 그가 여기에 있는 걸까.

"괜찮아요?"

준현이 넘어진 은아를 일으켜 주며 조심스럽게 물었다. 은아는 혹시나 이것도 환상일까, 하는 생각이 들었지만 그녀를 걱정하는 낮은 음성이, 그녀를 부축해 주는 그의 손길이 이건 절대 환상 따위가 아니라고 말해 주고 있었다.

"아파요……."

눈앞에 있는 그가 실재함을 확인함과 동시에 눈가에 눈물이 그렁그렁 맺혔다.

"너무…… 너무 아파요."

지금껏 참아 왔던 설움이 한순간에 북받쳐 봇물 터지듯 흘러내렸다. 다른 사람 앞에서는 약한 모습을 보이지 않던 은아였지만 준현의 앞에서는 달랐다. 은아는 준현의 품에 안겨 들어 어린아이처럼 엉엉, 소리 내며 울었다. 그의 품은 은아가 맘 놓고 울 수 있는 유일한 장소였다.

한참 동안 이어지던 울음이 조금씩 잦아들자, 두 사람은 넘어져 생긴 상처를 확인하기 위해 불빛이 있는 벤치에 자리를 잡았다. 준현은 은아의 다리를 의자 위에 올려놓고 이곳저곳을 살펴보았다.

"괜찮은데……."

은아는 그의 시선이 자신의 다리를 향해 있는 것이 어쩐지 부끄러워져서 발을 빼 보려고 했다. 하지만 그녀의 발목을 잡은 준현의 손이 놓아주지 않았다.

"괜찮긴요. 여기, 벌써 멍도 들었는데."

긴 트레이닝 바지를 입고 있던 터라 심하게 다친 곳은 없었지만, 무릎 한쪽에 시퍼렇게 멍이 들어 있었다.

"안 아파요?"

준현이 멍든 무릎에 더욱 가까이 다가가 살펴보기 시작했다. 한껏 가까워진 그로 인해 얼굴이 잔뜩 붉어진 은아가 걷어 올린 바지를 재빨리 내렸다. 그의 시선이 닿는 곳마다 찌릿한 전류가 흐르는 것만 같아서 그대로 둘 수가 없었다.

"이건 방금 넘어져서 그런 게 아니라, 낮에 길 가다가 어디 조금 부딪혀서 그런 거예요. 이젠 괜찮아요."

그는 단지 상처가 걱정되어서 그런 것뿐일 텐데, 괜히 부끄러운 생각이 들었다. 다리를 훑는 그의 눈길에 묘한 기분이 들었고, 발목을 잡고 있는 그의 뜨거운 손 때문에 저릿한 기분이 들었다.

'상처 하나 살피는 것뿐인데도 설렐 수가 있구나.'

준현을 마주한 은아의 심장은 쉴 새 없이 뛰기 바빴다. 그와의 작은 접촉에 몸이 하나하나 반응했다. 뜨거운 열기가 가슴속에 고여 드는 것 같았다.

'그것도 이런 최악의 상황에서 말이야.'

하지만 그것도 잠깐. 달콤한 설렘과 더불어 지독한 죄책감도 함께 밀려들었다. 따뜻한 물속에서 부드럽게 유영하다가, 갑자기 찬물을 덮어쓴 기분이었다.

오빠가 실종되었고, 그녀는 이제 곧 떠나야 하는 상황이었다. 이런 상황에서 한가하게 연애 놀음이라니. 잔뜩 설레고 있는 스스로의 모습에 기가 막혔다. 그를 보며 떨리고 있는 심장이 한없이 원망스러웠다.

"괜찮으니까 이제 놔주세요."

은아가 마음을 숨기려 일부러 낮게 가라앉은 목소리로 말했다. 준현은 갑자기 변해 버린 은아의 모습에 당황해서 순순히 발목을 놓아주려 하다가, 다시 힘주어 잡았다.

"싫어요. 괜찮은지 내 눈으로 확인하기 전까진 못 놔줘요."

"정말 괜찮다니까요."

"그래도 싫어요. 이렇게 계속 잡아 두고 싶으니까."

억지 부리는 준현의 말에 은아가 낮게 웃음을 터트렸다. 조금 전, 준현에게 거리를 두려던 행동이 부질없어져 버렸다. 아무리 단단한 벽을 만들려고 해도 김준현이라는 남자는 그걸 뚫고 들어와 버리고 만다.

벚꽃 엔딩 453

준현이 그 웃음에 힘입어, 은아의 다리를 아래쪽으로 내리더니 옆으로 성큼 다가가 앉았다. 거기에 그치지 않고, 은아를 힘껏 끌어안았다.

"못 본 사이에 더 마른 것 같아요. 무슨 발목에 뼈밖에 없어. 뭐 좀 먹긴 했어요?"

잠시 망설이던 은아도 그의 허리에 팔을 둘러 더욱 깊게 안겼다.

"준현 씨야말로 제대로 챙겨 먹었어요? 남자 허리가 한 줌밖에 안 되는 것 같아."

"아하하. 한 줌은 좀 오버예요."

"뼈밖에 없다는 것도 오버거든요."

두 사람이 함께 웃음을 터트렸다. 그래, 이런 상황이면 어떠랴. 아니, 이런 상황이니까 더더욱 사랑할 수 있을 때 더 사랑하자.

'조금만. 조금만 더 욕심내자.'

은아가 준현의 가슴에 묻고 있던 얼굴을 살짝 떼고 낮게 속삭이듯 말했다.

"오늘, 나랑 잘래요?"

공원 주변 풀벌레 소리 정도의 작은 목소리였다. 하지만 그 작은 목소리가 한 남자의 가슴에 크나큰 파문을 일으켰다. 잔잔하게 뛰고 있던 한 남자의 심장을 요동치게 만들었다.

준현의 집. 먼저 샤워를 끝낸 은아가 대충 머리를 말리다가 부엌 식탁 쪽으로 걸어갔다. 식탁 위, 크리스털 잔에 꽂혀 있는 벚꽃 가지를 보기 위해서였다. 공원에서 오는 길에 은아가 준현에게 꺾어 달라고 했던 꽃가지였다.

은아가 꽃잎 하나를 건드리며 살풋 미소 지었다. 길가에 흔히 피어 있는 꽃이었지만 어쩐지 다른 꽃보다 더 예쁘고 탐스럽게 피어 있는 것 같았다.

"은아 씨, 어디 있어요?"

은아 다음으로 씻기 시작한 준현이 금방 샤워를 끝내고 나와 은아를 찾고 있었다.

"여기, 부엌이요."

"부엌엔 왜 간……."

은아가 있는 곳으로 오며 부엌에는 왜 간 거냐고 물어보려던 준현이 숨을 훅, 하고 들이켰다. 식탁 앞에 서 있는 은아의 자태 때문이었다. 샤워 후에 원래 입었던 옷을 입고 나온 은아가 신경 쓰여서 그의 옷을 빌려준 참이었다.

"바지는……. 바지도 같이 줬는데, 못 봤어요?"

"좀 큰 것 같아서 그냥 안 입었어요."

은아는 위에 상의만 덜렁 입고, 맨다리를 그대로 드러내 놓고 있었다. 방금 샤워를 끝낸 탓인지 드러난 살결이 너무도 고운 빛을 띠었다.

뿐만 아니라 그가 입었을 때에는 그렇지 않았는데, 은아가 입으니 목이 잔뜩 파여 있었다. 가느다란 쇄골 선이 고스란히 드러날 정도였다. 머리카락 끝에 맺혀 있던 물방울 하나가 뚝 떨어져 그녀의 쇄골을 타고 흘러내렸다. 그의 시선이 물방울을 따라 내려가는가 싶더니, 준현이 눈을 질끈 감아 버렸다.

촉촉하게 젖어 있는 머리카락, 물기를 머금은 뽀얀 살결, 잔뜩 드러나 있는 몸의 곡선까지. 그 모든 것이 그의 마음을 어지럽혔다. 준현이 저도 모르게 은아의 어깨를 그러쥐고 엄지로 쇄골을 쓰다듬었다.

"오늘은 안 건드리는 거 아니었어요?"

준현은 오늘 밤에 사랑을 나누자는 은아의 제안을 거절한 참이었다. 그녀를 혼자 두진 않겠지만, 은밀한 행위도 하지 않겠다고 엄포를 놓았다. 큰일을 겪은 후라 은아가 폭주하고 있는 건 아닌가, 걱정이 되었던 것이다.

"그럴…… 생각이에요."

은아의 어깨를 쥔 손에 힘이 잔뜩 들어갔다.

"그럴 생각인데……."

자기 자신을 너무 과대평가한 모양이다. 밀폐된 공간에서 그에게 안길 준비가 된, 사랑하는 여자를 두고도 참을 수 있을 거라 생각했다니.

"그러려고 했는데……."

어금니까지 악물고 말을 잇는 그의 모습에 은아가 빙긋 웃으며 그의 품에 안겨 들었다. 매끄럽게 안겨 오는 부드러운 여체의 감촉에 준현은 숨 쉬는 것도 잊을 지경이었다.

"소중하게 생각해 주는 것도 좋아요."

그녀는 그의 너른 품에서 한숨과도 같은 말을 뱉어 냈다.

"그런데 오늘은 소중하게 안아 줬으면 좋겠어요."

어차피 예정된 이별. 오늘의 행동이 두 사람을 더욱 힘들게 할 거란 것 정도는 알고 있었다. 오늘 밤 때문에 서로를 더욱 잊기 힘들어질 거란 걸 알고 있었다.

하지만, 그럼에도 불구하고 그와의 추억 하나를 더 새기고 싶었다. 그를 오래도록 기억하고 싶었다. 그에게 조금이라도 더 오랜 기억으로 남고 싶었다. 혼자 남을 그에겐 미안한 일이지만, 추억의 잔상으로라도 그의 곁에 머물고 싶었다. 그렇게라도 그와 함께하고 싶었다.

떠나기로 결심한 은아가 꺼내 보인 마지막 욕심이었다.

"······사랑해요."

그의 가슴에 맞붙어 있던 은아가 상체를 살짝 떼어 냈다. 두 사람의 눈빛이 마주했다. 따스한 연정이 가득 담긴 눈빛이었다.

"사랑해요, 준현 씨."

준현이 은아의 볼을 부드럽게 감싸 쥐었다. 다른 한 손은 허리를 감아 안았다. 혹시라도 부러질까, 혹여 다치기라도 할까, 세심한 배려가 깃든 접촉이었다.

"내가 더 사랑해요."

그는 그 말을 끝으로 고개를 숙여 그녀의 아랫입술을 살포시 머금었다. 물기 어린 여린 살갗이 살짝 벌어졌다. 하지만 그는 아직 그 안으로 들어가지 않았다. 오래도록, 아주 오래도록 입술만을 머금고, 또 머금었다.

부엌에서 오랜 입맞춤 후, 준현이 은아를 안아 올렸다. 은아도 그의 목에 팔을 둘렀다. 준현이 은아의 이마에 살짝 키스했다. 다음은 눈꺼풀, 그리고 콧잔등까지. 장소를 이동하는 동안에도 두 사람의 입맞춤은 끊이질 않았다.

오늘의 두 사람에게 다급함은 없었다. 뜨거움도 없었다. 그저 오래도록 기억될 부드러운 온기만이 가득할 뿐이었다.

"왜 이렇게 상처투성이예요."

준현이 속상한 듯 말을 이었다. 침대 가운데에 은아를 내려놓고 그 옆에 앉아 그녀를 가만히 바라보고 있으니, 그녀의 몸에 남은 상흔들이 단연 눈길을 끌었다. 목에 남은 흉터, 무릎에 든 멍, 그 외에도 곳곳에 흉터가 남아 있었다. 오래된 흔적이었지만 그의 마음을 아프게 하기엔 충분한 자욱이었다.

"아무래도 상처 많은 사람은 싫죠?"

준현의 표정이 굳어지자 은아가 조심스럽게 물었다. 그에 준현이 그녀의 이마에 머리를 콩 부딪쳤다.

"상처 많은 사람이 싫은 게 아니라, 사랑하는 사람이 상처가 많아서 마음 아픈 거예요."

그 말을 끝으로 준현이 그녀의 상처 하나하나에 입을 맞추었다. 부디 이 상처가 빨리 아물길 바라며, 진심을 담아 입술을 내려 눌렀다. 그의 행동 하나하나가 마치 성스러운 의식을 치르는 것만 같았다.

"이제 그만해요."

그가 정강이에 입맞춤을 하고 있을 때, 부끄러워진 은아가 다리를 끌어당겼다. 뭐, 예쁜 거라고. 상처를 보듬어 주는 그의 손길에 마음이 포근해지긴 했지만, 그에게 상처 많은 몸을 보여 주고 싶지 않았다.

"일단 불 좀 끄고……."

수줍게 말끝을 흐리는 은아의 모습에 준현이 느른한 미소를 지었다. 그가 은아의 볼에 얽혀 있는 머리카락을 가만히 쓰다듬어 주었다. 그리고 불을 끄면 더 이상 잘 보이지 않을, 침대 위에서 흐트러진 은아의 모습을 눈 속에 담았다.

곧이어, 준현이 불을 끄자 방 안에는 짙은 어둠이 자리 잡았다. 그 어둠 속에서 두 사람은 시각보다는 다른 감각들에 의존한 채 서로를 매만졌다. 두 사람 사이를 방해하는 옷가지들을 모두 없애 버리고, 태초의 모습이 되어 한 몸처럼 맞붙었다. 처음부터 그랬던 것처럼 그렇게 두 사람은 하나가 되어 갔다.

"사랑해요."

잔뜩 날이 선 감각들에 더운 숨을 터트리며, 동시에 사랑의 밀어를 속삭였다. 사랑하는 사람의 입에서 흘러나온 그 말은 두 사람을 더욱 달뜨게 했다. 행복감으로 가슴이 충만해지는 기분이었다.

'왜 이렇게 된 걸까.'

어둠에 익숙해진 눈이 그녀의 위에서 사랑의 몸짓을 이어 가는 남자의 얼굴을 찾았다. 침대보를 움켜쥐고 있던 그녀의 손이 그의 얼굴을 찾아갔다.

'어느새 이렇게까지 마음에 들어온 걸까.'

처음에는 그저 누군가에게 보호받는 그 기분이 좋았을 뿐이다. 그의 다정함에, 따뜻함에 아주 조금 위로를 받았을 뿐이다. 그러다 그가 그녀를 피하기 시작했을 때, 그런 그가 자꾸 신경이 쓰였다. 저도 모르게 계속 눈길이 갈 정도로 의식하게 되었다.

'거기서 그쳤어야 했는데……'

그를 점점 더 알아 가게 되고, 그와의 추억을 쌓아 가게 되면서 그를 향한 마음이 점점 더 깊어져 가는 걸 느꼈다. 짧다면 짧을 수도 있는 시간. 그저 봄 한 철을 같이 보냈을 뿐인데, 벚꽃이 피고 지는 짧은 시간이었을 뿐인데 마음 깊은 곳에 그를 품게 되었다.

'아니, 거기서 안 그쳐서 다행이야.'

만약 그때 멈추었다면 지금의 슬픔을, 아픔을 느끼지 못했을 테지만, 또 그랬기 때문에 지금의 기쁨을, 행복감을 느낄 수 있었을 테니까.

"사랑해요."

이 말 한마디로는 그녀의 마음을 전부 담을 수 없었지만, 알고 있는 표현 중에 가장 그녀의 마음을 닮은 문장이었다.

"사랑해요."

만개한 벚꽃이 흩어져 내리는 그 밤. 그녀는 사랑하는 남자를 가졌고, 그도 사랑하는 여자를 가졌다. 두 사람의 마음을 담은 몸짓은 아주 오래도록 계속되었다.

박재환 부장검사의 집. 준현은 이른 아침부터 상사의 집에 들이닥쳤다. 그의 갑작스러운 방문에 재환의 부인은 당황했지만, 재환은 예상한 일이었다는 듯 여유롭게 그를 맞았다.

"이리 와서 앉지. 마실 것 좀 부탁해."

재환은 준현을 서재의 접객용 소파로 이끌었다.

"그래도 어젯밤에 올 줄 알았는데, 생각보다 꽤 참았구나."

준현은 재환의 부인이 차를 내올 때까지 아무 말도 않고 기다리고 있었다. 부인이 차를 내주고, 서재를 나가고 나서야 천천히 입을 열었다.

"이렇게까지 하실 줄은 몰랐습니다."

부산에서의 모든 수색 작업이 종결되었다. 위에서부터 내려온 명령이었기에 준현도 따를 수밖에 없었다.

"두 분 모두…… 이렇게까지 최악일 줄은 몰랐습니다."

3년 전 마약 사건의 수사. 처음부터 진범이 누구인지 알고 시작한 싸움이었다. 1년 전, 우연히 진범들이 그 사건에 대해 대화를 나누는 장면을 목격하게 되었던 것이다. 이후 그는 진짜 범인을 잡기 위해 증거를 찾아 나서기 시작했다.

하지만 이미 제약 회사 연구원의 소행으로 종결된 사건. 그런 사건의 증거를 찾아내기란 여간 어려운 일이 아니었다.

"상관없는 사람을 그렇게 끌어들일 거라곤……."

준현은 은아 모르게 몇 번 더 은성을 만난 적이 있었다. 은성과 이야기를 나누며, 그가 마약 사건에 그리 깊게 관계돼 있지 않다고 판단하게 되었다. 사랑하는 여자의 가족이라서 판단력이 흐려졌을지도 모르지만, 그는 은성이 한 말을 믿기로 했었다.

"그런 안일한 생각이 허점을 만들지."

재환이 차를 한 모금 마시며 말을 이었다.

"애초에 이미 끝난 일을 건드리지만 않았으면 이번 같은 일은 일어나지 않았을 거다. 아니, 기왕 파헤치기로 한 것 네가 제대로만 했으면 그 남매가 그렇게 되진 않았겠지."

준현이 숨을 훅 들이켰다. 네 실책이다. 너의 허술함이 이런 결과를 만든 거다. 재환의 눈빛이 그렇게 말하고 있는 것 같았다.

"그래, 네 말대로 고은성이라는 자는 그 사건에 깊게 관련돼 있진 않았지. 네가 그렇게 건드리지만 않았으면 지금도 아무 일 없이 살고 있었을지도 모르고."

이어지는 재환의 말에 준현이 이를 악물었다. 견딜 수 없이 화가 났지만, 지금의 그가 할 수 있는 일은 아무것도 없었다.

"아, 그리고 회장님이 네 옆에 그런 아가씨가 있는 걸 영 마음에 안 들어 하시더구나."

은아에 대한 이야기였다. 준현이 설마 하는 눈으로 재환을 바라보았다.

"말귀를 잘 알아듣던데. 알아서 떠나 준다고도 했고. 뭐, 이번 건도 네가 생각 없이 일 처리한 덕분에 수월하게 해결할 수 있었다. 그런 사람을 네 사무실에 두다니, 정신이 있는 거냐?"

재환은 마치 서투른 후배에게 따뜻한 충고라도 하는 듯한 어투로 아주 지독한 말을 내뱉고 있었다.

"그럴 리가……. 아무리 그래도 그렇게까지 했을 리가……."

"누구도 믿지 말라고, 회장님께 배우지 않았나?"

재환의 말이 끝나기가 무섭게 준현이 자리를 박차고 나섰다. 그럴 리가 없다. 어젯밤, 아니 오늘 새벽에만 해도 그의 품에서 울고 웃던 사람이었다. 밤새도록 사랑을 속삭였던 사람이었다. 그랬던 그녀가 그를 두고 떠나 버렸을 리가 없다.

"받아……. 받으라고!"

통화 연결음만 길게 이어질 뿐, 은아는 전화를 받지 않았다. 좋지 않은 생각이 물밀듯 밀려들었다. 하지만 준현은 고개를 저었다. 아직 그의 집 침대에서 잠이 들어 있을 거다. 오늘 아침에 봤던 그대로 자고 있을 것이다. 그렇게 스스로를 다독였다. 그렇게 믿고 싶었다.

그는 마음속 불안감을 애써 억누르며 집으로 향했다.

"하아……."

하지만 그의 집에도, 그녀의 집에도, 그 어느 곳에도 은아는 존재하지 않았다. 끝끝내 전화도 받지 않았다. 그녀는 손가락 사이로 빠져나가는 모래처럼, 아무리 꽉 쥐어도 빠져나가 버리는 모래 알갱이처럼 그에게서 벗어났다. 그의 눈앞에서 사라져 버렸다.

〈2권에 계속〉